주요섭 중단편선
사랑손님과 어머니

책임 편집 · 장영우

동국대학교 국어국문학과와 같은 과 대학원 졸업.
현재 동국대학교 문예창작과 교수로 재직 중.
저서로『이태준 소설연구』『중용의 글쓰기』『거울과 벽』등이 있음.

한국문학전집 41

사랑손님과 어머니

주요섭 중단편선

초판 1쇄 발행 2012년 8월 3일
초판 9쇄 발행 2022년 10월 5일

지 은 이   주요섭
책임 편집   장영우
펴 낸 이   이광호
펴 낸 곳   ㈜문학과지성사
등록번호   제1993-000098호

주   소   04034 서울 마포구 잔다리로7길 18(서교동 377-20)
전   화   02)338-7224
팩   스   02)323-4180(편집) 02)338-7221(영업)
전자우편   moonji@moonji.com
홈페이지   www.moonji.com

ⓒ ㈜문학과지성사, 2012. Printed in Seoul, Korea

ISBN 978-89-320-2326-7 04810
ISBN 978-89-320-1552-1(세트)

주요섭 중단편선
사랑손님과 어머니

장영우 책임 편집

문학과지성사 한국문학전집 41

| 차 례 |

| 일러두기 |

1. 이 책에 실린 작품은 주요섭이 1921년부터 1939년까지 발표한 작품 중에서 선정한 9
   편의 단편소설과 1편의 중편소설이다. 각 작품의 정확한 출처는 주에 명기되어 있다.

2. 이 책의 맞춤법은 1988년 1월 19일 문교부 교시 '한글 맞춤법'에 따르는 것을 원칙으
   로 하였다. 단 작품의 분위기에 영향을 준다고 판단되는 방언이나 구어체 표현, 의성
   어, 의태어 등은 그대로 두었다. 또한 작품의 특성상 남한과 다른 북한 표기법을 노출
   시켰다.

   > 예) 잔돌 깔아 우두럭투두럭한
   >   왜 그러우?

3. 원본의 한자는 가급적 한글로 바꾸었으며, 작품 이해에 도움이 될 만한 한자는 그대로
   두고 괄호 안에 넣었다. 반복적으로 등장하는 한자어는 최초에만 괄호 안에 한자를 병
   기하고 후에는 한글로만 표기하였다.

4. 대화를 표시하는 「 」혹은 『 』은 모두 " "로, 대화가 아닌 경우에는 ' '로 바꾸었다. 책
   제목은 『 』로, 노래 제목은 「 」로 표시하였다. 말줄임표 '··' '··' '·····'는 모두 '·····'
   로 통일하였다. 단 원문에서 등장인물의 머릿속 생각을 표시하는 괄호는 작은따옴표
   (' ')로 바꾸었고, 작가가 편집자적 논평을 붙인 부분은 괄호 (( )) 안에 표시하였다.

5. 외래어 표기는 1986년 1월 7일 문교부 교시 '외래어 표기법'에 따라 바꾸었다. 단 작
   품의 분위기에 영향을 준다고 판단되는 경우에는 원본을 그대로 살렸다. 일본어로 발
   음되어 표기된 부분은 원문 그대로 두었다.

6. 과도하게 사용된 생략 부호나 이음 부호는 읽기에 편하도록 조정하였다.

7. 당시에 검열로 삭제된 것으로 짐작되는 부분은 ○, ×, ······ 등의 표기를 그대로 두었다.

8. 책임 편집자가 부가적으로 설명이나 단어 풀이가 필요하다고 판단한 경우에는 미주로
   설명을 붙여놓았다.

추운 밤

어떤 추운 밤이었다. 좁쌀알 같은 싸라기눈이 부슬부슬 지면을 덮고 살을 베는 듯한 추운 바람이 눈보라를 지어 모든 지면을 눈으로 평면을 만들어놓았다. 밤은 깊었다. 거리에는 행인 하나 없고 집집마다는 평화스러운 단잠에 호흡 소리가 끊임없이 바람 소리와 화(和)했다. 사면 광야에 싸인 이 조그만 동리가 다 고즈넉한 현세를 떠난 꿈의 나라가 되었다. 좇아서 집집마다에 시커먼 창들이 지독히 부는 바람에 애원하는 듯한 무슨 소리를 들으며 물끄러미 눈 내리는 하늘을 내다보고 있었다. 마치 방 안에서 단꿈을 꾸는 사람들을 이 한기(寒氣)에서 보호하고 있는 듯이.

모든 창은 검었다. 다만 동리 한끝 조그만 다 무너져가는 오막살이의 창이 다 죽은 가운데 혼자 살아 있는 것같이 희미한 불빛을 어두운 공기에 내보내고 있었다. 그 집은 한 번만 보아도 빈한한 집이었다. 삼 년 전에 이고는 아직 이지 못한 초가 이엉[1]이 흉하게 썩어졌고 이끼 야(也) 자로 발랐던 얇은 담이 비와 눈에 부대끼어 여기저기 구멍이 났다. 맹렬한 바람이 사정없이 썩어진 이엉을 날리고 집이 무너질 듯이 독한 목소리로 둘러쌌다.

이 천병만마에게 둘러싸인 듯한 느낌이 있는 소옥[2] 속에 금년 십삼 세의 어린 병서가 졸린 눈으로 괴롭게 숨을 쉬는 어머니를 바라보고 있었다. 그리고 또 입에 웃음을 띠고 평화스럽게 잠든 그의 누이동생인 네 살 난 아기의 얼굴을 바라보았다. 그리고 다시 눈을 돌려 여기저기 뚫려진 구멍으로 들어와 쌓인 흰 눈을 보았다. 그리고 오슬오슬 떨며 눈물이 핑 돌았다.

흰 누더기 하나로 몸을 겨우 가리고 누운 병모(病母)가 다시 비명을 발하며 돌아누웠다. 괴로운 숨소리가 방 안에 분위기를 더하였다. 병서는 걱정스러운 눈으로 물끄러미 어머니를 바라보았다. 그리고 아직 비어 있는 그의 부친의 이불을 얼른 들어다가 어머니를 덮어주었다. 어머니는 싫다는 듯이 두서너 번 손을 들었으나 가만있고 말았다. 어머니는 눈을 뜨지도 않고 그저 속으로 알아듣지 못하게 중얼중얼 무슨 말을 하고 있었다. 병서는 꼭꼭 이불로 어머니 몸을 덮고 다시 머리맡에 쭈그리고 앉았다. 그의 어린 눈에서는 공포와 애련(愛憐)의 정이 넘쳐 뜨거운 눈물이 거침없이 흘렀다. 그리고 눈물이 뺨 위에서 얼었다.

바람은 여전히 그의 독특한 이상한 소리를 발하며 병서의 집 담 뚫려진 구멍으로 들이쳐 분다. 차디찬 눈이 방 안에 흩어졌다.

병서는 단 일 분간의 수면에서 깨었다. 그는 거의 얼어 죽을 지경이었다. 그는 눈을 뜨고 사방을 둘러보았다. "아버지는 아직도……" 하고 원망스러운 듯한 목소리로 중얼거리고 추움에 발발 떨었다. '밤도 몹시도 길다' 하고 생각했다. 그리고 어서 아침이 되었으면 했다. 어머니의 호흡 소리는 점점 급하여졌다.

하늘은 여전히 컴컴하였다. 바람은 역시 춥고 매웠다.

열흘 전부터 병석에 누운 어머니는 몹시도 피곤하였다. 죽 한 번도 변변히 쑤어 드리지 못하고 약 한 봉지도 사다 드리지를 못한 어린 병서의 마음은 터지는 듯하다.

병인(病人)은 벌써 자기의 최종기를 깨달은 듯하였다. 그는 끊임없이 병서를 불렀다. 또 아기를 불렀다. 그러나 그의 목소리는 모깃소리같이 약하고도 슬픔을 띤 신음 소리였다.

모친은 견딜 수 없는 듯이 얼굴을 찡기며 힘없는 팔로 잠든 아기를 안았다. 희미한 아주까리기름 등에 몽롱히 비추이는 그의 찡긴 얼굴에는 그의 마음속에 타는 듯한 고민을 똑똑히 드러냈다. 그는 '휘―' 하고 한숨을 쉬고는 다시 병서의 손을 맥없이 쥐었다. 그는 벌써 자기의 최후를 각오한 듯이 그의 뺨에 눈물이 흘렀다. 그리고 무엇인지 알지 못할 어떤 비성(悲聲)을 겨우 발했다.

병서는 그만 견딜 수 없이 되었다. 그는 어머니를 불렀다. 자꾸자꾸 어머니를 불렀다. 그러나 그 어머니의 입은 영원히 다시 열지 아니하려는 듯이 꼭 다물었다. 병서는 소리를 내어 울었다. 그리고 제 얼굴로 어머니의 얼굴을 문질렀다. 그는 쉬지 않고 어머니를 불렀다. 휘― 하는 한숨 소리와 같이 어머니는 눈을 반쯤 떴다. 그리고 병서를 바라보는 그 눈은 참으로 사인(死人)의 눈 그것과 같았다. 어머니는 떨리는 손으로 병서를 안았다. 그러나 그 손은 조금도 힘이 없었다. 그는 무슨 말을 좀 해보려고 애쓰는 것이 그의 부들부들 떠는 입술과 열정에 끓는, 그러고도 힘없는 그 반쯤 뜬 눈 위에 똑똑히 드러났다. 그는 한참 만에 겨우

"병서야!" 하고 말을 꺼냈다. 말을 더 이을 힘이 없는 듯이 어머니는 다시 괴롭게 숨을 쉬다가

"애기야!" 하고 다시 입술을 떨었다. 그리고 그는 자기 최후의 힘으로 병서를 껴안았다. 그리고 잘 들리지도 않는 슬픈 곡조로

"병서야― 너……" 어머니의 말은 중도에 끊어지고 말았다. 병서를 안았던 그의 팔은 맥없이 풀리었다.

어머니는 가슴이 찢어지는 듯한 목소리로 그의 고통을 호소하는 듯이 부르짖었다. 병서는 어찌할 줄을 몰라 어머니 가슴을 짚고 부르르 떨기만 했다. 그의 놀라서 크게 뜬 눈에는 눈물이 말랐다. 그의 기막힘과 슬픈 눈물로써 나타낼 정도의 그것은 아니었다. 그의 슬픈 눈물로써는 도저히 나타낼 수 없는 눈물 이상의 극도의 슬픈 것이었다. 그의 크게 뜬 눈이나 벌린 입이나 부르르 떠는 손들이 그의 이 극도의 놀람과 슬픔을 넉넉히 드러냈다.

몹시 부는 극한(極寒)의 바람에 등불이 거의 꺼질 듯 꺼질 듯하며 펄럭거리었다. 쫓아서 여름내 파리똥으로 새카맣게 된 그의 천장에 불 그림자가 커졌다 작아졌다 소리 없이 움직이었다.

어머니의 머리맡에 놓인 요강 속에 어머니의 게워놓은 밥찌끼가 딴딴하게 얼어서 혹은 빛나게 혹은 꺼멓게 보였다. 윗간 모퉁이에 하얗게 쌓였던 눈이 어떤 바람을 받아 하얗게 성에가 쓴 습한 담으로 기어오르다가는 다시 내려지기도 했다.

병모는 손을 내저었다. 그 손을 내젓는 것이 삼십 년이라는 짧으면 짧다고 할 수 있고 길다면 길다고 할 수 있을 그동안에 그가 너무도 학대를 받고 몹시도 버림을 받던 이 무정한 세상을 하직하느라고 작별의 인사를 하는 것같이 보였다. 마는 또 한편으로는 그렇게도 괴로움을 받고 그렇게도 버림을 받았을지라도 그래도 이 세상과는 무슨 인연이 있는지 참으로 떠나기가 싫어서 그의 눈앞에 와 섰는 사(死)의 신을 막느라고 내젓는 것같이도 보였다. 적어도 이것이 무정신(無精神) 상태에 있는 병인은 이 두 가지 뜻을 다 겸하여 그의 손을 내저었을 것이다.

그러나 그의 손은 너무도 힘이 없었다. 그는 다시 팔을 늘어뜨리고 가만히 있었다.

한참 만에 병인은 최후의 힘을 모아 병서를 껴안았다. 그리고 신음의 소리를 연발하며 힘없는 눈으로 물끄러미 그를 들여다보았다. 그 눈은 마치 병서에게 이렇게 말하는 것 같았다.

'불쌍한 병서야! 내가 죽으면 너는 어떻게 하겠니, 또 애기는! 아아! 너는 참으로 불쌍한 아이다. 그러나 병서야, 결코 너의 아버지는 원망치 마라. 그리고 또 이 추운 겨울에 너를 내버리고 혼자 가는 이 어미를 야속되게 생각지 마라. 죽음이라는 것은 도저히 자기 힘으로는 할 수가 없는 것이니라. 너는 지금 어렸으니깐 잘 모르겠지만 너도 이제 크면 알게 되리라…… 참으로 이 세상이란 것은 괴로우니라. 참으로 나는 그새 눈물도 많이 흘리고 기막히는 일도 많이 당했다. 너도 그사이에 여간 당하기는 했지만…… 아아! 병서야, 이 추운 겨울에 너 혼자 어린 아기를 데리고 어떻게 지낼 터이냐. 아아! 너의 아버지는 너무도 무심하다. 그러나…… 결코 조금도 원망치는 말아라…… 아니 나는 죽지 않는다. 결단코 너를 두고 아기를 두고 어떻게 죽겠니……'

병서는 무슨 말로 어머니를 위로해주고 싶었다. 그리고 결코 죽지 않으리라고 믿고 싶었다. 그러나 그는 어떻게 말을 꺼내야 될지를 몰라 그저 가만히 정열 있는 눈으로 들여다보고 있었다.

병서는 저를 들여다보는 어머니의 눈이 차차 흐려지는 것을 보았다. 그리고 그를 안은 쇠약한 팔이 차차 강하여지는 것을 느꼈다. 마침내 모친의 머리가 맥없이 늘어졌다. 그리고 병서를 안은 팔은 영원히 병서를 놓지 않으려는 듯이 꼭 쥐었었다.

그의 머리는 베개 아래로 맥없이 늘어졌다. 거의 다 빠진 검은 머리털이 그의 이마에 되는대로 흩어지고 뺨 위를 지나 자리 위에 엉키어 있었다. 비웃는 듯한 미소를 띤 그의 입술은 다시 떨지 않았다. 그리고 그의 고요하게 감은 작은 눈이 그의 슬픔을 드러내는 듯하였다. 그가 며칠을 끌어오던 그 괴로운 숨소리가 끊어지고 말았다. 그리고 그의 가슴을 짜내는 듯하던 슬픈 신음이 스러지고 말았다.

병서는 무서움에 떨었다. 그리고 '돌아가셨나?' 하는 생각이 번개같이 그의 머리를 스쳤다. 그리고 한없는 슬픔에 그의 가슴이 쪼개질 듯했다. 그는 눈물 머금고 떨리는 목소리로 어머니를 불렀다. 마는 어머니는 다시 대답이 없었다.

그는 미친 듯이 어머니 얼굴에 수없이 입 맞추고 울며 쓰러졌다. 그의 얼굴은 푸르고 희었고 그의 입술은 몹시도 떨렸다.

몹쓸 바람은 여전히 나는 모른다 하는 듯이 요란히 문창(門窓)을 울리고 방 안으로 차고 흰 눈을 들이밀었다. 가늘고 흐린 등불이 조상[3]하는 듯이 바람에 펄럭거리고 있었다. 따라서 모든 불 그림자들이 역시 우줄우줄 슬픔을 띠고 조상을 하는 듯하였다.

한참 만에 병서는 얼굴을 들었다. 찬 바람이 그의 뺨을 스칠 때 그는 어떤 예민한 감각이 그를 떨게 함을 깨달았다.

그는 그의 어머니의 얼굴을 들여다보았다. 아까 그의 최후의 일호흡을 끌던 그 순간에 띠었던 비웃는 듯한 미소는 여전히 그의 입술에 떠돌았다. 그 꼭 다문 입술은 마치

'나를 이 지경에 이르게 한 것은 그 누구인가' 하는 원망하는 듯한 표정이었다.

"아아! 어머니!" 하고 그는 외쳤다. "어머니를 이 지경에 이르게 한 것은…… 그것은…… 그것은…… 아아! 아버지…… 아니…… 아니" 하고 그는 마치 무슨 수수께끼나 풀려는 듯한 표정을 지었다. 그리고 그는 이 어머니의 찬 얼굴이 묻고 있는 그 물음에 대답을 구해내려고 무한히 애썼다. 어떤 생각이 맹렬히 그의 가슴을 충동시켰다.

"아아! 어머니를 이 지경에 이르게 한 것은!" 하고 그는 외쳤다. 그리고 그는 견딜 수 없는 마음과 증오의 염(念)을 감(感)했다.

"아아! 그것이다. 그것이다!"

하고 마치 무슨 물건이 보이는 듯이 손을 내저으며 외쳤다. 그는 다시 엎디었다.

지금 그의 눈앞에는 사흘 전 지낸 일이 똑똑히도 추상[4]이 되던

것이었다. 그의 눈앞에는 사흘 전날 밤에 그의 아버지가 집으로 돌아오던 모양이 너무도 분명히 나타났다. 그때 그의 아버지는 얼굴과 의복에 흙칠을 하였었다. 그리고 그의 걸음은 완전한 사람의 걸음이 아니었다. 그의 몸에서는 퀴퀴한 냄새가 나고 그 입에서는 쓸데없는 잔소리와 입에 담지 못할 더러운 소리가 새어 나왔다. 그의 주머니에는 어머니에게 죽을 쑤어 드려야 할 돈이 하나도 없었다. 그러고도 일 원 돈이나 빚을 졌다고 자꾸 병서에게 돈을 내놓으라고 협박을 하였다. 마침내 그는 비틀비틀하는 걸음으로 어머니의 병상으로 걸어갔다. 그리고 그때 그 아버지는 어머니를, 병난 어머니를 때렸다……

병서는 더 생각할 수가 없었다. 그는 벌떡 일어섰다. 그리고 정신없이 외쳤다. "아아 그것…… 그것…… 그것…… 그것이 우리 어머니를……"

그는 일종의 한기가 그의 몸에 핑 돎을 깨달았다. 그리고 그는 미친 듯이 밖으로 뛰어나왔다. 그는 정신없이 토방(土房)에 세워 두었던 지겟작대기를 들고 눈 위로 달음박질하여 갔다. 그의 몸은 화끈화끈 달고 그의 눈에는 불꽃이 날렸다.

그는 마침내 어떤 집 앞에 우뚝 섰다. 별로 좋지도 못한 그 집 창으로는 희미한 불빛이 흥분한 어린 병서의 얼굴에 비치었다.

그 집 주위에는 견딜 수 없는 악취가 사방으로 흩어졌다.

그는 전력을 다해 방문을 열었다. 쉽게 열렸다. 화끈화끈 더운 김이 그의 언 코를 막히게 했다. 그는 핏빛이 된 눈으로 얼른 방 안을 한번 둘러보았다. 단 일 초 동안에.

방 안에는 불을 켜놓은 채 삼사 인이 되는대로 누워 있었다.

농부들의 무곡조한, 집을 울리는 코 고는 소리와 알코올과 탄산가스가 합한 괴악(怪惡)한[5] 냄새가 그를 불쾌케만 할 뿐 아니라 정신을 아득하게 하였다. 그의 이는 박박 갈리고 그의 몽둥이를 든 손은 부르르 떨렸다. 그리고 소름이 오싹하며 온몸에서는 땀이 흘렀다. 그는 윈 윗간에 배를 내놓고 누워 있는 그의 아버지를 보았다. 그리고 일종 원망스럽고도 경멸스러운 안광(眼光)으로 그를 일 초간 쏘아보았다. 그리고 그는 곧 살이 피둥피둥한 이 집 주인 곧 술장수인 노인을 보았다. 그리고 견딜 수 없는 증오의 염이 그의 마음을 괴롭게 했다. 그는 다시 그의 부친을 보았다. 아무 근심 걱정 없는 듯이 단꿈을 꾸고 있는 그의 부친이 슬프기도 하고 원망스럽기도 했다. 그래서 칵 들어가서 쓸어안고 실컷 울고 또한 어머니의 임종이 어떠하였던 것을 일일이 말도 하고 싶었다. 만일 그가 그 일을 실행하기에는 그의 마음은 너무 급급하였다. 그는 뛰어들어가 집주인 영감을 실컷 때려주고 싶었다. 그러나 그가 그 방 아랫목 머리맡에 놓인 술단지를 볼 때 그의 전 시력과 전 정신 전 능력은 다 그리로 모이고 말았다. 뜨거운 피가 쫙 머리로 모였다. 그는 바삐 뛰어들어가,

"이 미운 놈아" 하고 몽둥이를 들었다. 일격지하에 그 몽둥이는 맹렬한 소리와 함께 그 술단지를 깨쳐버리고 말았다.

그는 쫘르르 하는 술 흐르는 소리와 이 의외의 음성에 잠을 깬 주인의 신음 소리를 들었다. 그리고 그의 발이 액체에 젖은 것을 감했다. 그러고는 제 의복 바람에 겨우 팔락거리던 등불이 죽어

버린 것을 보았다. 그리고 그는 뛰어나왔다.

그는 정신없이 아까 왔던 길을 도로 뛰어갔다. 그의 마음은 얼마만큼 보복을 행한 듯한 시원한 감이 있었다. 그러나 그가 다시 자기 집 방문을 열었을 때 그의 마음속에는 다시 원한과 슬픔으로 가득 찼다. 그는 좀더 원수를 갚고 싶었다. 그리고 이 세상에 있는 모든 술집들을 다 저주하고 싶었다. 그는 방문을 열어놓은 채 펄썩 주저앉아서 팔을 뽐내고 제 목소리를 다해서 고함쳤다.

그는 견딜 수 없었다. 그는 모든 술집들을 저주했다. 그리고 술을 마시는 사람들을, 곧 자기 아버지부터라도 부덕한 사람이라고 단언했다. 어떤 위대한 인물이 생겨서 이 천하의 모든 술집을 다 헐어버리고 오늘 제가 소부분으로 실행한 것같이 이 세상 모든 술독들을 모두 다 때려부수어 없이할 수가 있게 되기만 위하여 기도하였다. 열심으로 성심으로 그것을 바랐다. 그리고 이제 이내 그런 인물이 날 것을 믿고 싶었고 또 그렇게 믿었다.

추운 바람에 귀성(鬼聲) 같은 소리는 자기의 이 열심 있는 희망의 기도를 하늘 위의 하느님 앞까지 전해주는 사자(使者)의 소리 같이 그의 귀에는 들리었다. 그리고 자기가 원하는 그 일의 실행이 목전에 임박한 것 같은 쾌감을 깨달았다. 그리고 소리 없이 내리는 흰 눈은 곧 소원을 이루어주리라는 하느님의 계시같이 생각되었다.

어머니의 '나를 이 지경에 이르게 한 것은 누구인가' 하는 물음을 포함한 듯한 얼굴의 표정이 그로 하여금 더욱더욱 슬픔을 감케 했다. 잠깐 동안 가만히 앉아 어머니의 얼굴을 들여다보던 그는 다시 새 슬픔에 새 눈물을 흘리며 제 힘껏 소리쳤다.

"아아, 저주를 받을 너, 너는 만세전(萬歲前)[6]으로부터 기만(幾萬)의 생명을 살해했고, 현금(現今)에도 또한 수없는 사람의 생명을 해하는구나. 또한 이 뒤로도 너는 너의 독한 행실을 꺼림 없이 발휘하겠구나. 저주를 받아라. 이 간악한 자여. 우리 인생에게 모든 불안과 공포와 불행과 죄악과 해독을 끼치는 너 악독한 자여, 영원한 저주를 받아라" 하고 부르르 떨며 술을 저주했다. 그리고 술을 마시는 자를 가리켜(물론 자기 부친까지) "불쌍한 자여!" 하였다.

이 모든 소리에 곤히 잠들었던 아기가 깨었다. 아기는 울 듯 울 듯하다가 병서를 보고 방긋 웃었다. 병서는 말없이 쓴웃음을 웃으며 아기를 일으켜 안았다. 그리고 어머니의 시체 위에 쓰러졌다. 몸이 오싹오싹하고 심한 졸음이 오는 것을 깨달았다.

그는 처음에 어머니의 사(死)를 생각하고 슬피 울었다. 이제 다시는 어머니를 만나 볼 수가 없다 하는 생각이 그의 가슴을 몹시도 괴롭게 하고 슬프게 했다. 아기도 꼼짝도 아니하고 가만히 있었다. 새벽이 되어오는지 공기가 차차 더욱 차졌다.

끊임없이 내리던 싸라기눈도 어느새 뚝 그치고 살을 베는 듯한 찬 바람이 여전히 눈을 휩쓸며 조금이라도 구멍만 있는 데면 한 군데도 아니 남겨놓으려는 듯이 쏴쏴 불었다.

병서는 다시 얼굴을 들지 않았다. 그래서 그의 어머니의 '나를 이 지경에 이르게 한 것은 누구입니까' 하는 그 표정도 보지 않았다. 한참 동안이나 술에 대한 증오의 염이 맹렬히 다시 그의 가슴에 끓었다. 그러다가 그 원한의 염은 집에는 불 땔 나무도 없고 밥 지을 쌀도 없이 저 혼자 나다니며 술을 마시는 그의 부친에게로 옮겼다. 그러다가는 또 그 원한은 술을 파는 이 서방에게로 갔다가는 다시 또 술이라는 물건 자체로 갔다가는 또다시 자기 부친에게로 갔다. 해서 어느 것이 과연 나쁜 것인지를 알 수가 없었다. 그래 그는 마침내 이렇게 생각했다. '술을 먹는 사람이나 술을 파는 사람이나 술 그 자체이나 다 한가지로 나쁜 것이라'고.

그러나 그가 이런 생각을 하는 것도 오랫동안은 아니었다. 그는 그의 조그만 집에 지붕이 벗겨지고 하늘문이 크게 열린 것을 보았다. 그리고 그리로부터 저의 어머니가 눈이 부신 찬란한 옷을 입고 날아 내려오는 자태를 보았다. 그는 황홀히 "어머니!" 하고 외쳤다. 어머니는 사랑스럽게 웃으면서 그와 그의 아기를 양수(兩手)에 안고 여러 가지 재미있는 말로 위로해주었다. 그는 이제는 춥지 않았다. 슬프지도 않고 괴롭지도 않고 다만 따스하고 즐거웠다. 그는 그의 즐거움을 마음껏 즐거워할 수가 있었다.

이튿날 아침 밝은 해는 다시 열어놓은 그의 창문으로 들이비추었다. 찬 세상을 영원히 떠난 어머니의 표정은 역시 '나를 이 지경에 이르게 한 것은 누구입니까' 하는 어젯밤 표정 그것이었다. 어머니 옆에 쓰러진 아기의 뺨에는 밤새도록 운 눈물이 얼음이 되어 있었다. 그는 꼭 어떤 재미있는 꿈을 꾸는 얼굴 같았다. 어머니의 가슴 위에 쪼그리고 앉아 영원히 잠자는 그의 얼굴에는 '나는 행복이외다' 하는 표정이 똑똑히 나타났다……

인력거꾼 人力車軍

  밤 새로 두 시에야 자리에 누웠던 아찡이 아직 날이 채 밝기도 전에 졸음 오는 눈을 비비면서 일어났다. 자리라는 것이 곧 되는 대로 얼거리 해놓은 막살이 속에 누더기와 짚을 섞어서 깔아놓은 돼지우리 같은 자리였다. 그 속에서 아직도 돼지같이 뚱뚱한 동거자가 흥흥거리며 자고 있는 것을 깨워 일으켜가지고 아찡이는 코를 흥 하고 풀어 문턱에 때려누이면서 찌그러진 문을 열고 밖으로 나왔다.

  잠자던 거리가 깨기 시작하는 때이었다. 상해 시가의 이백만 백성이 하룻밤 동안 싸놓은 배설물을 실어 내가는 대변 구루마¹들이 요란한 소리를 내며 잔돌 깔아 우두럭투두럭한 길 위로 이리 달리고 저리 달리고 하는 것이 아찡의 눈앞에 나타났다. 동편으로 해가 떠오르려 하는 때이다. 일찍 일어난 동넷집 부인님네들이 벌써 일본 사람의 밥통 비슷하게 생긴 똥통들을 부시느라고 길가에 죽 나서서 어성버성한 참대 쑤시개로 일정한 리듬을 가진 소리를 내면서 분주스럽게 수선거리었다. 아찡이와 뚱뚱바위는 약조했던 듯이 한꺼번에 하품과 기지개를 길게 하고 바로 맞은편 떡집으로 갔다. 거리로 향한 왼편 구석에 널빤지 얼거리가 있고 그 얼거리 위에 원시적 기분이 농후한 검은 질그릇 속에 삐죽삐죽하게 콩기름에 지져낸 유자꽤(조반죽 반찬 하는 떡)가 담뿍 꽂혀 있고, 그 옆에는 방금 지져놓은 먹음직한 쏘빙²들이 불규칙하게 담겨 있는 위로는 벌써 잠코 밝은 파리 친구들이 몇 마리 달려와서 윙— 하면서 이 떡 저 떡으로 돌아다니며 먹고 싶은 대로 실컷 그 고소하고 짭짤한 맛을 빨아들이고 있었다. 이 선반 바로 뒤에는 사람의 중키만이나 하게 높이 쌓은 우리나라 물독 비슷하게 생긴 가마가 놓였고 그 가마 밑 네모난 구멍에 지금 떡 굽는 사람이 풀무를 갖다 대고 풀떡풀떡 하며 가마 안에 물을 활활 피우고 있고 가마 위 나무 뚜껑 아래에서는 길죽길죽하게 빚고 한편에 깨 몇 알 뿌린 쏘빙들이 우구구 하면서 뜨거운 진흙 가에 모래찜을 하고 있었다. 그것들이 모래찜을 실컷 하여 엉덩이가 꺼무죽죽하게 되면 그 손톱이 세 치씩이나 자란 떡 굽는 이의 손이 들어와서 하나씩 하나씩 잡아내다가 앞에 놓인 선반 파리 무리 잔치터에 던져주는 것이었다. 바로 이 떡 가마 왼편에는 기다란 부뚜막을 가진 가마가 걸렸고 그 위에서 지금 유자꽤들이 오그그그그 하면서 콩기름 속에서 부어오르고 있었다. 그리고 역시 한길 쪽으로 향한 이편 한 모퉁이에는 네모 방정한 부뚜막 위에 보름달만큼이나 크게 둥글둥글한 서양철³ 뚜껑을 덮은 깊다란 가마들이

네다섯 개 삥 둘러 걸렸고 부뚜막 바로 중앙에는 직경이 두 치밖에 안 될 쇠통이 뚫려 있어서 이 가마지기가 이따금 이따금 그 조그맣고 뚱그런 뚜껑을 열고는 바로 그 부뚜막 안측에 쌓아둔 물에 젖은 석탄가루를 한 부삽씩 쪼르르 쏟는 것이었다. 그러면 그 구멍 속으로부터는 까만 내와 빨간 불길이 흘깃흘깃하고 밖으로 치내미는 것을 서양철 뚜껑으로 덮어 막아버리고는 놋으로 만든 물푸개를 바른손에 들고 왼손으로 이편 가마 뚜껑을 처들고는 부글부글 끓는 맹물을 퍼서 저편 가마 속에 쭈르르 쏟고는 또다시 왼편 가마 속 물을 퍼다가 바른편 가마에 넣고 이렇게 쭈룩쭈룩 소리를 내면서 분주스레 퍼 옮기고 쏟아 옮기고 하다가는 엽전 닢 나뭇조각 서너 개씩을 가지고 와서 삥 둘러섰는 아가씨들과 할머니들의 서양철 물통(오리 주둥이 같은 것이 달린 것), 세숫대야, 쇠주전자, 사기주전자 등에 엽전 두 푼에 한 물푸개씩 그 절절 끓는 물을 담아 주는 곳이다.

아쩡과 쭐루(돼지)라는 별명을 가진 동거자는 어두컴컴한 부엌 속으로 들어가서 둥그런 탁자를 가운데 놓고 뒷받침 없는 교의[4]에 삥 둘러앉은 때 묻은 옷 입은 친구들 틈에 끼여 앉아서 떡 두 개씩과 꺼룩한[5] 묵물을 한 사발씩 마시고 쩔렁쩔렁하는 전대 속에서 동전을 여섯 닢 꺼내 탁자 위에 메치고 코를 힝힝 방바닥에 풀어 묻히면서 걸어 나아왔다.

둘이서는 잠잠히 걸었다. 조약돌을 깔아 울투룩불투룩한 좁은 골목을 꿰어 나와 전찻길을 끼고 한참 올라가다가 다시 조그만 골목으로 조금 들어가서 인력거 셋방 앞에 다다랐다. 벌써 숱한 인력거꾼들이 와서 널찍한 창고 속에 줄줄이 가득 차게 세워둔 인력거를 한 채씩 끌고 뒷문으로 나아갔다. 아찡도 연극장 입장권 파는 구멍 같은 구멍으로 가서 거의 해어져 떨어져가는 종이에 돌돌 싸둔 대양(大洋)[6] 팔십 전을 인력거세 하루 선금으로 지불하고 표 한 장을 얻어 들고 어둑한 창고로 들어가 제 차례에 오는 인력거를 한 채 들들 끌고 거리로 나아왔다. 그는 잠깐 우두머니 서서 분주스럽게도 왔다 갔다 하는 군중을 바라다보다가 인력거 뒤채를 부득부득 밀면서 나아오는 뚱뚱이에게 이렇게 말했다.

"오늘 어째 신수가 궁한 것 같애! 어젯밤 꿈이 수상하더라니!"

뚱뚱이는 이 말을 대답할 새도 없이 벌써 저편 맞은 거리에서 오라고 손짓하는 서양 여자를 보고 설마 남에게 빼앗길세라 줄달음질을 쳐 가서 인력거 앞채를 척 내려놓고 그 여자를 태웠다.

아찡이는 절반이나 잊어버려서 무엇인지 잘 생각도 안 나는 꿈을 되풀이해보려고 애를 쓰면서 정거장 쪽으로 향해 갔다.

마침 남경서 오는 막차가 새벽에 정거장에 닿았다. 제섭원(齊燮元)이가 노영상(盧永祥)이를 들이친다[7]고 풍설이 한창 올랐을 때에 이번 차가 아마 마지막 차일는지도 모른다고 소주(蘇州)서 곤산(昆山)서 쓸어 오는 피란민들이 넓은 정거장이 째어져라 하고 밀려 나아왔다. 정거장 정문은 벌써 그동안 각처에서 몰려든 피란민들의 잃어버린 짐짝으로 가득 채워 교통 단절이 되고 좌우 문으로 쓸려 나오는 군중이 문간에 수직하고 있는 군인들의 수색을 당하면서 이리 밀치우고 저리 밀치우고 흐늑흐늑하고 있었다.

아찡은 이 기회를 안 놓치리라고 이리 기웃 저리 기웃 하며 기회만 엿보고 서 있었다. 저편 한구석으로 아니나다를까 늙은 할머니 한 분, 젊은 색시 한 분, 또 돈푼이나 있어 보이는 젊은 사내 하나가 고리짝, 참대 궤짝, 바구니 등 수십 개의 짐짝을 겨우 수색을 마치고 시멘트 길바닥에 쌓아놓고 땀들을 씻고 있었다. 아찡은 곧 그곳으로 뛰어가려고 하다가 '이놈아' 하고 외치는 역전 순사 밑에 쥐 죽은 듯이 한편으로 물러서면서 아까운 듯이 그쪽만을 바라보았다. 짐은 산더미처럼 쌓아놓고 촌닭이 관청으로 온 모양[8]에 두리번두리번하던 젊은 사내가 마침내 짐짝을 여인들에게 잘 보라고 부탁하고 인력거를 부르려 정거장 구외로 나아왔다. 아찡은 인력거를 한 모퉁이에 집어 던지고 번개처럼 달려들었다. 벌써 네다섯 다른 인력거꾼들도 달려와서 이 젊은이를 에워쌌다.

"어데 가시려오? 어데요? 여관에 갈려오?"

젊은이는 어찌해야 좋을는지 모르겠다는 모양으로 한참이나 어릿어릿하다가 겨우 상해 말은 아닌 어떤 사투리로 여관까지 얼마에 가겠느냐고 물었다.

"사마로(四馬路)까지 가면 육십 전이오" 하고 한 인력거꾼이 즐거운 듯이 웃으면서 말했다.

젊은이는 다시 우물우물하다가

"이십 전에 가면 가고 그렇지 않으면 고만두어!" 하고 모깃소리만치 중얼거렸다. 인력거꾼 한 서넛이 펄쩍 뛰면서 한꺼번에 외쳤다.

"어디를, 우리 그렇게 에누리 아니 한답니다."

"그자 촌놈일다. 상해 말도 할 줄 모른다" 하고 인력거꾼 하나가 고함을 쳤다. 그들은 이 시골뜨기를 잔뜩 골려먹으려고 그냥 육십 전을 내라고 떠들었다. 얼마 동안에 오고 가는 말이 계속되다가 값은 마침내 매 인력거에 사십 전씩(보통 정가의 4배)에 작정이 되었다. 아찡도 식전 새벽에 이게 웬 떡이냐 하고 새벽 호운(好運)을 웃고 떠들어서 축하하는 동무 인력거꾼들과 섞여서 정거장 구내로 들어가서 고리짝을 한 개 들어 내왔다. 아찡은 큰 고리짝 한 개와 얻어먹다 남았는지 반찬 대가리 싼 조그만 보꾸러미 한 개를 올려놓고 앞장을 서서 줄곧 달음질해 나아갔다.

사마로에 여관은 여관마다 피란민으로 가득 찼다. 그래 그들은 짐들을 싣고 이 여관 저 여관으로 한참이나 왔다 갔다 하다가 마침내 어떤 어렵고 조그마한 여관에 가서 남은 방은 없으나 응접실에서 자기로 하고 하루에 방세 이십 원씩 주기로 하여 마침내 자리를 잡았다. 인력거꾼들은 그동안 여기저기 한참이나 끌려다녔다는 것을 핑계로 해가지고 한참이나 요란스럽게 떠들어서 마침내 매인(每人) 대양 일 원씩을 떼내었다. 아찡도 그의 왼손 바닥에 놓인 번들번들하는 은전 대양 일 원을 눈이 부신 듯이 바라다보면서 저고리 앞자락으로 흘러내리는 땀을 씻고 서 있었다.

그가 인력거 채를 되는대로 질질 끌면서 다시 큰 거리로 나아올 때 그는 혼자서

"이게 웬 떡이냐! 꿈에 신수가 궁하면 정말은 신수가 좋은 법이야" 하면서 속으로는 좀 있다가 방장에 선술집에 가서 한잔할 기쁨을 예상하면서 그 번들번들하는 큰돈을 허리춤 전대에 잘 간수

했다.

정말로 그날은 특히 운이 좋았던지 큰 거리에 척 나서자 가랑이 넓은 바지를 입고 팽갱이⁹ 같은 모자를 쓴 미국 해군 하나를 태우고 팔레스 호텔까지 갖다 주고 해군들이 보통 하는 버릇으로 그냥 막 집어 주는 돈을 받아 헤어보니 이십 전이 한 닢, 동전이 열두 닢이었다.

그는 너무나 좋아서 빙글빙글 웃으면서 전차 궤도를 건너 인력거 정류소로 들어가 차를 내려놓고 그 살대 위에 편안히 걸터앉아서 행상하는 어린애를 불러다가 동전 두 푼을 주고 쏘빙을 두 개를 더 사서 찻물로 목을 축여가며 맛있게 먹었다.

해는 벌써 거의 오정이 되었으리라고 그가 생각한 때 제 차례가 와 닿았다. 방금 팔레스 호텔 문지기인 인도인이 망치를 휘두르면서 '인력거꾼' 하고 부르는 소리를 듣고 달려가려고 펄썩 일어서다가 아찡은 그만 벌떡 나가자빠졌다.

아찡 뒤에서 참새 눈깔 같은 눈을 도록도록하고 있던 뾰족이가 번개같이 아찡 옆으로 뛰어나가 손님을 태우려 달려갔다.

아찡이는 다시 일어나면서 저도 모르게 '에코' 하고 신음을 했다. 한 정류장 안에서 잡담들을 하고 있던 동료들이 여남은이나 죽 둘러서서 웬일인가 물어보았다. 아찡은 겨우 몸을 일으켜 인력거 위에 걸터앉으면서 '오륵' 하고 바로 그 앞에다가 방금 먹은 것을 고 채로 게워놓았다. 동료들은 한편으로는 놀라면서도 한편으로는 우스워서 하하 웃으면서 그를 내려다보고 있었다. 그는 머리가 횡하고 온몸이 노곤한 것을 깨달았다. 오 분, 십 분, 십오 분, 그는 다시 제 기운을 차리려고 노력했으나 무효(無效)이었다.

동료 중에 그중 나이 좀 먹은 곰보 영감이 마침내 동정하는 듯이 가까이 와서 아찡의 싸늘하게 식은 손을 주무르면서 이렇게 말했다.

"여보게, 요 골목 돌아서 사천로(四川路) 청년회에 가면 돈 안 받고 병 보아주는 의사 어른 계시다니 그리 가보게. 그저께 우리 장손이가 갑자기 아파서 거기 가서 약 두 봉지 타다 먹구 나았다네. 어서 가보게."

아찡은 무의식하게 고개를 끄덕이었다. 아마 곰보 영감 말을 들어야 할까 보다 하고 흐릿하게 그는 생각했다. 그러나! '어젯밤 꿈이 불길하더라니!' 어떤 무서운 생각이 번개같이 지나갔다. 그러면서 이 반짝하는 전기가 그를 뛰어오르게 했다. 그는 인력거도 아무것도 잊어버리고 홑몸으로 뛰쳐나와 달음질쳐서 남경로로 들어섰다.

그는 그가 어떤 모양으로 여기까지 왔는지를 기억할 수가 없었다. 하여간 이 사람 저 사람에게 물어 핀잔을 먹어가면서 여기까지 찾아는 왔다. 방 안에는 저 외에 서너 노동자들이 먼저 와 앉아서 아무 말도 없이 서로 번번이 쳐다보고들 앉아 있었다. 한 사람은 어디서 구루마에 치였는지 그냥 피가 뚝뚝 흐르는 팔을 추켜들고 '흐흐' 하면서 부들부들 떨고 있었다. 아찡은 한참이나 벽을 기대고 반쯤 누워 있다가, 차차 정신이 드는 것을 깨달았다. 인제는 정신은 똑똑한데 몸이 그저 사시나무 떨리듯 우들우들 떨리고 멎지를 않았다.

의사님은 어데 갔는가?

하인 같은 사람 하나가 비를 들고 들어왔다. 아찡은 거의 본능적으로

"의사님 어데 가셨소?" 하고 물었다. 하인은 대답 없이 비로 방 안을 두어 번 슬적거리고 나서는 기지개를 하면서

"규칙이 의사님이 새루 두 시에야. 어데든지 갔다가 두 시에 오라우! 두 시 전에는 의사님이 아니 오는 규칙이야" 하고는 다시 방을 쓸기 시작했다. 아찡은 풀썩풀썩 비가 가는 대로 일어나는 먼지를 흠뻑 받으면서 잇몸이 떡떡 마주 붙어서 떨리는 소리로 다시 말했다.

"지금 몇 시쯤 됐소?"

"열한 시" 하고 하인은 시간을 따로 외고 다니는 듯이 빨리 말했다.

세 시간이 있다. 그러나 여기서 기다릴밖에 없다. 이 모양으로는 아무 데도 갈 수가 없다. 왜 이렇게 몸이 자꾸 떨릴까?

아찡이 한참이나 정신없이 있다가 다시 정신을 차린 때에는 떨리는 증세는 모두 없어지고 그저 머리를 무슨 몽둥이로 얻어맞은 듯이 뭉덩할 뿐이었다. 팔 부러진 사람은 아직도 그냥 '흐흐' 하고 앉았고 다른 사람들은 일절 나는 상관없다 하는 듯이 천장들만 쳐다보고 있었다. 두려운 암시를 주기 알맞은 침묵이었다. 흐리멍텅한 아찡의 귀에는 밖으로 뿡뿡 쓰르르 하고 오고 가는 자동차 소리들이 어디 멀리서 들려오는 소리같이 들렸다. 그는 침묵이 싫었다. 그래서 그는 이 두려운 침묵을 깨뜨리는 것이 그의

책임이라는 듯이, "지금 몇 시나 됐을까요?" 하고 공중을 향해 물었다. 천장만 쳐다보던 사람들이 잠깐 얼굴을 돌려 표정 없는 흐리멍덩한 눈동자로 그를 바라다볼 뿐이요, 아무도 대답하는 이가 없었다. 아찡은 다시 어떤 무서운 생각이 나서 몸을 부르르 떨었다.

'글쎄 어젯밤 꿈이 흉하다니까!'

문이 열리면서 깨끗한 양복을 입고 금테 안경을 쓴 뚱뚱한 신사가 한 분 들어왔다. 아찡은 직감으로 이이가 의사 어른이려니 하고 벌떡 일어나면서

"의사 나리님, 제가 오늘 갑자기……"

"아니오 아니오! 의사는 아직도 두 시나 있다가야 와요. 좀더 기다리시오!" 하고 젊은 신사는 급급히 대답하면서 뒷문을 열고 안방으로 들어갔다. 조금 있다가 그 젊은 신사가 다시 나아왔다. 아픈 몸과 가슴을 가진 그들의 눈들이 그의 일동일정(一動一靜)을 멀거니 바라다보고 있었다.

이 젊은 신사는 좀 뚱뚱한 딴에 쾌활스런 성격이었다. 그는 조그마한 세 다리 교의에 펄썩 주저앉으면서 구둣발로 마룻바닥을 한 번 쿵쿵 구르고 나서

"당신들, 의사 보러 왔소? 좀더 기다리시오. 아, 당신은 어떡하다가 팔을 다쳤소? 무슨 일을 하오? 소차(小車) 끄오? 인력거 끄오?" 하고 이 사람 저 사람들을 번갈아 보면서 대답은 쓸데가 없다 하는 듯이 주절주절 지껄이고 있었다.

한참 다시 침묵이 계속되었다. 그래서 표정 없는 눈들이 신사의

몸을 떠나 다시 천장으로 향하려 하는 때에 신사가 다시 버룩버룩하면서 말을 꺼냈다.

"세상은 괴롭지요? 죄 때문이외다! 아담 이와가 한 번 죄를 진 후로 그 죄가 세상에 관영해서 세상이 이렇게 괴롭게 되었습니다" 하고는 가장 동정이나 구하는 듯이 군중을 한 번 죽 둘러보았다. 군중의 얼굴들에는 일종 '무슨 소린지는 잘 모르겠다' 하는 그러면서도 약간의 호기심에 끌린 표정이 역력히 드러났다. 아쩡이도 무시무시한 호기심에 끌려 귀를 기울였다. 잠깐 동안 아픈 것을 잊어버렸다.

"당신들은 기도해본 적이 있소?" 하고 신사는 일동에게 물었다.

아무도 대답하는 이는 없었다. 모두 신사의 얼굴만 열심으로 바라다보았다. 신사는 잠깐 말을 멈추었다가 '대답은 쓸데없소이다' 하는 듯이

"기도함으로 죄 사함을 얻습니다. 요한복음 삼 장 십육 절에 말하기를 '하느님이 세상을 이처럼 사랑하사 독생자를 주셨으니 누구든지 그를 믿으면 멸망하지 않고 영생을 얻으리라' 했습니다. 하느님의 독생자 예수 그리스도가 우리 죄짐을 지시고 골고다 십자가에 못 박혀 죽으셔서 그 피로 우리 죄를 속했습니다. 그래서 누구든지 예수를 믿으면 세상에서는 이렇게 괴로워도 죽어서는 천당에 가서 금거문고를 뜯고 천군 천사와 하느님을 노래하면서 생명수 가의 생명과를 먹으며 살아간답니다" 하고 절반이나 연설체로 흥분해서 한참 내리엮고서는 다시 한 번 일동을 둘러보고는 벌떡 일어서며 마치 기도하는 태도로 눈을 하늘을 향해 올려 뜨고

"오! 사랑하시는 하느님이여, 이 불쌍한 백성들을 굽어 살피사 당신의 거룩한 성신의 불로 그들의 죄를 태워버리고 그들의 마음을 감동시키사 하느님을 믿게 하시오며 풍성하신 은혜를 베푸소서" 하고는 다시 눈을 내리뜨면서 "여러분, 오늘부터 예수 품 안에 들어오시오. 예수 말씀하시기를 '내 멍에는 가볍고 쉬우니라' 하셨습니다. 이 세상 괴로움을 모두 잊고 예수만 진실히 믿었다가 이다음 죽은 후에 천당에 가서 무궁한 복락을 같이 누립시다" 하고 긴 설교를 끝낸 후 일동을 다시 한 번 죽 둘러보고 천천히 문밖으로 나가버렸다.

소눈깔같이 우둔한 눈으로 흥분한 신사의 머릿짓 손짓을 열심으로 바라다보던 눈들은 다시 일제히 어딘가 보이지 않는 곳을 물끄러미 바라다보면서 각기 입으로는 약속했던 듯이 한숨을 내쉬었다.

아찡이는 열심으로 그 신사의 말을 들었다. 그러나 그는 그것이 모두 무슨 말인지 알아들을 수가 없었다. 무슨 '죽은 후에 금거문고를 타고 잘산다'는 말을 알아듣고 '그렇게 되었으면 오죽이나 좋으랴' 하고 속으로 부러워도 했다. 그러나 지금 세상이 무슨 아담 이와 죄 때문에 괴롭게 되었다는 소리는 무슨 소린지 모를 소리라 했다. 그럼 인력거꾼은 모두 아담 이와 죄의 형벌을 받거니와 자동차 탄 양귀자[10]나 이따금 제가 태워다 주는 비단옷 입은 색시들은 어째 아담 이와 죄 형벌을 아니 받을까 하고 그는 생각했다. 우리 같은 인력거꾼은 이렇게 늘 괴로워도 그 비단옷 입고 금반지 끼고 인력거나 마차나 자동차만 타고 다니는 그 사람들은

세상에 조금도 고생이라는 것이 없는 것같이 보였다. 그리고 그 신사가

"하느님의 성신의 불로 그들의 죄를 태워버리고……" 운운할 적에는 그는 속으로

'하느님이 있거든 한 끼 먹을 밥 한 그릇 듬뿍이 주고 이 몸 아픈 것이나 낫게 해주소' 하고 원했다.

신사가 나간 후에도 아쩡이는 한참이나 그 신사가 한 말을 알아들은 대로는 되풀이해보았다. '세상에서는 괴롭게 지내다가 일후 죽은 후에 천당에 가서 금거문고 타고……' 죽은 후에 금거문고 타려면 왜 살아서는 고생을 해야 되는가? 죽어서 천군 천사와 노래하려면 왜 살아서는 만날 뚱뚱한 사람을 태우고 땀을 흘려야 하며 발길에 채어야 하고 순사 몽둥이로 얻어맞아야 하는가? 죽은 다음에 생명수 가에 있는 생명과를 배부르게 먹으려면 왜 살았을 적에는 남 다 먹는 아침 죽 한 그릇도 못 얻어먹고 쏘빙으로 요기하여야 하는가? 그것을 아쩡이는 깨달을 수가 없는 것이었다. 그 신사가 말한 바 소위 그 천당이라는 데는 그러면 우리 같은 인력거꾼들이나 몰려가는 데인가? 그러면 양귀자들과 양복 입은 젊은 사람들과 순사들은 죽은 후에 어떤 곳으로 가는가? 그들도 그 천당으로 가는가? 만일 그들도 천당에를 가면 그들은 이 세상에서 고생도 아니 했으니 불공평하지 않은가? 옳다. 만일 천당이라는 데가 있다면 거기서는 필시 우리 이 세상 인력거꾼들은 아까 그 사람이 말한 모양으로 금거문고 타고 생명과를 배불리 먹고 놀고 이 세상에서 인력거 타던 사람들은 모두 인력거꾼이

되어서 누더기를 입고 주리고 떨면서 인력거를 끌고 와서 우리를 태워주게 되나 부다! 그러나 그러면 나도 한번 그들을 '에잇끼 놈' 하면서 발길로 차고 동전 세 닢 던져 주고 예수 만나 보려 대문으로 들어가게 될 것이다. 정말 그런가 하고 그는 혼자 홍분하여졌다. 그래 그 신사가 아직 있으면 천당에도 인력거꾼이 있느냐고 물어보고 싶었다. 만일 그렇다고 하면 그는 이제라도 어서 죽을 것이었다. 그래 그 좋은 천당으로 한시바삐 갈 것이다. 그는 호기심에 끌려서 미닫이 칸 막은 안방에서 무슨 책인지 웅얼웅얼하면서 읽고 있는 방지기에게 말을 건넸다.

"여보 영감, 영감도 예수 믿소?" 웅얼하는 소리가 뚝 끊기고 한참이나 가만히 있더니

"네, 왜 그러우?" 하는 대답이 나왔다.

"천당에두 인력거꾼이 있다구 그럽디까?"

"인력거꾼? 천당에 인력거꾼 있으면 천당이랄 게 무어요. 없어요."

눈만 멀뚱멀뚱하고 있던 다른 사람들도 빙그레 웃었다. 피가 뚝뚝 듣는 부러진 팔을 들고 앉았는 영감만이 아무것도 귀찮다는 듯이 그냥 물끄러미 팔만 들여다보고 앉아 있었다.

아찡이는 낙망했다. 천당에는 인력거꾼이 없다. 그러면 역시 고생하는 놈은 우리뿐이다. 돈 많은 사람은 세상에서나 천당에서나 즐거운 것뿐이다.

그는 그런 천당에는 가기 싫었다. 천당에 가서도 낮은 데 사람이 위에 가고 위엣사람이 아래로 가지지 않는다고 할 것 같으면

그런 데까지 일부러 다리 아프게 찾아갈 필요는 없는 것이었다. 차라리 괴롭더라도 이 세상에서나 쏘빙이나마 잔뜩 먹고 몸이나 성해서 석 달에 한 번씩 이십 전짜리 갈보[11]네 집에나 가면 그것이 더 행복이다 하고 그는 생각했다.

몸이 퍽 가뜬해진 것같이 생각이 되어서 아찡이는 오지도 않는 의사를 기다리지 아니하겠다고 그만 밖으로 나와버렸다. 그러나 그가 분주스런 거리로 이 사람 저 사람 피하면서 걸어나갈 때 홀로 큰 고독을 깨달았다. 아찡은 제가 갑자기 이 세상 밖에 난 것 같이 생각이 되어서 슬펐다. 지나가는 사람, 지나오는 사람이 모두 희미하게 멀리 딴 세상에 사는 사람들 같고 저는 지구 밖에 어떤 곳에 홀로 서서 이 사람 떼를 바라다보는 것 같았다. 그는 이것이 흉조라고 생각하여 몸을 떨었다.

그는 정신없이 다리가 움직여지는 대로 자기 집 있는 짝으로 자연 가게 되었다. 영대마루 어귀에 내버린 인력거는 기억에 나오지도 않았다. 그것을 잃어버리면 제 몸이 어떤 비참한 결과를 거둘 것도 인식되지 않았다. 저도 무슨 일을 하는지 모르게 짚신짝으로 걸어오다가 건재 약국에 들어가서 감초 가루약을 동전 두 푼어치 사 들고 그냥 걸어갔다.

아찡이 얼마나 걸었던지 제 집 동구 밖에까지 왔을 때 동구 밖에 울긋불긋한 기를 늘인 책상 뒤에 앉아 있는 안경 쓴 점쟁이를 보았다. 아찡은 그의 본능적 어떤 공포가 그를 자연히 그 점쟁이에게로 제 몸을 끌고 가는 것을 깨달았다.

전대에서 이십 전짜리 은전 한 닢을 꺼내 점쟁이 앞에 던지고 우두머니 서 있었다. 점쟁이는 누런 안경 속으로 큰 두 눈을 희번 덕거리면서 아찡을 훑어보더니, 조그마한 상자 속에 손을 넣어 돌돌 만 종이 한 장을 꺼내 펼쳐 읽어보고서는 책상 밑에서 커다 란 장지책[12] 한 권을 꺼내 세 치나 자란 시커먼 엄지손톱으로 장장 을 들치면서 어떤 곳을 찾아 들여다보더니 책을 덮어놓고서, 책 상 위 유리판에 먹붓으로 글자를 넉 자를 써서 아찡 앞에 쑥 내밀 었다. 그 글자는 '천현리홍(天玄李紅)'이었다. 그러나 아찡이 그 한문 글자를 알아볼 리가 없었다. 그래서 그는 고개를 흔들었다. 점쟁이는 가장 점잔을 빼면서 관화 비슷한 영파 말로 점 해석을 시작했다. 이러쿵저러쿵 중언부언하는 해석을 다 모아놓으면 대 략 이러했다.

'아찡이는 지금 큰 액에 들었다. 지금 이 액을 넘기면 큰 낙이 돌아오리라.'

아찡이는 정신없이 제 방 안에 꼬꾸라졌다. 점까지 큰 액이 닥 쳤다고 나왔다. 아아 그러면 무슨 큰일이 생기나 보다 하고 그는 몸을 떨었다.

몸이 다시 으슥으슥하고 메스꺼움이 나기 시작했으나 먹은 것 이 없어서 게우지는 않았다. 아찡의 눈앞에는 그의 전 생애가 한 번 죽 나타났다. 어려서 촌에서 남의 집 심부름하던 것으로부터, 뒷집 닭 채다 먹고 들켜서 석 달을 매 맞으며 징역 하고는 상해로 와서, 공장에 들어갔다가 팔 년 전에 인력거를 끌기 시작했다.

팔 년 동안 인력거를 끌던 생각이 났다. 애스톨 하우스 호텔에 서 어떤 서양 신사를 태우고 오 리나 되는 올림픽 극장까지 가서 동전 열 닢 받고 억울한 김에 동전 두 닢만 더 달라고 조르다가 발길에 차이고 순사에게 얻어맞던 생각이 났다. 또 언젠가는 한번 밤이 새로 두 시나 되어서 대동여사(大東旅舍)에서 술이 잔뜩 취해 나오는 꺼우리(高麗人) 신사 세 사람을 다른 두 동무와 같이 태우고 법계 보강리까지 십 리나 되는 길을 가서 셋이 도합 십 전 은전 한 닢을 받고 어처구니없어서 더 내라고 야료 치다가, 그들은 이들한테 단장으로 죽도록 얻어맞고 머리가 깨어져서 급한 김에 인력거도 내버리고 도망질쳐 나오던 광경이 다시 생각이 났다. 그러고는 또다시 한번 손님을 태우고 정안사로(靜安寺路)로 가다가 소리도 없이 뒤로 오는 자동차에 떠밀려서 인력거 바수고, 다리 부러진 끝에, 자동차 운전수 발길에 채고 인도인 순사 몽둥이에 매 맞던 것도 생각이 났다.

길다면 길고 멀다면 먼 팔 년 동안의 인력거꾼 생활! 작은 일, 큰 일, 눈물 난 일, 한숨 쉰 일들이 하나씩 하나씩 다시 연상이 되어서 그는 엉엉 울었다. 그러다가 그는 갑자기 목이 갈한 것을 느끼면서 몸을 일으키려 하다가 온몸이 쥐 일어서는 것을 감하여 '꿍' 소리를 치고 도로 엎어지고서는 다시 아무것도 의식하지 못하게 되고 말았다.

종일 인력거를 끌고 새벽에야 집에 돌아와서 아쩡의 시체를 발견하고 공부국(公部局)에 보고한 뚱뚱이를 따라 공부국에서 순사와 의사가 검시를 하러 이 더러운 방 안으로 들어왔다.

의사는 방 안에서 검시하고 영국인 순사 부장은 중국인 순사 보호 통역을 세우고 뚱뚱이에게 여러 가지를 물어서 조그만 수첩에 적어 넣었다.

"아찡이가 언제부터 인력거를 끌었어?"

"글쎄 그도 똑똑히는 모릅니다. 이 집에 같이 있기는 바로 삼년 전부터입니다. 그때 제가 인력거를 처음 끌기 시작하면서 같이 있게 되었어요."

"그래 모른단 말이야?"

"네, 네, 아찡이 제 말로는 이 노릇 한 지가 금년까지 팔 년째라구 그러구 합디다요 나리!"

순사 부장은 알았다는 듯이 고개를 끄덕끄덕하더니 안에서 검시하고 나오는 의사를 향하여 웃으면서 영어로 이렇게 말했다.

"무엇 저 죽을 때 되어서 죽었소이다. 팔 년 동안 인력거 끌었다는데요. 남보다 한 일 년 일찍 죽은 셈이지만 지난번 공부국 조사에 보면 인력거 끄는 지 구 년 만에 모두 죽지 않습니까?"

의사는 고개를 끄덕끄덕하면서

"팔 년으로 십 년까지. 매일 과도한 달음질 때문에……"

*

공부국에서 온 일꾼들이 아찡의 시체를 거적에 담아 실어 간후, 뚱뚱이는 한참이나 멀거니 앉아 있다가 벌떡 일어나서 다시 밖으로 나갔다.

그날 오후 두 시에 사람들은 그 뚱뚱이가 역시 아무 일도 없다는 듯이 인력거에 손님을 태우고 에드워드로(路)로 기운차게 나가는 것을 볼 수가 있었다. 물론 그가 아까 순사 부장과 의사의 회화(영어로 하기 때문에)를 알아들을 수 없어서 그에게는 다행이 었다. 오 년이나 육 년 후에 아찡의 뒤를 따르게 될 것을 모르므로 뚱뚱이는 흐르는 땀을 씻으면서 껑충껑충 아스팔트 매끈한 길을 홀로 달아나는 것이었다…… 마치도 한 백 년 더 살 것같이……

살인殺人

1

우뽀는 갈보였다.

착취와 과도한 생식기 노동과 번민과 실없는 한숨이 소녀이던 그로 하여금 삼 년이 못 되어 삼십이 넘어 보이는 노파를 만들어 주고 말았다. 태양은 꽃을 피어오르게 하되 구박과 무정의와 학대는 얼굴을 믹게 만드는 것이다.

삼 년 전 호남에 큰 기근이 있을 때 열여섯 살이던 우뽀는 열흘씩 굶어서 사람이라도 잡아먹을 듯이 눈이 뒤집힌 아비 어미에게 보리 서 말에 팔려 그때 기근 구제도로 건축 공사 십장인 어떤 양고자[1]에게 처음으로 정조를 깨뜨리었다. 그때 그 어둑신한 널판 얼거리 좁은 방 안에서 그 쇠뭉치 같고 노란 털이 부르르 난 양고자 팔에 꽉꽉 안기던 그 두려움 그 부끄럼 또 그 어떤 알 수 없는

38

쾌미를 우쁘는 지금도 잊어버릴 수가 없었다. 그리고 그 훅훅하던 그놈의 입김에서 여우 가죽내 같은 노랑내가 숨을 콱콱 막히게 하던 것과 영문은 모르고도 좀 대항을 해보다가 그가 시키먼 육혈포[2]를 꺼내 헛방[3]을 쏘면서 위협하던 것과 무서운 김에 찍소리도 못하고 바들바들 떨면서 그 짐승 같은 가슴에 부둥켜 안기던 것, 그러고는 후끈후끈하는 빰, 어쩔한 아래 아픈 허리, 그러고는 기절, 이런 것들이 어린 그의 첫 경험으로는 잊어버리기에는 너무나 강한 인상을 남기고 갔다. 거기서 그놈에게 연 사흘 밤을 고생을 하고 그러고는 뒷동리에서 또 보리 서 말 주고 저보다 더 고운 처녀를 사 왔으므로 그는 그만 쫓겨나고 말았다. 쫓겨는 났으나 하여간 시원하다고 생각을 한 때 그 양고자의 심부름하던 노동자 하나가 양고자에게 청을 대서 그날 하룻밤은 또다시 그 노동자와 같이 자고 그런 후에는 집으로 돌아가도 상관없다는 허가를 얻었다. 그날 밤에 그는 그 노동자에게 연 세 번을 거듭 치르지 않으면 아니 되게 되었다. 그래 그는 이튿날 새벽에 허덕거리며 그래도 부모의 집이라고 뛰어간 때에는 벌써 병석에 눕지 아니치 못하였다.

그가 사흘인가 앓고 좀 나아서 문밖에 나앉게 된 때 그는 다시 대양 칠 원에 팔려서 어떤 양복 입은 신사를 따라 같이 팔려 가는 수십 명 먼 동리 가까운 동리 처녀들과 함께 백 리나 되는 길을 걸어 나와 생전 처음 보는 기차를 타고 상해(上海)까지 와서 또다시 얼마엔지는 모르나 지금 같이 있는 뚱뚱할미에게로 팔려 와서 이래 삼 년을 하루같이 하룻밤에도 서방을 적어도 네다섯씩

많은 때는 한 더즌⁴씩까지 갈아대게 되었다.

곱던 그의 얼굴이 진흙에 말발굽 자리 같아지고 말았다. 볼그레하던 뺨이 뼈만 남도록 수척한 위에다 값싼 분을 매일 발라서 퍼러무리하고도 거무튀튀하게 되고 샛별 같던 눈이 공포를 발산하는 두려운 동굴처럼 우둔해졌다. 영양 부족으로 눈 아래는 퍼런 멍이 지고 벌써 한 이태 전에 걸린 매독은 이곳저곳 번지기를 시작해서 요새는 코와 입가에도 얼른 보이지는 않으나 근질근질한 보둠지⁵가 맺히게 되었다.

처음에는 영계 사마로(英界 四馬路)에서 밤마다 뚱뚱할미와 함께 사마로 아래위를 오르내리면서 협수룩한 인력거(人力車)꾼들을 끌어들이고 있었으나 재작년 영계 공무국(公務局)에서 밀매음을 금한 이후로는 지금 있는 이 법계 대세계(法界 大世界) 앞 거리에 와 있었다. 그러나 여기서도 마음 놓고 사는 것은 아니었다. 하비로(霞飛路)로부터 영계, 법계가 갈리는 에드워드로(路)까지 죽 서문에서 북정거장(北停車場)으로 다니는 전찻길 좌우편이 모두 이 갈보 무리의 횡행지였다. 그래 저녁이 어슬어슬해지기만 하면 수백의 갈보들이 모두 제각기 제 농당(농당은 상해 세집의 전형이다. ㄷ 자형으로 집을 총총히 연달아 짓고 사면팔방 복도 어구에는 쇠문을 해 달아서 밤에는 닫았다가 낮에는 열곤 하게 되어 있다) 복도 어구에 마치 개미들이 개미구멍 밖에 나서듯 모둥켜 서서 지나가고 지나오는 부랑자들과 노동자들을 잡아끌고 추파 보내고 하는 것이 이곳 상업이다. 그러나 그것도 순사한테 더욱이 불란서 경부한테 들키면 벌금 푼이나 톡톡히 무는 바람에 갈보 주인들은 사람을 하나 사서 거리 어구에 세워두었다가 그 사람이 순사가 들어온다고 암호를 하면서 길 앞으로 빨리 지나가면 해 쪼이느라 구멍 밖에 나붙었던 벌레들이 몰려 들어가듯 농당 복도 어둑신한 쪽으로 우루루 쫓겨 들었다가는 순사가 지나간 뒤에는 또다시 우루루 몰려나와서 서방을 잡아들였다.

우뽀는 처음에 얼굴이 똑똑해서[6] 하룻밤에도 퍽 많은 손님을 얻었다. 비슬비슬 엿보러 혹은 놀러 나와서 거리를 공연히 오르고 내리고 하던 젊은 사람들도 우뽀가 쫓아 들어가서 소매를 휘어잡고 얼굴을 쳐다보며 한번 생긋 웃으면 그만 그를 거역하지 못하고 줄레줄레 따라 들어왔다. 그래 이것으로 어떤 때는 주인의 사랑도 받고 또 동무 갈보들의 시기와 미움도 더러 샀다. 그러나 그것도 얼마 전 일이요 요새 갑자기 그의 몸과 얼굴이 급전직하적으로 쇠퇴해가는 지금에는 그도 젊은 남자의 가슴을 끌 만한 자태를 거의 다 잃어버리고 말았다. 그러나 아직 다른 애들처럼 매는 몹시 얻어맞지 않았다. 그러나 이 앞으로 어찌 될지는 아무도 보증할 수가 없었다.

갈보들은 대개 밤 일곱 시가량부터 새로 세 시까지가 대활동을 하는 제일 분주한 사무 시간이었다.

이 여섯 시간 동안에 잘되면 사내 서넛씩은 늘 들어왔다. 값은 사내의 주제를 보아가지고 요구하는 것이다. 인력거꾼이나 공장 노동자가 오면 대개 한 사십 전 보아서 이십 전을 주어도 받고 또 흥정이나 없는 날은 동전 열두어 닢도 받고 했다. 그러다가 이따금(작년부터) 아라사 거지 같은 것이 오면 한 오십 전씩 떼내고 했다. 그러니 매일 밤 수입이 대개 이십 전으로부터 육십 전 내외였다. 이렇게 번 돈은 말끔 주인 할미가 가져가고 갈보들은 낮에 두르고 있는 누더기와 밤에 남자의 마음을 끌기 위한 육욕을 발동시키기 알맞은 각색의 비단옷 한 벌과 값싼 분과 머릿기름 그리고는 그 좋아하는 담배 한 달 먹어야 이 원(二元)어치도 안 될 밥만을 그 주인에게서 받았다.

우뽀의 삼 년 생활이 이 사무의 반복으로 다 지나갔다.

2

요새 우뽀의 몸이 상해 들어가는 것과 한가지로 그의 가슴, 그의 마음, 그의 영(靈)이 또한 상해 들어가는 것이었다. 육체적 쇠퇴는 다만 영의 번민의 그림자인지도 모른다.

벌써 한두 주일 전부터 우연히 그는 오정이 좀 지나 그가 피곤한 몸을 더러운 침대에서 일으켜가지고 얼굴 단장을 시작하려고 하는 때마다 그는 그의 창문 앞(그의 방은 가장 길거리 방이어서 그 조그만 창틈으로는 바깥 전찻길이 내다보였다)으로 어떤 미남자(美男子)가 늘 지나가고 하는 것을 그는 보았다. 처음 볼 제는 그도 심상히 보아두었지만 얼결에 한두 번 보는 동안 차차 마음이 뒤숭숭해지기를 시작했다.

사랑! 사랑은 인류의 가슴에 영구히 잠겨 있는 불멸의 씨다. 이 씨가 구박과, 무식과, 착취와, 몰염치라는 돌멩이 밑에 눌려 있는 동안 자라지도 않고 따라서 당자도 그 씨의 존재를 인식지 못한다. 그러나 이 씨가 어떤 우연한 기회를 만나 한번 햇빛을 엿보는 날에는 이 씨는 마치 비 온 뒤 참대순과도 같이 하룻밤 새에 싹이 쑥 솟아오르고 하루 새에 꽃이 피고 열매가 맺는 것이며 이 자람을 막을 자는 세상 아무것도 없다. 이 자람의 세력은 세상 모든 무력을 압도하고 부셔 없애고 마는 것이다.

이 죽은 줄 알았던 사랑의 씨가 지금 우뽀의 가슴 땅 위에 기운차게 살아난 것이다. 그는 처음에는 울렁울렁하는 가슴으로 그가 지나갈 때쯤 해서는 창문 구멍으로 바깥을 열심으로 내다보다가 그가 힐끗 지나가는 것이 보이면 봄날의 종달새 모양으로 혼자 즐기고 창백한 얼굴의 순진한 처녀가 가지는 것과 꼭 같은 부끄럼의 홍조가 떠올랐다. 이것이 그에게는 상상도 못 했던 새 경험이었다. 그가 일찍 삼 년 동안이나 수천 수백의 사람의 품에 안기었으나 조금도 이와 같은 다만 그의 얼굴이라도 일순간 보는 이런 흥분과 고민을 주지는 않았었다.

며칠 후 견딜 수 없어서 그는 다른 때보다 일찍 일어나 단장을 잘하고 복도 어구까지 나가 서서 그가 지나가는 것을 보았다. 아무리 삼 년 동안이나 가지각색 남자들의 소매를 붙들고 추파를 보내본 그도 웬일인지 그렇게 그립고 새벽잠 때 꿈에까지 보던 그가 앞으로 올 때에는 무엇인지 알지 못할 힘이 그를 잡아끌어서 그만 낯을 다홍빛으로 붉히면서 뒤로 물러서서 벽 뒤에 숨어서 발딱발딱하는 가슴을 손으로 짚으면서 껑충껑충 빨리 걸어가는 그의 뒷모양을 물끄러미 바라다보았다. 그 남자는 깨끗한 옷을 입은 깨끗한 청년이었다. 왼손에는 책을 들고 지금 늦은 봄 남들은 모두 맥고를 쓰는 때에 아직 겨울 중절모를 쓰고 있었다. 그는 저편으로 가서 에드워드로(路) 저쪽까지 가서는 가던 걸음을 멈추고 우두커니 서 있는 것을 우뽀는 보았다. 사람들이 많이 왕래하는 거리가 되어서 늘 자세히 보이지는 아니해도 이따금 힐끗 그가 보일 때에 우뽀는 그가 저를 바라다보는 것같이 생각이 되어서 몸을 흠칫하며 어린애 모양으로 방으로 뛰어들어와 침대에 가 엎어져서 한참이나 씩씩거렸다. 그의 부드러운 손이 저를 어루만지고 그 향내 나는 입김이 제 머리카락을 날리는 듯하게 감해서 그는 혼자 극도로 흥분했다.

그 후 며칠을 계속해서 그 청년을 본 결과 우뽀는 대략 아래와 같이 그 청년을 짐작했다. '그는 아마 어느 학교 교사일다. 그래 점심때마다 집으로 돌아가는데 전차를 타고 이 길거리 어구까지 와서는 이 교차점에서 내려서 다시 법계 쪽에서 전차를 타면 한 백여 보밖에 안 되는 요 거리에 동전 너 푼 주고 그리고는 저편 영계에 가서 또 표를 사야 하는 고로 그는 경제하려고 이 교차점에서 저편 영계 어구까지는 걸어간다.' 그래 전차 하나가 그가 늘 서 있는 자리 앞에 머물렀다가 다시 떠나간 때마다 우뽀는 그 청년을 다시 보지 못하곤 했다.

이 발견이 우뽀에게는 꽤 큰 치명상을 주었다. 그보다도 매일 그를 볼 적마다 그는 자기는 본 체도 아니하고 앞으로 쑥 지나가는 것을 보고 그는 울지 아니치 못했다. 그는 그가 그 청년이 지나가는 것을 볼 적에는 저 혼자 흥분해서 어쩔 줄을 모르다가도 그 청년이 저편에서 전차 속으로 사라진 후에는 늘 저 자신의 모양을 돌아다보고는 그만 낙망의 절통으로 방으로 뛰어들어와 울며 자리에 쓰러지지 않을 수 없었다.

'교육받은 장래가 구만리 같은 깨끗한 청년! 그런데 나는! 아! 더러운 것! 그것이…… 그것이 가능한가…… 바랄 수나 있는가……?' 하고 그는 울고 부르짖었다.

3

오늘 아침 주인 할미는 우뽀가 특별히 늦도록 일어나지 않는 것을 발견했다. 오후 두 시가 되도록 소식이 없으므로 그는 어청어청 가파른 층층대를 내려와서 우뽀의 방으로 들어왔다. 우뽀는 실컷 울 대로 울었다. 머리를 산산히 풀어헤치고, 눈이 뚱뚱 부었다. 그리고 침대에는 그가 몸을 비비 꼬며 뭉개던 자리가 남아 있다. 주인 할미는 놀랐다.

"얘 네가 오늘 미쳤니? 이게 무슨 놀음이냐? 어서 일어나서 세수하고 탐예해라,[7] 그리고 어서 머리도 빗고 해야지, 망할 년!"

우뽀는 대답할 기력도 없었다. 대답을 하면 무엇하나!

실컷 두들기우고 꼬집히고, 위협을 당하고, 마지막에는 장작개비로 얻어맞고야 우뽀도 더 참을 수가 없어서 세수하고 머리 빗고 분 발랐다.

저녁에 역시 복도 어구에 나가 섰으나 마치 미친 여자 또 혹은 정신 빠진 여자처럼 멀거니 서 있었다. 순사가 온다고 해도 떨 생각도 없었다. 주인 할미가 억지로 떠밀고 되뚜룩되뚜룩하면서 농당 안까지 와서 쥐어지르면서 욕설을 퍼부었다.

"무슨 귀신이 붙었느냐? 얌전하던 애가 왜 오늘 이 모양이냐? 너도 네 몸값을 해야 하지 않니, 개 같은 년!"

밤 열두 시나 되어 주인 할미는 우당뚱땅하게 생긴 노동자를 하나 끌고 와서 억지로 우뽀에게 맡겼다. 우뽀는 몸부림을 해가면서 반항했으나 그 우악한 팔 힘을 당해낼 수가 없었다. 우뽀가 기절을 했다가 다시 정신을 차린 때에는 그는 어떤 천근이나 되는 무거운 것이 저를 내리누르고 있는 것을 감했다. 그러고는 숨이 턱턱 막히는 고린내와 시시한 땀내, 콕콕 쏘는 아픔, 뗑한 머리, 헐럭헐럭한 남자의 숨소리, 남자의 입에서 질질 흘러 뺨 위를 적시는 탁하고 더러운 침. 우뽀는 다시 정신없이 되고 말았다.

우뽀가 다시 정신을 차렸을 때는 벌써 사면이 고즈넉해진 때였다. 그렇게 떠들고 돌아다니던 행상인들의 길게 외치는 소리까지 끊어지고, 그리 분주하던 상해의 거리가 평화스러운 꿈속에 잠긴 때였다. 우뽀는 어두운 방 안에 일어나 앉았다. 일 초도 잊지 못할 그 청년의 자태가 눈앞에 나타났다. 그는 자기로부터는 너무 먼 곳에 있는 것 같았다. 중간에 건널 수 없는 구덩이가 있어서 제가 아무리 손을 내밀어도 그가 잡힐 것 같지도 않았다. 더욱이 그는

"더러운 년! 더러운 년!" 하면서 멀리멀리 몸을 피하는 것 같았다.

"더러운 년" 하면서 그는 제 팔때기로 제 얼굴을 문질러보았다.

"더러운 년……"

그는 견딜 수 없다는 듯이 푹 마루 위에 고꾸라졌다.

사랑은 사람을 깨끗하게 한다. 삼 년 동안이나 아무런 생각이나 관념도 없이 이렇게 하는 것이 사는 것이거니 하고 자기 몸을 수다한 남자들의 자유 욕심에 내맡기던 그가 오늘 밤의 당한 그 욕은 참말로 견딜 수 없이 부끄러운 일이요 욕스러운 일처럼 생각이 되었다. 그는 입술을 꼭 깨물었다.

"오! 더러운 년 더러운 몸! 더러운 피!…… 아웨 씨(그는 그 청년을 언제부터인지는 모르나 이렇게 이름 지어 부르는 습관을 얻었다) 이 몸은 정말 더러운 몸이외다!"

사랑은 사람을 깨게 한다. 무식이 사랑 앞에서 스러진다. 우뽀는 이때껏 자기 몸, 또는 자기 생활에 대해서 절실한 생각과 연구를 해본 적이 없었다. 그러나 오늘 그는 일생 처음으로 제 몸을 생각해보게 되었다.

한참이나 무엇이 무엇인지를 분간할 수가 없었으나 차차 머리가 깨끗해지고 무엇인지 희미하게나마 깨달아지는 바가 있는 것 같이 생각이 되었다.

"왜? 왜? 왜? 누구의 죄인가?……"

그는 마침내 무엇을 깨달았다……

"그렇다!" 하고 그는 외쳤다. "그렇다!"

삼 년이나 같이 살던 주인 할미의 뚱뚱한 몸집이 눈에 보이는 듯했다.

"아 저 양도야지 같은 살, 내 피 빨아 먹고 찐 살…… 오! 내 피 내 피!" 하고 그는 바르르 떨었다.

그는 모든 것을 다 깨달았다. 그것은 운명도 다른 아무것도 아니요, 다만 자기 저 자신이었던 것이다.

'왜 내가 이렇게 약했던가!' 하고 그는 혼자 이상하게 생각했다.

'원수다! 원수다!' 하고 그는 생각했다.

모든 것이 맑은 등불과 같이 그의 머리에 인식을 주었다. 조금도 의심나는 것이 없었다. 모든 것을 안 것 같았다.

그는 전신을 부르르 떨었다.

사랑은 사람을 용감하게 한다. 그것이 짝사랑이었든 희망이 없는 절망적 사랑이었든 그것이 관계 있으랴. 사랑은 사랑 그것으로 위대한 것이었다. 우뽀는

"그래라. 그러면 너도 새사람이 되리라. 그리고 나를 따라오라" 하고 손짓하는 그 청년을 눈으로 보는 것 같았다.

"아, 삼 년 동안이나 내 살 내 피 빨아 먹은 미운 저것!" 그는 다시 그 주인 할미의 뚱뚱한 몸집을 보았다. 그 퉁퉁한 볼을 물어뜯고 할퀴고 젤기젤기[8] 씹어보고 싶었다.

그는 벌떡 일어섰다. 미친 듯이 부엌으로 들어갔다. 어두운 속에서도 번들번들하는 식도 날을 알아낼 수가 있었다.

그는 귀를 기울였다. 열대 삼림보다도 더 고즈넉한 침묵이 온 집 온 거리 온 도시 온 세계를 둘러싸고 있었다. 벌써 새벽 기운이 떠도는 것 같았다.

찌꿍찌꿍하고 소리가 나는 층층대를 걱정하면서 우뽀는 번듯번

듯하는 것을 바른손에 들고 위층으로 올라갔다.

4

외마디 소리와 끙끙하는 소리가 들리고 피비린내가 쫙 퍼지더
니 우뽀가 황망히 층층대를 굴러떨어지다시피 쿵쿵거리며 내려왔
다. 다른 방에서 갈보들이 놀라 깨었는지 "엉엉" 하는 소리가 들
렸다.

장사[9]보다도 더 억센 초자연적(超自然的) 힘으로 우뽀는 쇠대
문을 떠밀어 열었다. 그리고 그는 생전 처음으로 제 맘대로 문밖
으로 내달았다. 거리는 어두컴컴하고 좌우의 집들은 모두 시커먼
상판[10]으로 '나는 모른다' 하는 듯이 내대고 있었다.

우뽀는 에드워드로 전등이 있는 쪽을 향해 줄달음질 쳤다. 그는
잔돌 깐 길 밖에 나와 아웨 씨가 늘 서서 전차를 기다리던 곳을
지나 시멘트 깐 반들한 길 위로 미끄러질 듯이 내달았다…… 조
롱을 벗어난 종달새가 파란 하늘 위로 노래하며 춤추며 울듯
이…… 영원히 영원히 우뽀는 달음질했다.

(1925년 4월 14일 밤)

첫사랑 값

1

유경이가 죽었다는 소식은 내게 쇽'을 주었다. 나는 그가 아직
해외(海外)에 있는 줄로만 알았었는데 갑자기 그의 부고를 받고
는 어찌할 줄을 몰랐다.

'원 그럴 수가 있나?' 하고 생각했으나 사실이 사실인 데는 할
수 없다. 더욱이 그가 언제 고향으로 돌아왔으며 또 어떻게 그렇
게 갑자기 죽었는지 그것이 내게는 큰 의문이었다. 더욱이 그동
안 한 일 년 동안 웬일인지 서로 서신이 끊어졌었고 나도 또 이럭
저럭 편지를 못 쓰고 있었는데 그가 고향에 돌아온 줄도 전혀 모
르고 있었고 또 만일 돌아온 줄을 일찍 알았던들 좀더 속히 내려
가서 반가운 그를 만나 보았을 것인데 퍽 섭섭했다. 그와 나는 소
학교 시대부터 제일 가까운 친구였다.

여러 가지 의문이 내 머리를 차고 돌았으나 좌우간 내려가 보면 알 터이지 하고 바로 그날 밤차로 평양으로 내려갔다.

초상난 집에는 사람들이 뜰로 하나 웅성웅성하고 있고 사랑에는 젊은 사람들이 모여서 장기들을 한가히 두고 있었다. 나는 본래 유경이 부모와 가깝고 유경이가 칠팔 년이나 해외에 있는 동안도 여러 번 평양 갈 기회가 있을 때마다 유경이 어머니를 찾아보곤 했으므로 그 집은 흠 없이 드나들던 터이라 서슴없이 안방으로 들어섰다.

유경이 어머니는 나를 보고는 설움이 또다시 북받쳐서 다시 소리쳐 울었다. 유경이 아버지는 일어서면서 "오나!" 하고 길게 한숨을 쉬었다. 나는 들어가 앉았다. 그러나 어떻게 말을 해야 할지 몰라 가만히 있었다. 흐느거리는 유경이 어머니의 잔등과 또 그 풀어헤친 부스러진 머리털을 보고 눈물이 핑 돌았다.

널에 넣어두었던 유경이 시체를 내게 보이려고 다시 뚜껑을 떼었다. 나는 그의 죽은 얼굴을 보고 놀라지 않을 수 없었다. 바로 작년에 그에게서 보낸 사진을 받아본 적이 있었다. 그때 사진으로 보면 두 볼에 살이 통통했었다. 어렸을 적에도 몸이 통통해서 동리 할머니들에게 복스럽게 생겼다는 말을 늘 들었었다. 그리고 내 어머니도 늘 나더러 유경이는 저렇게 몸이 튼튼한데 너는 어째 요리 약골이냐는 말을 늘 들었었다. 그러나 유경이가 해외로 떠나가서 이래 몇 해 동안 서북간도로 다니며 몸에 과한 고생을 했으나 그 육체적 고생이 결코 그의 복스러운 두 뺨을 빼앗아 가지 못했었다. 그러던 것이 바로 일 년 전 사진으로 보아도 통통한 미남자이던 그가 불과 일 년에 이렇게까지 되리라고는 상상할 수 없었다.

뼈만 남아 툭 내민 광대뼈 핏기 없는 입술. 만일 반쪽이라는 것이 있다면 유경이는 지금 반쪽이 되었다. 나는 너무 악착해서 고개를 돌렸다.

방 한편 구석에는 아직도 그가 마시고 죽었다는 유리 약병이 놓여 있다. 나는 그 병을 들고 자세히 검사해보았으나 본래 약학에 지식이 없는 나로서는 무엇인지 알 수가 없었다. 그리고 또 그 자살한 이유에 대해서도 아무도 아는 사람이 없었다. 경찰서에서 검시를 와서 산산히² 검사해보았으나 그럴듯한 단서를 얻지 못했다고 한다. 그리고 그가 남긴 서류로는 종이 뭉텅이 하나와 "김만수 형에게"라고 쓴 죽는 날 밤에 쓴 유서 한 장이 있는데 그 유서에도 자살하는 이유에 대해서는 아무런 소리도 써 있지 아니했고 또 다른 종이 뭉텅이는 꽁꽁 싸고 종이로 싼 것인데 겉에다가 "김만수 군께", "타인은 물개(勿開)할 사(事)"³라 썼으므로 아직 아무도 떼어 보지 않고 내가 온 후에 보기로 했다고 한다.

종이 뭉텅이를 펴서 보니 그것은 그의 일기였다. 원고지에다가 예의 그의 유명한 악필(惡筆)로 흘려 쓴 일기였다. 일기는 한 일 년 전부터 최근엣 것까지인데 그것도 급하게 뒤적거려가지고는 그 죽은 원인에 대해서 십분지 일의 빛을 던져주기에도 부족했다. 그래 일후(日後) 틈 있는 대로 천천히 다 읽어보아서 혹 무슨 사실을 찾으면 편지로 알게 하기로 했다.

죽은 친구를 서장대 묘지에 묻고 그 이튿날 아침 즉시 서울로 돌아오는 차를 탔다. 나는 차 속에서 그의 일기를 말끔 읽었다. 악필로 흘려 쓴 것이 되어서 서울 다 오기까지에 겨우 모두 읽었다. 그리고 나는 놀라지 않을 수 없었다.

나는 이 일기를 이렇게 공개하는 것이 옳은 일인지는 모른다. 그러나 내가 사랑하는 유경 군의 일생을 왔던 보람도 없이 그냥 흙 속에 묻어버리기는 싫다. 만일 유경 군의 혼(魂)이 이 일기를 공개하는 것을 불합당(不合當)하게 생각한다면 나는 그 책(責)함[4]을 달게 받을 터이다.

그의 일기는 이러하다.

*

8월 28일

상해(上海)로 돌아왔다.

항주(抗州)는 퍽 아름다운 곳이었다. 더욱이 서호(西湖)에서 해 지는 구경 하는 것은 참으로 신선놀음이었다. 그러나 웬일인지 나는 고독을 느꼈다. 나이가 차차 먹어서 그런지 어떤 알지 못할 이성(異性)이 그리웠다. 저녁에 서호 가에 나갈 때마다 젊은 남녀들이 쌍쌍이 공원 안으로 거니는 것을 볼 때마다 나는 슬근히 서운하고도 클클한 감정이 났다. 아! 그 아름다운 해 떨어지는 구경을 나 혼자 하지 말고 누가 같이 있어서

"아름답지요!"

"네!" 하고 이야기해가면서 보았으면 했다.

찻간은 무던히 좁았다. 정거장마다 피란민들이 들이밀린다. 아무래도 전쟁은 시작되나 보다. 나는 찻간에서도 형형색색의 참담한 구경을 보았다. 인생 생활이란 본래 이런 것인가 하고 생각하니 한끝 가이없다.[5] 발 옮겨놓을 틈도 없어서 내내 오뚝 서서 오는데 더구나 차가 다섯 시간이 연착이 되어서 퍽 괴로웠다. 상해는 피란민으로 우글우글한다.

9월 10일

개학했다. 학생은 절반이나 왔을까! 그러나 자꾸 오는 중이다. 또 한 학기 동안 머리를 썩여야 하겠다. 방학이 좀 지루한 것도 같더니 다시 공부할 생각을 하니 기쁘다.

9월 20일

어젯밤 한잠도 못 잤다.

이런 경험은 처음이다.

어젯밤 일이었다. 강당에서 청년회 주최로 신입 학생 환영회를 열었었다. 열 시가 넘어서 회를 마치고 나오려고 막 일어서다가 우연히 바로 앞줄에 앉았다가 일어서는 어떤 여학생 한 분하고 눈이 마주쳤다. 나는 총각의 수줍음으로 평상시같이 얼른 눈을 옮겼다. 그도 얼른 외면을 했다. 그러나 나는 그 깜빡하는 일순간에 무슨 큰 감격을 받은 것 같았다. 어째 그 얼굴이 퍽 다정한 듯하고 한 번 더 보았으면 하는 생각이 났다. 앞서 있는 사람들이 아직 다 풀려 나가지를 않아서 우두커니 서 있을 때 나는 어떤 시선이 나를 주시(注視)하고 있는 것을 감각했다. 그래서 다시 고개를 그리로 돌렸다. 그 여학생이──나를 들여다보고 있던 여학생이──낭패한 듯이 눈알을 딴 데로 돌리고 귀밑이 빨개졌다──내가 그렇게 생각했는지도 모르지만. 그러고는 그가 문 앞까지 갔을 때 한 번 더 힐끗 돌려다 보고는 그만 문밖 컴컴한 속으로 사라지고 말았다.

나는 얼빠진 사람처럼 무엇을 얻었다가 잃어버린 사람처럼 눈이 멀게서 한참 섰다가 뒤에서 내미는 바람에 밀려 나아왔다. 변소를 다녀와서 기숙사 방으로 돌아가는 길에 얼굴을 돌이켜 불들이 빤하게 켜 있는 맞은편 여학생 기숙사 창문들을 하나씩 하나씩 쳐다보았다. "아! 어느 방에 그이가 계신가?" 하고 나는 나도 모르게 혼자 탄식했다.

밤새도록 그의 생각이 내 머리를 점령했다. 힐끗 두어 번 본 얼굴이어서──개학 이래 아직 보지 못했었다. 그것은 내가 그리 여학생들을 주의해 보지 않는 까닭이다. 얼굴의 윤곽만도 퍽 희미하게밖에는 기억이 되지 않았다. 그러나 내 머리에는 그 쏘는 듯한 광채 있는 눈으로 가득 차 있었다. 아! 그 눈, 그 눈이 온밤을 내 몸을 감시하고 있었다.

내가 내 자신으로도 퍽 이상하게 생각이 된다. 성욕이라는 것을 알게 된 뒤로 벌써 십여 년 동안에 하고많은 여자들──그중에는 '퍽 예쁘다' 하고 인상을 얻은 여자도 수두룩하다──을 길거리에서 보고 학교에서 보고 한자리에 앉아 공부를 했으되 이처럼 잊혀지지 않는 인상을 남긴 적이 없다. 혹은 거리에서 혹은 전차 안에서 혹은 교실 안에서 수많은 여자들과 눈이 마주쳐보았다. 어떤 때는 퍽 아름다운 여자의 눈이 마주치면 마음이 퍽 기꺼웠었다. 그러나 그것도 잠시 일이요 한 시간 후이거나 무슨 다른 생각을 하거나 책을 한 페이지 읽고 난 후에는 그 인상은 벌써 잊어버려질 뻔했었다. 그런데 하필 이 여자에게는? 알 수 없는 일이다.

그런데 오늘 오전에 또 이상스런 일이 있었다. 밤새도록 잠 못 자고 머리가 띵하건만 오늘 갖다 바칠 숙제는 아직껏 남아 있어서 아침 첫 시간 빈 시간에 도서관으로 빨리 가는 중이었다. 나는 항상 걸음을 빨리 걷는다. 그것은 연전(年前)에 어떤 서양 사람이 동양 사람 걸음걸이는 사흘 굶은 사람 걸음 같다는 평을 듣고 분개하여 걸음 빨리 걷는 습관을 만들려고 한 일 년 동안 애쓴 결과 이제는 아주 버릇이 되었다. 그래 빨리 걷는 걸음으로 층층대를 성큼성큼 올라서서 바른쪽 문 편으로 홱 돌아서면서 한 걸음 내놓는 차에 아차 하면 어떤 여학생하고 이마를 딱 마주칠 뻔했다. 불현듯 "엣"소리를 치면서 나는 갑자기 멈칫하면서 앞으로 나가던 몸을 뒤로 움츠렸다. 그래 몸은 균형을 잃어 넘어질 뻔했으나 바로잡았다. 마주 오던 여학생도 우뚝 섰다. 그는 무슨 급한 일이 있던지 도서관에서 달음질쳐 나오다가 이렇게 하마터면 마주칠 뻔한 것이다.

둘이 마주 서면서 힐끗 두 사람의 눈은 마주쳤다. 아, 그 눈, 그 눈이었다. 어제 밤새도록 나를 감시하던 그 눈이었다. 나는 부지중 가슴이 두근두근하고 얼굴이 벌게졌다. 그래 얼른 모자를 벗고 "실례했습니다" 하고 모깃소리만치 입을 열었다. "천만에" 하는 가느다란 소리를 남겨놓고서 그는 다시 내가 비켜선 데로 뛰어 달음질로 뛰어나갔다. 나는 거의 모든 의식과 존재를 잊고 그의 뛰는 뒷모양을 바라보았다. 층층대를 다 내려가서 한 번 힐끗 돌아다보다가 아직도 내가 멀거니 서서 저를 보고 있는 것을 보고 부끄러웠던지 얼굴이 빨개지고 그러면서도 어떤 미소를 띠고 이상한 몸짓으로 여학생 기숙사 쪽으로 뛰어갔다.

나는 도서관 안에 들어가 앉아 책을 펼쳐놓았으나 도무지 읽을 수가 없었다. 책장을 뒤치는 내 손이 부들부들 떨리는 것을 보았다. 어떤 말할 수 없는 행복과 기대가 가슴에 뭉쳐서 정신이 얼떨한 것이 분별을 할 수가 없이 되었다. 한참 만에 정신이 들어 보니 책은 벌써 네댓 페이지 읽었으나 무슨 소리를 읽었는지 한 마디도 기억할 수가 없었다. 다시 책을 처음부터 읽으려 했으나 실패였다. 둘째 줄을 읽기도 전에 벌써 셋째 줄에 무슨 말이 있었는지를 기억할 수가 없도록 내 마음은 흥분되었던 것이다.

나는 무엇을 생각할 수도 없었다. 아무런 사상 아무런 사색 아무런 감각도 없었다. 그 여학생의 생각을 했느냐 하면 그런 것도 아니다. 다만 멀거니 정신이 빠져 앉아 있는 것이었다. 가슴이 멍하고 손이 부들부들 떨리면서 시계를 쳐다보았으나 몇 시 되었는지도 기억할 수 없었다. 멀거니 창밖 저 강가에 바람에 흔들리는 버드나무 가지 끝만 바라다보다가 그만 방으로 돌아와서 침대에 누웠다.

그 여자의 이름이 무엇일까? 신입생일까? 몇 년급[6]인가? 하는 생각을 몇 번 했다.

기계처럼 제시간 찾아 교실에 들어는 갔으나 그 시간들을 모두 어떻게 보냈는지 하나도 기억할 수 없다. 만일 어떤 선생이고 내게 무엇을 물어보았다면 나는 두말없이 제로 한 개씩은 꼭 받았을 것이다.

기도회 시간에는 내가 전에는 그렇게 부주의하던 여자석을 아주 자주 건너다보는 나를 발견하고 나도 내가 우스웠다. 그 여자를 발견했다. 그리고 뒷모양을 무한히 바라다보고 싶었다. '이래서는 안 된다' 하고 열심으로 강대를 바라다보려 했으나 어느새인지 눈알은 자연히 그가 앉은 곳으로 옮겨지곤 했다.

10월 1일

오늘에야 나는 그 여학생의 이름도 알고 년급도 알았다. 어제는 여름 동안 여행을 갔다가 늦게야 돌아온 생물학(生物學) 교수가 오늘부터 교수를 시작한다는 광고를 들었다. 나는 작년에 시간 상치로 생물학 공부를 빼놓았었다. 그런데 그 과목이 이 학교 필수과이어서 금년에는 꼭 배워야 한다는 교무장의 명령이었다. 그래 과정표를 살펴보니 시간 상치가 몇 시간 있는 것을 과정표 개원과 의논해 몇 시간을 고치고 그러고도 상치가 있어서 강의는 같이 듣고 실습은 나 혼자 따로 딴 시간에 하기로 하고 생물학을 배우기로 했다. 그래서 내가 오늘 처음으로 학생표를 가지고 생물학 강당에 갔다가 그 여자도 역시 거기 와 앉았는 것을 보았다. 가슴이 멈칫했다. 그리고 교수가 우리들 자리를 잡아주느라고 일일이 호명할 때 나는 그러지 않는다 하면서도 자연히 귀를 기울여 그 여자의 이름을 들으려 했다.

그는 N이다. 아! N. 무엇이라고 할 음악적 이름인가 하고 나는 생각했다. 기실[7] 음악적이기보다는 듣기가 좀 거북할는지 모른다. 그러나 내게는 그것조차 듣기 좋게 생각이 되었다. 아니, 그렇게 생각하려고 노력했겠지!

나는 그동안 며칠을 어떤 모양으로 지났는지 모른다.

10월 20일

생물학 시간에 보는 것 외에도 나는 한 주일에 서너 번씩 그 N 씨를 보게 된다. 생물학 시간에야 그는 맨 앞줄에 앉고 나는 바로 문 안 뒷줄에 앉으니까 그와 내가 서로 마주칠 일이 없으나 그 밖 만나는 때는 만나는 때마다 나는 늘 그의 눈이 나를 바라다보는 것을 감한다. 그래 나도 필사의 용기를 다하여 그를 쳐다보면 그의 눈과 내 눈은 마주친다. 그러면 서로 낭패한 듯이 얼굴을 돌린다. 어떤 때 혹 도서관 같은 데서 나는 그가 나를 물끄러미 내려다보고 있는 것을 감한다. 그것은 이상한 본능이다. 그를 보지 못했더라도 내 등 뒤에 어떤 주시를 감하여 돌아다보면 나는 반드시 그이의 눈을 본다. 그런데 나는 바보다. 너무 얼뜨다. 나는 그를 일 초라도 똑바로 쳐다볼 용기가 없다. 혹 곁눈으로 보살피면 그는 아직도 멀거니 나를 바라보고 있다. 그러면 나는 한없는 행복을 느낀다. 그러나 나는 대담하게 그를 물끄러미 바라다볼 용기는 없는 것이다. 아니 용기만 없는 것이 아니다. 내 속에는 무슨 다른 이유가 있는 것이다. 첫째는 나는 자존심이 너무 강하다.

내게는 여자가 홀리려니 저편에서는 내게 홀렸는데 나는 이렇게
못 본 척하고 있으면 저편에서 안타까워하려니 하는 야비스런 자
존심의 발동이다. 둘째는 어떤 의미의 도덕심이다. 의무심이다.
곧 민족 관념이라는 그것이다. '아! 나는 외국의 여자와 눈 맞춤
을 하여서는 아니 된다' 하고 나는 늘 혼자 생각한다.

  그러나 운명의 신은 왜 나를 이렇게 괴롭게 하는가? 나는 아무
래도 그를 잊을 수가 없다. '아니다. 안 된다. 안 된다' 하면서도
그러면서도 나는 그를 보고 싶다. 그가 나를 바라다보거나 곁눈
질해 보는 것을 바란다. 그러면서 속에서는 자꾸만 의심이 떠오
른다. 그가 왜 그렇게 자세자세히 나를 바라다볼까? 혹은? 아니
혹은? 아! 나는 그 한 길 사람의 속을 몰라 애를 쓰는 것이다.

10월 29일

  오늘은 토요일이었다.[8] 아침 첫 시간 공부가 없으므로 마음 놓
고 자다가 그만 조반을 잃어버렸다. 마침 마지막 시간에 선생이
결석했으므로 친구들(그 애들도 늦잠 자고 조반 굶은 애들) 몇이
와서 호떡을 사 먹으러 문간까지 나갔었다.

  마침 N씨가 다른 여학생 몇과 같이 토요일인 고로 집에를 가는
모양이었다(N씨의 집이 상해에 있는 줄을 짐작했다). 여럿이서 자
동차를 타고 나오다가 대문 앞에서 누구를 기다리는지 서 있는데
N씨는 쌩긋쌩긋 웃으면서 옆에 앉은 여학생과 무슨 이야기를 하
고 있었다. 우리는 그 자동차 앞을 돌아서 지나가야만 하게 되었
다. 나는 뒤로 돌아가고 싶었으나 일행의 선두가 앞으로 가므로

할 수 없이 따라갔다. 나는 두근두근하면서 할 수 있는 대로 외면을 하면서 빨리 그 앞을 지나오려 했다. 그러나 힐끗 곁눈으로 N씨가 내게 향해 머리를 돌리는 것을 보는 듯하고 나는 전신이 짜르르해짐을 감각했다. 내 몸이 어째 갑자기 쫄아들어서 N씨 앞에서 새끼손가락만 하게 작은 사람이 되어 발걸음을 떼어놓지 못하고 자꾸 그에게로 끌려가는 것 같았다. 머리에서는 식은땀이 흘렀다. 이때 자동차는 다시 푸르르하면서 열어놓은 대문으로 줄곧 달려나갔다. 나는 그 자동차를 바라다 볼 용기도 없어서 급급히 호떡가게로 기어들어갔다. 바로 어떤 쇠사슬에 매였던 몸이 풀려놓인 것 같기도 하고 몸이 다시 쑥쑥 자라서 커진 것 같기도 하다.

왜 이럴까. 사실 그의 앞에서는 기를 못 펴겠다. 이런 경험은 참으로 처음이다. '무엇하러 그리 급히 상해를 갈까' 하는 쓸데없는 생각이 떠돌았다. '혹시 제 연인(사랑하는 사람)이나 만나러 가지 않을까?' 하는 생각이 나서 공연히 질투 비슷한 감정의 격동을 맛보았다. 내가 왜 이럴까. 그 여자와 내가 무슨 상관이 있기에…… 말 한마디도 못 건네보고…… 더욱이 N씨가 나 같은 것 알기나 하리! 글쎄 왜 그렇게 바라다보기는 바라다보곤 할까? 아무래도 모르겠다. 머리만 아프다. 일기 쓸 팔 힘도 없다.

11월 15일

그동안 나는 내가 어떻게 공부를 계속했는지 알 수 없다. 한 날 한 시도 한 초 동안도 그를 잊어버린 적이 없었다. 글 한 두어 줄 정신 들여 읽다가도 그저 그의 생각이 번듯 나곤 했다. 그동안의 내 생활 전부는 그저 꿈속 생활이었다. 얼마나 그를 잊으려고 애를 쓰는지!

그런데 어젯밤에는 새로운 한 경험이 있었다.

세계 일주를 한다는 연극가 영이란 사람이 자기 마누라와 함께 세계 각처로 다니면서 독연[9]을 한다. 그런데 어젯밤 학교에서 청해다가 구경을 했다. 나는 언제나 하는 버릇대로 방에서 잡지장을 뒤적거리고 앉았다가 연극을 시작한다는 종소리를 듣고야 뛰쳐나와서 강당으로 갔다. 오십 전 주고 표를 사 가지고 들어가니 마침 빈자리가 없고 맨 앞줄이 몇 자리 비었을 뿐이라 그래 저벅저벅 걸어가서 앉으려다가 나는 놀랐다. 걸상 저편 끝에는 그 N씨가 순서지를 들고 앉아 있다가 나를 힐끗 쳐다본다. 나는 화끈했다. 그래 어름어름하면서 N씨와 두어 자리 동이 뜨게 비워놓고 남학생들 가까이 앉았다. 그러나 나는 내 전신이 자꾸 부자연스러운 동작을 하는 것을 발견하였다. 공연히 머리를 끼웃하기도 하고 발을 늘어뜨렸다 다가들였다 하기도 하고…… 이러지 않으리라 하면서도 할 수 없었다. 더욱이 두 팔을 건사할 데가 없어서 큰 걱정이었다. 평상시에는 두 팔이 어디 붙었는지도 모를 만치 무관심했었는데 이 N씨 앞에서는 어쩐 일인지 두 팔 처치하기가 참 힘이 든다. 무릎에다가 척 늘어뜨려도 보고 마주 쥐고 읍하듯이 가슴에 대어보기도 하고 엉덩이 아래로 넣어 깔고 앉아보기도 하고 아무렇게 해도 자꾸만 보기 흉한 것같이 생각이 된다. 내가 몇 번이나 곁눈질을 해 보았는지 또는 그가 몇 번이나 나를 곁눈질을 하다가 나한테 들켰는지!

그러는 동안에 나보다도 더 늦게 온 학생들이 있어서 자기들도 여학생 앞에 앉기는 수줍으니까 N과 내가 앉은 그 중간 빈자리로는 아무도 아니 들어오려 하고 부덕부덕[10] 내 위로 파고들어 앉는다. 나도 얼굴이 빨개지기는 졌으나 그래도 한편으로는 슬며시 기뻐서 못 견디는 체하고 조금씩 조금씩 내려앉았다. 그리고 마지막으로 나와 그의 거리가 퍽 가깝게 된 때 나는 내가 움직일 때마다 N도 몸을 흠칫흠칫하면서 나를 곁눈으로 보는 것을 보았다. 따라서 나도 그가 몸을 퍽 부자연하게 가지는 것을 인식했다. 지금은 아주 N과 내 사이에는 빈자리가 없게 되었다. 의자가 꽉 들어찬 것이다(이 의자는 기다랗게 만들어 한 의자에 예닐곱 여덟씩 앉게 되어 있다). N은 저편 여학생들 쪽으로 조금 돌이켜 앉고 나는 또 이편 남학생 쪽으로 조금 돌이켜 앉았다. 그러나 내 겨울 양복 저고리와 그의 약간 솜을 둔 저고리는 스칠 듯 스칠 듯하고 있었다. 나는 퍽 부자연스럽게 생각이 되어서 공연히 말대꾸도 잘 아니 해주는데도 옆에 앉은 남학생과 무슨 이야기를 건네려고 애를 쓰나 이렇게 여학생 옆에 앉아서 눈이 멀게 앉아 있는 것이 어째 자꾸만 안된 것 같고 누가 뒤에서 손가락질하는 것 같았다.

N도 순서지를 들여다보았다 천장을 쳐다보았다 머리를 만지작거렸다 하면서 가만히 있지를 못한다. 그래 그가 머리를 만지노라고 팔을 들 때에 그의 팔이 내 어깨를 슬쩍 스치고 할 때마다 나는 몸이 오싹하곤 했다. 그리고 몇 번째나 내 곁눈질과 그의 곁눈질이 마주쳤는지.

이때 연극은 시작되었다. 강당의 불은 껐으나 무대에 불을 밝히

켰으므로 방 안은 그 여광으로 어렴풋했다. 나는 몸을 똑바로 앉혔다. 영이 화장을 하고 무대로 나아온다. 박수 소리가 요란하다. 한참 만에 N도 살그머니 몸을 돌이켜 똑바로 앉았다. 그의 왼팔과 내 바른팔이 꼭 달라붙었다. 따스한 기운이 건너온다. 나는 정신 잃은 사람처럼 되었다. 나는 여자의 살김을 이렇게 몸에 받아보기는 이것으로 두 번째였다. 첫 번은 바로 작년 겨울 방학 때 남경을 놀러 갔다가 상해로 돌아오는 길에 전부터 친하던 S씨와 같이 오던 때였다. 그때 밤차를 탔는데 S씨는 잠을 안 잔다고 다른 친구들과(여학생은 S 혼자밖에 없고 그나마는 모두 다 남학생들이었다) 윷을 논다 손금을 본다 하고 떠들었다. 그동안에 나는 좀 곤하기도 했었으므로 혼자 떨어져 나와서 한참 잘 잤었다. 밤 새로 한 시나 되어서 윷 놀던 친구들이 차차 졸기를 시작했다. 그래 나는 일어나 앉아서 나 누웠던 자리를 하품만 하고 앉았는 S에게 양보하였다. 그러나 S는 젊은 처녀가 여기서 떡 벋치고 자기는 싫다고 드러눕지 않겠다고 우긴다. 그래 할 수 없이 P군이 그리 가 눕고 S는 그냥 내 옆에 앉은 채로 잔등을 의지하고 자보기로 했다. 그것은 그 동행 중에는 내가 S와 제일 가깝고 또 흠이 없었기 때문이다. 처음에는 S도 좀 꺼리어서 내 어깨에만 머리를 대고 졸고 앉았더니 차차 졸음이 더해오니까 고만 이것저것 모두 잊어버리고 내 몸에다 제 몸을 탁 실리고 말았다. 나는 할 수 있는 대로 그를 편안하게 해주려고 애썼다. 그때 차 안이 꽤 추웠는데 나는 내 팔과 잔등으로 S의 따뜻한 기운이 흘러들어와서 몸을 녹여주는 것을 감했다. 그러나 그때는 오늘과 같지는 않았다. 따뜻한 몸

김이 싫은 것은 아니었으나 그것이 무슨 내 몸을 격동시키지도 않았고 아무런 다른 감각도 주지 않았다. 다만 집에 있는 누이동생—아! 그 애는 지금 죽었다. 그의 영혼이 평안할지어다—과 같은 생각이 나서 그의 머리를 쓰다듬어주었다. 그때에는 S가 여성이거니 하는 생각조차 별로 없었다. 그저 친구로, 어린 누이동생으로 그것밖에는.

그런데 이날은 웬일일까? 작년과는 감각과 자극이 딴판이었다. 그 따스한 기운을 감각할 때마다 나는 몸이 찌르르하는 무슨 격동을 감했다. 꽉 끌어안고 싶은 생각까지 났다. 그리고 그 따끈따끈한 팔을 통하여 나는 그의 할딱할딱하는 심장 뛰는 것을 인식할 수 있었다. 나는 슬그머니 몸을 좀더 그쪽으로 기울였다. N은 꼼짝 아니하고 있다. 내 얼굴이나 N의 얼굴은 모두 무대 쪽만 바라다본다. 나는 N의 꿀꺽하고 침 삼키는 소리를 여러 번 들었다. 나도 어쩐 일인지 평상시에는 침을 삼키지 않아도 저 혼자 어떻게 나오는 족족 없어지더니 지금은 웬일인지 침이 자꾸만 입안에 모여서 꿀꺽 소리를 내어 삼키지 않으면 넘어가지를 않는다. 나는 정신없이 앉아 있었었다.

"핫!" 보니 N의 순서지가 풀썩하고 떨어져서 교의 밑으로 들어간다. 나는 이때에야 정신이 반짝 들었다.

"여러분 로마의 백성이여. 나는 씨자를 칭찬하러 온 것이 아니라 씨자를 묻으러 왔소이다" 하고 영은 독연을 하고 있다. 나는 그 소리를 귀로 들으면서 N이 떨어뜨린 순서지를 꺼내려고 허리를 굽혔다. N도 허리를 굽혔다. 팔을 교의 아래 넣어 더듬더듬하다가 그 순서지가 내 손에 잡혔다. 그래 끌어 올리려고 하는 순간에 나는 더듬더듬하는 N의 손을 슬쩍 다쳤다." 나는 가슴이 벌럭벌럭하는 것을 감각하면서 그 손을 꼭 쥐었다. 온몸이 찌르르하고 아팠다. N는 뿌리치려고도 아니 했다. 천천히 두 손이 교의 밖으로 나왔다. 그의 가늘고 하얀 손이 나의 누렇고 큰 손아귀 속에 꼭 감추어진 손이 희미하나마 똑똑히 보이었다. 나는 화닥닥 놀라면서 얼른 그 손을 놓았다. N도 낭패한 듯이 손을 얼른 무릎 위에 놓고 옆에 앉은 여학생을 힐끗 돌이켜 본다. 모두 연극에 취했다. 아무도 보지 못한 것이다.

나는 가장 공손하게 그 순서지를 건네주었다. N은 가만히 받으면서 귓속말로

"Thank you, Mr. Lee" 한다. 나는 놀랐다. 어떻게 N이 내 이름을 알까? 그러면 그도 내 이름을 알려고 내가 그의 이름을 알기 위해서 애쓰니만치 애를 썼는가? 그러면 그도 나처럼 나를 늘 생각하고 있는가?

"나는 씨자가 괴로워할 때 울었습니다. 씨자가 승리하매 나는 춤추었습니다. 그리고 씨자가 야심을 품었으매 나는 그를 죽였습니다" 하고 무대에서는 흐르는 듯이 내려온다. 군중은 죽은 듯이 고요하다.

나는 정신을 잃고 무엇을 자꾸만 생각했다. 무슨 생각을 했는지는 나도 모른다. 좌우간 나는 N과 나 외에는 아무 존재도 인식하지 못하고 한참을 지났다. N의 쌕쌕하는 숨소리까지가 가장 아름다운 음악 소리로 내게는 들렸다. 한참 만에 다시 나로 돌아오니

영은 어느새 유대인 호혜시오가 되어가지고 나왔다. 「베니스의 상인」한 막을 독연하는 중이다. 험상궂게 생긴 유대인이 딸 잃은 것에 분이 나서 그 기다란 수염을 잡아 흔들면서 무섭게 생긴 틀니를 드러내고 야단을 치고 돌아간다.

"오! 오! 내 딸아! 오! 저 이단지교를 믿는 놈. 응, 이놈 어디 보아라. 오! 이놈들. 이 이단지교도들. 이번에 꼭 그놈의 살을 잘라서 복수를 해야겠다…… 오! 내 딸아. 딸……" 하면서 미친 듯이 마루에 쓰러진다. 나는 무의식적으로 N을 돌아다보면서 빙긋 웃었다. N도 씽긋 웃고 무엇을 찾아내려는 듯이 나를 열심으로 쳐다보았다. 나는 얼른 고개를 돌렸다. 그리고 곧 후회했다. 내가 왜 이렇게까지 얼뜬 놈인가?

연극은 끝났다. 우리는 문 안에 앉은 사람들이 다 풀려 나갈 때까지 서 있지 않으면 아니 되었다. 나는 그동안이 퍽 오래게 생각이 되었다. 나는 마음을 잔뜩 먹고 문밖 좀 어둑신한 데 나와서 N에게 귓속말로

'I love you' 하고 말해주고 싶었다. 그러나 기회는 놓쳤다. 나는 너무 얼떴던 것이다. 종내 그럴 용기가 나지를 않았다. 그러고는 그 밤 나는 넘치는 기쁨과 알 수 없는 의심 때문에 잠을 못 자고 말았다.

아니다! 아니다! 나는 이런 일을 잊어버려야 한다. 지금이 어떤 때인가? 이런 달큼한 맛에 취할 때가 아니다. 그러나 밤새도록 잠 못 이루고 멀리서 '쾅쾅' 울려오는 대포 소리를 듣고 있었다. 어디에서 아마 격전을 한 모양이다.

11월 17일

오늘은 주일[12]이었다. 마침 아침 예배당에서 바로 N씨 뒤에 앉게 되었다. 내가 일부러 자리를 거기 정한 것은 아니었다. 내가 예배당에 먼저 들어가서 거기 앉아 있는데 N이 다른 여학생 서넛과 들어와서 내가 앉은 앞 줄로 가지런히 앉은 것이다. 자리에 앉을 때 N은 나를 보고 방끗 웃으면서 인사했다. 어쩐 퍽 가까워진 것 같은 생각이 나서 나도 한없이 기뻤다. 그러나 나는 거의 본능적으로 얼굴을 붉히면서 다른 사람이 보지나 않았나 하고 휘둘러보았다. 저편 맨 뒷줄에 홀로 앉았는 C군(중국 학생)이 웃으면서 한쪽 눈을 끔뻑 감는다. 나는 얼굴이 화끈해지면서 고개를 푹 숙였다.

물론 이날 설교하는 목사의 소리는 한 마디도 귀에 아니 들어왔다. 나는 힐끔힐끔(똑바로는 바라다보지 못하고) N을 바라다보았다. N은 팔로 턱을 괴고 고요히 앉아 있다. 나는 그의 핼쑥한 목 뒤와 이따금 파르르 떨리곤 하는 동그스름한 잔등(아마 퍽 신경질인가 보다)을 바라다보다가 무심히 바른편 뺨을 괴고 있는 희고 작은 손을 보고 놀랐다. 다른 것보다도 그 무명지에 맵시 있게 끼인 반지를 보고 놀란 것이다. '아! 그러면 약혼을 했는가?' 하고 생각이 드니 그만 쓸데없는 심술이 났다. 그러면서도 '잘되었다' 하는 부르짖음도 귀에 쟁쟁하게 내 속에서 부르짖었다.

'단념하자! 물론 처음부터 그리하여야 했을 것이다' 하고 생각하면서도 '고 손이 바로 얼마 전에 내 손아귀 속에서 바르르 떨던 것인가' 하는 생각을 하니 한껏 형용할 수 없는 감개가 떠올랐다. 그리고 '그 작고 흰 손가락에 반지를 끼워주는 그 당자야말로 얼마나 행복되랴!' 하고 혼자 궁리를 했다. 그러면 또다시 의심이 나기 시작했다. '만일 그렇다면, 그렇다면 어째서 저이는 내게다 이상한 태도를 취할까? 하여간 나를 싫어하지는 않는 태도가 아니었는가?' 나는 퍽 고심했다. '그러면 저이는 그런 불량소녀인가? 아무 남자나 제 손아귀에 넣고 주물러보고 싶어 하는 요부가 아닌가?' 얼마 전에 한 번 본 활동사진 생각이 났다. 「What a fool he was!」라는 사진이었다. 그 사진으로 보면 어떤 여성(절세의 미인인 여성) 하나가 많은 남자를 홀리는 것을 유일의 낙으로 삼아서 많은 남자들을 속이고 끌어들였다가는 마침내 남자들이 자살하고야 마는 지경까지 끌어들이는 것이었다. 그러면 N은 그와 같은 여자였던가?

어떤 생각이 다시 나를 좀 냉각시켜주었다. 그것은 내가 아직 그 손이 왼손인지 바른손인지를 잘 분별해 보지 않았던 것을 깨달은 것이다. 그러나 N은 손을 내렸다. 나는 얼마나 그가 다시 손으로 턱을 괴기를 기다렸는지! 그러면서 나는 다시 한 달 전 일을 생각해보았다. 그때 분명히 나는 그의 왼손을 붙잡았었다. 그런데 그때 물론 너무 흥분되었었으니까 잘 기억할 수는 없으나 확실히 무슨 반지를 낀 것은 없는 것 같았다. 그러면 그동안에? 아니 바른손에 낀 것이 아닌가?

N은 다시 팔을 턱에 괴었다. 나는 손가락들을 자세히 검사해 보았다. 바른 뺨 목 뒤로 손가락들이 가로놓였다. 나는 내 손으로

가만히 내 뺨에 갖다 대면서 실험해보았다. 만일 왼손일 것 같으면 엄지손가락이 위로 갈 것이요 바른손일 것 같으면 엄지손가락이 아래로 갈 것이다. 그런데 보니 엄지손가락이 아래로 갔다. '오! 그러면 바른손이다' 하고 나는 겨우 안심하는 숨을 내쉬었다.

그러나 내가 미친놈이다. 나는 속으로 늘 '안 된다. 안 된다.' 하였다.

2

'단념하려고 애를 쓰지 않는가!' 그러면서도 약혼한 줄 알았다가 다시 아직 아니 했는 줄로 알게 된 때 안심하는 이 모양은 어떠한가!

12월 1일

아무래도 큰일이 났다. 이 모양으로 가다가는 내가 꼭 병이 나고야 말 모양 같다. 이렇게도 단념하기가 힘들다가는 참으로…… 그러면 나는 왜 이렇게 고민하는가? 누가 나더러 네가 왜 그러느냐? 하고 물으면 나는 무엇이라고 대답을 할 것인가? "나는 N을 사랑한다" 하고 대답할 것인가? 그러면 사랑이란 무엇인가? 또 내가 N을 사랑한다면 왜 사랑하는가? 나는 그것을 대답할 수가 없다.

내가 N을 사랑한다. 왜? N의 얼굴 돈 인격 이상 아니 아무것도 아니다. 만일 '사랑'이라는 것을 내가 그를 그리워하던 그것으로써 해석한다면 나는 그를 첫 번 눈에 사랑하게 된 것이다. 지금도 잘 알지 못하지만 그의 인격이니 이상이니 하는 것은 처음에 문제에 들지도 않았다. 그저 맨 처음 그의 눈과 나의 눈이 마주친 때 그때 벌써 내 혼은 N에게 붙잡힌 바 되고 만 것이다. 얼굴? N은 결코 미인이 아니다. 학교 안에도 N보다 참으로 더 고운 여학생은 많다. 물론 밉게는 아니 생겼다고 다른 사람들도 말한다. 그러나 미인은 아니다. 그러면 나는 그의 색(色)에 취한 것도 아니다. 돈도 아니다. 처음에는 그가 돈이 있는 인지 없는 인지 알지 못했다. 의복으로 말하면 그는 언제나 검소하게 입는다.

그러면 무엇인가? 내가 무엇을 보고 그를 사랑하는가? 이상한 일이다. 사랑은 인격의 융합이라거니 무엇이라거니 하는 것은 말짱 거짓말이다. 나는 내실 경험이 있다. 나더러 연애의 정의를 내리라면 그것은 눈의 유혹이라 하겠다. 그렇다. 나는 꼭 그의 눈의 유혹을 받은 것이다. 그의 타는 듯한 애소하는 듯한 무슨 의미가 있는 듯한 그 고운 눈. 그 눈이 나를 얽어맨 것이다. 그렇다. 연애는 눈이다.

나는 어떤 때 기회가 생기면 N의 모양을 좀 똑똑히 관찰도 해보고 해부도 해보았다. 확실히 그의 얼굴은 사람을 끌지 못할 것이다. 언젠가 같이 있는 D군이 그 여자 얼굴은 삼각형이라는 악평을 하고 웃은 일까지 있다. 더욱이 코와 눈새[13]가 쑥 들어가서 이른바 쾨거대일다.[14] 그리고 몸맵시도 없다. 목이 너무 길어서 몸과 머리의 조화가 잘 아니 되고 의복도 다른 학생들처럼 그렇게 몸에 어울리지 아니한다. 그리고 뒤뚱뒤뚱하고 걷는 걸음걸이를 보면 정 떨어진다. 그래 나는 '밉다, 밉다. 원, 저것한테 내가……' 하고 속으로 고함쳐본다. 그러다가도 그의 까만 눈이 나를 바라다보고 있는 것을 인식하는 순간에는 나는 그만 그의 종이 되고 만다. 그저 그를 위하여는 무엇이고 희생하고 싶어진다. 그를 영원히 바라다보고 있어도 싫증이 아니 날 것 같다.

12월 4일

꽤 추워졌다. 피난민과 패군[15]이 상해로 자꾸만 몰려 들어온다.

나는 단념하여야 한다. 나는 민족을 위해서는 독신 생활까지라도 하기를 사양치 않던 내가 아닌가? 그런데 지금 이 꼴은 무엇인가. 조그만 계집애 하나에게 미쳐서 공부도 확실히 못 하는 이 꼴은 무엇인가? 나는 대장부가 되어야 한다.

더욱이 N은 외국 여자가 아닌가? 연애에는 국경이 없다고. 물론 그럴 것이다. 그러나 현금의 조선 청년은 비상한 시기에 처하여 있다. 비상한 시기에 처한 청년은 비상한 일을 하지 않으면 아니 된다. 목숨도 희생할 때가 있거든 하물며 사랑! 아! 그러나 가슴은 아프다. 이것은 내 목숨같이 귀한 내 첫사랑이 아닌가! 그러나 용감하여라. 대장부답게 꾹 단념해버려라. 아직 너무 늦지 않다. 이 모양으로 지나가다가 너무 늦어지면 그때는 후회하여도 쓸데가 없는 것이다. 지금이 단념할 때다.

12월 21일

일요일이다. 다시 내 마음이 요동되었다. 하루 종일 놀고 밤 여덟 시쯤 해서 내일 숙제 준비를 맞추려고 도서관에 갔었다. 갔으나 책은 벌써 다른 학생에게 점령되었는 고로 내일 아침에 다시 오지 하고 바깥방에서 잡지들을 뒤적뒤적하다가 고만 가 자자 하고 문을 벌컥 열고 나오다가 마침 이층에서 내려오는 N씨와 딱 마주쳤다. 나는 나도 모르게 쓰려고 하던 모자를 다시 내리면서 N을 바라다보고 웃었다. N도 방끗 따라 웃고 내 앞으로 왔다. N은 피아노 악보를 한 아름 안고 있었다. 새빨간 재킷을 입은 그가 누런 전등 아래서 꽤 예쁘게 보였다. 나는 꿈꾸는 사람처럼 되었다. 그 쏘는 듯한 눈이 다시 나를 감금하고 말았다. 나는 나 자신이 생각을 해도 부자연스럽게 손을 쑥 내밀며 "저, 들어다 드리지요―" 하였다. 내 목소리도 떨리고 팔도 떨렸다. N은 다시 쳐다보며 방끗 웃고 아무 말 없이 악보들을 한 아름 내맡겼다. 나는 악보를 옆구리에 끼고 손에 장갑들을 끼면서 문밖으로 나섰다.

둘이서는 아무 말 없이 거의 둥그레진 달이 희고 차게 비춰주는 돌층층대를 천천히 걸어 내렸다. 바람이 없어서 그리 춥지는 않았다. 나는 무슨 말을 해야 할 것 같아서 억지로

"피아노 연습하셨어요?" 하고 벌써 다 아는 일이언만 물었다.

"네. 이번 크리스마스 예배에 타달라고 그래서요."

"네." 나는 다시 말문이 막혔다. 한 서너 걸음 시멘트 깐 길 위로 말없이 나란히 걸어갔다. 바른편 쪽으로 우리 두 그림자가 어울려 돌아가는 것을 보고 슬근히[16] 기뻤다.

"미스터 리는 왜 찬양대에 아니 들으셨어요" 하고 이번에는 N의 말.

"아니요! 나 같은 놈이야 목소리가 나빠서 어디 노래를 부를 수 있어야지요."

또다시 침묵. 나는 하고 싶은 말이 많았으나 하나도 입 밖에 내어놓을 용기가 없었다. 더욱이 뒤에서 자꾸 '단념해라 단념해라' 하는 생각이 말문을 꽉 막아놓는다. 그러나 또 아무 말도 없이 가는 것도 어쩐 듯해서

"달이 꽤 맑지요!" 하고 달을 쳐다보았다. N도 달을 쳐다본다. 달빛에 비친 하얀 얼굴이 곱게 보였다. 꽉 그러안고 눈에(입술이 아니고 눈이다) 입을 맞춰주고 싶었으나 꽉 참았다. 둘이서는 누렇게 죽은 잔디밭 위로 내려서서 다시 묵묵히 걸었다. 물리화학 실험실 앞까지 온 때 그는 말을 꺼냈다.

"미스터 리 누이동생 없어요?"

"왜요, 당신과 꼭같이 생긴 누이가 하나 있었답니다" 하고 슬픈 어조로 대답했다. N은 잠깐 웃고

"호호, 어데 있어요? 조선에요?" 아차, 이이가 내가 조선 사람인 것까지 아는구나. 어떻게 알았을까 하고 생각하면서 나도 모르게

"네" 하고 대답했다. 그리고 "어떻게 내가 조선 사람인 줄 알으셨습니까?" 하고 물어보려다가 고만 입을 다물어버렸다.

"왜 그럼 이리로 데리고 오시지 않아요? 거기서 공부해요? 여기 와서 중서여숙[7]이나 성마리아에 다녀도……"

"아니야요. 지금은 그 애는 하늘나라에 가 있어요. 벌써 삼 년 되었습니다" 하고 슬픈 어조로 말했다.

"네……" 하고 그는 놀란 눈으로 나를 쳐다보았다. 나는 같이 그를 쳐다볼 용기가 없었다. 집 모퉁이를 돌아서니 여학생 기숙사에 방방이 불 켠 것이 환하게 앞에 나타났다. 둘이서는 약속했던 듯이 발걸음이 느려졌다. 이번에는 꽤 긴 침묵이 계속되었다. 나는 속으로는 육조배판[18]을 다하면서 무슨 말을 할 듯 할 듯하면서 종내 못 하고 있었다. 저편에서도 여러 번 무슨 말을 할 듯했으나 나는 모른 척하고 있었다. 어째 퍽 비감한 생각이 나서 나는 모르는 사이 '후' 하고 한숨을 한 번 길게 쉬었다. 벌써 여학생 기숙사 앞에 거의 다 왔다. N도 짧은 한숨을 쉬더니 마침내

"미스터 리—" 하고 애소를 띤 목소리로 불렀다.

"네."

"……"

"……"

여자 학감이 어디를 가는지 털옷을 둘러싸고 나오다가 우리를 보고 고개를 껀덕거려 인사하고 저편으로 갔다. 그동안에 우리는 벌써 문 앞에 다다랐다. 어느 방에선가 어떤 여자의 웃는 소리가 날카롭게 울려 나왔다. 나는 문을 열고서 N을 먼저 들여보냈다. 그리고 나도 들어가서 악보를 도로 주었다. N은 모깃소리만치

"고맙습니다" 하고 받아 들고 층층대를 두어 걸음을 나가다가 다시 돌아서서 이쪽을 바라다보았다. 나는 무의식하게 한 발자국 내디뎠다. 그는 눈을 가늘게 뜨고 허리를 한 번 꼬더니 쭈르르 뛰

어 올라갔다. 나는 멀거니 서서 그 뒷모양을 바라보았다.

다시 문밖에 나오니 산뜻한 바람이 얼굴을 스치고 지나간다. 꿈속에서 걷는 사람처럼 멀거니 땅만 들여다보면서 누런 잔디밭 위를 걸었다. 한참 오다가 얼굴을 돌이켜 여학생 기숙사를 쳐다보았다. 그리고 그 하고많은 방에 어느 방에 있는가 하고 혼자 한숨을 쉬었다. 그리고 N도 지금 방 안에 들어가서 정신 잃고 나를 생각하고 있지 않는가? 하고 생각하니 내가 퍽 행복자 같으면서도 왜 그런지 슬펐다. 내가 있는 기숙사 문 앞까지 거의 온 때 예의 C군이 무엇하려인지 문간에 나와 서서 기웃기웃하다가 나를 보고

"어디 갔다 오오?" 하고 묻는다. 나는 다만

"저기를" 하고 돌층대 위에 올라서서 다시 한 번 방마다 환하게 비추이는 여학생 기숙사를 바라다보고 내 방으로 올라왔다. T군이

"왜 자네 얼굴이 해쓱하이" 하고 쳐다본다. 나는

"방금 연애하고 왔으니까" 하고 웃어버렸다. T는

"어— 그럼 한턱 내야겠네그려. 하인 불러올까?" 하면서 같이 웃었다.

12월 22일

어젯밤 한잠도 못 잤다. 여러 가지 생각이 순서도 없이 미친 광풍처럼 피곤한 내 뇌를 습격했다. 나는 '안 된다, 안 된다' 하기는 하면서도 자꾸만 구렁텅이로 끌려 들어가는 내 불쌍한 몸을 돌아다보고 고소치 않을 수 없었다. 무엇이라고 할 참극인가? 왜 하필 이날에 이때에 조선 청년으로 태어났단 말인고?

단념은 꼭 해야 하겠는데 단념을 못 하겠으니……

　밤새도록 나는 두 가지를 가지고 싸웠다. 첫째는 N씨에 대한 일, 둘째는 종교에 관한 일이었다. 나는 N에 대한 일로 고민하던 끝에 '기도라도 해볼까?' 하는 생각이 났었던 것이다. 이렇게 고민을 하는 가운데 혹 기도로써 어떤 위안을 얻어볼까 하는 생각이었다. 그러나 그것도 못 할 일이었다. 그동안 벌써 삼 년 동안 나는 기도라는 것을 전폐하지 않았는가? 벌써 삼 년 전에 이십여 년이나 믿던(날 때부터 믿었으니까) 종교라는 것이 무가치한 염가의 위안물인 것을 깨달은 이래 나는 늘 종교가들을 저주해오지 않았는가? 그런데 오늘에 이르러 내 마음에 번민이 좀 있다고 삼 년씩 욕하던 기도를 내가 자진하여 드릴 것인가? 아! 나는 너무도 약하다. 내 자존심은 모두 어디 갔는가 하고 나는 주먹을 부르쥐었다.

　그러나 극도의 고민을 참지 못해서 한번은 돌아 엎드리기까지 했었다. 그러나 '하느님 아버지시여' 하는 말끝이 차마 돌아 나오지를 않았다. 나는 나까지 잊어버리고 벌떡 일어나 앉으면서

　"에잇, 약한 자식, 약한 자식" 하고 혼자 부르짖었다. "하느님? 흥, 하느님? 만일 하느님이 지금 나를 이렇게 괴롭게 한다면 이리 좀 나오너라. 내 그놈과 씨름을 좀 해야" 하고 나는 이를 갈았다. 마침내 나는 이겼다. 나는 기도 아니 하고 견뎠다. 삼 년 동안 절조를 깨뜨리지 않았다. 내 주의를 관철했다. 그러나 그 덕에 몹쓸 감기가 들었다.

　신열이 있는데 열이 오를 때 허튼소리나 하지 않았으면 좋겠다.

열이 올라서 정신없이 허튼소리를 하다가 N씨 이름을 부른다든가 하면 창피하지 않은가? 대장부가 계집애 하나 때문에 이렇게도 고민을 하는 것인가? 엣, 사내자식 같지 못한 몸이로다. 왜 선뜻 끊어버리지를 못하는가?

12월 31일

한 해의 마지막 날이다. 크리스마스 휴가로 학생들도 대부분은 며칠 전에 모두 집으로 돌아가고 기숙사도 텅 빈 집 같아서 퍽 적적하다. 사위도 적적하거니와 마음은 더 적적하다. 말할 수 없는 고독을 일으킨다. 고독을 잊으려고 S군의 방으로 가서 하루 종일 화투를 한다. 그러나 밤에 혼자 빈방 안에 와 누우면 몸과 마음이 말할 수 없이 슬퍼진다. 어젯밤에는 혼자 실컷 울다가 겨우 잠이 들었었다. 이렇게 강한 고독을 느끼기는 생전 처음 일이다.

아침마다 열한 시가 되면 분주히 우편국에는 간다. 가야 편지조차 오는 것이 없다. 더욱이 그렇게 열심으로 우편국에 다니는 것은 딴생각이 있어서이다. 그이가 혹 편지나 아니 보내나 하는 하염없는 생각으로써이다. 그러나 그에게서는 영 무슨 소식이 올 것 같지 않다. 그럼 '너는 왜 쓰지 않느냐?' 나는 여자에게 편지를 쓰기에는 너무나 자존심이 크다. 요새 소위 공부나 했다는 청년들이 만날 분홍 봉투 속에다가 야비한 글귀들을 나열해서 여자들에게 편지를 보내는 것이 미워서 나는 그따위 짓은 아니 한다. 더욱이 또 작년 겨울의 S씨가 한차에 타고 오면서 이야기하던 생각이 난다. 그는 그때 그가 남경 있는 동안 어떤 남자에게로부터 편지를 자꾸 받던 이야기를 내게 해주었다. 그리고 마지막 말로 "우스워 죽겠어요 글쎄" 했다. 그렇다. 우스울 것이다. 내가 지금 N씨에게 편지를 써서 보낸다 하자. 그가 그것을 우습게 여기고 또 다른 사람들에게 들고 다니면서 조롱을 한다면…… 차라리 내 팔목을 찍을지언정 편지를 쓸 수는 없다. 그러나 만일 그가 나를 사랑한다면? 그렇지 않지 그가 만일 나를 진심으로 사랑한다면 그가 먼저 나에게 편지를 줄 것이다. 그러면 너는 그이를 진심으로 사랑치 않느냐? 나는 실소할밖에 없다. 그러면서도 혹시나 하는 희망을 가지고 아침마다 우편국에 가보는 것이다.

그러면서도 또 내가 먼저 편지를 쓰지 못하는 이유가 더 큰 것이 하나이다. 그것은 역시 끊임없이 '단념해라, 단념해라' 하는 양심의 부르짖음이다. 그러면 단념할 이유는 어디 있는가?

"연애에는 국경이 없다"고는 누구나 하는 말이다. 그러나 그것은 한 개의 이상(理想)에 지나지 않는다. 그것은 한 개의 No-where[19]이다.

연애는 결혼을 그 목적으로 하지 않으면 아니 된다. 결혼 연애를 선조로 하지 않으면 아니 되는 것같이 엘렌 케이가 말한바 연애가 없는 결혼은 간음이라는 것을 시인한다고 하면 결혼을 무시하는 연애는 또한 간음에 지나지 않는다. 아니 육체보다 정신이 더 귀한 점으로 보아서 결혼을 제외시키는 연애는 연애 없는 혼인보다 더 큰 죄악이다.

그러면 나는 그 N씨와 결혼할 가능성이 있는가? 결혼할 가능성이 없이 연애의 계속을 내버려두는 것은 나는 못 할 노릇이다. 내게는 늙으신 부모가 있지 않은가? 내 일은 내가 한다고? 그러면 나는 여지껏 누가 주는 밥을 먹고 자랐는가? 중국인 며느리가 조선인 시부모와 살아갈 수가 있는가? 더욱이 나는 N과 결혼한다면 N을 본국으로 데리고 들어갈 용기가 있는가? 나는 이것을 생각할 때마다 존 파리스의 「기모노」를 연상한다. 「기모노」의 주인공들이 그냥 영국에서 살았던들 비참한 파열이 생기지 않았을 것이다. "일본으로 돌아가지 마시오" 하는 간곡한 충고를 받고도 그냥 갔다가 결과는 어찌 되었는가? 내게도 또한 마찬가지 운명이 아니 이르리라고 누가 장담하겠는가? 역사, 사회, 도덕, 환경, 언어, 풍속, 모든 것이 판이한 고향으로 만일 N씨를 인도한다면 N은 응당 고독을 느끼고 증오와 싫증을 일으킬 것이다. 그러면 그때 고통은 지금 단념하는 고통보다 더 심할 것이다. 아무래도 받을 고통이니 미리 받아두는 것이 낫지 않은가. 그렇다고 N을 내 것을 만들겠다는 그 야심 하나 때문에 내 몸이 늘 중국에 붙어 있을 수는 없다. 나는 흰옷 입은 사람의 자손이다. 그 사람들의 피를 받아서 그 사람들의 유전을 받아서 나서 그 사람들이 세운 집에서 그 사람들이 농사한 밥을 먹고 자랐다. 내 앞에 일이라고 있으면 내게 그 같은 은혜를 준 그 사람들에게 갚기 위해서 그 사람들이 희망을 붙이고 그 사람들이 사랑하는 우리 흰옷 입은 어린이들을 깨우치고 가르치고 사람을 만드는 데 있다. 그 일을 하려면 본국으로 들어가거나 서북간도로 가거나 하여야 한다. 그런데 내가 N을 끌고 그런 데로 갈 용기가 있는가? 없다.

둘째, 국경 문제, 민족 문제를 제외한다 가정하자! 그러면 나는

N과 일생을 같이할 가능성이 있는가? 결혼하려면 돈이 있어야 한다. 그런데 나는 앞으로 높이 쳐다보아야 월급 이십 원짜리에 불과하다. 상해에 그냥 있더라도 나는 월급 작게 받고라도 우리 소학교에서 시무하지 아니할 수 없고 서북간도로 가게 된다면 강냥떡[20] 얻어먹고 많이 받아야 십오 원 이십 원일 터이다. 그것 가지고 가정을 꾸릴 수가 있는가? N이 온 천하 여자가 공통으로 가지고 있는 바 허영심을 버리고 가난뱅이 나를 따라나설 용기가 있는가? 상해의 야회, 활동사진, 오페라를 내버리고 상투쟁이[21] 간도 이민들 틈으로 N이 기어 들어올 용기는 있겠으며 설혹 있다고 하면 내가 그 아름다운 N으로 일생을 그런 참혹한 생활로 보내라고 강요할 권리가 있는가. 나는 N이 잘되는 것을 보고 싶지 결코 나 같은 비렁뱅이, 이해타산주의자, 이기주의자를 따라다니는 불행아를 만들어주고 싶지 않다. N은 여자 대학생이다. 그를 사모하는 백만금 부자도 많을 것이요 또는 미국 갔다 온 박사들도 있을 것이다. N이 그런 곳으로 시집을 가면 퍽 행복스럽게 풍족하게 살아갈 것이다. 그러므로 나는 N과 같은 깨끗하고 귀족적인 여자와는 결혼할 권리가 없는 사람이다. 따라서 연애할 권리도 없다. N도 가만히 눈치를 보면 요새 꽤 흥분을 한 모양이나 그것도 다만 청춘의 한 부질없는 일일 것이다. 일후 지각이 들 때에는 지금을 돌아보고 지나간 일에 쓴웃음으로 장사해버릴 것이다. 얼마 아니 있어서 그는 나를 영영 잊어버리고 말 것이다.

지금 단념하는 것이 낫다. 연애란 다만 찬스로 되는 것이다. N과 내가 우연한 찬스로 얼마 동안 기뻐도 했고 고민도 당했다. 그

러나 우리가 서로 찬스를 피하고 멀리할 때 자연히 차차 멀어지
고 그도 나를 잊어버리고 나도 그를 잊어버리게 될 것이다.

대장부가 되어라. 선선히[22] 잊어버려라.

1월 1일

나는 왜 이렇게도 약한가? 아니 하려 아니 하려 하여도 N의 눈
이 내 앞에 뻔하니 나타나곤 한다. 어찌했으면 좋을는지 알 수가
없다.

오늘 또 아침 둘이 화투했다. 화투하느라고 약을 보느니 흑단
홍단을 보느니 하여 전 정신을 노름에 넣고 있는 동안은 그래도
세상 아무것도 잊게 된다. 다만 몇 분이라도 N을 잊고 나를 잊고
세상을 잊고 다만 비약과 풍약만이 머리를 싸고도는 그 재미는
참으로 귀한 것이다.

점심은 화투해서 모은 돈으로 사다 먹었다. 점심 먹으면서는 쓸
데없는 담화로 시간 가는 줄을 몰랐다. 그러나 화제는 어떻게 굴
러서 연애 이야기로 왔다. 중국 애 L군이 나더러 꼭 연인이 있을
것이라고 한다. 나는 부인했다. 조선 사람인 C군도 내 편을 들어
부인했다. 그러나 화투할 때에 '공산명월' 발음을 잘못해서 '콩쌔
밍웨' 하여 사람을 자꾸 웃기는 중국 애 B군이 L군과 한편이 되어
육박해 들어왔다. 둘이서는 변명하려는 내 입을 막아가면서 주거
니 받거니 나를 비행기를 태웠다.

"유경 군이야 연인 없을 리가 있나. 글쎄 공부 잘하겠다."

"운동 잘하겠다."

"곱게 생겼겠다."

"글 잘 쓰겠다."

"적어도 한 더즌 연인은 있을 거야."

나는 방으로 돌아왔다. 여러 가지 생각이 머리를 오락가락한다. "곱게 생겼겠다!" 이 말은 내가 여러 번 듣던 말이다. "미남자!" "미남자!" 정말인가? 나는 면경[23] 앞으로 갔다. 넓적한 얼굴이 나타났다. 이것이 고와? 흥, 미남자가 다 죽으면! 눈도 크게 떠보고 웃어도 보고 얼굴을 찡겨도 보았다. 곱기는? 해도! 한참 보니 어덴가 참이 있는 것 같기도 하다. 하나하나 떼어 보면 아주 보잘것없어도 다 한데 뭉쳐가지고 보면 혹 밉지는 않게 생겼다 하는 생각도 들어온다. 확실히 살갗은 다른 사람들보다 희다. 나는 면경을 엎어놓았다.

"곱다. 미남자다!" 아, 듣기 싫으면서도 듣고 싶어 하는 말이다. 면경을 아니 보고 앉아서 여러 사람들이 나보고 하던 말을 되풀이해보니 정말 내가 퍽 고와지는 것 같았다. 어데서 한번 보았던 미남자의 얼굴처럼 내 얼굴도 갸름해지는 것 같다. 나는 두 손으로 얼굴을 만져보았다. 뺨이 빤빤하다. 광대뼈가 툭 나오고 그들은 나를 놀린다. 그러나? 정말 잘생겼다면? 나는 그것이 싫다. 만일 내 얼굴이 여자들의 육욕이나 끌게 생겼다면 그러면 N도 다만 내 얼굴이나 탐을 낸다면? 아! 나는 그것은 싫다. N도 다만 내가 전차 안에서 보는 많은 여자들이 힐끗힐끗 쳐다보는 것처럼 그런 종류에 불과하다면. 아! 나는 차라리 죽고 싶다. 얼굴이 흉악하게 생기고 싶다. 나는 다시 면경을 바로 놓고 들여다보았다. 정말 잘 생겼는지도 모르겠다. 나는 N 외에 다른 여자들이 나를 탐내는 것을 싫어한다. 나는 N이 내 얼굴만 탐낸다면, 다만 한때 육욕으로 나를 유혹한다면 그것은 너무 슬픈 일이다. 나는 다만 N을 사랑하고 N 한 여자뿐이 나를 사랑하면 나는 그것이 제일…… 아! 내가 왜 또 이런 소리를 쓰고 앉았는가? 나는 벌써 N을 단념하기로 결심하지 않았는가?

나는 한참 동안이나 면경에 비친 내 얼굴을 말없이 들여다보고 있었다. 어떤 생각이 슬쩍 머리를 스치고 지나간다. 흥? 그래 그러면 다시 더 말이 없을 것이다…… 그렇지 그때는 단념 아니 하려 하여도 별수 없지. 저편에서 먼저 싫어할 터이니까? 나는 면도칼을 빼어 들었다. 번들번들하는 날을 볼 때 가슴이 선뜩했다. 그렇다. 이 눈 아래 여기를 짝 내려 베어놓자! 피가 나겠지. 병원에 가겠지. 약 바르겠지. 낫겠지. 흉물스런 허물이 보이겠지. 나는 얼마 전 활동사진에서 보았던 구주전쟁 부상병의 귀신같이 허물진 얼굴을 다시 보았다. 아! 저 모양! 칼을 쥔 내 손이 부들부들 떨렸다. 나는 다시 한참 동안이나 얼굴을 들여다보았다. 새카만 눈썹이 엊그제 이발소에서 민 대로 곱게 나 있다. 보르르한 솜털 뻔뻔한 턱 오뚝한 코 코털이 가맣게 들여다뵈는 두 콧구멍 또록또록하는 눈 빨간 뺨 반지르르한 머리털. 나는 아무 여념도 없었다.

나는 다시 용기를 냈다. 그리고 칼을 뺨에다 갖다 대고 눈을 딱 감았다. '시―' 하고 내려 벤다. 그 생각 하는데 문이 벌컥 열렸다. 나는 얼른 칼 든 손을 내리면서 눈을 떴다. 한숨을 쉬었다. C군이 들어왔다.

"웬일인가?"

나는 무엇이라고 대답할지를 몰랐다. 한참 어물어물하다가

"면도 좀 하느라고!" 하고 얼굴이 빨개졌다.

"면도는? 수염도 안 났는데. 산보나 나갑시다."

나는 뽀얀 하늘을 내다보았다. 흰 눈이 펄펄 내리기 시작했다.

"눈 오는데?"

"눈 오니 더 좋지! 우리 저 촌으로 한번 가봅시다. 농촌의 설경이 오죽 좋겠소!"

나는 C를 따라나섰다.

1월 12일

밤이다. 공부를 하려고 아무리 마음을 가라앉히려 했으나 할 수 없었다. 그래서 같이 있는 학생의 목도리와 방한모를 얻어 두르고 쓰고 문밖으로 나섰다.

"어디 가오?" 하는 소리 대답도 할 새 없이 나는 벌써 층층대 중턱에 와 있었다.

바깥바람은 꽤 찼다. 바람이 높다란 포플러 수척한 가지의 뺨을 때리는 소리가 올곡올곡 불려왔다. 기숙사 창문들로부터 누런 빛들이 처량하게도 말라 죽은 참외 밭 위에 불빛을 던지고 있었다. 나는 야자나무와 지금도 잎이 파란 상록수들 틈을 꿰어 강변으로 나아갔다. 두 팔을 외투 주머니에 꽉 들이쏟고 머리를 숙이고 강변을 몇 번 왔다 갔다 했다. 윙윙하는 무정한 바람 소리 외에는 아무 소리도 들을 수가 없었다. 커단 윤선[24] 하나가 배 갑판에 불

을 환하게 켜가지고 천천히 오송을 향해 어두운 물결을 헤치며 나아갔다. 나는 부지중 한숨을 길게 쉬고 하늘을 쳐다보았다. 새카맣게 어두운 하늘에 수만의 별들이 반짝반짝 숨기 내기를 하고 있다. 나는 풀밭 교의 위에 주저앉았다. 그리고 하늘만 열심으로 쳐다보았다. 하나 둘 셋 넷 다섯 열 아이고 모르겠다. 눈이 쇠리쇠리해서 도저히 헬 수가 없다. 저기 은하수가 있다. 몇 달만 있으면 견우 직녀가 또다시 만날 것이다. 오— 저기 빨간 것이 화성. 북두칠성은 오— 저기 있다. 그것이 삼태성, 또— 옳지 저기 북극성이 있다. 목성은 어디 있나? 이렇게 얼마 동안은 정신이 없었다. 저편 하늘에서 길게 별띠[25]가 떨어졌다. '누가 죽나?' 하고 생각했다.

우주는 넓다. 별은 수없이 많다. 세계는 영원하다. 그런데 사람은 났다가 죽고 났다가 죽고 한다. 인생 칠십이라지마는 이것을 이 광대한 공간과 무궁한 시간에 비기면 과연 무엇일까. 한 초 동안 물거품이 아닌가? 요 동안에 있어가지고 슬픔이란 괴로움이란 즐거움이란 무엇인가? 그저 세월 되는 대로 가지는 방향대로 살다가 죽는 것이 좋지 않을까? 저기 저 별에서 고 반짝반짝하는 불빛이 여기까지 오려면 적어도 몇만 년씩 걸린다. 그러면 내가 지금 여기 앉아서 한숨 쉬는 모양도 저기 저 별에서 내려다본다면 지금으로부터 이십만 년 후에야 볼 것이다. 그동안에 나는 벌써 형적도 없어지고 말 터인데. 나 살던 집, 나 다니던 거리, 나 묻었던 무덤, 그것이 다 없어지고 인간의 기억에서 사라진 그때에라야 겨우 저기서는 오늘 내가 여기서 앉았는 것이 보일 것이 아닌가? 이 무궁한 속에 나라는 것이 대체 무엇인가? 명예가 어떻고 자존심이 어떻고 책임, 권리, 자유, 흥, 그것이 다 이 무궁에 비하여 무엇인가? 애급[26]은 이 문명을 지었으니 오늘에 무엇이며, 로마가 문명을 지었으니 오늘에 무엇이고, 이십세기가 문명을 찬란하게 지어놓는다니 이것이 이십만 년 후 아니 단 만 년 후에 무엇이 남을 것인가? 대양 속의 물거품이 찬란하다면 얼마나 찬란하고 오래간다면 얼마나 오래갈 것인가? 다시 대양이 물소리 칠 때 사라지는 거품이어니 찾을 길도 없으리! 그러면 요 속에서 바드락바드락거리는 그 노력은 소위 무엇인가?

보라! 저 공허하고 부연한 하늘을 보라. 저 영겁에서 영겁으로 흐르는 해의 계속을 보라. 저 수없는 별들을 보라. 지구라는 이것도 다만 좁쌀알만 하게 반짝거리는 저 속에 하나이다. 그러면 고적은 속에서 아시아 한 모퉁이에서 하루 같은 짧은 생을 가진 내가 그래도 무슨 명예니 책임이니 자유니 떠드는 것은 무엇인가? 이렇게 한없이 숨겨 있는 자연의 비밀을 해결해보겠다고 옅은 지식으로 바스락거리는 생활은 그 무엇인가? 이러니저러니 좁쌀알만 못한 생이 아닌가? 한 초 같은 목숨이 아닌가? 슬퍼할 것도 없고 고민할 것도 없이 운수 닥치는 대로 내 한 몸의 행복을 탐해 돌아가다가 죽게 되면 죽고 살게 되면 살 것이 아닌가? N과 손목을 잡고 멀리멀리 떠돌아다니다가 죽을 때가 되면 죽으면 그만이 아닌가? 나의 조그만 자존심이라는 것 부질없는 책임이라는 것이 이 대우주 속에서 무엇인가? 희생이란 다 무엇이냐? 우주에는 다못[27] 허무가 있을 뿐이 아닌가?

개미집같이 쌓아놓더라도 종국 그 끝은 한곳이 아닌가? 인류에게 도덕이 있느니 역사가 있느니 떠든다마는 이 역사책들이 화려한 도회처들 이것들이 지금으로부터 이십 년 또는 삼십만 년 또는 영원한 시간 후에 무엇이 될 것인가? 허무에서 시작한 모든 물건이니 종국에는 다시 허무로 돌아갈 것이 아닌가? 육십만 년 칠십만 년 후에 모든 것이 허무로 돌아간 후에 누가 있어서 내가 남을 위해서 연애를 희생했다고 기억이나 해줄 것인가? 누가 이 고통을 알아나 줄 것인가?

나는 몸을 부르르 떨었다.

1월 20일

아, 나는 늘 하늘을 쳐다보고 살고 싶다. 나는 내 생활에 하늘과 현실이 있음을 슬퍼한다. 하늘만 있거나 현실만 있거나 했으면 나는 이렇게 심한 고통을 받지 아니할 것이다.

만일 내가 하늘만 있다면 나는 벌써 허무주의자가 되었을 것이다. 명예니 체면이나 자존심이니 책임이니 무엇이니 모두 내버리고 N과 손목 잡고 행복의 단꿈에만 취하려 했을 것이다.

그러나 내게는 또 피할 수 없는 현실이라는 것이 있다. 매일 매시 매초 실제라는 것을 가지고 나를 쏘고 괴롭게 하는 현실이라는 것이 있다.

아! 나는 어찌했으면 좋을까? 사람 틈에 끼여 사니 사람 노릇 아니 할 수 없다. 가슴 답답하다.

2월 5일

어젯밤 처음으로 N씨를 꿈꾸었다. 내가 여태껏 반년 동안이나 N의 생각을 잊어본 적이 없었으나 꿈에는 한 번도 그를 본 적이 없었는데 처음으로 어젯밤에 그의 꿈을 꾸었다.

벌써 겨울 방학한 지 한 주일이 지났다. 얼마 아니 있어 다시 개학이 될 것이다. 그동안 N을 한 번도 못 본 것이 퍽 적적하더니 아마 꿈에 보았나 보다. N도 어젯밤에 내 꿈을 꾸었나 하는 미신에 가까운 생각이 들어 내가 나를 웃었다. N이 상해에서 어떤 다른 남자와 재미있는 날을 보내지나 아니할까 생각하니 슬근히 질투심도 일어난다. 그러나 한편으로는 또 정말 그리되어서 그가 영 나를 잊어버려주었으면 좋겠다. 다시는 나를 유혹하지 말아주었으면 하는 생각도 있다. 나는 죄를 N에게 씌우려 하는 이기적 생각이 있다. 곧 N이 나를 유혹하지만 아니하면 나는 능히 단념할 수가 있다는 자신이 있는 것처럼 나는 생각하기 때문이다.

아차, 꿈 이야기를 써두어야 하겠다.

꿈에 그와 나는 같이 책보를 끼고 학교를 나서서 어떤 복잡한 거리로 함께 걸어가고 있었다. 얼마나 왔는지 모르겠는데 그는 어떤 커단 벽돌집 앞에까지 와서 나와 이별했다. 내가 그와 같이 그 집까지 바래다주겠다고 했더니 그는 웃으면서 "당신은 이런 벽돌집에 들어올 팔자가 아니니깐" 하고는 저 혼자 뛰어 들어갔다. 나는 그 자리에 한참 서서 그 벽돌집을 원망스럽게 쳐다보다가 눈물을 짓고 돌아섰다.

2월 6일

방학 동안에 한 번도 상해를 나가지 않았더니 상해 있던 T군이 갑갑하다고 찾아왔다. 나는 T군이 반쪽처럼 수척해진 것을 보고 놀라지 않을 수 없었다. 이유는 고민 때문이라고, 실연을 했다고 한다.

T군의 연애담은 벌써 한 번 자세히 들은 일이 있었다. 그러나 그가 실연을 하리라고는 결코 상상도 못 했던 바이다. T군은 나와 같은 등신이었다. 여자 교제할 줄도 모르고 여자한테는 죽어도 편지 쓰지 않고 하던 청년이었다. 그런데 그는 우연한 기회로 본래 기생이던 어떤 여자를 알게 되고 T군이 부모의 억지에 못 견뎌 장가를 들려고 하는 때에 의외에 그 여자에게 저부터 사랑해달라는 편지를 받았다. 그 편지를 받고 그는 그 기생(지금은 기생이 아니고 동경 유학생이다)을 불쌍히 여기던 마음 동정하던 마음 또 기생 그만두고 공부하려고 열심 하는 것을 기특히 여기는 마음 그것들이 합한 데다가 그 기생의 삽삽하고 다정한 편지가 고만 T군의 정신을 마비시키고 말았다. 그래 그는 당장에 부모에게 반항하여 여학생과 약혼하기를 거절하고 그 기생과 약혼하기를 주창했다. 그러나 그 말이 부모의 귀에 들어갈 리가 없었다. "왜 처녀가 없어서 더러운 기생을 며느리 맞으라!" 하는 것이 그의 어머니 불평이었다. 그 후로 T군 집은 잠시도 평안한 날이 없었다. 마침내 T군이 연애를 위하여 그의 명예 책임 가족 무엇 무엇 모두를 희생하고 그는 상해로 뛰쳐나오고 그 기생은 동경으로 공부를 하러 갔다. 그 후에도 한 반년 동안 그들은 열렬한 편지 거래가 있

었다. 나도 그 기생에게서부터 T군에게 온 편지를 한번 죽 읽어본 일이 있었다. 그런데 지금 와서 T군은 그 기생에게 버림을 받았다 한다.

"글쎄, 처음에 남 가만히 있는데 제가 먼저 무엇 고독하웨 괴롭쉐 사랑해주게 하고 편지질을 해놓고 지금 와서는 요롷게 착 차내던진다고는 나는 도무지 그 심사를 이해할 수가 없네" 하고 그는 한숨을 쉬면서 말끝을 맺었다.

그는 퍽 낙심한 모양이었다. 연전에 실연한 어떤 문사(文士)가 잡지에 발표한 대로 여자라는 것은 가죽을 벗겨서 돈 가방을 만드는 데 소용되거나 그렇지 않으면 밤에 심심파적하는 장난감으로밖에는 더 소용이 없다고 그는 말했다. 그리고 그는 이 원수를 갚기 위하여 기를 쓰고 돈을 많이 모아가지고 첩을 하룻밤에 하나씩 얻어서 데리고 자고는 내쫓고 하는 것이 소원이라고 부르짖었다.

나는 소름이 쪽 끼쳤다.

"바람에 날리는 갈대와도 같이 변하기 쉬운 여자의 맘이라" 하는 노래를 나는 속으로 불러보았다. 아! 어서 단념하여야겠다. N도 또한 그러한 종류의 여자가 아니라고 누가 증명할 것인가? 일후에 T군과 같은 운명을 만나기 전에 T군과 같은 참담한 인생관이 들어오기 전에 나는 내 몸을 보호하여야 하겠다. 나를 위해 내 민족을 위해 온 세계를 위해 나는 귀한 몸이다.

3월 30일

N씨 꿈을 또 꾸었다. N씨가 나이가 일곱이나 여덟 살밖에 아니 난 처녀가 되었는데 그를 업고서 이름도 모르고 끝도 없는 좁은 길로 할할 걸어가면서 퍽 행복을 느꼈다. 그 꿈이 깨면서 잠도 깨어가지고는 다시 잠이 들지 못했다.

4월 1일

그는 외국의 여자를 사랑했더라.

아픈 가슴 앓는 마음을 가지고도

그는 속 시원히 사랑의 말도 못 해보았다.

그러나 지금은 그것도 지난 때의 헛꿈

풀 마른 그의 무덤 위에는

이름 모를 꽃 한 송이뿐이

졸고만 있더라

하하! 내가 언제 시인(詩人)이 되었던가?

4월 25일

봄이다. 봄도 늦은 봄이다. 봄철이 또 돌아오니 심란한 마음 더욱 산란해지고 고독한 영혼은 한층 더 외로워진다. 이때 또 사건 하나가 생겼다.

어제 학생 전체로 항주(杭州)로 왔다. 생물학반에서 생물학 표본 모집하러 온 것이다. 어제 종일 싸돌아다녀서 뱀 두꺼비 곤충 물고기 조개 등을 많이 얻었다. 오늘은 놀고 내일은 학교로 돌아간다고.

오후에 배를 타고 서호에 떴다.

왜 신(神)은, 아니 저 자연은 우리에게 쓸데없는 찬스를 자꾸만 갖다 맡겨주는가? 괴롭기만 하다.

서호로 몇 시간 떠다니다가 모두 공원(西冷印社)으로 올라갔다. 거기서 서호의 저녁 경치를 바라다보는 것은 두 번 얻기 힘든 절경이다. 해는 벌써 남고봉(南高峰)과 서산 새 뒤로 넘어갔다. 해는 보이지 아니하나 그 여광이 찬란한 채색으로 한가히 떠 있는 구름장들을 물들이고 서호의 잔잔한 물결이 그 구름장의 빛을 반사하여 금빛 카펫을 만들어놓았다. 그 위로 물자리를 빠치면서 슬적슬적 정처 없이 떠도는 수십의 놀이배 그 속에서 희미하게 울려오는 구슬픈 호금(胡琴) 소리 고독하던 내 영은 한층 더 무엇에 감격된 것처럼 이 대자연의 위대하고 섬세한 미(美) 속에 취해 있었다.

벌써 어슬해질 때였다. 은실 주렴발 같기도 하고 새색시의 면사 같기도 한 뽀얀 안개가 서호 가 새파란 언덕들을 둘러싸기 시작했다. 서호면에 깔렸던 물자리가 차차 벌거우리해지다가 다시 창백해지고 다시 탁한 잿빛이 되어 그 물 밑에 수천 년 동안 쌓인 복 비는 재(수십 만의 부인들이 아들 낳게 해달라고 빌고 빈 적 넣은 것)와 보기 싫은 조화를 이루고 장엄한 뇌불탑이 잿빛 배경 속에 은근히 솟아 있는 것이 보일 때였다. 돌의자에 앉아 있던 동창생들이 "내려가지!" 하면서 줄렁줄렁 일어서서 내려갔다. 나는 이 신비스런 저녁 경치를 다만 몇 초라도 더 맛보려고 그냥 차차 희미해가는 다른 언덕과 하늘과 서호 가를 바라다보며 정신없이 앉아 있었다. 그러다가 이제는 따라 내려가야겠군 하는 생각이 나서 벌떡 일어서다가 나는 내 뒤에서 인기척이 나는 것을 깨닫고 힐끗 돌아다보았다. 거기는 꿈에도 잊지 못하던 N이 와서 있었다. 그리고 저편 나무 숲 사이로 나는 힐끗 여학생 한 무리가 천천히 내려가는 것을 볼 수 있었다. 그러면 N은 그 여학생들 떼를 빠져 내게로 온 것이다.

나는 어찌할 줄을 몰랐다. N도 어찌했으면 좋을지 모르는 모양으로 어물어물하고 서 있었다. 다만 한 초 동안의 침묵이언마는 나는 그동안이 퍽 오래게 생각이 되었고 또 그동안에 온갖 생각이 내 가슴을 격동시켜놓았다. 왜 왔을까? 나를 보려고! 그이가 왜 이렇게 나를 괴롭게 할까? 나는 내 심장이 극도로 박동하는 것을 깨달으면서 고개를 숙이고 가만히 있었다. 나는 N의 주시(注視)를 온몸에 감했다. N도 최후의 용기를 낸 듯이 옆으로 한 걸음 더 가까이 왔다. 그리고 떨리는 소리로

"미스터 리, 요새 어데가 불편하셔요?" 하고 물었다. 아마 그동안 내가 그를 단념하려는 결심으로 몇 번 길에서 만날 때에 외면을 한 것이 마음에 키였다가 지금 말하는 것같이 직각되었다. 나는 잠잠히 그를 건너다보았다. 벌써 날은 저물어서 그의 선명한 윤곽이 잿빛 배경과 어우러져 스러지는 듯했다. 두 팔을 힘없이 내려뜨리고 고개를 숙이고 섰는 것이 퍽 불쌍해 보였다. 이때 만일 내게 조그마한 용기만 있었던들 나는 뛰어가서 그를 끌어안고 무수한 키스를 했을 것이다. 나는 극도로 피어오르는 흥분을

필사의 노력으로 제지하면서 그를 바라다보았다. 그는 무엇을 기다리는 것처럼 여전히 처량한 태도로 서서 발끝만 들여다보고 있었다. 나는 차마 그를 더 보고 있을 수가 없어서 고개를 돌렸다. 내 온 전신이 부들부들 떨었다. 이런저런 생각이 번갯불같이 머리를 스치고 지나갔다. A선생이 언젠가 불쌍한 민족을 위하여는 가족도 재산도 명예도 행복도 마지막에는 목숨까지도 즐거운 마음으로 희생하라는 권고를 간절히 하던 말이 다시 귀에 들리는 것 같았다. 그리고 소설(「기모노」)의 일이 다시 생각되었다. 상투 튼 불쌍한 사람들이 눈앞에 나타났다. T군의 여자들을 저주하던 목소리가 다시 들리는 듯하고 그의 상기한 얼굴이 다시 보이는 것 같았다. 어디에선가 아마 공중에서

"이때다. 네 용기를 보일 때가 이때다. 대담하여라. 남자다워라. 단념하여라!" 하는 부르짖음 소리가 들리는 듯하였다. 나는 감았던 눈을 번쩍 떴다. 그리고 숨이 가빠서 헐떡헐떡했다. 나는 마침내 가슴을 쥐어짜는 듯한 목소리로 모깃소리만치 말을 꺼냈다.

"I do not love you."

"Oh?!"

나는 뛰어 내려왔다. N이 다시 무엇이라고 말하는 소리가 귀를 스쳤으나 무슨 소리인지 못 알아들었다. 나는 벌써 돌층층대를 급히 뛰어 내려오고 있었다. 그리고 손이 앞으로 쑥 나올 때마다 뜨거운 눈물이 손잔등에 떨어지는 것을 깨달았다. 참으로 경험이 없이는 내 그때의 쓰라린 가슴을 이해치 못할 것이다. 나는 속으로 '대장부다워라. 대장부다워라' 하면서도 억제할 수 없이 흐르

는 눈물을 금할 수가 없었다. 걸음이 느린 여학생 떼는 아직도 공원 문밖을 나서지 못했다. 나는 가까스로 눈물을 씻고 여학생들을 급히 지나 나와 벌써 배 타고 기다리는 동무들께로 갔다. 벌써 새카맣다. 마침 배에 불이 없어서 다행이었다. 아무도 내 눈물겨운 모양을 똑똑히 볼 수가 없어서 나는 안심했다. 호수 맞은편 지야잉[旗下營] 시가지의 연등불들이 눈물에 어린 내 눈에는 가는 금실들 한 무더기가 거기서 내 얼굴에까지 걸쳐 있는 것같이 보였다. 그리고 그 실 뭉텅이가 짧아졌다 길어졌다 하였다. 나는 이때 N의 일이 마음이 아니 놓여서 방금에야 배를 타느라고 서두르는 여학생 떼를 바라다보았다. 우리 배는 벌써 한 십 척 나아왔는데 여학생들 배는 바로 언덕 등대 아래 있어서 거기 모둥켜 섰는 여학생들이 똑똑히 보였다. 나는 주먹으로 눈을 비비고 자세히 보니 분명히 N이 그들 틈에 섞여 있는 것을 보고 비로소 안심했다.

밤에 남 다 자는 밤에 나 혼자 한잠 못 이루었다. W학교(우리 학교 부속 중학교) 교실을 빌려서 한 방에 침대를 삼십 개씩이나 놓고 줄 이어 누워서 잔다. 그리 밝지는 않아도 글이나는 쓸 수 있을 만치 밝은 전등불은 끄지 않은 채였다. 웬일인지는 모르나 학생이 여럿이 외지에 가서 합숙을 하게 되면 언제든지 불은 끄지 않고 자는 풍속이다. 얼마 동안이나 잠을 좀 들어보려고 애를 썼다. 속으로 하나 둘 셋 넷 하여 백까지 세고는 또다시 세어 천을 넘도록 세어서도 종내 잠은 아니 왔다. 전에 혹 잠이 들지 않을 적에는 이백과 삼백을 세는 그 중간 어디서 그만 정신없이 잠이 들곤 했었는데 이번에는 아무 쓸데도 없었다. 그저 무엇인지 알 수도 없는 생각이 자꾸만 떠오른다. 아직까지도 극도로 흥분했던 머리가 가라앉지를 아니한 것이다. 다시 베개 밑에 있는 회중시계를 살짝 귀밑에 놓고 그 째깍째깍하는 소리에 정신을 기울여서 정신을 통일시켜 잠이 들게 해보려 했으나 역시 실패였다. 더욱이 눈을 감아도 훤하니 비치는 전등불 때문에 더 잠이 아니 온다. 방 안이 온통 캄캄했으면 그래도 잠이 좀 올 것 같다. 나는 견디다 못하여 벌컥 일어나 앉았다. 옆으로 번즈런히 누워서 코들을 골며 곤히 자는 동무들이 부러웠다. 아니 시기가 났다. 미웠다. 더욱이 저편에서 코를 드렁드렁 고는 이가 퍽 밉게 보였다. 아이구 듣기 싫다. 자면 곱게 자지 왜 저리 소란스러울까? 견딜 수가 없다. 소리를 꽥 지르고 싶다. 가서 뺨을 한 대 때리고 싶다. 나는 견딜 수 없어서 발을 굴렀다. '쿵' 하고 마룻바닥이 울렸다. 코 고는 소리가 잠깐 뚝 끊겼다 다시 시작이 된다. 서너 사람 "으홍 으홍" 하면서 돌아눕는다. 나는 미안한 생각이 나서 숨소리를 죽였다.

'내가 히스테리나 들리지 않았나?' 하는 생각이 나서 몸을 떨었다. 아! 이래서는 아니 되겠다. 내 몸조심을 단단히 해야겠다. 할 수 있는 대로 유쾌하여야 하겠다.

한참이나 멀거니 앉았다가 시계를 꺼내 보았다. 방금 보았는데 몇 시인지 모르겠다. 다시 꺼내 보았다. 밤 새로 두 시이다. 아직도 밝으려면 네 시가 있다. 아이고, 그동안을 어떻게 기다리나?

누구 말동무라도 하나 있으면 좋겠다. 정말 답답해 죽겠다. N의 얼굴이 또다시 보인다. 아니 그이 얼굴이 아니라 고 눈이다.

아, 고 눈은 왜 이렇게도 따라다니는가? N과 맨 처음 벌써 반년 전에 만나던 일이 다시 여러 가지가 생각이 난다. 그가 나를 주시하고 있는 것을 감하던 때와 그의 눈과 내 눈이 마주치던 때들이 다시 생각이 나니 내 가슴은 또 뛰놀기 시작한다. 달밤 같이 걸어가던 생각이 나니 숨까지 가빠진다. 그런데 오늘은 아니 벌써 어제로군 무슨 짓인가?

유경아! 너는 과연 얼마나 미련한 놈이냐? 바보이냐? 너는 늘 일기에 쓰기는 바로 무슨 뜻이나 있는 놈처럼 '단념해라' '단념해라' 하고 쓰면서도 속으로는 언제나 '기회만 또 오면 둘이서 조용히 만날 기회만 생기면 한번 내 속을 설파하고 그의 발아래 꿇어 엎드리리라' 하고 벼르고 또 벼르지 않는가! 그러던 네가 오늘 그게 무슨 일이냐? 기회가 없더냐? 너는 그것보다도 더 좋은 기회가 올 줄로 아느냐? 아! 지금이라도 나는 N에게 패배당한 것을 항복한다. 그는 이겼다. 아무래도 나는 약자다. 그러나 막상 그를 대하게 되면 다시 내 자존심이 올라온다. 그리고 나는 아주 태연한 체하고 거절할 준비를 한다. 이것은 위선이 아닌 줄 아느냐? 애고, 머리만 아프다.

다시 이불로 머리까지 홱 뒤집어쓰고 드러누웠다. 그러나 할 수 없다. 숨만 막힌다. 다시 일어나 앉았다. 시커멓게 마룻바닥에 깔린 내 그림자가 퍽 불쌍해 보인다. 저것이 왜 잠을 못 자고 저러나? 불행도 해라.

내가 N을 사랑한다. 숨길 수 없는 사실이다. 더구나 첫사랑이다. 내 양심이 증명한다. N도 나를 사랑한다. 아직 서로 그런 말을 해본 적은 없으나 그의 눈이 이를 말한다. 더욱이 아까 거기에는 그가 왜 왔던가? 물론 내게 모든 것을 주려고 얻기 힘든 기회일망정 얻어보려고…… 그런데 나는 왜 이다지 고통하는가? 내가 N을 사랑하고 N이 나를 사랑하고 문제는 퍽 단순하지 아니한가?

그러나 그렇지는 않다. 나는 N의 일생을 같이할 동무가 될 자격이 없는 자이다. 그의 사랑을 받을 자격도 없는 자이다. 그것은 내가 N을 행복스럽게 해줄 수 없는 까닭이다. 지금 당장으로 보면 혹 N이 나와 편지 거래도 하고 키스도 하는 것이 그에게는 행복으로 생각을 할는지도 모른다. 그러나 지금만 보지 말고 장래를 보아라. 나는 이기주의자이다. 나는 너무도 이해타산적이다. 나는 이것이 안된 것인 줄은 잘 안다. 그러나 내 천성이 그런데야 어떻게 하겠느냐! 나는 N의 뒤를 거들 만한 힘도 없거니와 인격도 없고 자격도 없다.

"쪽박을 차고도 님 따라나선다"는 말이 있기는 있다. 그러나 그것은 역시 현실을 모르는 이상뿐이다. 결국 모든 문제는 돈이라는 것 그것으로 귀결된다. 그런데 내게는 돈이 없다. 앞으로 생길 가망도 없다. N이 나를 따라오기 때문에 몸이 얼고 창자가 비고 손이 부르튼다면 나는 그것은 못 하겠다. 그렇다고 N과 타협할 수도 없다. N 하나를 위해서 상해서 월급 많이 받아가지고 자동차 사고 큰 집 짓고 아이 두고 그리고 살지는 못하겠다. 그것은 내 양심이 심히 허락지 아니하기 때문이다. 내게는 N도 귀하거니와 N 외에 수십만 수만 명 어린이가 또한 귀하다. N은 내가 보살피지 않더라도 N을 행복되게 해줄 사람은 암만이고 있을 것이다. 그러나 이 불쌍한 어린이들은 내가 돌보지 않으면 버린 몸들이다. N도 사랑이 없는 곳으로 시집을 가면 불행되리라고? 그렇지 않다. 사람이란 다못 한 사람의 남자와 연애하란 법은 없다. 연애란 다만 한때 한때의 찬스로 되어 그 두 이성이 서로 이해하는 동안 사랑은 계속된다. 그러나 그 사랑도 없어지고 잊어버려지는 때가 오지 않는 것도 아니다. 그것은 내 독창적 철학이라고? 그럴는지도 모른다. 그러나 연애 자유 결혼이 성행한다는 서양을 보아라. 남편이 살았을 적에는 극진히 그를 사랑하는 아내도 남편이 죽은 후에는 처음에는 물론 슬퍼하나 그러나 일 년이 지나고 이 년이 지난 후에는 다시 다른 남자와 연애하여 개가들을 하지 아니하는가? 그것을 보면 연애란 영속적인 것은 아니다. 지금도 나와 그가 떠나서 일후 다시 보지 않게 되면 떠난 지 갓 얼마 동안은 그도 나를 생각할는지 모르나 몇 해만 지나가면 모두 잊어버릴 것이다. 단념과 죽음은 동 성질이니까! 그리고 나도 세상 여러 가지 사업에 분주하면 자연 N에 대한 생각도 잊어버릴 때가 오겠지! 그러니 지금부터 공연히 그러지 말고 단념을 해버리는 것이 좋을 것이다.

나는 감정으로만 살아서는 아니 된다. 내게는 의지라는 것도 있다. 사람이 감정에게만 지배될 때에는 그는 열등이다. 굳건한 의지로써 웬만한 감정을 억제하고 그리고 지혜스럽게 제 앞엣 일을 판단해나가는 거기 문명인의 특색이 있는 것이다. 내가 내 한 몸의 안락만 위해서 감정이 시키는 대로만 따라간다면 내가 내 할

아버지에서 더 나은 것이 무엇이냐? 새 조선을 건설하겠다는 그 소질은 어데서 찾겠느냐? 만일 현대 청년들이 모두 자기 감정의 지배만 받고 굳건한 의지가 없다면 무너져가는 집을 바로잡을 사람은 어데 가서 찾아올 것인가?

생활에는 연애 생활보다도 더 거룩하고 더 깨끗하고 더 아름답고 더 생활다운 생활이 있는 것이다. 그것은 희생의 생활 봉사의 생활이다. 그것이 연애 생활처럼 즐겁지는 못하리라. 그렇게 고소하지는 못하리라. 그러나 그것은 더 귀한 것이다. 더 값나가는 것이다. N이라는 한 여자를 사랑하는 것보다 온 세계 그렇지 못하겠으면 내 민족 전체를 왜 내가 사랑할 수가 없는가? 또 내가 N을 진정으로 사랑한다고 할 것 같으면 무모하게 자꾸만 N을 내 것을 만들려고 노력하는 것보다는 N에게다 깊고 참된 반성과 생각과 고려를 할 만한 기회를 공급하는 것이 마땅하다 아니 할까?

N을 진정으로 사랑하는 본의도 되고 N을 장차 행복되게도 만들고 또 내가 내 자신을 행복되게 (양심상 가책이 없는 좋은 패를도의 생활로써 희생과 봉사의 만족 성공의 만족을 누리는) 하기 위하여는 나는 N을 단념하지 아니치 못하겠다. 이렇게 분명하게 안 바에야 왜 아직 이렇게 고민할 리가 있는가? 알아서 그대로 했으니 나는 거기 만족하지 않으면 아니 될 것이다. 아무래도 좀 자보아야겠다. 벌써 새로 네 시가 되어온다. 눈을 좀 붙여보아야겠다.

새벽 다섯 시다. 나는 다시 일어났다. 아무래도 잠을 잘 수가 없다. 새벽 기운이 떠온다. 상해보다도 더 더운 항주이언만 새벽이 픽 더 서늘하다. 아까는 서늘한 것도 모르고 있었던 것을 보니 픽 흥분했던 모양이고 지금은 퍽 가라앉은 모양이다. 아니 잠을 못 자서 몸이 쇠약해지기 때문에 피부 신경이 퍽 예민해졌는가도 모르겠다. 하여간 골치가 지끈지끈 아프다. 일어서서 좀 왔다 갔다 했으면 좋겠으나 남들이 다 자니까 그럴 수도 없고 안타깝다. 나는 발끝으로 가만가만 걸어서 창문에까지 갔다. 뜨거운 이마를 싼득싼득한 유리알에 대고 시커먼 밖을 내다보았다. 아무것도 아니 보인다. 그래도 한참이나 무엇을 보는 것처럼 가만히 서 있었더니 현기증이 난다.

어느새 밝아오기 시작한다. 어렴풋하게 마주 선 높은 담이 보이는 듯하더니 이어 그 앞으로 줄지어 선 포플러 나무들이 시커멓게 한데 어우러져 보였다. 뿌연 하늘에는 별빛이 차차 희미해지고 학교 뜰에 놓인 철봉을 목판 바스켓 골대들이 유령 모양으로 우득우득 섰는 것이 보인다. 나는 뿌젓한 입안을 혀로 핥으면서 창을 떠났다. 방 안에 누런 전등빛과 밖에 새벽빛이 섞여서 일종 이상스런 빛의 조화가 방 안을 채웠다. 나는 산보를 하려고 뜰로 내려섰다.

세수를 마치고 방으로 다시 들어올 때는 벌써 한 사람도 남기지 않고 깨어서 욱적북적하고 있을 때였다. 방 안은 환하니 밝아서 아프고 피곤한 눈을 크게 뜰 수가 없었다. 나는 들어서면서 되는 대로 구기운 내 침대 위에 빨간 아침 햇빛이 들이비치는 것을 보고 무의식중에 몸을 떨었다.

4월 26일

상해로 돌아가는 길에 차 속에서 나는 억지로 『아세아』 잡지를 들여다보고 있다가 슬금슬금 저편 모퉁이에 모둥켜 앉은 여학생들을 바라다보았다. N은 한편 구석에서 무엇을 생각하는 듯이 눈을 내려뜨고 가만히 앉아 있다. 그 쾌활하던 웃음이 영영 그의 가는 입술에서 떠나가고 만 것같이 생각이 되었다. 나는 그를 오래 바라다볼 용기도 없고 염치도 없었다. 잡지책으로 얼굴을 가리고 무슨 생각을 하는 듯하다가 고만 잠깐 잠이 들었다. 꿈에 N이 어린애를 안고 재롱 보는 것을 보았다. 꿈이 깨어 N이 아직 소구로[28] 하고 앉았는 것을 보고 부끄러운 생각이 들었다.

5월 1일

메이데이라고 저녁에 기념 대회가 있었다. 상해서 유명하다는 사회주의자가 와서 혁명을 고취하는 연설을 했다. 학생들이 모두 무엇에 취한 것 같았다. 무엇이나 모두 희생할 용기가 나는 듯했다.

그동안 몇 번 N을 기도회실에서 보았다. 역시 전과 마찬가지로 쾌활한 모양이었다. 나는 암만해도 N을 알 수가 없다. 그는 일종 수수께끼이다. 단념한다는 내가 N의 모양을 상금 살피고 있는 것은 무슨 우스운 짓인가? 그러나 N이 전과 동양[29]으로 쾌활한 것을 보니 어째 공연히 슬프고 심술이 난다.

5월 10일

그동안 나는 N을 한 번도 보지 않았다. 기도회실에서는 언제나 외면을 하고 앉아서 체육관 지붕 꼭대기에 앉은 새들과 저편에 가지런히 선 벌써 새파랗게 피어서 여름을 생각하는 버들가지들이 바람에 흐늑이는 것을 번갈아 보고 있었다. 그리고 그 외에 길에서는 한 번도 만나지 않았다. 생물학 시간에도 나는 늘 외면을 했다.

그런데 나는 왜 지금 이것을 쓰고 앉았는가? 우스운 짓이다.

5월 23일

나는 지금 한 세상을 본다. 현미경 아래에 비추인 물방울 한 방울 속 세계를 들여다보고 있다. 생물학 실험 표본을 그리기 위해서 나는 지금 이 조그만 세상을 내려다본다.

무엇이라고 할 복잡하고 신산한 광경인가!

한 방울 물속에서 날뛰는 한 세상! 왜 이 파라메시움[30]들은 한곳에 가만히 붙어 있지를 않는가? 꼬리를 두르며 살금살금 돌아다니는 박테리아는 무엇을 구하여 날뛰는가? 먹을 것을 입을 것을 아니 입을 것이야 쓸데 있나 뾰족한 놈 둥글한 놈 가는 놈 굵은 놈 넓적한 놈 큰 놈 작은 놈 꼬리를 홰홰 내두르는 놈 우물쩍우물쩍하는 놈 쫓고 쫓기고 먹고 먹히고 아아! 여기도 생(生)의 참담한 생존 경쟁은 끊임없이 상연되고 있다! 아메바는 박테리아에게 먹히고 박테리아는 또 파라메시움에게 그리고 그것은 다시 저보다 더 큰 놈에게 먹히어 이렇게 이들 한 방울 세계는 진화되고 있다. 소위 생존 경쟁 법칙으로 약육강식과 적자생존의 참담한 광경이 지금에 눈 아래에서 연출되고 있다. 아! 그런데도 찰나 같은 생을 잃어버리기 아까운 듯이 도처에서 분할번식(分割繁殖)이 실행되고 있다. 저보다 더 큰 놈에게 식료 공급되는 줄은 모르고 그래도 하나가 둘이 되고, 둘이 넷이 되고, 넷이 여덟이 되어 삽시간에 자꾸 늘어나간다. 아! 그들에게도 성(性)의 욕구가 있을까? 단성동물! 그래도 그것은 육체의 양분으로 성의 만족을 얻을 것이다. 아! 여기도 삶의 강한 욕구, 성의 동경, 창조의 희생이 먼저 한 것이다.

아! 인류의 세계라는 것은 역시 이것과 똑같은 것이 아닐까, 아니 인류라는 것이 또 그 사회 제도라는 것이 다못 이것의 지금 내눈 아래 나타난 이것에 진화한 것에서 더 지나지 않지 아니하는가? 그러면 이 사회생활도 어디 그 위에 우리 사회도 역시 그 근저에 있어서는 다못 단순한 생존 경쟁에 원리가 있고 그 위에 가지각색 잎과 꽃이 된 것이 아닐까? 그러면 생존 경쟁이란 무엇인가? 내가 어떤 이던 무릅쓰고 내 몸을 남보다 더 잘살게 하는 것! 그러면 내 꿈은 어떤가? 왜 나는 내 행복의 길을 앞에 놓고도 그길을 억지로 피하려 하는가? 왜 나는 스스로 나아가 생존 경쟁의 패배자가 되려 하는가?

그러나 그러나 나와 우리! 나는 우리라는 것을 잊을 수 없지 않은가! 최선의 생존 경쟁은 나의 승리를 의미하는 것인가 또는 우리의 승리를 의미하는 것인가? 그것이 만일 후자이랄 것 같으면 나는 우리의 승리를 위해서는 나라는 것까지 희생하지 않으면 아니 된다는 것이 과거 수다한 철학자의 결론이었었다. 그러면 나도 나보다 우리를 더 위하는가? 아! 나와 우리와 나! 나는 어느 것을 취할 것인가?

그럼 우리는 또 무엇인가? 우리, 우리! 우리는 전 세계 인류를 총칭하는 말은 될 수 없는가? 왜 인류라는 것은 성을 쌓고 담을 막고 울타리를 치는가? 왜 인류 사회에는 큰 우리 속에 또 작은 우리들이 있는가? 큰 우리를 위한다는 점에서 나는 내 행복과 큰 우리의 행복을 동시에 경영할 수가 있지 않을까? "오호라 나는 괴로운 사람이로다!" 작은 우리가 이 큰 우리거니 우리는 아직 모두 도탄 속에 있다. 이 참담한 살육, 증오, 편견, 사기 속에서 민족적으로, 또 경제적으로, 사회적으로, 또 정치적으로, 종교적으로, 또 도덕적으로 이보다 더 좋은 더 완전한 더 진리에 가까운 사회를 만들기 위해서 나는 내 몸을 내맡기지 않았는가? 박테리아가 미바아[31]를 먹지 말고 서로 돕고 서로 사랑하고 서로 붙들어 주는 물방울을 만들기 위해 곧 약육강식과 생존 경쟁의 생활 법칙을 부인하고 상호부조(相互扶助) 생존상애(生存相愛)의 생활 법칙을 깨워놓기 위해서 남는 몸을 바치노라고 뭇사람 앞에서 맹서를 하지 않았는가. 아…… 왜 나는 그것을 위하여는 내 몸에 행복이라는 것은 단념하여야 하는가?

아니다. 나는 왜 자꾸 '행복을 단념한다' 하고 써 늘어놓는가? 나는 몇 번이나 연애만이 인간의 행복이 아니요, 또 사리를 헤아리지 않는 맹목적 연애가 장래 행복보다도 더 괴로움을 가져온다는 진리를 하루에도 몇 번씩 머리에 되풀이해보지 않았는가! 그러면서 나는 왜 아직도 시간을 낭비하고 종이와 잉크를 새기며 이런 소리를 또 쓰고 앉았는가?

그러나 그러나! 아! 나는 어찌했으면 좋을까? 가슴만 답답하다.

5월 29일

N이 정말 나를 사랑할까? 나는 미치광이가 아닌가? N이 나를 사랑한다는 증거가 어디 있는가? 나는 들어도 못 보았고 그가 내게 말하지 아니한 것이 아닌가? 나 혼자만 벙어리 냉가슴 앓듯 하고 있지 않는가?

아! 나는 알고 싶다. 보고 싶다. 이야기하고 싶다. N아! N! 세상에 믿음이라는 것이 있던가? 너를 믿으랴! 참사랑에는 의심이 없다고 하더라마는! N아! 그대는 내게 참을 보여줄 방법은 없는가? N아! 나는 그대에게 내 속을 알려줄 기회를 얻지 못하겠는가?

아! 나는 그대에게 정복되었노라! 나의 숱한 고민은 모두 헛되이 수포로 돌아갔노라! N아! 나는 그대의 사랑이 없이는 죽을 수밖에 없노라. 아! 그대는 내가 이런 것을 쓰고 있는 줄이나 아는가? 지금 내 손이 떨리는 것, 지금 내 눈에서 눈물이 흐르는 것, 이것을 상상이나마 하는가? 아! 그대는 이때에 한 번이라도 내 일을 생각해주는가? 정신주의자의 말이 만일 옳다고 하면 밤마다 밤마다 그대의 노래를 부르고 안타까워하는 내 가슴이 다못 얼마라도 알려지련만.

아아! 이 미련한 놈. 아 너는 어느새 또 이따위 일기를 쓰고 앉았느냐! 아! 못생긴 것아!

5월 30일

토요일이다. 오후에 상해 나갔던 S가(S는 나와 한방에 유하는 중국 학생이다) 저녁에 돌아와서 오늘 남경로(南京路)에서 학생이 연설하다가 영국 관헌에게 총살이 되었다[32]는 슬픈 소식을 가지고 들어왔다. 그리고 한참 만에 밤이 들어 거의 잘 때가 된 때 S는 다시 내게 슬픈 소식(아니 도리어 기쁜 소식일는지도 모른다)을 가져왔다. S는 말했다. 그가 오늘 아이씨스 극장에 활동사진 구경을 갔었는데 N이란 여학생이 D라는 남학생(나보다 한 반 윗반에서 공부하는 학생)과 함께 구경을 왔더라고 했다. 그리고 다 필 후에 N과 D는 자동차를 타고 학교로 돌아오는지 어디로 가는지 가더라고 한다. 나는 가슴이 울렁울렁했으나 애써서 태연한 태도로

"그자 수가 났네그려" 했다. S는 빙긋 웃으면서

"그까짓 것 수는 무슨 수. 예쁘기나 하면!"

"왜, N이야 그만했으면 밉지는 않지" 나는 얼굴이 벌게졌다.

"하하. L군이 또 N한테 반했나 보이그려. 예뻐? 예쁜 것 다 죽으면 예쁜 측에 들겠지!"

나는 자려고 자리에 누워서도 자꾸 그 생각만 났다.

"그것 잘되었군. 잘되었군!" 하고 입으로는 중얼거리면서도 속으로는 어째 퍽 서운하고 밉살스러운 생각이 났다.

3

6월 1일

학생자치회 결의로 동맹 파학[33] 했다. 재작[34] 5월 30일에 남경로
에서 영국 관헌에게 중국 학생 근 십 명이 총살을 당한 것이 동기
가 되어 상해 전시(全市)에 파공[35] 파시 파학을 하게 되는데 우리
도 파학을 한 것이다. 학교 교장은 '질서를 유지한다' 하는 학생
측 규약으로 불간섭주의를 쓰기로 선언했다. 학교 학생 대표 열
사람을 뽑아 상해학생연합회에 매일 참석하게 하고 학교에서는
매일 아침마다 강당에 모여서 대표의 보고를 듣고 연보도 하고
하기로 했다. 기숙사에서는 오늘부터는 일절 고기를 먹지 말고
채식만 하여 매일 오십여 원씩 남기는 돈으로 대표들 상해 다니
는 차비도 쓰고 파공한 노동자들 생활비도 보태기로 했다. 오후
마다 대를 나누어 근처 촌락과 공장으로 나아가서 선전 연설과
파공 선동을 하기로 하였다. 출판부 회계부 선전부 사찰부 조사
부 등을 내었다. 온 학교가 벅작벅작한다. 나는 길에서라도 N이
보일 적마다 외면을 했다.

6월 2일

아! 운명은 왜 이다지도 나를 괴롭게 하는가? 어제 회계부장으
로 당선되었으므로 오늘 십이호실인 회계실로 들어갔더니 네 명
부원들이 벌써 와서 예산안 토론들을 하고 앉아 있었다. 부원 둘

은 남학생이요 둘은 여학생인데 그중 하나는 곧 N이었다. 어쩌면 공교히도 N과 내가 동일한 회계부에 당선이 되었는가? 나는 문 안에 들어서면서부터 그를 보자마자 내 가슴이 방망이질을 하는 것을 깨달았다. 깨어나지 못할 파멸의 구렁텅이에 떨어진 듯싶기 도 하고 또 한편으로는 둘도 없는 좋은 기회를 만난 듯도 싶었다. N도 힐끗 나를 쳐다보고는 얼른 눈을 내리떴다.

내 머리는 화끈화끈해지고 무슨 생각을 하려야 생각을 할 수도 없었다. 예산표를 든 두 손은 부들부들 떨리고 태연을 가장하는 목소리도 떨려 나왔다. 나는 이 모양을 하고도 네 부원과 한자리 에 앉아서 일을 의논하지 않을 수 없는 운명이었다. N은 아무 의 견 발표도 아니하고 가만히 마주 앉아 있었다. 의논하는 동안에 몇 번 나와 눈이 마주쳤으나 그럴 때마다 늘 나는 듯이 얼른 눈을 내리뜨곤 했다. 그러다가 강당 대회에서 종 치는 소리가 들리매 우리는 모두 강당으로 갔었다. 강당에서 다시 돌아올 때에도 N은 가만히 서서 오늘 아침 강당에서 거둔 돈을 헤고 있었다. 나는 이 편 부장석에 기대고 앉아서 별로 하는 일도 없이 부원들이 동전 과 은전을 갈라놓고 세는 곳을 힐끔힐끔 바라다보았으나 N은 눈 한번 거들뜨지 않고 소곳하고 앉아서 그 하얀 손으로 누런 동전 들을 짤락짤락 헤고 있었다. 그리고 계산이 끝난 때 N이 계산서 를 들고 사뿐사뿐 걸어와서

"도합 은전이 이십 원 사십 전이고 동전이 이 원 오십 닢입니 다" 하고 쨍하는 목소리로 말하고는 다시 제자리로 물러가서 같 이 앉은 여학생과 무슨 이야기인지 소곤소곤 열심으로 하고 앉아

있었다.

점심시간에 나는 같이 밥 먹는 친구들과 말 한마디도 나누지 못했다. 밥도 한 공기밖에 못 먹었다.

왜? N이 노여웠는가? 벌써 나는 잊어버렸는가? D와 어떤 지경까지 들어갔는가? 아! 항주서 내가 너무하지 아니했는가? 그것으로 성을 냈는가? 아니 당초에 그는 내게 아무 뜻도 없었던 것이 아닌가? 내 가슴은 찢어질 듯했다.

'아니다. 아니다. 지금은 이런 일을 생각하고 있을 때는 아니다!' 하고 속으로 몇 번이나 부르짖었다. 나는 그만 회계부장을 사면할까 했으나 그것도 뒤에서 어떤 알 수 없는 힘이 자꾸 잡아당겨서 그만 못 하고 말았다. 더욱이 D라는 사람과 같이 다닌다는 생각이 자꾸만 나를 시기로 끌고 가서 어떻게든지 N의 꼴을 보아주고 싶은 생각조차 났다.

6월 3일

어제 우리 학교 학생 선전대의 노력으로 학교 바로 옆 일본인 공장과 강 건너 포동에서 노동자 만여 명이 오늘 아침부터 파공했다는 보고가 들어왔다. 회계부에서는 종일 노동자들 생활료 지불할 예산을 꾸미느라고 분주하였다.

오후에 오늘 또 강연하러 나갔던 학생들이 총에 맞아 피를 흘리는 학생 하나를 떠메고 모두 황황히 뛰어 들어왔다. 조계[36] 근처까지 가다가 모르는 동안에 조계 안에까지 들어가게 되어서 고만 영국 순사의 총에 맞아 넘어진 것이다. 교내 병원에 입원시키고 여학생 몇이 임시 간호부로 간호하러 갔다. 학생들이 모두 퍽 분개했다. 그러나 그 노염과 울분으로 희번덕거리는 그 독 오른 눈동자 속에는 완연히 두려움에 떠는 빛이 드러나 있었다.

6월 10일

며칠을 아무 변동 없이 지나갔다. 그저 언제나 분주한 사무의 계속이었다. 제각기 제 일만 분담하여 분주한 사무 시간 안에 사무를 처리하는 고로 N과는 다시 별로 이야기할 틈도 얻을 수 없었다. 그러나 이제는 아침 한방 안에서 만날 때마다 보통 하는

"굿모닝" 하는 인사도 주고받고 또 인사할 때에는 서로 바라다보고 빙끗 웃기까지도 되었다. 그동안에 내 마음속에서 얼마나 스스로 참았는지는 내가 여기 다시 쓰고 싶지 않다.

6월 11일

여름날이다. 아침부터 훅훅하는 일기이다. 처음으로 흰옷을 꺼내 입었다.

아침 대회 시간에 나는 늘 하는 버릇대로 강당으로 들어가지 않고 강당 문 맞은 복도 끝에 있는 교실 곧 회계부 사무실로 들어왔다. 직공들이 동맹 파업을 했으므로 전처럼 출판을 마음대로 못하고 다못 네 페이지에다 오자(誤字)가 정자보다 많을까 할 만치 수두룩한 차이나 프레스를 교의에 비스듬히 기대고 앉아서 책상위에 두 다리를 올려놓고 무심히 읽고 앉아 있었다. 열어놓은 출입문으로는 늦잠 자다 늦게야 오는 학생들의 숨찬 쾅쾅 소리가

들리더니 얼마 안 있어서 중국 국가 곡조 피아노 소리가 들리고 학생들의 우렁찬 국가 합창 소리가 돌려 들려왔다.

"동맹 파공한 노동자 수 도합 이십만" 하고 특호 활자로 박힌 헤드라인을 보고 있을 적에 나는 슬적하는 옷 스치는 소리와 함께 출입문이 스르르 닫기는 소리를 들었다. 나는 무심코 신문지 너머로 힐끗 건너다보고 놀랐다. 나는 나도 모르게 요란한 소리를 내면서 두 발을 아래로 내렸다. 가슴에서는 억제할 수도 없이 두방망이질을 하고 신문지를 쥔 손은 푸들푸들 떨렸다. 숨조차 픽 가빠졌다. 나는 정신이 빠져가지고 한 사십 초 그편만 똑바로 바라보았다. 나는 다른 전 존재를 잃어버리고 거기만 보았다. 나는 내 눈을 의심할 지경이었다.

문을 가만히 닫고 돌아서는 여자는 누러우리한 저고리와 분홍 치마를 입은 봄 동산의 꽃 같은 여자였다. 왼 골을 타서 뒤로 틀어 붙인 머리털은 방금 기름을 발랐는지 반지르르한 것이 햇빛에 반사되고 그 아래로 약간 분칠을 한 하얀 얼굴이 웃음을 머금은 듯하고 있었다. 불그레한 뺨이 아침 햇빛에 광채를 내고 꼭 다물린 입술은 키스를 하기 위해 하느님이 만든 창조물이었다. 오똑한 코 위로 머리털 한 오라기가 남실남실하고 먹으로 그린 듯한 눈썹 아래로 그 열정에 뜨고 무엇을 간절히 찾는 듯한 맑은 눈동자가 꼼짝도 아니하고 나를 바라보고 있었다. 아— 나는 일생에 그렇게 아름다운 모양을 본 적이 없었다. 아! 그는 N이었다. N이 그렇게까지 아름답던가 하도록 그는 아름다웠다. 내가 내 눈을 의심하리만치 그는 예뻤다. 나는 그의 쏘는 듯한 눈의 광채에 눌린 바 되어 눈을 내려떴다. 그러고는 그의 가느다란 목에서 힘없이 늘어져 있는 백설같이 흰 보석들로 만든 목도리 장식과 맥없이 늘어뜨린 그 옥같이 희고 섬세한 두 손을 바라다보았다.

그린 듯이 서 있던 N이 이때에야 어려운 듯이 걸음을 떼어 내 앞 두어 발자국 거리까지 왔다. 나는 그의 얼굴을 다시 쳐다보았다. 그의 몸에서 나는 고운 향기와 그의 저고리 옷 단춧구멍에 끼운 빨간 장미꽃 향기가 내 코를 스쳤다. 나는 그의 광채 나는 눈을 바로 마주 볼 수 없어서 고개를 숙였다. 침묵! 말할 수 없이 신비스럽고 기쁘고도 슬프기 그지없는 안타까운 침묵이었다. 나는 모르는 새 손에 들었던 신문지를 떨어뜨렸다. 그 종이가 마룻바닥 위에 '털썩' 하고 떨어지는 소리가 이 안타까운 그러면서도 천년이고 만년이고 그냥 계속하고 싶을 만치 기쁨과 재미를 주는 침묵을 깨뜨려버리는 선봉대가 된 것 같았다. N은 떨리는 목소리로 모깃소리만 하게 말을 건네면서 한 발을 내디뎠다.

"놀라셨어요?"

"……" 나는 무슨 말을 해야 할지 참말 몰랐다. 아니 무슨 대답을 하려 해야 목구멍이 열리지 않았을 것이다. 아니 대답이 무슨 소용이 있으랴! 나는 그냥 이대로 죽어버렸으면 하도록 흥분하지 않았던가!

N은 어찌하면 좋은가 하는 듯이 몸을 한 번 비틀더니 두 팔을 꼬아 쥐고 다시 들릴까 말까 하게 말을 건넨다.

"Do you know what is life? Mr. Lee!" 하는 그 'Mr. Lee'가 퍽 다정한 듯도 하고 퍽 애원하는 듯도 했다. 나는 만족의 미소를 띨

수 없었다. 어떤 강한 기쁨이 넘쳐 나와서 나는 웃을 뻔했다. 그리고 갑자기 용기가 나는 듯했다.

"Yes, I do know!" 하고 나는 'do'에 힘을 주어 대답했다. 그리고 거의 본능적으로 그의 얼굴을 쳐다보았다. 그는 다시 거의 입안엣 말로

"No, you don't" 하고 나를 노려본다. 나는 더 대답이 쓸데없었다. 다시 잠깐 동안의 침묵이 이르렀다. 그 짜릿짜릿하고 현기증 나는 침묵이었다. 내 눈과 그의 눈은 거의 한데 엉킬 만치 마주 바라보았다. 그의 눈빛과 양미간은 시시각각으로 파동을 일으켰다. 그도 아무 말도 아니 하고 나도 아무 말도 아니 했다. 그러나 우리는 우리 눈으로 서로 이야기했다. "말은 사람의 생각을 다른 사람에게 알게 하는 데 가장 불완전한 기계"라고 따눈치오[37]는 『죽음의 이김』[38]이란 책을 통하여 선언했다. 과연 그렇다. 말은 사람의 생각의 그림자나 헛껍데기밖에 운반하지 못한다. 내 생각의 참혼 내 생각의 정체를 가장 완전하게 내가 그를 알리고 싶어 하는 이에게 운반하는 데는 눈밖에 없다. 묵묵한 가운데서 마주 가고 마주 오는 눈빛 그 빛나는 눈동자는 모든 것을 운반해준다.

나는 N의 눈을 읽었다. 물론 N도 내 눈을 읽었을 것이다. 나는 모든 것을 안 것 같았다. 나는 퍽 용감한 생각이 났다. 기쁨이 사무쳤다. 백만 적군을 물리치고 개가를 부르며 돌아온 젊은 장수가 승리의 월계관을 그의 애인에게 받는 듯한 깊은 감격을 느꼈다. 나는 부지중 일어섰다. 온몸이 빳빳해들어오고 피가 마르는 것 같았다.

그다음 순간 나는 가장 행복스러웠다. 무신경하게 된 것 같은 내 두 팔은 N의——그렇게 오랫동안 꿈꾸던 그 N의——말큰한 피부를 부서져라 하고 힘껏 안긴 것을 감각할 따름이었다. 나는 뜨거운 그의 입술을 감각했다. 나는 전신에 경련을 일으킨 것 같았다. 흠씬한 향내가 장미꽃 내와 꿀같이 단 처녀의 향기와 어울려 코를 푹 쏘았다. 나는 N의 눈에서 흘러내리는 굵은 눈물을 보았다. 그리고 내 뺨 위로도 뜨거운 눈물이 흘러내리는 것을 감각했다.

N은 그의 고운 머리를 내 가슴에 파묻었다. 나는 더욱 꼭 껴안았다.

N은 "I Knew it! I knew it" 하고 가만히 속삭이었다.

N의 팔딱팔딱 뛰는 심장의 고동이 내 것과 한데 뭉쳐 어떤 알지 못할 나라로 우리 둘이서 끌려 들어가는 것 같았다. 나는 기쁨 이외에 아무것도 없었다. 그때 그대로 죽었어도 한이 없었으리라. 향내는 그냥 내 코를 즐겁게 했다. 나는 그 향내를 잃어버리지 않으려고 숨을 길게 들이쉬었다. 내 품에 꽉 안긴 그의 가슴과 어깨의 근육은 자릿자릿 떨고 있었다. 내 두 다리도 부들부들 떨고 있었다.

나는 바른손으로 그를 껴안은 채 왼손으로 그의 아름다운 머리털을 내리쓸고 있었다. 그의 쌕쌕하며 급하게 쉬는 숨소리가 퍽도 내 마음을 움직였다. 나는 그의 머리를 쓰다듬으면서 무한한 기쁨을 느꼈다. 세상을 모두 잊어버리고 있었다. 아무런 일이 생겨도 겁이 없었다. 세상없는 어떤 힘으로도 우리의 이 순간 쾌락을 빼앗을 것은 없었다. 아! 나는 이 세상 억만 년 전부터 억만 년 후까지에서 가장 행복스런 사람이었다.

바로 아래에서 대포들이 상해로 떠나던지 자동차를 처음으로 트느라고 푸르푸르 하고 기계 트는 소리가 우리의 한 초 동안의 꿈을 깨워주었다. 나는 그 소리를 들으며 다시 내가 어디 있는 것을 알게 되었다. 내 옆에는 의자도 있고 책상도 있으며 해도 있고 세상도 있고 소리도 있는 것을 다시 깨달았다. 나는 꿈 깨는 사람 같은 것을 감하면서 번개 같은 어떤 생각이 내 머리를 스치고 지나갔다.

'안 된다!' 하는 생각이었다.

나는 갑자기 어떤 말할 수 없이 두려운 곳을 피하는 모양으로 마치도 차디찬 뱀의 몸을 집어 내던지는 모양으로 N을 집어 밀어 뜨리고 문 쪽으로 뛰어갔다. 문을 홱 열어젖히면서 나는 책상에 주춤하고 기대서서 돌이 된 듯이 옴쭉 아니하고 극히 놀란 눈으로 나를 쏘아보는 N을 전기 지나가듯이 볼 수가 있었다. 그러고는 쾅 하고 문 닫히는 소리를 듣고는 나는 정신없어지고 말았다.

내가 다시 정신을 차린 때에는 나는 어느새 내 침대 위에 되는 대로 엎어져서 흐득흐득 울고 있었다. 어떤 모양으로 층층대를 뛰어 내려왔는지 어떤 모양으로 기숙사까지 뛰어왔는지 또는 어떻게 방에까지 뛰어 들어왔는지 알 수가 없었다.

나는 엉엉 울고 있었다. 왜? 나도 모른다. 왜 그런지 그저 슬펐다. 아! 나는 어찌했으면 좋을까? 두 발을 잔뜩 버티고 섰으면서도 모르는 새 모르는 새 자꾸만 끌려 들어가는 미련한 나! 요망한 계집 하나의 유혹을 물리치지 못하는 나! 행복을 눈앞에 놓고 그것의 한끝을 붙잡기까지 했다가도 그것을 내어버리고 와서 혼자 우는 불쌍한 나! 아! 쓸데없는 부질없는 자존심! 시체 청년들보다는 좀 다른 사람이 되어보겠다는 실없는 욕심, 남보다 나아보겠다는 끊임없는 욕구! 그것들로써 받는바 내내 고통은 무엇인가! 또 그렇다고 흑흑 울고 있는 내 꼴은 무엇인가?

나는 벌떡 일어섰다. 그러나 즉시로 다시 꼬꾸라졌다. 머리가 횅하고 현기증이 난 까닭이었다. 벌써 대회를 필했는지 아이들이 와당탕탕탕 하면서 기숙사 안으로 뛰어 들어오는 소리가 들렸다. 나는 후닥닥 일어나 웃저고리를 벗어버리고 구두끈을 끌러 벗어버리면서 셔츠와 바지를 입은 채 겹이불을 뒤집어쓰고 드러누웠다. 그리고 주먹으로 눈을 비벼서 눈물을 말끔히 씻어버렸다.

한방에 있는 S군이 문을 벌컥 열고 들어왔다.

"웬일이오?"

나는 아무 대답도 아니하고 빙긋 웃어 보였다.

"어디가 아프오?"

"머리가 조금" 하고 나는 가늘게 대답했다. 그리고 막히지도 않은 코를 막힌 듯이 '흥' 하고 내불면서

"S군!" 하고 찾았다.

"의사 불러오리까?"

"아니!"

"왜?"

"저— 위층에 올라가서 D군의 타이프라이터〔打字機〕 좀 빌려다 주구려."

S는 대답 없이 문을 열고 나갔다. 그동안 나는 눈을 감고 누워 있었다. 머리가 사실 아프지 않은 것도 아니었다.

'별수가 없다. 사직하자' 하고 나는 생각했다. 이때 S가 다시 들어왔다.

"위층에 아무도 없고 문을 걸어두었습디다."

"이 창문으로" 하고 나는 머리를 조금 돌이켜 눈으로 머리맡에 있는 창문을 가리켰다. 바로 창문 밖으로 사층 꼭대기로부터 밑층까지 내려가는 쇠사다리, 집에 불이 일어나는 경우에 쓰기 위해 놓아둔 쇠사다리 그리로 올라가서 위층 창문으로 기어 들어가 가져오라는 뜻이었다.

"한턱 써야지" 하고 S는 빈정대면서 창문을 열고 나아갔다. 나는 다시 눈을 감고 무엇을 생각하는 체했다.

'별수가 없다. 나는 지금 그 구렁텅이 밑까지 빠져들어간 것이다. 이제라도 빠져나오지 아니하면 안 되겠다. 더 늦기 전에 속히, 속히!' 하고 혼자 생각했다. S가 위층 창문에서 마루로 내려 뛰는 소리가 쿵 하고 들렸다. 나는 다시 더 무슨 생각을 하려 했으나 생각 실머리가 흐트러져서 끝을 잡을 수가 없었다. 이때 S가 타이프라이터를 들고 문을 열고 들어왔다. 나는 쓴웃음을 웃으면서

"S군 오늘은 내 비서 노릇 좀 해주오. 저— 머리도 아프고 사정도 그렇지 않은 일이 있고 해서 회계부장 사면을 하는 것이니 아무쪼록 수리해달라고 편지 한 장 써주오."

S는 나를 물끄러미 바라보며 무슨 말을 할 듯 할 듯하더니 그만두고 쩩각쩩각 소리를 내면서 편지를 찍는다. 나는 그의 손이 기

계판 위에서 빠르게 동작하는 것을 물끄러미 바라다보고 있었다.

S가 사직 청원서를 가지고 나간 지 얼마 안 있어서 자치회장이 찾아왔다. 유임 권고를 온 것이다. 나는 결코 다시 일을 볼 수 없을 뿐만 아니라 더욱이 집에서 급히 오라고 해서 수일간 학교를 떠나지 않으면 아니 되겠노라는 얼김에 거짓말로 대답했다. 자치회장이 간 후 나는 다시 내 거짓말을 되풀이해보았다. 그 거짓말이 입 밖에 떨어지면서 내게 어떤 힌트를 준 까닭이었다.

"집에 가자!" 하고 나는 한 번 더 웅얼거렸다.

비가 오려고 아침이 그렇게 더웠던지 구름이 모이기 시작하더니 점심때를 지나서는 가는 비가(그 상해에서만 볼 수 있는 시원치 않은 비) 보슬보슬 내리기 시작했다. 나는 온종일 누워 있었다. 나는 생각했다. 참으로 알 수 없는 일이다. "열 길 물속은 알아도 한 길 사람의 속은 모른다"고는 늘 듣던 말이지만 그 글의 참뜻은 지금에야 확실히 깨달은 것 같다. D와 구경을 같이 다니고? 하기는 구경쯤이야! 그러나, 그러나 알 수가 없다. 그러면 오늘 아침 일은? 아무래도 N을 알 수가 없다. 마치 여우에게 홀린 것 같다. 아까 N은 나더러

"생활이라는 게 무엇인지 아세요!" 하고 물었다. 내가 "알아요!" 하고 대답하니 "아니, 당신은 모릅니다" 하고 저편에서 반박을 했다. 그러면 N 저는 나보다 더 잘 아노라는 말이다. 그러면 자기가 아노라는 그것은 곧 N 자기의 생활 철학일 것이다. 그러면 N은 왜 나에게 그것을 물어보았을까? 항주 일 때문에? 응, 항주 일로써 N은 적어도 내 인생에 대한 태도를 짐작했을 것이다.

그런데 그 내 태도 내 마지메[39]한 태도를 향하여 N은 "당신은 생활이 무엇인지 모릅니다" 하고 오늘 아침에 선언한 것이다. 오! 그러면 나도 N의 인생에 대한 태도를 짐작할 수가 있다. 곧 나와는 반대로 '짧은 인생인데 도덕이니 책임이니 내던지고 향락만을 취하자' 하는 태도이다. 그렇지, 그러니까 N 자기는 향락만을 취하기 위하여 D한테서는 돈, 그리고 나한테서는 얼굴 그것을 탐낸 것이다. 아아! 나는 유린되었다. 아니 그렇게 쉽게 결론을 내릴 것도 못 된다…… 그런데 그다음 그가 내 가슴에 안겼을 때 그는 "내가 알고 있었지. 알고 있었지!" 하고 속삭이었다. 무엇을 알았단 말인가? 내가 종내는 저에게 항복해버릴 줄을 알았단 말인가? 그럴 것이다. 바로 얼마 전에 항주에서 "나는 당신을 사랑하지 아니합니다" 하고 내뻗치던 나와 오늘 뛰어들어 껴안고 입 맞추던 그 나와 그 사이에 차가 얼마나 큰가? 나는 그동안에 그만치도 타락이 되었는가? 그가 "알고 있었다" 하는 말이 사실이다. 아! 나는 이렇게까지 약한 물건인가?

그렇다! 지금 문제는 더 단순하게 되었다. 일전까지에는 나는 N이 외국 여자인 것, 생활 정도가 높은 것, 허영심이 있는 것(정말 있는지 없는지 똑똑히 알지도 못하면서 물론 있으려니 하고 혼자 결정을 내리고 있었던 것이다) 또는 N이 나를 정말 사랑하지 아니하는지를 모르는 것, 이런 것들 때문에 고민도 했고 단념해버리고 애를 써왔다. 그러나 지금에 와서는 모든 것을 안 것 같다. 곧 나는 N에게 농락된 것, N은 D의 돈을 사랑하는 동시에 또 내 얼굴을 탐내는 것, 그런데 나는 N의 유혹에 빠져들어가는 것을 막을 강한 힘이 없는 것, 이것을 알았다. 그러니 나는 이제 참말로 N을 단념 아니 할 수 없다. 내 몸을 위해서 N의 깜찍한 행동에 복수하기 위해서…… 나는 극도로 흥분되었다.

나는 점심도 아니 먹었다고 걱정으로 S가 사다 주는 면보[40]를 좀 뜯어 먹고 벌써 어두워진 하늘에서 바삭바삭 내리는 비 소리만 듣고 누워 있었다. 조금 있다가 전등불이 켜졌다. 이렇게 밤에 혼자서 빗소리만 듣고 누워 있으니 픽 고독한 생각이 난다. 그리고 집에서 어렸을 적에 가을비 오는 날 어머님이 인두[41] 꽂는 화로 속에 밤 구워 먹던 생각이 난다. 그리고 밤 꼭대기를 잘 버히지[42] 못해서 밤알이 확 폭발이 되면서 화로 재를 사방에 뿌려 어머님이 인두질하는 옷을 버려놓고 어머님께 꾸중 듣던 일이 생각나서 혼자 픽 웃었다. 그때 그 흘겨보시던 어머님 눈이 그리웠다. 그러다가 그 눈은 없어지고 이번에는 N의 눈이 나타난다. 나는 억지로 생각을 아니 하려고 고개를 흔들고 마지막에는 손을 내어 홰홰 저었으나 할 수 없었다.

N의 눈이 나를 노려본다. N의 몸에서 나던 그 향기가 다시 코를 찌르는 것 같았다. 그리고 아직도 N의 그 바르르 떨고 따스하던 입술이 간지럽게도 내 입술을 문지르는 것 같았다. 나는 입술을 이로 깨물었다. 전신이 다시 N의 따스한 체온을 감하는 것 같았다. N의 향내 나는 머리털이 열난 내 뺨 위를 지금도 슬적슬적 스치는 것 같아서 나는 간지럽기도 하고 재릿재릿하기도 했다. 나는 안으려는 듯이 두 팔을 벌리었다.

아! 이때 N은 무엇을 하고 있는가?

나는 뛰어 일어났다. 이럴 수는 없다. 이러다는 미칠 것 같았다. 비 오는 것도 무릅쓰고 갑자기 강변으로 산보를 나가고 싶었다. 이것 내가 아마 정말 미치나 보다. 그러나 어느새 덧구두도 신고 비옷도 꺼내 입었다. 모자를 푹 눌러쓰고 문밖에 나섰다. 비는 오나 마나 했다. 질꺽질꺽 발을 옮길 때마다 소리가 나는 풀밭 잔디 위를 천천히 걸어서 강변까지 왔다. 사면이 캄캄하고 시커먼 물만이 철석철석하면서 흘러내리고 있었다. 공허하고 어두운 하늘과 물이 소리를 지르는 것 같아서 몸이 으쓱했다. 갑자기 머리가 뜨끔하는 것 같았다. 그때 그만 의자에 펄썩 주저앉았다. 눈을 멀겋게 뜨고 모로 앉아 저편 어두운 구석을 바라보고 있었다. 캄캄한 어두움을 뚫고 하얀 불빛 하나가 반짝하고 빗줄을 갈갈이 보냈다. 캄캄한 하늘에 비 내리는 속으로 한 점 밝은 빛은 말할 수 없이 밝고 맑으며 광채가 들고 더욱이 외로운 영에게 큰 반가움과 위안을 주는 듯했다. 깜박하고 그 불은 죽어지고 말았다. 다시 끝도 없는 어두움이 대지를 안타깝게도 둘러쌌다. 다시 반짝하고 그 아름다운 불빛은 나타났다. 어두움밖에 없는 세상에 한 점 희망 한 점 바른길을 열어주려는 것처럼 다시 깜박 다시 반짝! 이렇게 나는 정신없이 밤에 항해하는 배들 길을 인도해주느라고 쉬지 않고 켜졌다 꺼졌다 하는 등댓불을 바라보고 있었다.

아! 무엇이라고 할 숭고하고 귀엽고 깨끗한 불인가! 무엇이라고 할 책임성 있는 희생적인 등불인가! 어두운 속에 새카만 속에 홀로 서서 그 밝은 불빛을 동시 사방 한 곳도 빼지 않고 두루두루 보내어 큰 배, 작은 배, 이 나라 배, 남의 나라 배, 윤선, 풍선, 할 것 없이 모든 배들과 뱃사공들에게 희망과 참길을 가르쳐주고 인도해주는 저 불이야말로 얼마나 귀한 것이고 아름다운 것인가! 뱃사공은 저 불을 믿고 저 불은 모든 뱃사공 밉게 생겼건 곱게 생겼건, 늙었건 젊었건, 온 천하 뱃사공 누구나 자기에게 가까이 오는 사공은 모두 한결같이 사랑한다. 그래 그의 밝은 빛으로 모든 사공들의 앞길 안전한 길을 열어준다.

아! 나는 왜 저 등탑불이 되어볼 수는 없는가. 어두운 하늘에 혼자 서서 아무 구별 아무 가림 없이 천하 모든 사람을 모두 한결같이 사랑하여 그들에게 빛을 주고 희망을 주고 안전한 길을 열어주게 될 수는 왜 없는가! 아! 그것이 되어야 한다. 그리되면 그들은 뱃사공이 저 등불을 믿는 것과 같은 순결하고 굳건한 믿음으로 나를 믿을 것이다. 이때 내가 내 몸이 괴롭다거나 내가 내 일신의 행복만 탐해서 내 얼굴을 어떤 한 사람 치마 앞에다 숨겨놓는다고 하면 등불이 앞길을 인도해주려니 하고 꼭 믿고 의심 없이 이 길로 항해해 오던 사공들은 모두 어찌 될 것인가? 저 등불이 제 얼굴을 제 애인의 치마 속에 가리고 달콤한 사랑을 속삭일 적에 여기저기서는 배가 암초에 부딪히고 배와 배가 마주치고 하여 배는 깨지고 사공들은 죽어버릴 것이다. 그때 사공들은 그 등탑을 어떻게 생각하고 그 등탑은 그 후 어떻게 될 것인가!

나는 여념도 없이 깜빡깜빡하고 나왔다 스러졌다 하는 불을 영 바라다보고 앉아 있었다.

6월 12일

어젯밤에 비를 맞은 탓인지 몸에 열이 났다. 아침에 의사가 들어와 보고 약을 몇 봉지 갖다 주고 갔다. S는 옆에 와 앉아서 하룻밤 새에 얼굴이 말이 못되었다고 걱정걱정하면서 무슨 우스운 이야기 같은 것을 들려주고 또 아침 대회에서 들은 대표 보고 이야기도 해주고 신문 기사들도 읽어 들려주었다.

슬며시 잠이 들었다가 깨어보니 흐릿한 날이 시간이 어떻게나 되었는지는 모르겠는데 S도 어디로 나가고 방에는 아무도 없었다. 어디선가 벌써 파리가 두어 마리 오늘 아침 S가 사다 준 우유통 위로 윙윙하면서 날아다니고 있었다. 나는 물끄러미 천장을 쳐다보면서 무슨 생각을 좀 하려 했다. 머리를 무엇으로 내리누르는 것같이 뗑하고 지끈지끈 아파서 한 가지 생각을 오래 계속할 수는 없었다. 그저 단편 단편으로 여러 가지 생각을 계속했다.

'옳다, 집에 가자!' 하고 나는 생각했다. 벌써 집에 안 가본 지가 칠 년째이다. 그동안 아버님 어머님도 퍽 늙으셨을 것이다. 그리고 내 누이는 나를 보지도 못하고 그동안에 죽어버렸다. 나는 연전에도 성공하기 전에는 집에 다시 아니 들어가기로 결심했었다. 그러나 지금 와서 그 결심을 깨뜨릴밖에 없다. 집에 가서 반가운 부모도 만나 보고 친구들 친척들 그리고 산 좋고 물 맑은 평양에서 매일매일 모든 것을 잊고 재미있는 장난에 취하면 자연 N도 차차 잊어버리게 되고 내 상한 가슴도 회복되게 될 터이지. 그리고 또 기회만 있으면 고향에서 다른 애인을 하나 얻어보아야 하겠다. 애인을 하나 얻어서 깊이 위해주고 사랑해주면 자연히 N

에게 대한 미련한 정은 차차 희박해지고 세월이 감을 따라 잊어버리기도 하겠지. 여름 방학이 석 달은 될 터이니 그동안 N을 모두 잊어버리고 가을에 다시 와서는 N을 본 척도 아니 하면 N이 나를 농락한 데 대한 복수도 될 것이다.

그렇다. 집으로 가자. 집으로 가서 반가운 옛날 추억의 품에 안기자. 그리고 내 사람들과 섞이고 노는 가운데 N을 잊어버리고 말자. N도 여름 동안에 D를 따라 돈의 향락에 빠지거나 또 어떤 다른 사람을 따라 나를 잊어버리고 말겠지. 아니 N이 아무렇게 되든 내게 상관이 있나! 나는 집으로 가겠다. 집으로 가겠다. 돈도 집에서 올 때가 되었으니…… 하고 나는 생각했다.

……집으로 어서 가려면 병이 어서 나아야겠다…… 하고 나는 얼른 머리맡에 놓인 환약을 한 개 더 먹었다. 그리고 이제는 나았다 하고 벌떡 일어나보았으나 아직 낫지는 않았다. 나는 맥없이 다시 침대 위에 쓰러졌다.

6월 16일

오늘은 몸이 가뜬해졌다. 강변으로 산보도 했다. 오후에는 책장도 뒤적뒤적해보고 집에 갈 짐 꾸릴 준비도 좀 했다. 다만 아직 돈이 아니 와서 걱정이다. 더욱이 돈이 오더라도 조선은행 절수로 나오면 큰일이다 하고 걱정을 하고 있다. 조선은행은 아직 개업을 아니 하고 있으므로 그리로 오면 돈을 찾아올 수가 없는 것이다.

6월 19일

이제야 돈이 왔다. 마침 우편국으로 와서 퍽 기뻤다. 곧 학교 회계실에 가서 찾아달라고 맡겼더니 오늘 아침에 찾아다 주었다. 대판(大阪) 진재로 일본 돈이 퍽 떨어졌더니 더욱이 이번 일화 배척 운동 때문에 돈시세가 퍽 떨어졌다. 여비가 모자라지나 않을까 걱정된다. 하여간 집에서는 놀랄 것이다. 갑자기 소문도 없이 들어오는 아들을 보고 응당 놀라기도 하고 기뻐하기도 하렷다.

학교에서는 학기 시험은 고만두고 매일 일강 성적으로 성적 평균을 주기로 하고 예정했던 대로 내일에는 방학을 한다고 한다. 상해학생연합회에서는 또 요새 며칠은 아무 일도 못 하고 급진파 완진파[43]가 내부에 생겨가지고 밤낮 싸움만 한다고 학생들이 퍽 낙망한 모양이다. 우리 학교 대표들은 연합회에서 탈퇴를 하느니 마느니 하고 야단들을 친다. 아이고 나는 아무것도 모르겠다. 어서 집에나 가자. 이 집에나 내 집에나 그저 집안싸움으로 망하려나 보다.

6월 20일

아침에 짐을 가지고 상해 T군의 집으로 나왔다. 중로에서 노동자들의 폭동을 만날까 싶어서 자동차를 한 채 세내 타고 나왔다. 자동차도 노동자 무리들이 많이 모둥켜 섰는 곳을 지나올 적에는 그냥 삼십 마일 속도로 내닫는다. 아마 돌질이 날까 무서워하는 모양이다. 학교에서 짐을 자동차에 싣고 있을 때에 우편소에서 나오는 N을 볼 수 있었다. N도 퍽 수척해진 것같이 내게 보였다.

N은 퍽 놀란 눈으로 나를 바라다보고는 급한 걸음으로 어디론가 갔다. 나는 다시 돌아보지 않았으므로 모른다. 이것이 내 마지막 N과의 작별이었다. T군은 나를 반가이 맞아주었다. 그리고 내 수 척한 얼굴에 놀랐노라고 한다. 내가 나 스스로 앓고 일어나서 면 경을 들여다보고 놀랐으니 다른 사람들이 놀라는 것도 무리가 아 닐 터이다. T군은 내게 이유를 물었으나 나는 그저 앓고 일어난 탓이라 했다. T는 무엇을 찾는 듯한 눈으로 물끄러미 바라다보더 니 슬픈 웃음을 빙그레 입가에 나타내면서

"무엇 내가 다 알지. 계집에 관한 고통이 있었네그려!"한다. 나 도 말없이 웃었다.

"대장부가 되게! 계집이란 아무 쓸데도 없느니!"하고 그는 예 의 태도로 말을 꺼내다가 그만 입을 다물어버린다. 이제는 그런 소리 하기도 퍽 싫어진 모양이다.

마침 내일 떠나는 배가 있어서 배표를 샀다. 그리고 밤에는 T와 한자리에 누워 부채로 몰려드는 모기떼를 날리면서 여러 가지 이 야기를 밤이 깊은 줄 모르게 했다. T는 졸음 오는 목소리로

"집에 가거든 내 그것한테 한번 가보게그려. 예쁘게 생겼 지!…… 아니 가볼 것 무엇 있나! 그까짓 요귀 년을……"하고 잠깐 있다가 "후—"하고 한숨을 길게 쉬면서 돌아누웠다. 나는 잠잠히 한참 동안이나 무엇을 생각하다가 그만 잠이 들어버렸다.

6월 25일
집에 왔다. 마침 음력으로 단옷날이다.

오 분 전에 어디 갔다 들어오는 사람처럼 집에 들어가는 차닌[44] 처럼 해보려 했으나 나는 그런 일을 하기에는 너무 범인(凡人)이었다. 그런 일도 비범한 사람(차닌 같은 사람)이 아니면 못 할 일이다.

어머니 아버지는 그동안 퍽 늙었다. 더욱이 어머니는 딸을 잃은 후로 늘 울고만 있다는 소식을 들었더니 참으로 몰라보도록 수척하셨다. 그리고 새벽에 갑자기 들어오는 칠 년이나 못 보았던 아들이 들어오는 것을 보고는 기쁨이 넘치고 또 딸의 생각이 났던지 그만 나를 붙잡고 울고 쓰러졌다. 나도 눈물방울이나 떨어뜨리지 않을 수 없었다.

내 꼴도 말은 못된 모양이다. 아버님은

"외지에서 고생하느라 저 꼴이 되었구나!" 하시고 혀끝을 차시고 어머님은 눈을 씻고 들여다보고는 또 보고

"아이고, 이놈의 세상. 그 몹쓸 놈들이 먹을 것도 아니 주었나 보구나!" 하고는 엉엉 소리를 내 울었다.

오후에는 슬근슬근 동산에 올라가보았다. 오래간만에 보는 단오 놀음은 퍽도 옛 어렸을 적 일을 연상시켜주었다. 다홍치마를 입고 자줏빛 댕기를 펄펄 날리면서 그네를 뛰는 어린 처녀들이 퍽 아름답게 보였다. 그네를 제가끔 먼저 뛰어보겠다고 머리를 싸매고 그네 끈을 붙잡고 돌아가며 싸우는 인형(人形)같이 생긴 아씨들도 퍽 예쁘게 보였다. 큰 동산 작은 동산에 울긋불긋하게 모여든 부인네의 떼, 간간이 섞인 얼근한 남자의 무리, 특별히 인기를 끄는 해금쟁이, 어린애 코 묻은 돈 바라다보고 앉았는 아이

스크림 장사의 떼, 소화단 들고 다니는 약 행상, 서커스의 외치는 소리와 속된 음악, 여기저기서 반공(半空)에 번득이는 그네, 만수대 아래 길로 오고 가는 사람의 떼, 모든 소리, 빛, 움직임, 생각, 먼지, 술, 땀. 아! 봄의 페스티벌을 마음껏 즐기는 인형 부녀(婦女), 마셔라, 취하라, 춤추라, 날뛰라, 그리고 기절하라!

동산에서 얼굴이 낯익은 듯한 사람을 몇 만났으나 이름도 모르겠고 똑똑지도 않으므로 모르는 척하고 지나갔다. 저편에서도 모르는 척한다. 아마 정말 모르는 사람들이었던 게지. 평양을 떠난 지 십 년도 못 되었는데 아는 친구는 이렇게도 못 만나 보게 되는가? 그들은 모두 어디로 갔는가? 퍽 고독한 생각을 느끼면서 나는 뒷짐을 지고 어정어정하면서 일본 사람의 신궁(神宮) 뒤로 돌아 을밀대로 올랐다가 기생 끼고 산보 나온 젊은 풍류객들이 보기가 싫어서 다시 내려서서 모란봉 꼭대기로 올라갔다.

모란봉에서 내려다뵈는 대동강과 평양, 확실히 항주보다 나으면 낫지 못하지는 않다. 나는 어떤 감격을 느끼면서 멀거니 즐비한 평양성을 내려다보았다.

아! 저 속에는 군자도 많고 가인도 많으련만!

나 떠날 때에는 보지도 못하던 시뻘건 벽돌집들이 우뚝우뚝 서 있는 것이 보였다. 새로 된 대동강 철교도 유표하게 눈앞에 나타난다. 맞은편 항공대에서는 비행기가 두 척 떠서 윙윙하면서 우리 머리 위로 돌아다닌다. 새파란 물 위로는 파란 치마를 입은 기생들이 놀이배 안에서 왔다 갔다 하는 것이 보인다. 나는 어떤 몽상에 잠기면서 집으로 돌아왔다.

"아무래도 나는 고독스럽다!" 하고 나 자신이 중얼거렸다.

4

7월 1일

"영감이상,[45] 이거 어떻게 하지우? 이거 지게꾼 그래도 밥 벌어 먹으야 아니하갓소!"

"우리 사람이 몰라, 오늘이 오라구 누가 말이 했나?"

"아니, 영감이상! 그럼 원제나 오라우?"

"내일이, 내일이, 내일이 왓소메 좋소."

"그럼 오늘은? 지게꾼 이거 오늘도 밥 벌어 먹으야 하디 안갔쉔 가!"

"몰라, 몰라, 내일이 일이 있소, 내일이."

애원하는 듯 우는 듯 빌붙는 듯한 목소리와 책망하는 듯, 비웃는 듯한 목소리 이 둘이 서로 회화를 하는 것이 양복을 입고 자전거 타고 가는 일본 사람과 그 뒤로 빈 지게를 지고 무슨 종이 조박[46]을 쥐고 숨차게 쫓아오는 조선 지게꾼이었다. 이것은 오늘 아침 신시가 근처에 나갔다가 본 일이다. (이하 7행 삭제)

아— 그 어렸을 소학 시절에 나는 심술궂게도 그를 따라다니며 "외눈깔이, 외눈깔이" 하고 놀려주었었다. "총 쏘자, 사진 찍자!" 하고 너무도 놀려댈 때에는 그는 성이 독같이 나서 나를 따라잡았다. 그러나 그는 마음이 너무 유순하여서 제 힘센 팔에 붙잡혀서 바둥바둥하고 애쓰는 나를 보고는 차마 때리지 못하고 그냥 "이다음 또 그러면 목을 분질러줄나" 하고는 그대로 놓아주곤 했다. 그러면 나는 즉시 또 쫓아가며 성화 먹였으나 그는 내 목을 분지르지 않았다. 그러다가 우리가 고등과 이년급인가 삼년급 될 때 그는 목수 노릇 하는 아버지를 돕기 위하여 공부를 그쳤다. 우리는 가지고 놀 '애꾸눈이'가 없어진 것을 섭섭히 생각했었다. 그러나 그 후로도 나는 여러 번 먹통을 들고 제 아버지를 도와 새집 봇장[47] 재목에 먹줄을 치고 앉아 있는 그를 종종 거리집 짓는 곳에서 본 일이 있었었다. 그런데 오늘 그는

"이거, 지게꾼 오늘 밥벌이 아니 하야 되갔소!" 하고 애걸하면서 큰 거리로 지나갔다. 그러면서 맥고 쓰고 양복 입고, 흰 구두 신고 홰홰 내두르며 지나가는 젊은 신사인 나를 눈 거들떠보지도 않았다, 아니 볼 필요가 없을 것이었다. 어째 양복 입은 것이 죄악인 것 같아서 얼굴이 화끈화끈했다.

그러면 그는 어째 지게꾼이 되었는가? 나는 집에 돌아오자 곧 어머님께 물어보았다. 진실한 예수교인이던 그의 아버지가 타락하고 그 후로부터 목수일도 세월이 없는 데다가 집안에 만날 풍파가 있어서 그는 따로 떨어져 나와 혼자서 목수 노릇할 자본이나 재간은 없고 하여 벌써 지게꾼 노릇 하는 지가 수삼 년 되었다는 이야기다. 나는 그 언제나 벙글벙글하고 있던 그의 아버지를 다시 생각하지 않을 수 없었다. 내가 어렸을 적에 일요 예배마다 장대재 예배당에 가면 언제나 그 영감이 와 앉아서 예배 시작하기 전에 혼자서 수심가 청으로 찬미 독창도 하고, 또는 "남인[48] 칸

132

에서 한 분 부인 칸에서 한 분씩 기도하라"는 말이 나오면 언제나 이 영감이 일어서서 목소리를 길게 빼어 기도를 간절히 올리곤 했다. 그리고 부흥회 때마다 그는 늘 무슨 간증이고 하고 또는 성신 받은 신자 중에 하나였다. 더욱이 철없는 아이들은 그를 '감사 영감'이라고 별명 지어두었다. 그것은 그 영감이 무슨 불행을 당하든지 "하느님 은혜 감사합니다" 하고 외치는 까닭이라 했다. 정말인지 거짓말인지는 모르나 언제 한 번은 그 영감이 집을 짓다가 다 된 집이 갑자기 와르르하고 무너지는 것을 보고 "감사합네다" 하고 외쳤다고 한다. 옆에 사람이 물어보니까 그의 대답이

"아, 집은 무너졌으나 사람은 상하지 아니했으니 감사하지 않소!" 하고 대답했다고 한다. 또 한번은 어떤 교인의 집에 어린애가 죽었는데 조상 가서 척 들어서면서 또 "감사합네다" 했다고 한다. 사람들이 놀라서 물어보니 그 대답이

"아, 그 아이가 커서 죄를 짓고 죽었으면 지옥에 가게 되었을지도 모를 것을, 지금 어려서 죄를 모르고 죽어 천당에 갔겠으니 그 아니 감사하오!" 했다고 한다. 하여간 그만치 지독한 예수교인이었다. 그리고 집에는 소경 마누라와 두 아들이 있었는데 맏며느리를 맞아 온다는 것이 또 소경을 얻어 와서 소경 여편네 둘이 부엌에서 밥을 지으면서 서로 이마를 딱딱 마주치는 것이 아주 장관이라는 이야기였었다. 그러다가 어떻게 되어서 그 영감이 어떤 과부에게 눈이 빠져서 목수 노릇 해서 돈 백 원이나 모았던 것을 홈빡 들어서 그 과부를 첩으로 들여오기 때문에 교회에서는 책벌을 맞은 후 어디론가 갔었는데 수삼 년 전에 다시 평양으로 와서

지금은 술 먹고 주정하기가 업이라고 한다. 그런데 그 감사 영감의 둘째 아들이 곧 오늘 내가 본 C군이다. 아! 놀라운 일이다. 미신으로 거의 줄 치듯 해놓은 조선의 예수교의 그 두려운 힘으로도 '감사 영감'의 성욕을 제어할 수가 없었던가? 사람은 과연 그렇게 성욕밖에는 아무것도 없이 생각을 하는가? 이야기가 나왔던 김에 어머니는 또 L장로의 일도 이야기해주었다. 그것은 L장로의 젊은 아내와 D신문 지국장의 간통 사건으로 정부는 징역까지 하고 나왔다고 하는 이야기이다.

이렇게 사람들은 제 인격, 제 자존심, 제 명예, 제 재산, 또 그 밖의 모든 것을 희생해서 성욕의 만족인지 또 혹은 연애인지를 구했다!

아! 나는 저울대를 가지고 싶다. 그리고 달아보고 싶다. 과연 성욕이란 그만치 힘세고 무서운 것인가? 그런데 나는 그것을 싸워 이겼는가? 아니 이기려고 노력하였는가!

그렇다. 나는 언제나 남이 못 하는 일을 꼭 해보고 싶었었다. 남보다 나은 사람, 특수한 사람이 되어보겠다고 늘 생각했다. 그러면 나는 지금 이 싸움에 이겨야 한다. 남들이 이기지 못한 힘든 싸움일수록 나는 꼭 이겨주고 말아야 한다. 그러면 나는 독신 생활을 할 작정인가? 글쎄?

7월 3일

평양아, 아니 조선아, 네가 하늘에 오를 듯싶으냐? 아! 아! 나는 어떻게 이 센텐스를 마저 말하랴!

(차간 3행 삭제)

평양! 평양! 과연 훌륭해졌다. 육만밖에 아니 되는 인구가 십만 이상이나 되었다. 밀차가 없어지고 전차가 놓였다. 시뻘건 벽돌 집들이 수십 개 더 생겼다. 시퍼런 대동강 철교가 우뚝하다. 비행기가 서너 개씩 매일 떠돌아다닌다. 아, 이십세기적 대도회로 부끄러움이 없을 것이다. 늙은이들은 입을 벌리고 젊은이들은 머리 쳐들고 횡행한다. (이하 21행 삭제)

7월 10일

나는 왜 집에 왔던가? 보는 것 듣는 것 생각하는 것 모든 것이 절망과 권태뿐이다.

오늘 아침 나는 거리에 나갔다가 어떤 유치원을 보았다. 마침 아이들이 뜰에 나와서 유희 체조들을 하고 있었다. 무엇이라고 할 귀여운 아이들이랴! 나는 가던 길을 멈추고 그 사랑스러운 어린이들의 이리 뛰고 저리 뛰는 모양을 취한 듯이 보고 있었다. (이하 2행 삭제)

하고 생각하니 그저 들어가서 하나씩 하나씩 붙안고 입을 맞춰 주고 사랑스러운 말도 해주고 싶었다. 정신없이 바라다보고 있는데 뒤에서 W군이 어깨를 툭 쳤다. W군은 한 사날 전에 어데서 내가 귀국했더란 말을 듣고 찾아온 일이 있었다. W는 빙글빙글하는 보기에 퍽 불쾌한 웃음을 웃으면서

"무얼 그렇게 들여다보나? 홀딱 홀렸네그려. 흥, 평양서는 몇째 안 가는 미인이니까, 아직 처녀라네!"

나는 이이가 무슨 소리를 하는가 하고 자세히 쳐다보았다. 그는 그냥 빙글빙글 웃으며 나를 보고 또 유치원 안을 들여다보았다. 나도 다시 유치원 마당을 들여다보았다. 그러다가 밖에서 수선한 소리를 듣고 밖을 내다보던 유치원 교사인 처녀 얼굴과 마주쳤다. 나는 얼굴이 빨개지면서 급히 걸어 지나오고 말았다. W는 따라오면서

"그런들 그렇게까지야!" 하고 그냥 빙글빙글 웃는다. 나는 W의 뺨을 갈겨주고 싶었다. 그러나 꿀꺽 참고 말대답도 아니 하고 집으로 돌아왔다.

그러나 W는 나에게 퍽 좋지 못한 힌트를 주었다. 오늘 오후에 거리에 나갔을 때에는 길에 지나가고 지나오는 부녀들을 유심히 바라보는 내가 되었다. W의 실없는 장난은 내 심리 상태에 큰 물결을 일으켜준 것이다. 내 눈도 차차 W의 눈 그것과 같아지는 것 같아서 나는 떨었다.

7월 11일

오늘 한껏 아버지 어머니한테 졸리웠다. 장가들라는 말이다. 나와 동갑인 친구들은 벌써 모두 장가를 들어서 아들딸들을 두셋씩은 낳았다는 둥, 늙은 아비 어미가 늙마[49]에 며느리도 보고 또 손자를 다만 하나라도 안아보아야 기쁘겠다는 둥 여러 가지로 괴롭게 굴었다. 부모로서는 나를 장가를 들이는 것이 시급한 문제가 아닌 것이 아닐 터이다. 첫째 그들 말대로 늙마에 며느리도 보고 손자도 안아보고 싶을 것이요, 둘째로 또 밖에 나가 다니기만 좋

아하는 나를 자갈[50]을 물려서 집에 들여다 앉히기 위해서도 또 미끼를 하나 끌어들일 필요가 있을 것이다.

하기는 그럴 것이다. 우리 아버지 어머니도 불쌍한 사람이다. 자수성가로 갖은 고생을 다 해가면서 돈푼이나 모아서 먹을 것은 걱정이 없이 되었으나 자식이라고 단둘이 있는데 재작년에 다 길러놓은 딸을 영이별하고 아들이라고 하나 있는 것은 밤낮 나돌아다니면서 어떤 때는 책임 없는 신문 기자의 잘못으로 무슨 두려운 사건의 연루자로 삼면 기사에 오르고 내려 늙은 부모의 간담을 서늘하게 하곤 한 적도 한두 번이 아니었다. 그러니 부모의 정으로는 자갈도 물리고 싶고 또는 남들이 하는 것같이 예배당에 가서 성대한 예식도 해보고 집에서 떡도 치고, 지짐도 지지고 한번 흥청흥청해보고도 싶어 할 것이 무리가 아닐 것이다. 그들에게 지금 다른 무슨 바람, 다른 무슨 의식, 다른 무슨 즐김이 있으리오!

그들은 연애가 무엇인지 모른다. 연전에 아버지의 친구인 어느 사람이 찾아와서 이런 이야기 저런 이야기 하던 끝에 "나는 연애 연애 하니 그것 무슨 소린가 했더니, 이전엔 서방질한다고 하는 걸 신식 말로는 연애한다고 한다드만" 하고 말하고 간 적이 있다고 그것이 참말이냐고 나더러 물었다. 결혼에 대해서 무슨 말을 좀 하려고 연애 문제로 입을 벌렸던 나는 그만 입을 닫아버리고 말았다. 말하면 무엇하리오? 알아도 못 들을 것이요, 알아들으려 하지도 않을 것이다. 나는

"아직 공부하는 학생 시대이니" 하는 어리뻥뻥한 대답으로 거

절 비슷하게 해두고 클클한 생각이 나서 모자를 떼어 쓰고 밖으로 나아가고 말았다. 구두끈을 매면서 나는 아버지의 땅이 꺼지는 듯한 긴 한숨 소리를 들었다. 내 가슴도 찢어지는 듯이 아팠다.

7월 12일

암시라는 것과 환경이라는 것은 무서운 물건이다. 집에 들어가면 장가가라는 소리, 밖에 나오면 거리로 오르고 내리는 기생의 떼, 그동안 여기저기에 몇 번 모이게 된 그다지 가깝지도 않고 그리 생소하지도 않은 친구 몇 사람과 만나면 또 그저 그 소리—여학생 소리와 기생 소리, 그렇게 간 곳마다 암시를 받으니 갑자기도 퍽 성욕이 발동된다. 어젯밤에는 거의 견딜 수 없이 흥분되어서 자리에서 이리 뒤치고 저리 뒤치고 했다. 종내 잠이 들어서는 말하기도 부끄러운 추악한 꿈을 꾸었다. 그리고 오늘 하루 동안에도 나 스스로가 놀랄 만치 성욕의 발동을 느꼈다.

5

7월 13일

나는 왜 돌아왔던가? 지금에 와서 도리어 후회가 난다. 좀더 좋은 방면으로 나아가보겠다는 결심으로 왔는데 지금에 와서 현저히 나는 타락되었다. 행동으로는 타락 아니 되었다고 하더라도 정신으로는 확실히 걷잡을 수 없을 만치 타락되었다는 것을 자백

하지 않을 수 없다. 그것은 절망적 감정으로부터 얻은 값이다.

나는 N을 잊기 위하여 여기까지 왔다. 그런데 내가 N을 잊어버렸는가? 잊어버리는 체하고 잊어버리려고 한 것까지는 사실이다. 그러나 나는 N을 정말 잊어버렸는가?

집에서 잠잠히 앉아 밥을 먹는 동안, 저녁마다 모란봉 꼭대기에 올라가서 무연한 대동벌과, 맑고 깨끗한 대동강의 굴곡을 바라다보고 서 있는 동안, 혼자 묵상에 잠기어 칠성문 밖 넓은 길로 헤매는 동안, 밤에 잠자려고 자리에 누워 눈을 감고 있는 때에, 그어느 때 나는 N을 잊어버린 적이 있는가? 그 아름다운 눈동자를 추억하지 아니한 때가 있는가? 어떤 때 관압거리에서 장사하는 사람의 집에 한가히 앉아서 거리로 지나가고 지나오는 수많은 여자들을 볼 때 나는 N을 생각하고 한숨 쉰 적이 몇 번이던고! 아버지 어머니가 장가를 들라고 조를 적에 나는 N이 어린애 재롱 보는 모양을 본 꿈을 다시 생각하고 한숨 쉬지 않았는가?

아, 아! 내게는 왜 건망증이 없던가? 나는 이렇게까지도 약한 자인가? N은 내가 어디 있는지 도무지 알지 못할 것이다. 혹 소식을 몰라서 애쓰지나 않는지? 아니, 무엇을, D와 돈의 열락에 취했겠지! 아니 아직도 상해 상태가 평온하지 못하니까 혹은 집에 가만히 있어서 나를 추억하고 눈물짓지나 않을는지! 나는 이런 생각을 하면 아니 된다. 남 못 하는 일을 해보려는 내가 아닌가.

나는 N을 잊기 위하여는 여기서 다른 연인을 얻지 않으면 아니 될 줄로 생각을 하고 온 것이 아니던가? 그런데 나는 거기 성공했는가? 아니 그것보다도 조선서 연애라는 것이 성립될 가능성이 있는가? 젊은 남녀의 교제라는 것이 일에서 열까지 꼭 금지된 이 사회 제도 속에서 연애를 찾아보겠다는 내가 미친놈이 아닌가? 남녀 교제는 말도 말고 여자들을 볼 수도 없다. 젊은 처녀들을 볼 수 있는 곳은 곧 예수교 예배당뿐이다. 그러나 처녀를 보러 예배당에 가기는 나는 싫다. 학교에 있을 때에는 학교 규칙으로 할 수 없이 예배당에 다녔거니와, 지금 자유행동을 할 수 있는 때가 되어가지고 평생 가기 싫은 그곳에 다니기는 싫다. 주일마다 아버지와 조그마한 충돌이 있었다. 그러나 나는 무슨 핑계든지 꾸며서 예배당에 아직 아니 갔다. 나는 이 자존심 때문에 늘 좋지 못한 일을 당한다. 그러나 할 수 없다. 내 성질이 그런 것을. 또 한 가지 할 수 있는 것은 매일 거리에 나앉았다가 길로 지나다니는 많은 여자들을 유심히 검사해가지고 그중에서 마음에 드는 것이 있으면 그 밑구멍을 줄줄 따라다니다가 편지나 한 장 해보고 어쩌고 하는 방법일 것이다. 자존심이 강하고 여자한테 편지는 평생 쓰지 않기로 맹서한 나로는 그것도 불가능한 일이다.

아니다. 다른 처녀를 보면 무엇하리오. 지금 내가 N을 잊고 다른 여자를 사랑할 수 있다는 자신을 가졌는가.

남녀 교제라는 것이 사방으로 꼭 틀어막힌 이 사회에서 남녀 교제가 가장 공공연하게 시인된 데는 꼭 한 곳이 있다. 거기는 기생 사회이다. 시대는 내가 이곳을 떠날 때보다도 말할 수 없이 변했다. 지금에 와서는 난봉[51]이나 상인들은 말도 말고 학생모 쓴 학생까지도 기생과 사귀는 것은 떳떳한 일인 것처럼 그것도 한 유행이 되었다. 또 기생으로서는 아무러한 남자와도 마음 놓고 사귀는 특전이 있다. 여염집 처녀로는 꿈도 꾸지 못하리만치 담대하고 활발하다. 누구를 꺼리랴? 무엇에 구속을 받으랴? 기생은 종달새처럼 지저귀며 자유스럽게 몸치장하고 남자들과 사귄다. 이 점에 있어서 기생은 조선 여성의 반역자(叛逆者)이다. 인습, 도덕, 구속, 관념 모든 것에서 뛰어난 자유주의자이다. 기생에게 있어서 다못 한 가지의 흠점은 곧 이 공공연한, 자유스러운 교제로써 그들의 생계(生計)를 삼는 한 가지 일이다. 정당한 교제보다도 매춘을 하는 한 가지 일이다. 만일 그것만 아니 한다면 조선의 기생은 훌륭한 반역자, 훌륭한 선도자들이 되리라. 조선의 모든 여성은 돈 안 받는 기생이 될 필요가 있다. 조선 여자들은 너무 보수적이다. 그리고 또 너무 남의 시비를 무서워한다. 여성 혁명의 봉화를 들고자 하는 여성이 없다. 남의 욕이 무서워서, 남의 오해가 무서워서. 그러나 남의 오해를 안 받는 영웅이 어디 있더냐?

7월 14일

"나 고기 몰라. 주면 먹긴 해두 고기 몰라." 오늘 아침에 어머니가 나 주겠다고 어제 뙤어두었던 닭고기를 부엌에서 뜯고 있을 적에 어떤 얼굴 와당탕하게 생기고 여기저기 센 머리털이 섞인 두꺼비 꽁지만 한 머리채를 산산이 풀어헤치고 남루한 옷을 두른 건장하게 생긴 여인 하나가 부엌 문 앞에 들어와 서서 이렇게 말하고 있었다.

"나 고기 몰라. 먹긴 해두 몰라!"

방 안에서 신문을 읽고 앉았다가 나는 이상해서 그를 물끄러미

바라다보았다. 어머니는 웃으면서

"도깨비란다, 도깨비" 하고 고기가 묻었는지 말았는지 한 뼈다귀를 한 개 집어 주었다. 거지는 부엌 문밖에 쭈그리고 앉아서 뼈다귀를 쭉쭉 핥고 있었다.

"아, 글쎄 거 우습지 않소. 아들 서른두 개 낳든 거 하나도 안 살고 다 죽었소고레, 쌍둥이두 죽구. ……아, 그놈의 새끼 때문에 참, 우리 메느리 있든 건 또 지금 서울 가서 살구……" 이렇게 그 불쌍한 늙은이가 혼자 중얼중얼하고 있었다. 집에 하인이 뜰을 쓸다 말고 옆으로 오면서

"이 도깨비 무얼 쭝얼거려? 도깨비!"

"아니, 앤 알지두 못하문성. 그 왜, 우리 맏메느리 말이야. 그 애 지금 이××이네 집에 가서 살지 않니……"

그는 뼈다귀를 홱 집어 내던지고 머리를 한 번 홰홰 내두르더니 부시시 일어서서 다시 또 손을 내밀었다.

"이젠 없어!" 하고 어머니가 외쳤다.

"나 고기 몰라, 주면 먹긴 해두 몰라, 몰라."

"도깨비 같은 거, 거정, 우스워 죽갔네, 데 가라우, 가" 하고 하인이 비를 둘러멨다.

"데—파! 시누이를 때리나? 시누이두 때리나?"

"도깨비 소리 고만두고 어서 가디 안칸?"

"하—, 글쎄 시누이를 때리누만, 이런" 하면서 불쌍한 노파는 비슬비슬하면서 피하여 대문 밖으로 나갔다. 집안 사람들은 모두 크게 웃었다. 나는 한참이나 눈이 멀게 앉아 있었다.

어머니 설명을 들으면 그는 본래 서촌 어디 있던 예수교 장로의 아내였다고 한다. 그런데 한 십 년 전에 이××을 암살하려 한다는 혐의로 붙잡혀서 경성 감옥에서 사형 집행을 당한 후 아내는 그만 저렇게 미쳐서 서울 남편 찾아가느라고 평양까지 와서 벌써 몇 해째 평양서 저렇게 돌아다니며 얻어먹는다고 한다.

정신에 이상이 생긴다! 미친다! 분수에 넘치는 자극을 받을 때에는 신경 계통이 조화를 잃어버리고 착란이 된다. 미친 사람도 자기가 미친 줄을 의식할까? 자기는 가장 진면목(眞面目)하게 무슨 사상을 이야기하는 것이 우리 듣는 사람에게는 아주 그렇게 우습고 터무니없고 연락 없는 주절거림으로 들리는 것이 아닌가? 만일 그렇다면 지금 나 자신이 미치지 않았다고 누가 증명할 수가 있을까? 나는 그동안 미쳤는지도 모르겠다. 나는 지금 그래도 연락 있는 내 일기를 쓰느라고 여기다 써놓았는데 일후 누가 이것을 읽어보고 미친 이의 짓이라고 웃어줄는지 누가 알 것인가? 이제 그 미친 사람도 자기 속에는 정신이 똑똑한데 다만 그의 언어 관능 기관이 그의 뇌의 지배를 착란해서 그렇게 저도 모를 소리를 주절거리는 것이 아닐까? 만일 극도의 고통이나 고민이 사람을 미치게 한다면 나도 확실히 미쳤을 것이다. 나는 내가 미친 것도 인식하지 못하고, 또는 다른 사람들이 나를 웃는 것도 인식하지 못하면서 항상 남의 웃음거리가 되어 있지나 아니한가?

나는 하루 종일 이상한 생각이 들어서 퍽 불편하였다. 다른 사람들과 이야기를 하다가도 혹시 다른 사람이 웃지나 않나 하고 모여 앉은 사람들을 둘러보기도 하고, 또는 방금 내가 한 말을 되

풀이해서 속으로 생각도 해보아 혹 우스운 소리가 아니 나왔나
하고 검사도 해보았다. 그러다가 마지막에는 입을 닫쳐버리고 말
았다.

7월 16일

장맛비가 내린다.

우레 번개질을 해가면서 앞집 뜰에선 포플러 가지가 보이지 않
으리만치 비가 억수로 내리붓더니 지금은 가는 보스락비가 되어
서 조르락 조르락 하는 소리가 어째 가슴속에 말할 수 없는 비곡
을 들려주면서 쉴 새 없이 지붕을 두드린다. 나는 불 땐 따끈따끈
한 구들에 엉덩이를 붙이고 앉아서 물끄러미 비 오는 마당을 내
다본다. 넓지도 않은 마당이 여기저기 패어서 늙은이 이마처럼
되어 있다. 저편 화단 쪽에는 아직 소나기 물이 쭉 찌지를 못하고
풍덩하니 고여 있다. 하늘은 멀건 것이 비가 언제 그칠 것 같지도
않다. 아마 한 백 년이고 천 년이고 올 것 같다. 집에서는 아들 떡
해 먹인다고 떡쌀 삶는 구수한 내가 코를 슬쩍슬쩍 스친다.

처마 끝 아래는 강한 처마 낙숫물에 파여서 둥그런 소[52]가 지고
거기 물이 가득 채워 있다. 그리고 지금 조금씩 떨어지는 낙숫물
이 연방 크고 둥그런 물거품을 짓는다. 그 물거품이 핑그르르하
고 이편으로 둥둥 떠 나오다가는 스러지고, 스러지면 또 저편에
서 벌써 새 물거품이 생겨 이리로 온다.

"세상은 물거품이라"고 그 누가 말했다. 그러면 이 오뇌, 이 고
통, 이 슬픔, 이 고독, 이 광란, 이것도 모두 물거품이던가! 나는

144

긴 한숨을 쉬지 아니치 못했다.

　물거품은 연해 생겼다 꺼졌다 한다. 그런데 이상한 일도 있지, 그 물거품마다에서 나는 N이 빙그레 웃는 얼굴로 나를 쳐다보는 그 얼굴, 그 눈을 보았다. 물거품마다에서 그는 나를 희롱하고 있었다. 나는 '보지 않았으면!' 하고 생각은 하나 이 광경에서 떠날 용기가 없어서 그냥 앉아서 오래오래 그 물거품을 노려보고 있었다.

　이때 아버지는 또다시 나의 약점을 습격했다. 내가 이렇게 정신없이 뜰을 내다보고 앉았는 것을 본 아버지는

　"얘, 너 무슨 근심이 있니? 흥, 그렇지, 그만 나세가 되면 그런 법이니라. 그러기 이런 때 너를 위로해줄 사람을 하나 구해야 하느니라. 글쎄 네 애비가 어련히 하랴. 이번에는 꼭 허락을 해라. 이런 좋은 자리는 다시 구할래야 없으리라. 저 서문 밖 구 장로 딸인데, 인물도 잘나고 재간 있고, 숭의여중학교 졸업하고, 일본가 공부하다가 지금은 S유치원 교사 노릇 한다더라. 그런 자리가 또 어데 있겠니!"

　'S유치원'이란 말에 내 귀가 번쩍 뜨였다. S유치원 교사 노릇 하는 여자일 것 같으면 일전에 내가 그 학교 앞에서 W군을 만났을 때 잠깐 본 여자이다. 그때 인상이 결코 나쁘지는 않았다. 퍽 예쁘다 하고 생각하였었다. 처녀의 순결이라는 것보다도 남자의 육욕을 격동시키는 야비하면서도 요염한 참을 가진 여자라고 보았었다. 나는 속으로 다시 그 여자의 얼굴을 되풀이해 보았다. 내가 말없이 잠잠하고 있는 것을 본 아버지는 좀 열중되어서

"무엇 우리가 사돈댁 덕이야 바라겠느냐마는 또 부자란다. 삼천 석을 하느니, 오천 석을 하느니 하는데 네 역[53] 돈 없는 집보다는 낫지 않니! 내가 네게 나쁘도록 해주겠느냐? 어련히 좋도록 해주랴. 그리고 또 그가 원한다면 너 가자는 데로 어데든지 공부도 같이 보내주겠노라더라. 그 집에서는 오늘이라도 네가 허락만 하면 곧 작정을 하자는구나. 어제 이 권사가 한겻[54]이나 와서 말을 하고 갔다."

사람들아, 나를 비웃지 마라. 이 소리가 결코 내게 싫지가 않았다. 싫지 않을 뿐만 아니라, 퍽 강한 힘으로 나를 유혹했다. 곱다! 고운 처녀를 아내로 한다. 육욕의 만족 그것만으로 만족할 수 있지 않을까? 그리고 또 이 고운 여자와 결혼하여 같이 사는 동안에 애정도 생기고 자식도 낳고 하면 자연 N도 잊어버리고 말게 될 터이지. N을 잊어버리는 데는 이 여자가 아주 좋은 대물이라고 생각했다. 그러나 그렇다고 또 여지껏 반대만 하던 혼담을 지금 갑자기 "네, 그럽시다" 하고 나앉는 것도 어째 우스운 것 같아서 아무 대답도 아니 하고 앉아 있었다. 아버지는

"글쎄 이번엔 꼭 허락해라. 옛적 같으면 내가 억지로라도 벌써 작정했을 게다. 너도 또 한 번 보고 싶다면 오는 주일날 나하고 예배당에 가자. 그 집에서도 네가 보고 싶다면 예배당에서 보여주마고 하더라. 응!"

"하면 하지요, 무엇 보면 별한가요!" 하고 나는 뱉는 듯이 대답했다. 아버지는 기쁜 듯이

"무얼, 그럼 허락한단 말이냐? 응, 약혼하잔?"

나는 아무 대답도 아니 했다. 그러고 고개를 끄덕거렸다. 아버지는 기뻐 죽을 지경이었다.

"여보 유경이 어머니, 얘가 오늘은 허락을 하는구료! 그 구 장로 딸 말이야!" 하고 좋아서 야단을 쳤다. 나는 가만히 일어서서 내 방으로 건너왔다. 모르는 새 내 뺨으로는 두 줄기 눈물이 흘러내리고 있었다. 나는 흐르는 눈물을 씻으려고도 아니 했다.

7월 19일

혼약은 성립되었다. 오늘은 주일인데 K(나와 약혼한 여자)를 처음 인사드리러 만나 보러 가는 날이다. 어제까지 비가 왔으나 오늘은 해가 쨍쨍 난다. 대동강은 물이 붉어지기는 했으나 열 자도 늘지 않았다. 그런데 서울 한강은 물이 사십육 척이나 불었다고 한다. 거리거리에 신문 지국 게시로 사람들이 모여든다. 기차 불통이라고 서울 신문들도 내려오지 않았다. 한 곳에서는 이렇게 죽는다 산다 하고 야단인데 여기서는 평안하다고 계집 찾아보러 다닌다. 이것이 아마 인생인가 보다.

K와의 면회는 참으로 우습고 부자연하였다. 오후 예배 필한 후 K의 집에서 했는데 입회인으로는 구 장로 부부와 중매의 공이 있는 이 권사 할멈, 그러고는 내 아버지였다. 사랑도 아니요 안방도 아닌 그 중간 방에서 내가 기다리고 있을 때 K가 부모와 이 권사와 함께 들어왔다. 어머니 등 뒤로 숨어서 고개를 푹 숙이고 들어오는 그는 얼굴이 홍당무같이 빨개졌었다. 미상불 나도 벌게졌었을 것이다.

"무엇이 그리 부끄러워서! 자 장래 남편이 여기⋯⋯" 하고 이 권사는 버룩버룩하면서[55] 나를 그 여자에게 소개했다. K는 잠깐 나를 쳐다보고는 다시 고개를 푹 수그렸다. 그리고 저고리 고름만을 만적만적하고 있었다. 구 장로 부부와 내 아버지는 공연히 허허 웃었다. 아무도 K를 나에게 소개해주지 않았다. 모두 앉았다. 나는 좀더 가까이서 K를 해부해볼 기회가 있어서 기뻤다. 나는 슬금슬금 도적질하는 곁눈질로 그를 보았다. 멀거니 볼 때에는 그저 남자를 호리는 듯한 참만이 있더니 가까이서 보니 어딘가 역시 처녀다운 부드러운 맛이 있었다.

K는 확실히 미인이었다. 저런 미인이 내 아내인가 하고 생각하니 슬근히 기쁘지 않은 것도 아니었다. 그러나 다른 무엇보다도 나는, 이 자리에서도, 억제하기 힘든 육욕의 발동뿐을 감했다.

수박 먹고, 이 권사가 기도하고 그리고 이 회견식은 끝났다. 결혼식은 좀 급하지마는 내가 학교로 다시 가기 전에 하기 위하여 8월 29일로 하기로 했다. 그래 예장은 때가 좀 부적당하나 간략하게 어서 보내기로 했다.

어머니는 벌써부터 분주스럽게 떠들고 돌아갔다. 밤에 자리에 누워서 나는 다시 K의 얼굴을 연상해 보았다.

'한번 데리고 자고 싶은 것, 그리고 돈 많은 것.' 이것이 과연 결혼의 요소가 되는가? 아! 나는 죄를 짓지 않는가?

내가 N을 잊지 못하는 것이 사실이다. 그러나 나는 아직까지 N에게 대하여 육욕을 품어본 적은 없다. 설혹 그가 어린애 재롱 보는 꿈까지 꾸었다 하더라도 사실로 N을 끼고 자보았으면 하는 생각은 절대로 없었다. 지금도 없다. N의 얼굴을 보면 또 지금 그를 회상하면 그는 다만 내 눈 앞에 한 아름다운 천사 그다. 그저 그와 이야기해보고 싶고, 마주 보고 웃고 싶고, 끌어안고 고운 뺨과 눈에 입 맞추고 싶고, 이러고 내 모든 것, 내 몸, 내 영혼을 그를 위해 바치고 싶었을 따름이지 결코 지금 K를 볼 때처럼 육욕의 발동은 없었다. 말하자면 내가 N에게 대한 정은 이른바 플라토닉 러브였던가 보다. 그러나 K에게는 사랑이라는 정이 아니 간다. 다만 말할 수 없이 더럽고 야비한 격동뿐을 K의 얼굴은 일으킬 따름이다. 내가 지금 K에게 구하는 것이 있다면, 또 장차 구한다면 그것은 야성적 육욕의 만족 그것뿐이다. 그 외에 아무것도 없다. 그러면 우리가 결혼하여 행복될 것인가? 또 K는 나를 어떻게 생각하는가? '하여간 오래 상종하노라면 좀더 고상한 사랑도 생기겠지!' 하는 억지 발뺌을 되풀이하면서 나는 잠이 들었다.

7월 20일

밤 열 시가 지나서 W군이 술이 잔뜩 취해가지고 와서 주정을 한참 했다. 공연한 일을 트집을 잡아가지고 야단을 치던 끝에 "미인하고 약혼해서 행복되겠느니, 건방져졌느니" 하고 떠들어댔다. 처음 얼마 동안은 그래도 친구 체면으로 좋게 받아주었더니 차차 더 못되게 굴어서 마그막에는 할 수 없어서 뺨깨나 단단히 때려서 내쫓았다. W군은 울고불고 야단을 치면서 "네 이놈 보자!"고 함 고함 지르면서 쫓겨 갔다. 밤이 퍽 깊도록 마음이 불쾌했다.

7월 21일

아침에 W가 와서 "어젯밤에 술잔이나 마신 김에 실수하였노라"고 용서를 빌러 왔다. 좋은 말로 대답하고 한참 놀다 보냈다.

7월 22일

가보고 싶기도 하던 차에 어머님이 자꾸 권고하는 데 못 견디는 체하고 K를 보러 갔다. K는 유치원 방학한 후 집에서 놀고 있었다. 내가 K의 집에 간 때 K의 어머니는 곧 나를 K의 방으로 데리고 갔다.

K는 풍금을 타고 앉아 있었다. 이번에는 낯도 붉히지 않고 아주 구면인 듯이 인사했다. 그의 살짝 웃는 옆모습까지가 어떤 알지 못할 강한 매력으로 남자를 충동시켰다. K는 타던 풍금을 멈추었다. 그리고 '아직 타고 싶다'는 듯이 의자에 앉은 채로 발로 바람은 넣지 않고 그냥 건반만 여기저기 눌러보고 있었다. 나를 그리 반기는 기색도 없는 것같이 생각되어서 나는 비관했다.

"어서 타시지요" 하고 나는 그렇게 말해야 할 의무나 있는 듯이 말했다. K의 할머니가 명주나이[56] 하느라고 생때[57]에 고치 피어 씌운 것과 가락꼬치[58]를 들고 들어오면서 말했다.

"찬미나 한 장 타보렴."

"요거 뭐 풍금이 작아서. 글쎄 언제부터 큰 것 하나 사달라니까!"

"작으문 작은 대로 하지. 원 즈라리두!"

"풍금 살이 작아서 어려운 찬미는 못 타요, 글쎄. 살이 요것 배

곱만 된대문. 그래도······."

"그럼 두 번 누르렴."

"하하 하하, 할마니두······"

나는 실소하지 않을 수 없었다. K는 허리가 부러질 듯이 웃고
나서 생생하면서 듣기도 싫은 감상적 일본 곡조를 타고 앉아 있
었다. 처음에는 무엇 꺼리는 것이 있는 듯이 가만가만히 타더니
조금 만에는 아주 열중이 된 모양이었다. '당신 같은 사람이 와도
나는 모릅니다' 하는 듯한 것같이 생각되어서 나는 슬퍼졌다. 나
는 흥을 잃고 멀거니 할머니가 명주실 뽑는 모양만 바라다보고
있었다. 좀, 원시적인 감은 있으나 갈고리 달린 가락꼬치가 시들
시들 늙은 손을 핑그르르 돌리면 그것이 팽글팽글 돌아감을 따라
길게 길게 고운 명주실이 꼬아지는 것이야말로 화가의 한 폭 그림
재료가 넉넉히 된다. 갑자기 '馬鹿ニサレタ'[59] 한 생각이 나서 그만

"갑니다" 하고 모자를 집었다.

국수 사다 먹고 가라고 할머니가 말리는 것도 듣지 않고 나는
그냥 나왔다. K는 잠깐 의자에서 일어서면서

"안녕히 가세요" 하고 차게 인사했다. 나는 그 인사는 대답도
아니 하고 나왔다.

무엇이라고 할 우스운 일인가? 나는 K를 사랑하지 않는다. 또
사랑할 수도 없다. K도 분명히 나를 사랑하지 않는 것이다. 그러
면 우리의 결혼은 장차 어떤 결과를 가져올 것인가?

다시는 K의 집에 가지 않겠다. 기다리다 결혼한 후에 실컷 내
육욕이나 만족시켰으면 그뿐이다. 나는 내게서 그것 외에는 아무

것도 더 요구하지 않는가?

K야! 나는 이렇게까지 타락했는가!

〔미완성〕

개밥

주인 나리가 바둑이라는 서양 사냥개 새끼를 얻어 오기는 벌써 석 달 전 일이었다. 어떤 일본 사람 사냥꾼의 집에서 얻어 온 것인데, 처음에는 우유 외에는 아무것도 먹지 않으므로 아씨의 속도 무던히 태우고 나리의 수갑[1]도 무던히 비게 만들었다. 첫 한 주일 동안은 나리의 극진으로 우유를 사다 먹였으나, 백만장자가 아닌 형세로 개에게 우유만 먹이기는 너무 심하였다. 그래서 우유를 그만두고 밥을 먹여보기도 했으나 처음 며칠은 먹지 않았다. 그러나 주인 나리와 아씨의 용단으로 우유는 다시 먹이지 않기로 하고 서양개에게 그냥 밥은 아무래도 좀 뻑뻑한즉 흰밥에다 고깃국물을 두어서 맛있게 대접하기로 결정이 되었다. 어멈은 이 주인 내외의 하는 것이 모두 미친 짓같이 보이었으나 물론 말참견할 데가 아니라 입을 꾹 다물고 있었다. 우유가 얼마나 좋은 것인지를 똑똑히 모르는 어멈에게는 개지[2]에게 우유를 먹일 때보다도 흰밥에 고깃국을 먹이는 것이 더 못 할 짓으로 생각이 되었다.

'사람도 흰밥을 못 먹는데, 원 개에게 흰밥 고깃국이라니'

하고 어멈은 부엌에서 아침마다 개밥을 준비하면서 속으로 혼자 생각하곤 하였다. 처음 이틀은 개가 그 흰밥 고깃국을 다치지도 않았다. 하나 서양개도 배가 고픈 후에는 별수가 없던지 사흘 되는 날부터는 조금씩 짤락짤락 핥아 먹기를 시작했다. 처음 얼마 동안 개가 흰밥 고깃국을 잘 먹지 않는 동안에 어멈은 한편으로는 불평이면서도 한편으로는 슬근히 좋은 일이었다. 그것은 주인 아씨가 개 앞에 한번 놓았던 밥은 내다 버리라고 어멈에게 명령하는 까닭이었다.

어멈은 그 흰밥 고깃국을 내버릴 수는 없었다. 그에게는 세 살 난 귀여운 딸이 있었다. 행랑방 어둡고 더러운 방구석에서 혼자 적적히 울고 웃고 중얼거리고 잠자고 꿈꾸는 예쁜 딸 단성이 있었다. 첫날 개가 다치지도 않은 개밥을 들고 행랑으로 나와 어멈은 그 밥을 단성이에게 주었다. 단성이는 세상에 난 이후로 흰밥 고깃국이 처음이었다.

오죽이나 맛나게 그가 그 밥 한 그릇을 다 먹었으랴! 더욱이 과한 노동으로 말미암아 어미 젖에서 젖이 잘 나지 않으므로 젖도 변변히 못 얻어먹고 자라난 단성이에게는 이 흰밥 고깃국 한 그릇이 그동안 쌓였던 영양 불량을 한꺼번에 모두 회복시킬 수 있을 것같이 맛나고 좋은 물건이었다. 그렇게도 맛나게 그릇 밑까지 핥는 단성이의 조그만 모양을 볼 때, 어멈은 눈물이 나도록 기뻤다.

그 후에도 며칠 동안 개가 밥을 조금만 먹고는 늘 남기는 고로 (개가 처음이 되어서 맛을 못 들여 많이 아니 먹는 이유도 있겠지만 개밥 얻어먹는 재미에 어멈이 일부러 밥을 많이 담아다 주는 까닭도 있었다. 주인아씨가 무어라 말을 하는 것도 아니건마는 어멈은 그의 마음속을 아씨가 알까 싶어서 개밥을 많이 담을 때마다 주인아씨가 옆에 있으면 변명 삼아서 "잘 먹지도 않는 거 많이나 담아다 주어야 그래두 좀 먹는다우" 하고 중얼거리곤 했다) 어멈은 매일 흰밥 고깃 국을 얻어서 단성이도 먹이고 저도 그 짭짤하고 단 국물과 입안에서 녹아 스러지는 듯한 매끈매끈한 쌀밥 한두 술을 얻어먹을 수가 있었다. 한번은 좀 너무 많이 담았던 개밥을 바가지에 쏟아 들고 행랑으로 나가자 일본 사람의 집에 가서 두부 팔아 주고 월급 오 원씩 받는 단성이 아범이 마침 집에 들렀으므로 그것도 오래간만이라고 그것을 바가지째 먹으라고 주었었다.

아범은 시장하던 끝이라 단성이가 입에 손가락을 물고 그의 입과 손만 쳐다보고 앉았는 것도 깨닫지 못하고 훌훌 모두 들이마시었다.

"안에서 오늘 누구 생일날이오?"

하고 아범이 개밥을 먹으면서 물어보았다. 어멈은 남편이 방금 맛있게 먹은 밥을 개 먹다 남은 것이라고 하기가 어려워서

"생일날은! 꼭 생일날만 고깃국 끓여 먹습디까? 그저 끓이게 돼서 끓였지!"

하고 우물쭈물해버리었다.

이때까지 아버지만 쳐다보던 단성이는 아버지가 내려놓는 빈

바가지를 보고 그 바가지를 끌어안고 "으아" 하고 울며 쓰러졌다. 어멈이 점심에 또 얻어다 주기로 약속하고 겨우 달래어놓았다. 아버지는

"그런 줄 알았드문 내가 고만 안 먹는 걸, 난 그 오카미상(여주인)이 청결통[3]에 내치는 니팝[4] 부스러기나 이따금 배부르게 얻어 먹는 것을!"

하고 단성이 몫을 공연히 먹어서 불쌍한 딸년 울린 것을 후회하면서 월급 받으면 댕구알 사탕[5] 사다 주기로 약속하고 일어서 나갔다.

그러나 개도 먹지 않고는 못 사는 법이다. 두 주일 못 되어 개는 그 흰밥 고깃국을 있는 대로 홀딱 먹어 없애게 되었다. 더욱이 자라나는 개라 매일 식량이 늘어서 무섭게도 밥을 많이 먹어냈다. 그래서 이제는 어멈이 아무리 밥을 많이 주어도 개가 먹다가 남기는 법이 없었다. 주는 대로 먹는 개는 물론 단성이가 지금 어두운 방에서 흰밥 고깃국을 꿈꾸고 기다리고 있는 줄을 알 리는 없었다. 또 안다고 한들 그를 위해 밥을 남길 자선심도 없을 것이다.

지금 매끼 어멈은 단성이를 낙망시키었다. 어멈은 언제나 단성이에게 했던 약속을 지키지 못하게 되었다. 팔자 없는 입에 똥딴지 버릇을 배워서 큰 야단이 났다. 하루는 단성이의 성화를 더 받을 수도 없고 또 그 애원을 저버릴 수도 없고 해서 개밥은 내다가 단성이를 먹이고 저희가 먹으려고 지었던 조밥을 슬그머니 개를 주었더니 개는 킁킁 두어 번 맡아보고는 뒤도 아니 돌아보고 부엌으로 들어가서 끙끙 앓으면서 돌아갔다. 주인아씨는

"이놈의 개가 오늘은 게걸[6]이 들렸나 원, 사날[7] 못 먹은 개처럼 구네!"

하고 쫑알거리었다. 설거지를 하면서 어멈은 아씨가 혹 어멈의 비밀 어멈의 죄를 발견할까 보아서 속이 얼마나 죄었는지 모른다. 아무도 없다면 그 밉살스럽게 끙끙거리며 온 부엌 안을 헤매는 개새끼를 도마 위에 놓인 식도로 쿡 찔러주어 버리었으면 좋을 생각이 났으나 꾹 참지 않을 수 없었다. 어찌도 속이 죄고 또 이유는 어멈 자신도 잘 분해하지 못하나 원통하고 분한지 속이 클클하고 안타까워서 씻고 있는 사발이라도 한 개 내동댕이를 치고 몸부림을 하고 싶었으나 그럴 처지가 아니라. 죄를 숨기는 듯, 용서를 비는 듯한 눈으로 아씨를 힐끗힐끗 쳐다보면서 나오지도 않는 웃음을 억지로 만들어 웃어 보이었다.

설거지를 겨우 마치고 즉시 어멈은 행랑으로 뛰쳐나왔다. 나와서는 잡담 제지하고 문턱에 앉아 오줌을 내싸고 있는 단성이를 머리채를 휘어잡고 끌고 들어가서 엉덩이가 깨어져라 하고 몇 번 몹시 갈기었다.

"이, 썅, 썩어대나갈[8] 년의 에미나이! 그 팔자에 니팝(흰밥)은 무슨 니팝을 먹갔다구……"

어멈은 단성이를 탁 밀치어 내버리었다. 단성이는 아랫간으로 굴러가 떨어지면서 벼락치듯이 악을 써 울었다. 어멈은 씩씩거리며 앉아서 대롱대롱 굴며 섧고 아프게 우는 단성이를 바라다보았다. 눈물이 흘러내리어 얼러지를 되는대로 짓는 햇빛 못 보아 시든 얼굴, 뼈만 남게 여원 손발, 가을이 깊었건만 아직 홑옷을 감고 있는 조그만 몸뚱어리! '저것이 내 것인가—' 하고 생각하며 어멈은 말할 수 없이 섧고 애처롭고 후회가 났다. 더욱이 그의 엉엉 울음소리는 어멈의 오축 간장을 모두 녹이어 내는 듯하였다.

"이 쌍놈의 에미나야! 상게[9]두 소리 내 울갔네? 방치[10] 맛 좀 보구야 말간? 뚝 끊쳐…… 상게 못 끄치갔네!?"

울음소리는 뚝 그치었다. 난 때부터 절대복종으로 버릇된 관능은 위협 한마디면 좌우하기에 힘이 없는 것이었다. 울음소리는 멎었으나 단성이가 울기를 그친 것은 아니었다. 들먹거리는 어깨, 코를 길게 들이마시는 소리, 이따금 숨을 한꺼번에 서너 번씩 들이쉬는 소리, 또 이따금 참을 수 없이 잇새로 새어 나오는 짧은 느낌 소리!

'저것이 에미를 몹쓸게 만나 맘대로 울지도 못하는가?' 하고 생각하니 어멈은 더 견딜 수가 없었다. 후회와 창피, 그러면서도 어멈이 된 위엄을 보전하려는 구차스런 억제. 어멈은 단성을 물끄러미 바라다보았다. 그의 두우런 구우런한 눈이 눈물로 채워졌다. 그는 억지로 울지 않으려 했으나 코가 씽해지면서 골치가 지끈 아팠다. 두 줄기 눈물이 여윈 뺨 위로 주르르 내리흘렀다. 더 참을 수가 없었다. 어멈은 미친개처럼 소리를 지르면서 단성이를 얼싸안고 뒹굴었다.

"단성아! 단성아…… 에구 내 딸아…… 네 어미가 몹쓸 년이다…… 자, 울지 마라, 엉……" 단성이는 더욱 소리를 내 울었다. 어멈도 슬피 울었다. 단성이의 따끈따끈한 뺨이 어멈 뺨에 와 닿을 때 그는 있는 힘을 다하여 단성이를 본능적으로 꽉 그러안았다. 새로운 눈물이 멎을 줄도 모르고 흘러내리었다. 그 후에 단성이는 일절 흰밥에 고깃국을 달라는 말을 한 번도 다시 입 밖에 내지 않았다.

바둑이를 데려온 지 한 달이 좀 넘은 때 단성이 아범은 업[11]을 잃었다. 별로 잘못한 일도 없으나 영업을 축소한다는 이유로 밥자리를 떼였다. 그 후 두어 주일이나 다른 데 일자리를 구하느라고 번둥번둥 놀고 있다가 중촌조(中村組)에서 대판인가 어데로 노동자를 모집해 가는데 가는 노자[12]는 거저 대주고 가서는 하루에 이 원씩이나 돈을 벌 수가 있다고 한다고 삼 년을 약속을 하고 동네 태손이 아범과 그 밖에도 여러 노동자와 함께 일본으로 갔다. 떠나면서 아범은 돈 벌어 가지고 삼 년 후에 단성이 입을 고운 양복(신시가에서 두부 팔러 다니면서 일본 아이들이 입은 것을 보고 어찌도 맘에 들던지 언제든지 돈이 좀 풍부히 생기면 꼭 하나 사다 입히기로 벼르고 있었으나 아직 실행을 못 했던 것이다)을 사다 주기로 약속을 했다. 어멈은 남편을 그렇게 멀고 생소한 곳으로 보내는 것이 좀 맘이 아니 놓이고 어째 무서운 생각이 들었으나 가서 삼 년 후에는 돌아올 만큼 많이—얼마나 많이일는지는 모르나 하여간 많이—벌어 온다는 말에 귀가 버룩하고 더구나 태손이 아범이랑 같이 가니까 별로 염려가 없으리라고 억지로 맘을 진정하였다.

"삼 년 세월이라니 잠깐이지 뭐!"

하고 어멈은 삼 년 후에 돈 전대를 차고 돌아올 남편을 상상하고 혼자 한숨을 지었다.

바둑이는 그동안 벌써 꽤 컸다. 바로 제법 큰 개가 되어서 모를 사람이 오면 컹컹 짖는 소리도 차차 굵어지고 다달 색털이 매끈매끈히 난 몸뚱어리는 살이 포동포동 찌고 기름이 반지르르 흘렀다.

단성이는 일간 차차 몸이 더 쇠약해갔다. 저고리를 벗으면 갈빗대가 아롱아롱하고 두 눈 아래는 영양 불량으로 시꺼멓게 멍이 지었다. 따라서 식성은 더욱 고약해져서 아무런 것이 생기는 대로 주워 먹는 것이 습관이 되었다.

바둑이는 매일 주인 나리가 안고 귀애하고[13] 다루어서 아는 사람을 보면 무릎으로 부득부득 기어오르고 뺨과 손등을 핥고 하여 거리낌 없이 사람들의 친구가 되고 또 모두의 귀염을 받았다. 그리고 서양개로 우유를 안 먹고 밥과 고깃국을 먹는다고 누구에게서나 기특하다는 칭찬을 들었다. 그러나 단성이는 행랑방 아래 구겨 박히어서 (더욱이 추운 겨울이 되었으므로) 바깥 구경은 하지도 못하고 더욱이 사람을 보면 모두 무서운 듯이 어릿어릿하여 그 공허한 눈에는 공포와 의심뿐이 방황할 따름으로 주인집에 드나드는 손님들 중에도 하나도 이 단성이를 주의하는 이가 없고 또 그 초췌한 얼굴이나마 본 이가 몇 사람 되지 아니하였다.

그러는 동안에 개는 차차 더 크고 자유스럽게 되어서 그 커다란 귀를 벌룩거리면서 바깥마당으로 뛰쳐나오는 때는 만일 그때 단성이가 거기 있다가는 고만 혼비백산하여 외마디 소리를 지르면서 황급히 방으로 뛰어 들어가곤 했다. 단성이에게는 그 커다란 개가 한없이 무서웠다. 그 길죽한 입으로 단성이를 깨물어 삼킬

160

것 같았다. 그러나 바둑이는 단성이는 본 체도 아니하는 모양 같았다.

한 이십 일 전부터 단성이는 자리에 누웠다. 기침을 콜롱콜롱하면서 열이 있는 것이 감기가 들린 것 같다고 하여 어멈은 며칠 내버려두면 나으리라 하여 무관심하였다. 그들에 속한 백성들은 자연을 가장 좋은 의사로 믿는 것이 습관이었다. 그러나 단성이의 병은 그리 쉽게 나을 것이 아니었다. 자리에 누운 지 사흘이 못 되어 위중해졌다. 죽도 한 술 떠 넣지 않고 연해 기침을 하며 열이 났다. 어멈은 그제야 심상치 않은 줄 알고 놀라서 주인아씨께 말하여 감기약 한 봉지를 얻어 먹이고 땀을 내면 낫는다고 하여 안집에 사정을 하고 나무를 좀 얻어다가 불을 많이 때고 온몸을 더러운 이불로 푹 덮어주었다.

이튿날 아침 어멈은 단성이가 거의 죽게 된 것을 발견하고 몹시 놀랐다. 고뿔보다도 필경 무슨 다른 병이리라고 직각한 때 어멈의 온몸은 떨리고 혼은 흔들리었다.

어찌하랴! 그는 주인아씨에게 그 사연을 아뢰었더니 의사를 청해다 보이라고 한다. 그는 주머니에 돈이 없음을 알면서도 황망히 가까운 병원으로 갔다.

의사는 왔다. 깨끗한 새 외투를 입고 가방을 든 의사가 그 더러운 방에 들어갈까 하고 어멈은 스스로 염려하고 부끄러워했으나 지금 그런 것을 꺼릴 때는 아니었다.

어멈은 의사의 얼굴만 바라다보았다. 사형 선고가 내리는가? 어멈의 눈은 의사의 입술에 풀로 붙인 것처럼 의사의 입만 바라다보았다.

"별로 염려는 마시오"

하는 말이 떨어질 때 어멈은 다시 산 것 같고 제 귀를 의심하게 되어서 재차 물었다. 의사는

"그런데 먹이는 것을 조심해 먹이어야겠소. 허튼 것은 먹이지 말고 고깃국물, 우유 같은 것이 좋고 밥은 니팜을 먹이고 병이 조금 낫거든 닭고기두 좀 먹이고 달걀 같은 것을 먹이면 좋지요. 다른 병보다두 먹지 못한 병이니깐…… 약은 별로 쓸 것이 없으나 원하면 좀 있다 애 시켜 보내리다…… 그리고 문을 이렇게 꼭 닫쳐두지 말고 신선한 공기를 좀 통하게 하오. 그래두 추워서는 안 될 테니 불을 많이 때고는 문을 잠깐 열어서 공기를 순환시키곤 해야 돼요……"

하고 의사는 갔다. 속에서 안 나오는 것을 부끄럼을 무릅쓰고 시재[14] 돈이 없으니 일후 안주인에게서 월급 사 원을 타거든 올리마고 겨우 말해서 의사를 보내놓고 돈도 없는데 약은 차라리 보내주지 않았으면 좋겠다 하고 속으로 혼자 생각하였다. 어멈은 정신 잃은 년처럼 찬 바람이 병자의 온몸을 스치고 엄습하는 것도 잊어버리고 문턱에 주저앉은 채 의사가 가방을 끼고 나가던 대문간만을 멀거니 바라다보고 앉아 있었다.

약도 얼마 먹였으나 효험이 없었다. 날로 글러져가는 형세를 보아서는 의사를 다만 한 번이고 더 청해다 보이고 싶었으나 지난번 왔을 때 인력거 삯도 못 주고 또 약값도 못 준 것을 생각할 때에는 도저히 다시 그를 청할 용기가 없었다. 주인아씨에게 월급

을 한 달 치 좀 꾸어 주는 셈 잡고 빌려 달라고 여쭈어보았으나 나리가 월급 받을 날이 아직 안 되어서 현금이 없다고 거절을 당하였다.

요새 며칠 단성이는 삶과 죽음의 경계선에서 방황하였다. 그런데 어젯밤 처음으로 단성이는 다 죽어가는 소리로

"오마니, 나 니팝에 고깃국이나 좀 주렴"

하고 두 달 동안이나 일절 입 밖에 내지 않던 말을 하였다. 이튿날 아침에 어멈은 부끄럼을 무릅쓰고 그 사연을 주인아씨에게 아뢰었으나 주인아씨는

"아니, 미친 소리 하지도 마소. 한 달씩 앓던 애가 밥을 먹다니 체해 죽으라구…… 이것 내다 죽이나 쑤어 주소"

하고 흰쌀을 한 줌 집어 주었다. 어멈도 그럴듯이 생각되었다. 우선 흰죽이라도 쑤어 주면 조미음보다 얼마나 맛이 있게 먹으랴 하고 생각하니 한없이 기쁘기도 하고 주인아씨가 고맙기도 하였다. 죽을 할 수 있는 대로 좀 많게 하려고 물을 너무 많이 두어서 죽이 고만 미음이 되다시피 하였다. 단성이는 죽을 한 술 떠먹어 보고는 다시 더 아니 먹었다.

"이게이 니팝인가?"

하고 원망스러운 목소리로 한마디 하고는 아무리 권하여도 영 흰죽을 먹지 않았다. 어멈의 맘속에는 지금 흰밥에 고깃국을 꼭 단성이 죽기 전에 한 번이라도 먹여보고 싶은 맘이 간절하였다. 그러나 주머니에는 동전 한 푼 없었다. 땅[15] 낼 감이라도 있나 휘둘러보았으나 의복가지나 있던 것을 단성이 아버지가 일본 갈 제

차비는 중촌조에서 담당해준다고 한들 객지에 가면서 그래 돈 한 푼도 없이야 갈 수야 있겠는가 해서 모조리 땅을 잡혀 돈 오 원을 만들어 주어 보내놓고 남은 것이라고는 아무것도 없었다. 어멈은 방금 안집 마루칸에서 흰밥 고깃국을 실컷 먹고서 있을 바둑이를 그려보았다.

"우리 단성이는 그래 개만도 못하단 말인가?"

"왜?"

단성이는 가쁜 듯이 숨을 자주 쉬었다.

"니팝이나 한 그릇…… 고깃국……"

어멈은 죽 그릇을 들고 벌떡 일어섰다. 안에 들어가서 고깃국물을 좀 얻어서 죽 속에 쳐다가 먹이어볼 생각이었다. 안에 들어서니 마침 주인 나리는 밖으로 나가고 아씨가 먹다 남은 밥과 고깃국을 개밥 대야에 주르륵 들이쏟는 때이었다. 아씨는 밥상을 들고 부엌으로 내려갔다. 어멈은 조심조심히 마루 옆으로 가서 개밥궁이[16]를 넌지시 들여다보았다. 아직도 밥이 한 절반이나 들어 있었다.

'여기서라도 국물을 좀 얻어 가야겠다'

하고 어멈은 생각하였다.

개밥궁이를 들어 국물을 좀 죽 그릇에 쏟으려 하니 다 자란 개도 제 밥을 안 빼앗기겠다고 어멈을 향하여 달려들었다. 그 서슬에 어멈은 죽 그릇을 땅에 내리치어 요란한 소리를 내며 깨어졌다. 단성이 먹이려던 흰죽이 겨울 아침 언 땅 위에 쏟아져서 땅을 하얗게 덮고 거기서 김이 문문 났다. 어멈은 개를 너무나 괘씸하다고 생각하였다.

"국 국물 조곰 얻어 갈래는데. 이 쌍놈의 가이[17]"

하면서 그는 개밥궁이를 개를 향해 내갈기었다.

"이거 무얼 또 새벽부터 깨트리니?"

하는 주인아씨의 쨍한 목소리가 부엌에서 들리어 오고 그의 찡긴 얼굴이 부엌문 앞에 나타났다.

밥궁이로 얻어맞은 개는 저도 지지 않겠다는 듯이 달려들어 어멈의 팔을 덥석 물었다. 어멈은 통분과 본능적 자위심[18]과 복수심으로 온몸이 떨리었다. 그의 앞에는 세계도 없고 아무것도 없고 다못 개 한 마리가 있을 따름이었다. 어멈은 달려들어 개 허리를 두 다리 새에 끼고 언 땅 위에 뒹굴었다. 그리고 그 억센 어금니로 개 몸뚱이를 되는대로 물어뜯었다. 어멈의 물린 팔에서 피가 흐르고 개 몸뚱이에도 이곳저곳 어멈에게 물린 곳에서 피가 흘렀다. 피투성이가 된 두 동물은 미친 듯이 서로 애쓰며 뜰 위에 뒹굴었다. 주인아씨는 이 갑작 광경에 어찌할 줄을 모르고 발을 동동 굴렀다. 여인들이 갑자기 이상한 일, 무서운 일을 당하면 아뜩해져서 어찌해야 할는지 모르고 선 자리에서 뱅글뱅글 도는 법이다. 아까운 개가 죽지나 않을까 하여 가서 뜯어말리고도 싶었으나 그러나 개한테 저도 물리거나 또는 의복에 피칠을 할까 겁이 나서 그러지는 못하고 그냥 두 팔을 벌리고 선 채

"어멈! 왜 미쳤나?"

하고 빽빽 소리만 질렀다.

사람에게 악이 난 후에는 못 할 일이 없다. 시골 사람들이 밤에

산골에서 혼자서 악으로 범과 싸워 범을 물어뜯어 죽인다는 말은 늘 듣는 말이다. 어멈에게도 악이 나매 (그 악은 사십 년 동안이나 그 큰 몸뚱어리 어느 구석엔가 박이어 있으면서도 아직 한 번도 나올 때가 없었던 것이 오늘 이 위기에 있어서 그것은 그 모든 위력을 가지고 폭발된 것이다) 그 악은 개 한 마리를 물어뜯어 죽이기에는 족히였다. 물론 어멈도 여기저기 여러 곳을 그 개에게 몹시 물리었다. 어멈 의복은 새빨갛게 피로 물들었다. 개가 이미 맥이 없이 어멈 하는 대로 내버려둔 것도 감각하지 못하던 어멈은 그냥 개를 물어뜯으면서 우연히 마당귀 편에 허옇게 얼어붙은 니팝에 고깃국을 보았다. 그에게는 단성이가 다시 생각이 되었다. 그는 미친 듯이 소리를 지르며 죽어 늘어진 개 시체를 내버리고 그곳으로 달려갔다. 피투성이가 된 손으로 그 개밥 얼어붙은 것을 얼마 긁어 모아 쥐고 나는 듯이 행랑방으로 나왔다. 방문은 아까 열고 나간 채로 열려 있었다. 방 안은 바깥같이 싸늘하였다.

"단성아— 자, 니팝에 고깃국 가져왔다…… 얘, 단성아! 단성아!"
하는 어멈의 말소리는 입으로 가득하여 잘 알아들을 수 없게 중얼거리었다.

단성이 입에서는 영 대답이 없었다. 그의 곱게 감은 눈은 영영 다시 뜨지 않기 위하여 마지막 감은 것이었다. 정신 나간 어멈은 달려들어,

"얘, 단성아, 아……"
하며 그를 끌어안고 뒹굴었다. 이때에야 행랑까지 쫓아 나온 아

166

씨는 무서워서 방 안에 들어는 못 오고 문밖에서 이 광경을 들여 다보고 서 있었다.

"이게이, 니팝이가?"

하는 원망 섞인 목소리를 어멈은 또 들었다. 어멈은 단성을 흔들 었다.

"애, 또 말해라, 엉!"

그러나 단성이는 대답이 없었다. 어멈은 그 소리가 문밖에서 나 는 것을 들었다. 어멈은 문밖에 단성이가 깨끗한 흰옷을 입고 서 있는 것을 보았다. 어멈은 단성이 시체를 내던지고 문밖으로 뛰 어나갔다.

어멈은 피투성이가 된 치마를 내두르면서,

"단성아! 단성아!"

를 부르며 큰 거리를 달음박질해 나아갔다.

개 피와 어멈의 피로 새빨개진 치마는 마치 붉은 깃발처럼 어멈 머리 위로 겨울바람을 받아 펄럭거리었다.

주인아씨는 황급히 안방으로 들어가서 경찰서에 전화를 걸었 다. 지금 미치광이 할미 하나가 피로 새빨개진 붉은 적삼을 입고 미친 고함을 소리소리 지르면서 대로로 나갔으니 곧 체포하기를 부탁한다는 전화이었다. 그리고 다시 회사에 있는 남편에게는 어 멈이 미치어서 나갔으니 어디 다른 데 어멈을 하나 구해보라는 전화를 하고 끊었다가 조금 후에 다시 어멈이 바둑이를 물어뜯어 죽이고 미치어 나갔다고 전화하였다.

사랑손님과 어머니

1

 나는 금년 여섯 살 난 처녀애입니다. 내 이름은 박옥희이구요.
우리 집 식구라고는 세상에서 제일 예쁜 우리 어머니와 나와 단
두 식구뿐이랍니다. 아차 큰일 날 뻔했군, 외삼촌을 빼놓을 뻔했
으니.

 지금 중학교에 다니는 외삼촌은 어디를 그렇게 싸돌아다니는지
집에는 끼니때나 외에는 별로 붙어 있지를 않으니까 어떤 때는
한 주일씩 가도 외삼촌 코빼기도 못 보는 때가 많으니까요. 깜빡
잊기도 예사지요, 무얼.

 우리 어머니는 그야말로 세상에서 둘도 없이 곱게 생긴 우리 어
머니는 금년 나이 스물세 살인데 과부랍니다. 과부가 무엇인지
나는 잘 몰라도 하여튼 동리 사람들은 나더러는 '과부의 딸'이라

고들 부르니까 우리 어머니가 과부인 줄을 알지요. 남들은 다 아
버지가 있는데 나만은 아버지가 없지요. 아버지가 없다고 아마
'과부 딸'이라나 봐요.

2

　외할머니 말씀을 들으면 우리 아버지는 내가 이 세상에 나오기
한 달 전에 돌아가셨대요. 우리 어머니하고 결혼한 지는 일 년 만
이고요. 우리 아버지의 본집은 어디 멀리 있는데 마침 이 동리 학
교에 교사로 오게 되기 때문에 결혼 후에도 우리 어머니는 시집
으로 가지 않고 여기 이 집을 사고(바로 이 집은 우리 외할머니 댁
뒷집이지요) 여기서 살다가 일 년이 못 되어 갑자기 죽었대요. 내
가 세상에 나오기도 전에 아버지는 돌아가셨다니까 나는 아버지
얼굴도 못 뵈었지요. 그러기에 아무리 생각해보아도 아버지 생각
은 안 나요. 아버지 사진이라는 사진은 나도 한두 번 보았지요.
참말로 훌륭한 얼굴이야요. 그 아버지가 살아 계시다면 참말로
세상에서 제일가는 잘난 아버지일 거야요. 그런 아버지를 뵙지도
못한 것은 참으로 분한 일이야요. 그 사진도 본 지가 퍽 오랬는데
이전에는 그 사진을 어머니 책상에 놓아두시더니 외할머니가 오
시면 오실 때마다 그 사진을 치우라고 늘 말씀을 하셨는데 지금
은 그 사진이 어데 있는지 없어졌어요. 언젠가 한번 어머니가 나
없는 동안에 몰래 장롱 속에서 무엇을 꺼내 보시다가 내가 들어

오니까 얼른 장롱 속에 감추는 것을 내가 보았는데 그것이 아마 아버지 사진인 것 같았어요.

아버지가 돌아가시기 전에 우리가 먹고살 것이나 남겨놓고 가셨대요. 작년 여름에, 아니 가을이 다 되어서군요. 하루는 어머니를 따라서 저 여기서 한 십 리나 가서 조그만 산이 있는 데를 가시 거기시 밤도 따 먹고 또 그 산 밑에 초가집에 가서 닭고깃국을 먹고 왔는데 거기 있는 땅이 우리 땅이래요. 거기서 나는 추수로 밥이나 굶지 않게 된대요. 그래도 반찬 사고 과자 사고 할 돈은 없대요. 그래서 어머니가 다른 사람의 바느질을 맡아서 해주지요. 바느질을 해서 돈을 벌어서 청어도 사고 달걀도 사고 또 내가 먹을 사탕도 사고 한다고요.

그리고 우리 집 정말 식구는 어머니와 나와 단둘인데 아버님이 계시던 사랑방이 비어 있으니 그 방도 쓸 겸 또 어머니의 잔심부름도 좀 해줄 겸 해서 우리 외삼촌이 사랑[1]에 와 있게 되었대요.

3

금년 봄에는 나를 유치원에 보내준다고 해서 나도 너무나 좋아서 동무 아이들한테 실컷 자랑을 하고 나서 집으로 들어오노라니까 사랑에서 큰외삼촌이(우리 집 사랑에 와 있는 외삼촌의 형님) 웬 낯선 사람 하나와 앉아 이야기를 하고 있습니다. 나를 보더니 "옥희야" 하고 부르겠지요. "옥희야, 이리 온. 와서 이 아저씨께 인사드려라."

나는 어째 부끄러워서 비슬비슬하니까 그 낯선 손님이

"아, 그 애기 참 곱다. 자네 조카딸인가?"

"응, 내 누이의 딸…… 경선 군의 유복녀 외딸일세."

"옥희 이리 온, 응! 그 눈은 꼭 정아버지를 닮았네그려" 하고 낯선 손님이 말합디다.

"자, 옥희야. 커단 처녀가 왜 저 모양이야. 어서 와서 이 아저씨께 인사해여. 너의 아버지의 옛날 친구이다. 또 인제부터는 이 사랑에 계실 터인데 인사 여쭙고 친해두어야지."

나는 이 낯선 손님이 사랑에 계시게 된다는 말을 듣고 갑자기 즐거워졌습니다. 그래서 그 아저씨 앞에 가서 사뿟이 절을 하고는 그만 안마당으로 뛰어 들어왔지요. 그 아저씨와 큰외삼촌은 소리를 내서 크게 웃더군요.

나는 안방으로 들어오는 나름으로 어머니를 붙들고

"어머니, 사랑에 큰삼춘이 아저씨를 하나 데리고 왔는데 그 아저씨가 이제 사랑에 있는대" 하고 법석을 하니까

"응, 그래" 하고 어머니는 벌써 안다는 듯이 대답을 하더군요.

"언제부텀 와 있나?"

"오늘부텀."

"애구 좋아" 하고 내가 손뼉을 치니까 어머니는 내 손을 꼭 잡으면서

"왜 이리 수선이야."

"그럼 작은외삼춘은 어디루 가구?"

"외삼춘두 사랑에 있지."

"그럼 둘이 있나?"

"응."

"한방에 둘이 다 있어?"

"왜, 장지문 닫구 외삼춘은 아랫방에 계시구 그 아저씨는 윗방에 계시구 그러지."

나는 그 아저씨가 어떤 사람인지는 몰랐으나 내게는 퍽 고맙게 굴고 또 나도 그 아저씨가 꼭 마음에 들었어요. 어른들이 저희끼리 말하는 것을 들으니까 그 아저씨는 돌아가신 우리 아버지와 어렸을 적 친구라고요. 어디 먼 데 가서 공부를 하다가 요새 돌아왔는데 우리 동리 학교 교사로 오게 되었대요. 또 우리 큰외삼촌과도 동무인데, 이 동리에는 하숙도 별로 깨끗한 곳이 없고 해서 우리 사랑으로 와 계시게 되었다고요. 또 우리도 그 아저씨에게서 밥값을 받으면 살림에 보탬도 좀 되고 한다고요.

그 아저씨는 그림책들이 얼마든지 있어요. 내가 사랑에 가면 그 아저씨는 나를 무릎에 앉히고 그림책들을 보여줍니다. 또 가끔 사탕도 주고요. 어느 날은 점심을 먹고 살그머니 사랑에 나가보니까 아저씨는 그때에야 점심을 잡수어요. 그래 가만히 앉아서 점심 잡숫는 걸 구경하고 있노라니까 아저씨가

"옥희는 어떤 반찬을 제일 좋아하나?" 하고 묻겠지요. 그래 삶은 달걀을 좋아한다고 했더니 마침 상에 놓인 삶은 달걀을 한 알 집어 주면서 나더러 먹으라고 합디다. 나는 달걀을 벗겨 먹으면서

"아저씨는 무슨 반찬이 제일 맛나우?" 하고 물으니까 그는 한

참이나 빙그레 웃고 있더니

"나두 삶은 달걀" 하겠지요. 나는 좋아서 손뼉을 짤깍짤깍 치고

"아, 나와 같네 그럼. 가서 어머니한테 알려야지" 하면서 일어
서니까 아저씨가 꼭 붙들면서

"그러지 말어" 그러시지요. 그래도 나는 한번 맘을 먹은 다음엔
꼭 그대로 하고야 마는 성미지요. 그래 안마당으로 뛰어 들어서
면서

"어머니 어머니, 사랑 아저씨두 나처럼 삶은 달걀을 제일 좋아
한대" 하고 소리를 질렀지요.

"떠들지 말어" 하고 어머니는 눈을 흘기십디다.

그러나 사랑 아저씨가 달걀을 좋아하는 것이 내게는 썩 좋게 되
었어요. 그다음부터는 어머니가 달걀을 많이씩 사게 되었으니까
요. 달걀장수 노친네가 오면 한꺼번에 열 알도 사고 스무 알도 사
고 그래선 삶아서 아저씨 상에도 놓고 또 으레 나도 한 알씩 주고
그래요. 그뿐 아니라 아저씨한테 놀러 나가면 가끔 아저씨가 책
상 서랍 속에서 달걀을 한두 알 꺼내서 먹으라고 주지요. 그래 그
담부터는 나는 아주 실컷 달걀을 많이 먹었어요. 나는 아저씨가
아주 좋았어요. 마는 외삼촌은 가끔 툴툴하는 때가 있었어요. 아
마 아저씨가 마음에 안 드나 봐요. 아니, 그것보다도 아저씨 상
심부름을 꼭 외삼촌이 하니까 그것이 하기 싫어서 그랬겠지요.
한번은 어머니와 외삼촌이 말다툼하는 것을 들었어요. 어머니가

"야, 또 어데 나가지 말고 사랑에 있다가 선생님 들어오시거든
상 내가야지" 하고 말씀하시니까 외삼촌은 얼굴을 찡그리면서

"제길, 남 어데 좀 볼일이 있는 날은 반드시 끼니때에 안 들어오고 늦어지니" 하고 툴툴하겠지요. 그러니까 어머니는

"그러니 어짜갔니. 너밖에 사랑 출입할 사람이 어데 있니?"

"누님이 좀 상 들고 나가구려. 요세 세상에 내외²하십니까."

어머니는 갑자기 얼굴이 빨개지시고 아무 대답도 없이 그냥 외삼촌에게 향하여 눈을 흘기셨습니다. 그러니까 외삼촌은 웃으면서 사랑으로 나갔지요.

4

나는 유치원에 가서 창가³도 배우고 댄스도 배우고 하였습니다. 유치원 여선생님이 풍금을 아주 썩 잘 타요. 그런데 우리 유치원에 있는 풍금은 우리 예배당에 있는 풍금과는 다른데 퍽 조그마한 것이지마는 소리는 썩 좋아요. 그런데 우리 집 윗간에도 유치원 풍금과 꼭 같이 생긴 것이 놓여 있는 것이 갑자기 생각이 났어요. 그래 그날 나는 집으로 오는 길로 어머니를 끌고 윗간으로 가서

"엄마, 이거 풍금 아니우?" 하고 물으니까 어머니는 빙그레 웃으시면서

"그렇다. 그건 어떻게 알았니?"

"우리 유치원에 있는 풍금이 이것과 꼭 같아. 그럼 어머니두 풍금 탈 줄 아우?" 하고 나는 다시 물었습니다. 그것은 내가 이때껏

한 번도 어머니가 이 풍금 앞에 앉은 것을 본 일이 없기 때문입니다.

어머니는 아무 대답도 아니 하십니다.

"어머니, 이 풍금 좀 타봐!" 하고 재촉하니까 어머니 얼굴은 약간 흐려지면서

"그 풍금을 너의 아버지가 날 사다 주신 거란다. 너의 아버지 돌아가신 후에는 그 풍금은 이때까지 뚜껑두 한번 안 열어보았다……" 이렇게 말씀하시는 어머니 얼굴을 보니까 금방 또 울음보가 터질 것같이 보여서 그만 "엄마, 나 사탕 주어" 하면서 아랫방으로 끌고 내려왔습니다.

아저씨가 사랑에 와 계신 지 벌써 여러 밤을 잔 뒤입니다. 아마 한 달이나 되었지요. 나는 거의 매일 아저씨 방에 놀러 갔습니다. 어머니는 가끔 그렇게 가서 귀찮게 굴면 못쓴다고 꾸지람을 하시지만 정말인즉 나는 조금도 아저씨를 귀찮게 굴지는 않았습니다. 도리어 아저씨가 나를 귀찮게 굴었지요.

"옥희 눈은 아버지를 닮았다. 그러나 고 고운 코는 아마 어머니를 닮았지, 고 입하고. 그러냐, 안 그러냐? 어머니도 옥희처럼 곱지?……" 이렇게 여러 가지로 물을 때도 있었습니다. 그래 나는

"아저씨, 아직 우리 어머니 못 만나 보았수?" 하고 물었더니 아저씨는 잠잠합니다.

"우리 어머니 보러 들어갈까?" 하면서 아저씨 소매를 잡아당겼더니 아저씨는 펄쩍 뛰면서

"아니, 아니, 안 돼. 난 지금 분주해서" 하면서 나를 잡아끌었습

니다. 그러나 정말로 무슨 그리 분주하지도 않은 모양이었어요. 그러기에 나더러 가란 말도 아니하고 그냥 나를 붙들고 머리도 쓰다듬고 뺨에 키스도 하고

"요 저구리 누가 해주디?…… 밤에 엄마하구 한자리에서 자니?"라는 둥 쓸데없는 말을 자꾸만 물었지요.

그러나 웬일인지 나를 그렇게 귀애해주던 아저씨도 아랫방에 외삼촌이 들어오면 갑자기 태도가 달라지지요. 이것저것 묻지도 않고 나를 꼭 껴안지도 않고 점잖게 앉아서 그림책이나 보여주고 그러지요. 아마 아저씨가 우리 외삼촌을 무서워하나 봐요.

하여튼 어머니는 나더러 너무 아저씨를 귀찮게 한다고 어떤 때는 저녁 먹고 나서 나를 꼭 방 안에 가두어두고 못 나가게 하는 때도 더러 있었습니다. 그러나 조금 있다가 어머니가 바느질에 정신이 팔리어 골몰하고 있을 때 몰래 가만히 일어나서 나오지요. 그런 때에는 어머니는 문 여는 소리를 듣고야 퍼뜩 정신을 차려서 쫓아와 나를 붙들지요. 그러나 그런 때는 어머니는 골은 아니 내시고

"이리 온, 이리 와서 머리 빗고"하고 끌어다가 머리를 다시 곱게 땋아주어요.

"머리를 곱게 땋고 가야지. 그렇게 되는대루 하구 가문 아저씨가 숭보시지"하시면서. 또 어떤 때는 머리를 다 땋아주시고는

"응, 저구리가 이게 무어냐?" 하시면서 새 저고리를 내어주시는 때도 있었습니다.

5

어떤 토요일 오후였습니다. 아저씨는 나더러 뒷동산에 올라가
자고 하셨습니다. 나는 너무나 좋아서 곧 가자고 하니까

"들어가서 어머님께 허락 맡고 온" 하십니다. 참 그렇습니다.
나는 뛰어 들어가서 어머니께 허락을 맡았습니다. 어머니는 내
얼굴을 다시 세수시켜주고 머리도 다시 땋고 그러고 나서 나를
아스러지도록 한번 몹시 껴안았다가 놓아주었습니다.

"너무 오래 있지 말고, 응" 하고 어머니는 크게 소리치셨습니
다. 아마 사랑 아저씨도 그 소리를 들었을 거야요.

뒷동산에 올라가서 정거장을 한참 내려다보았으나 기차는 안
지나갔습니다. 나는 풀잎을 쭉쭉 뽑아보기도 하고 땅에 누운 아
저씨의 다리를 가서 꼬집어보기도 하면서 놀았습니다. 한참 후에
아저씨가 손목을 잡고 내려오는데 유치원 동무들을 만났습니다.

"옥희가 아빠하구 어디 갔다 온다잉" 하고 한 동무가 말합디다.
그 아이는 우리 아버지가 돌아가신 줄을 모르는 아이였습니다.
나는 얼굴이 빨개졌습니다. 그때 나는 얼마나 이 아저씨가 정말
우리 아버지였더라면 하고 생각했는지 모릅니다. 나는 정말로 한
번만이라도 "아빠" 하고 불러보고 싶었습니다. 그리고 그날 그렇
게 아저씨하고 손목을 잡고 골목골목을 지나오는 것이 어찌도 재
미가 좋았는지요.

나는 대문까지 와서

"난 아저씨가 우리 아빠라면 좋겠드라" 하고 불쑥 말했습니다. 그랬더니 아저씨는 얼굴이 홍당무처럼 빨개져서 나를 흔들면서

"그런 소리 하면 못써" 하고 속삭이는데 그 목소리가 몹시도 떨렸습니다. 나는 아저씨가 성이 난 것같이만 생각되어서 아무 말도 못 하고 안으로 들어갔습니다. 어머니가 "어데까지 갔댄?" 하고 나와 안으며 묻는데 나는 대답도 못 하고 그만 쿨쩍쿨쩍 울었습니다. 어머니는 놀라서 "옥희야, 왜 그러니? 응" 하고 자꾸만 물었으나 나는 아무 대답도 못 하고 울었습니다.

6

이튿날은 일요일인 고로 나는 어머니와 함께 예배당에를 가려고 차리고 나서 어머니가 옷을 갈아입는 동안 잠깐 사랑에를 나가보았습니다. 아저씨가 성났나 하고 가만히 방 안을 들여다보았더니 책상에 앉아 무엇을 쓰고 있던 아저씨가 내다보면서 빙그레 웃었습니다. 그 웃음을 보고 나는 마음을 놓았습니다. 아저씨는 지금은 성내지 않은 것이 확실하니까요. 아저씨는 내 온몸을 이리 보고 저리 보고 훑어보더니

"옥희 오늘 어데 가나 저렇게 곱게 채리고?" 하고 묻습니다.

"엄마하구 예배당에 가."

"예배당에?" 하고 나서 아저씨는 잠시 나를 멍하니 바라다보더니

"어느 예배당에?" 하고 묻습니다.

"요 앞에 예배당에 가지 뭐."

"응, 요 앞이라니?"

이때 안에서

"옥희야" 하고 부드럽게 부르는 어머니 목소리가 들리었습니다. 나는 얼른 안으로 뛰어 들어오면서 돌아다보니 아저씨는 또 얼굴이 빨갛게 성이 났지요. 참으로 무슨 일로 요새는 아저씨가 저렇게 성을 잘 내는지 알 수 없었습니다.

예배당에 가 앉아서 찬미하고 기도하다가 기도하는 중간에 갑자기 나는 '혹시 아저씨도 예배당에나 오지 않았나' 하는 생각이 나서 눈을 뜨고 고개를 들어 남자석을 바라다보았습니다. 그랬더니 하, 바로 거기 아저씨가 와 앉아 있겠지요. 그런데 어른이 눈 감고 기도하지 않고 우리 아이들처럼 눈을 뜨고 여기저기 두리번두리번 바라봅디다. 나는 얼른 아저씨를 알아보았는데 아저씨는 나를 못 알아보았는지 내가 방그레 웃어 보여도 웃지 않고 멀거니 보고 있겠지요. 그래 나는 손을 들어 흔들었지요. 그러니까 아저씨는 얼른 고개를 숙이고 말더군요. 그때에 어머니가 내가 팔을 흔드는 것을 깨닫고 두 손으로 나를 붙들고 끌어당기더군요. 나는 어머니 귀에다 입을 대고

"저기 아저씨두 왔어" 하고 속삭이니까 어머니는 흠칫하면서 내 입을 손으로 막고 막 끌어 잡아다가 앞에 앉히고 고개를 누르더군요. 보니까 어머니가 또 얼굴이 홍당무처럼 빨개졌겠지요.

그날 예배는 아주 젬병이었어요. 웬일인지 예배 끝날 때까지 어

머니는 성이 나서 강대만 앞으로 바라보고 앉았지 이전 모양으로 가끔 나를 내려다보고 웃는 일이 없었어요. 그리고 아저씨를 보려고 남자석을 바라다보아도 아저씨도 한 번도 바라다보아주지도 않고 성이 나서 앉아 있고 어머니는 나를 보지도 않고 공연히 꽉 꽉 잡아당기지요. 왜 모두들 그리 성이 났는지. 나는 그만 으아 하고 한번 울고 싶었어요. 그러나 비로 멀지 않은 곳에 우리 유치원 선생님이 앉아 있는 고로 울고 싶은 것을 억지로 참았답니다.

7

내가 처음 얼마 동안은 유치원에 갈 때나 올 때나 외삼촌이 바래다주었습니다. 그러나 여러 밤을 자고 난 뒤에는 나 혼자서도 넉넉히 다니게 되었어요. 그러나 언제나 내가 유치원에서 돌아오는 때이면 어머니가 옆 대문(우리 집에는 대문이 사랑 대문과 옆 대문 둘이 있어서 어머니는 늘 이 옆 대문으로만 출입하시는 것이었습니다) 밖에 기다리고 섰다가 내가 달음질쳐 가면 안고 집 안으로 들어가곤 하는 것이었습니다.

그런데 하루는 어쩐 일인지 어머니가 보이지를 않겠지요. 어떻게도 화가 나던지요. 물론 머릿속으로는 '아마 외할머니 댁에 가셨나 부다' 하고 생각했지마는 하여튼 내가 돌아왔는데 문간에서 기다리지 않고 집을 떠났다는 것이 몹시 나쁘게 생각이 되더군요. 그래서 속으로 '오늘 엄마를 좀 골려야겠다' 하고 생각하고

있는데 옆 대문 밖에서

"아이고, 애가 원 벌써 왔나?" 하는 어머니 목소리가 들리더군요. 그 순간 나는 신을 벗어 들고 안방으로 뛰어 들어가서 벽장을 열고 그 속에 가 들어가서 숨어버렸습니다.

"옥희야, 옥희 너 아직 안 왔니?" 하는 어머니 목소리가 바로 뜰에서 나더니

"아직 안 왔군" 하면서 밖으로 나가는 모양이었습니다. 나는 재미가 나서 혼자 흐흥흐흥 웃었습니다.

한참을 있더니 집에서는 온통 야단이 났습니다. 어머니 목소리도 들리고 외할머니 목소리도 들리고 외삼촌 목소리도 들리고!

"글쎄 하루 종일 집이라곤 안 떠났다가 옥희 유치원에서 오문맥일 과자가 없기에 어머님 댁에 잠깐 갔다가 왔는데 고 동안에 이런 변이 생기다니" 하는 것은 어머니 목소리.

"글쎄 유치원에선 벌써 삼십 분 전에 떠났다던데 원 중간에서……" 하는 것은 외할머니 목소리.

"하여튼 내 나가서 돌아댕겨볼웨다. 원 고것이 어델 갔담" 하는 것은 외삼촌의 목소리.

이윽고 어머니의 울음소리가 가늘게 들렸습니다. 외할머니는 무엇이라고 중얼중얼 이야기하는 모양이었습니다. '이젠 그만하고 나갈까' 하고도 생각했으나 '지난 주일날 예배당에서 성냈던 앙갚음을 해야지' 하고 나는 그냥 벽장 안에 누워 있었습니다. 벽장 안은 답답하고 더웠습니다. 그래서 이윽고 부지중에 슬며시 잠이 들어버렸습니다.

얼마 동안이나 잤는지요? 이윽고 잠을 깨보니 아까 내가 벽장 안에 들어왔던 것은 잊어버리고 참 이상스러운 데에 내가 누워 있거든요. 어두컴컴하고 좁고 덥고…… 나는 갑자기 무서운 생각이 나서 엉엉 울기 시작했지요. 그러자 갑자기 어디 가까운 데서 어머니의 외마디 소리가 나더니 벽장문이 벌컥 열리고 어머니가 달려들어 나를 안아 내렸습니다.

"요 망할 것아" 하면서 어머니는 내 엉덩이를 댓 번 때렸습니다. 나는 더욱더 소리를 내 울었습니다. 어머니는 그때는 나를 끌어안고 어머니도 울었습니다.

"옥희야, 옥희야. 응 인젠 괜찮다. 엄마 여기 있지 않니 응, 울지 마라 옥희야. 엄마는 옥희 하나문 그뿐이다. 옥희 하나만 바라고 산다. 난 너 하나문 그뿐이야. 세상 모든 게 다 일이 없다. 옥희만 있으문 바라고 산다. 옥희야, 울지 마라. 응, 울지 마라."

이렇게 어머니는 나더러 자꾸 울지 말라면서도 어머니 저는 그치지 않고 그냥 울고 있었습니다. 외할머니는

"원 고것이 도깨비가 들렸단 말인가 벽장 속엔 왜 숨는담" 하고 앉아 있는 외삼촌은

"에, 재수 나시[*]다" 하면서 밖으로 나갔습니다.

8

이튿날 유치원을 파하고 집으로 오게 된 때 나는 갑자기 어제

벽장 속에 숨었다가 어머니를 몹시 울게 하던 생각이 문득 나서 집으로 가기가 어째 부끄러워졌습니다. '오늘은 어머니를 좀 기쁘게 해드려야 할 텐데…… 무엇을 갖다 드리면 기뻐할까?' 하고 생각했습니다. 그러자 문득 유치원 안에 선생님 책상 위에 놓여 있던 꽃병 생각이 났습니다. 그 꽃병에는 나는 이름도 모르는 곱고 빨간 꽃이 있었습니다. 그 꽃은 개나리도 아니고 진달래도 아니었습니다. 그런 꽃은 나도 잘 알고 또 그런 꽃은 벌써 폈다가 진 후였습니다. 무슨 서양 꽃이려니 하고 나는 생각했습니다. 나는 우리 어머니가 꽃을 사랑하는 줄을 잘 압니다. 그래서 그 꽃을 갖다 드리면 어머니가 몹시 기뻐하려니 하고 생각하였습니다.

그래서 나는 도로 유치원 방 안으로 들어갔습니다. 마침 방 안에는 아무도 없었습니다. 선생님도 잠깐 어디를 갔는지 보이지 않았습니다. 그래 나는 그 꽃을 두어 개 얼른 빼 들고 달음질쳐 나왔지요.

집에 오니 어머니는 문간에서 기다리고 있다가 나를 안고 들어왔습니다.

"그래 그 꽃은 어데서 났니? 퍽 곱구나" 하고 어머니가 말씀하셨습니다. 갑자기 나는 갑자기 말문이 막혔습니다. '이걸 어머니 드릴라구 내가 유치원서 가져왔지' 하고 말하기가 어째 부끄러운 생각이 들었습니다. 그래 잠깐 망설이다가

"응, 이 꽃! 저, 사랑 아저씨가 엄마 갖다 드리라구 줘" 하고 불쑥 말했습니다. 그런 거짓말이 어디서 나왔는지 나도 모르지요.

꽃을 들고 냄새를 맡고 있던 어머니는 내 말이 끝나기가 무섭게

무엇에 놀란 사람처럼 화닥닥하였습니다. 그러고는 금시에 어머니 얼굴이 그 꽃보다도 더 빨갛게 되었습니다. 그 꽃을 든 어머니 손가락이 파르르 떠는 것을 나는 보았습니다. 어머니는 무슨 무서운 것을 생각하는 듯이 사방을 휘 한번 둘러보시더니

"옥희야. 그런 걸 받아 오문 안 돼" 하고 하는 목소리는 몹시 떨렸습니다. 나는 꽃을 그처럼 좋아하는 어머니가 이 꽃을 받고 그처럼 성을 낼 줄은 참으로 뜻밖이었습니다. 그렇게 성을 낸다면 그 꽃을 내가 가져왔다고 그러지 않고 아저씨가 주더라고 한 거짓말이 참 잘되었다고 나는 속으로 생각했습니다. 어머니가 성을 내는 까닭을 나는 모르지만 하여튼 성을 낼 바에는 내게 내는 것보다 아저씨에게 내는 것이 내게는 나았기 때문입니다. 한참 있더니 어머니는 나를 방 안으로 데리고 들어와서

"옥희야, 너 이 꽃 이야기 아무보구두 하지 마라, 응" 하고 타일러주었습니다. 나는

"응" 하고 대답했습니다.

어머니는 그 꽃을 내버릴 줄로 나는 생각했습니다마는 내버리지는 않고 꽃병에 넣어서 풍금 위에 놓아두었습니다. 아마 퍽 여러 밤 자도록 그 꽃은 거기 놓여 있어서 마지막에는 시들었습니다. 꽃이 다 시들자 어머니는 가위로 그 대는 잘라 내버리고 꽃만은 찬송가 갈피에 끼워두었습니다.

그날 밤에 나는 또 사랑에 나가서 아저씨 무릎에 앉아 그림책을 보고 있었습니다. 갑자기 아저씨 몸이 흠칫합니다. 그러고는 귀를 기울입니다. 나도 귀를 기울였습니다.

풍금 소리!

그 풍금 소리는 분명 안방에서 흘러나오는 것이었습니다.

"엄마가 풍금 타나 부다" 하고 나는 벌떡 일어나서 안으로 뛰어
왔습니다. 안방에는 불을 켜지 않았습니다. 그러나 그때는 음력
으로 보름께여서 달이 낮같이 밝은데 은빛 같은 흰 달빛이 방 한
절반 가득하였습니다. 나는 흰옷을 입은 어머니가 풍금 앞에 앉
아서 고요히 풍금을 타는 것을 보았습니다.

나는 나이 지금 여섯 살밖에 안 되었지마는 하여튼 어머니가 풍
금을 타시는 것을 보는 것은 오늘이 처음이었습니다. 어머니는
우리 유치원 선생님보다도 풍금을 더 잘 타시는 것이었습니다.
나는 어머니 곁으로 갔습니다마는 어머니는 내가 온 것도 깨닫지
못하는지 그냥 까딱 아니하고 앉아서 풍금을 탔습니다. 조금 있
더니 어머니는 풍금에 맞추어 노래를 부르기 시작하였습니다. 어
머니의 목소리가 그렇게도 아름다운 것도 나는 이때 모르고 있었
습니다. 어머니는 참으로 우리 유치원 선생님보다도 목소리가 훨
씬 더 곱고 노래도 훨씬 더 잘 부르시는 것이었습니다. 나는 가만
히 서서 어머님 노래를 들었습니다. 그 노래는 마치 은실을 타고
저 별나라에서 내려오는 노래처럼 아름다웠습니다.

그러나 얼마 가지 않아 목소리는 약간 떨렸습니다. 가늘게 떨리
는 노랫소리, 그에 따라 풍금의 가는 소리도 바르르 떠는 듯했습
니다. 노랫소리는 차차 가늘어지더니 마지막에는 사르르 없어져
버렸습니다. 풍금 소리도 사르르 없어졌습니다. 어머니는 고요히
풍금에서 일어나시더니 옆에 섰는 내 머리를 쓰다듬었습니다. 그

다음 순간 어머니는 나를 안고 마루로 나오셨습니다. 어머니는 아무 말씀도 없이 나를 꼭꼭 껴안는 것이었습니다. 달빛을 함빡 받는 내 어머니 얼굴은 몹시도 새하얗다고 생각되었습니다. 우리 어머니는 참으로 천사 같다고 나는 생각하였습니다.

우리 어머니의 새하얀 두 뺨 위로는 쉴 새 없이 두 줄기 눈물이 줄줄 흘러내리고 있는 것을 나는 보았습니다. 그것을 보니 나도 갑자기 울고 싶어졌습니다.

"어머니, 왜 울어?" 하고 나도 벌써 훌쩍거리면서 물었습니다.

"옥희야."

"응?"

한참 동안 어머니는 아무 말씀도 없었습니다.

"옥희야, 나는 너 하나면 그뿐이다."

"엄마."

어머니는 대답이 없으셨습니다.

9

하루는 밤에 아저씨 방에서 놀다가 졸려서 안방으로 들어오려고 일어서니까 아저씨가 하얀 봉투를 서랍에서 꺼내어 내게 주었습니다.

"옥희, 이것 갖다 엄마 드리고 지나간 달 밥값이라구, 응."

나는 그 봉투를 갖다 엄마에게 드렸습니다. 엄마는 그 봉투를 받아 들자 갑자기 얼굴이 파랗게 질리었습니다. 그전 날 달밤에 마루에 앉았을 때보다도 더 새하얗다고 생각되었습니다. 어머니는 그 봉투를 들고 어쩔 줄을 모르는 듯이 초조한 빛이 나타났습니다. 나는

"그거 지나간 달 밥값이래" 하고 말을 하니까 어머니는 갑자기 잠자다 깨는 사람처럼 "응?" 하고 놀라더니 또 금시에 백지장같이 새하얗던 얼굴이 빨갛게 물들었습니다. 봉투 속에 들어갔던 어머니의 파들파들 떨리는 손가락이 지전을 몇 장 끌고 나왔습니다. 어머니는 입술에 약간 웃음을 띠면서 후 하고 한숨을 지었습니다. 그러나 그것도 잠깐 다시 어머니는 무엇에 놀랐는지 흠칫 하더니 금시에 얼굴이 다시 창백해지고 입술이 바르르 떨었습니다. 어머니의 손을 보니 거기에는 지전 몇 장 외에 네모로 접은 하얀 종이가 한 장 잡혀 있는 것이었습니다.

어머니는 한참 망설이는 모양이었습니다. 그러더니 무슨 결심을 한 듯이 입술을 악물고 그 종이를 차근차근 펴들고 그 안에 쓰인 글을 읽었습니다. 나는 그 안에 무슨 글이 씌어 있는지 알 도리가 없으나 어머니는 금시에 얼굴이 파랬다 빨갰다 하고 그 종이를 든 손은 이제는 바들바들이 아니라 와들와들 떨리어서 그 종이가 부석부석 소리를 내게 되었습니다.

한참 만에 어머니는 그 종이를 아까 모양으로 네모지게 접어서 돈과 함께 봉투에 도로 넣어 반짇그릇에 던졌습니다. 그러고는 정신 나간 사람처럼 멀거니 앉아서 전등만 치어다보는데 어머니 가슴이 불룩불룩합니다. 나는 어머니가 혹시 병이나 나지 않았나

해서 얼른 가 무릎에 안기면서

"엄마, 잘까?" 하고 말했습니다.

엄마는 내 뺨에 키스를 해주었습니다. 그런데 엄마의 입술이 어쩌면 그리도 뜨거운지요. 마치 불에 달군 돌이 볼에 와 닿는 것 같았습니다.

한잠을 자고 나서 잠이 채 깨지는 않았으나 어렴풋한 정신으로 옆을 쓸어보니 어머니가 없습니다. 가끔가다가 나는 그런 버릇이 있어요. 어렴풋한 정신으로 옆을 쓸면 어머니의 보드라운 살이 만져지지요. 그러면 다시 나는 잠이 들어버리곤 하는 것이었습니다.

어머니가 자리에 없다는 것을 알게 되자 나는 갑자기 무서워졌습니다. 그래서 눈을 번쩍 뜨고 고개를 들어 둘러보았습니다. 방 안에는 불은 안 켰지만 어슴푸레하게 밝습니다. 뜰로 하나 가득한 달빛이 방 안에까지 희미한 밝음을 비추어주는 것이었습니다. 윗목을 보니 우리 아버지의 옷을 넣어두고 가끔 어머니가 꺼내서 쓸어보시는 그 장롱이 열려 있고 그 아래 방바닥에는 흰옷이 한 무더기 널려 있습니다. 그리고 그 옆에는 장롱을 반쯤 기대고 자리옷만 입은 어머니가 주춤하고 앉아서 고개를 위로 쳐들고 눈은 감고 무엇이라고 입술로 소곤소곤 외고 있는 것이 보였습니다. 아마 기도를 하나 보다 하고 나는 생각했습니다. 나는 자리에서 일어나서 기어가서 어머니 무릎을 뻐개고 기어 들어갔습니다.

"엄마, 무얼 하우?"

어머니는 소곤거리기를 그치고 눈을 떠서 나를 한참이나 물끄

188

러미 들여다보십니다.

"옥희야."

"응."

"가서 자자."

"엄마두 같이 자."

"응, 그래 엄마두 같이 자."

그 목소리가 어쩨 싸늘하다고 내게 생각되었습니다. 어머니는 돌아가신 아버지의 옷들을 한 가지씩 들고 가만히 손바닥으로 쓸어보고는 장롱 안에 넣었습니다. 하나씩 하나씩 쓸어보고는 장롱에 넣고 하여 그 옷을 다 넣은 때 장롱 문을 닫고 쇠를 채우고 그러고 나서 나를 안고 자리로 왔습니다.

"엄마, 우리 기도하고 자?" 하고 나는 물었습니다. 어머니는 나를 밤마다 재울 때마다 반드시 기도를 하는 것이었습니다. 내가 할 줄 아는 기도는 주기도문뿐이었습니다. 그 뜻은 하나도 모르지만 어머니를 따라서 자꾸 외어서 나도 지금 주기도문을 잘 웁니다. 그런데 웬일인지 어젯밤 잘 때에는 어머니가 기도할 것을 잊어버렸던 것이 지금 생각났기 때문에 나는 그렇게 물었던 것입니다. 어젯밤 자리에 들 때 내가

"기도할까?" 하고 말하고 싶었으나 어머니가 너무도 슬픈 빛을 띠고 있는 고로 그만 나도 가만히 아무 소리 없이 잠이 들고 말았던 것입니다.

"응, 기도하자" 하고 어머니가 고요히 말했습니다.

"어머니가 기도해" 하고 나는 갑자기 어머니의 기도하는 보드

라운 음성이 듣고 싶어서 말했습니다.

"하늘에 계신 우리 아버지시여." 어머니는 고요히 기도를 시작하였습니다. "이름을 거룩하게 하옵시며 나라에 임하옵시며 뜻이 하늘에서 이루어진 것처럼 땅에서도 이루어지이다. 오늘날 우리에게 일용할 양식을 주옵시고 우리가 우리에게 죄지은 자를 용서하여준 것처럼 우리 죄를 사하여주옵시고, 우리를 시험에 들지 말게 하옵시고…… 우리를 시험에 들지 말게 하옵시고…… 시험에 들지 말게…… 시험에 들지 말게……"

이렇게 어머니는 자꾸 되풀이하였습니다. 나도 지금은 막히지 않고 하는 주기도문을 어머니가 막히다니 참으로 우스운 일이었습니다.

"시험에 들지 말게, 시험에 들지 말게……" 하고 자꾸만 되풀이하는 것을 나는 참다못해서

"엄마, 내 마저 하께" 하고,

"다만 악에서 구하옵소서. 대개 나라와 권세와 영광이 아버지께 영원토록 있사옵나이다" 하고 내가 끝을 마쳤습니다. 어머니는 한참이나 있다가 겨우

"아멘" 하고 속삭이었습니다.

10

요새 와서 어머니의 하는 일이란 참으로 알 수가 없는 노릇입니

다. 어떤 때는 어머님도 퍽 유쾌하셨습니다. 밤에 때로는 풍금도 하고 또 때로는 찬송가도 부르고 그러실 때에는 나는 너무도 좋아서 가만히 어머니 옆에 앉아서 듣습니다. 그러나 가끔가끔 그 독창은 소리 없는 울음으로 끝을 맺는 때가 있는데 그런 때면 나도 따라서 울었습니다. 그러면 어머니는 나를 안고 무수히 키스하시면서

"어머니는 옥희 하나면 그뿐이야, 응, 그렇지" 하시면서 언제까지나 언제까지나 우시는 것이었습니다.

어떤 일요일날, 그렇지요, 그것은 유치원 방학하고 난 그 이튿날이었어요. 그날 어머니는 갑자기 머리가 아프시다고 예배당에를 그만두었습니다. 사랑에서는 아저씨도 어디 나가고 외삼촌도 나가고 집에는 어머니와 나와 단둘이 있었는데 머리가 아프다고 누워 계시던 어머니가 갑자기 나를 부르시더니

"옥희야, 너 아빠가 보고 싶으냐?" 하고 물으십디다.

"응, 우리두 아빠가 있으면 좋겠어" 하고 혀를 까불고 어리광을 좀 부려가면서 대답을 했습니다. 한참 동안을 어머니는 아무 말씀도 아니 하시고 천장만 바라다보시더니

"옥희야. 옥희 아버지는 옥희가 세상에 나오기도 전에 돌아가셨단다. 옥희두 아빠가 없는 건 아니지. 그저 일찍 돌아가셨지. 옥희가 이제 아버지를 새로 또 가지면 세상이 욕을 한단다. 옥희는 아직 철이 없어서 모르지만 세상이 욕을 한단다. 세상이 욕을 해. 옥희 어머니는 화냥년이다. 이러구 세상이 욕을 해. 옥희 아버지는 죽었는데 옥희는 아버지가 또 하나 생겼대, 참 망측두 하

지, 이러구 세상이 욕을 한단다. 그리되면 옥희는 언제나 손가락질 받구. 옥희는 커두 시집두 훌륭한 데 못 가구. 옥희가 공부를해서 훌륭하게 돼두 에 그까짓 화냥년의 딸, 하구 남들이 욕을 한다." 이렇게 어머니는 혼잣말하시듯 뜨문뜨문 말씀하십니다. 그러고는 한참 있더니

"옥희야" 하고 또 물으십니다.

"응?"

"옥희는 언제나 언제나 내 곁을 안 떠나지. 옥희는 언제나 언제나 엄마하구 같이 살지. 옥희 엄마는 늙어서 꼬부랑 할미가 되어두 그래두 옥희는 엄마하구 같이 살지. 옥희가 유치원 졸업하구또 소학교 졸업하구 또 중학교 졸업하구, 또 대학교 졸업하구, 옥희가 조선서 제일 훌륭한 사람이 돼두 그래두 옥희는 엄마하구같이 살지. 응! 옥희는 엄마를 얼만큼 사랑하나?"

"이만큼" 하고 나는 두 팔을 짝 벌리어 보였습니다.

"응 얼만큼? 응 그만큼! 언제나 언제나 옥희는 엄마를 사랑하지. 그리구 공부두 잘하구 그리구 훌륭한 사람이 되구……"

나는 어머니의 목소리가 떨리는 것으로 보아 어머니가 또 울까봐 겁이 나서

"엄마, 이만큼 이만큼" 하면서 두 팔을 짝짝 벌리었습니다.

어머니는 울지 않으셨습니다.

"응, 옥희 엄마는 옥희 하나면 그뿐이야. 세상 다른 건 다 소용없어, 우리 옥희 하나면 그만이야. 그렇지 옥희야."

"응!"

어머니는 나를 당기어서 꼭 껴안고 내가 숨이 막혀 들어올 때까지 자꾸만 껴안아주었습니다.

그날 밤 저녁을 먹고 나니까 어머니는 나를 불러 앉히고 머리를 새로 빗겨주었습니다. 댕기도 새 댕기를 드려주고 바지, 저고리, 치마 모두 새것을 꺼내 입혀주었습니다.

"엄마, 어디 가?" 하고 물으니까

"아니" 하고 웃음을 띠면서 대답합니다. 그러더니 풍금 옆에서 새로 다린 하얀 손수건을 내리어 내 손에 쥐어 주면서

"이 손수건 저 사랑 아저씨 손수건인데 이것 아저씨 갖다 드리고 와, 응. 오래 있지 말고 손수건만 갖다 드리고 이내 와, 응" 하고 말씀하십니다.

손수건을 들고 사랑으로 나가면서 나는 그 손수건 접이 속에 무슨 발각발각하는 종이가 들어 있는 것처럼 생각되었습니다마는 그것을 펴보지 않고 그냥 갖다가 아저씨에게 주었습니다.

아저씨는 방에 누워 있다가 벌떡 일어나서 손수건을 받는데 웬일인지 아저씨는 이전처럼 다 보고 빙그레 웃지도 않고 얼굴이 몹시 새파래졌습니다. 그러고는 입술을 질근질근 깨물면서 말 한마디 아니하고 그 수건을 받더군요.

나는 어째 이상한 기분이 돌아서 아저씨 방에 들어가 앉지도 못하고 그냥 되돌아서서 안방으로 들어왔지요. 어머니는 풍금 앞에 앉아서 무엇을 그리 생각하는지 가만히 있더군요. 나는 풍금 옆에 와서 가만히 앉았지요. 이윽고 어머니는 조용조용히 풍금을 타십디다. 무슨 곡조인지는 몰라도 어째 구슬프고 고즈넉한 곡조

야요.

　밤이 늦도록 어머니는 풍금을 타셨습니다. 그 구슬프고 고즈넉
한 곡조를 계속하고 또 계속하면서.

11

　여러 밤을 자고 난 어떤 날 오후에 나는 아저씨 방에를 오래간
만에 가보았더니 아저씨가 짐을 싸느라고 분주하겠지요. 내가 아
저씨에게 손수건을 갖다 드린 다음부터는 웬일인지 아저씨가 나
를 보아도 언제나 퍽 슬픈 사람, 무슨 근심이 있는 사람처럼 아무
말도 없이 나를 물끄러미 바라다만 보고 있는 고로 나도 그리 자
주 놀러 나오지 않았던 것입니다.

　그랬었는데 이렇게 갑자기 짐을 꾸리는 것을 보고 나는 놀랐습
니다.

　"아저씨, 어데 가시우?"

　"응, 멀리루 간다."

　"언제?"

　"이제."

　"기차 타구?"

　"응, 기차 타구."

　"갔다 언제 또 오시우?"

　아저씨는 아무 대답도 없이 서랍에서 예쁜 인형을 하나 꺼내서

내게 주었습니다.

"옥희, 이것 가져, 응. 옥희는 아저씨 가구 나문 아저씨 잊어버리구 말겠지?"

나는 갑자기 슬퍼졌습니다.

"아니" 하고 나는 대답했습니다. 나는 인형을 안고 안으로 들어왔습니다.

"엄마, 이것 봐. 아저씨가 이것 나 줬어. 아저씨가 오늘 기차 타고 먼 데루 간대."

어머니는 대답이 없으십니다.

"엄마, 아저씨 왜 가우?"

"학교 방학했으니까 가지."

"어데루 가우?"

"아저씨 집으루 가지 어데루 가."

"아저씨 인제 갔다가 또 오우?"

어머니는 대답이 없으셨습니다.

"난 아저씨 가는 거 나쁘다" 하고 입을 쭝긋했으나 어머니는 그 말은 대답 않고

"옥희야, 장에 가서 달걀 몇 알 남았나 보아라" 하고 말씀하셨습니다.

나는 깡충깡충 방 안으로 들어섰습니다. 달걀은 여섯 알 있었습니다.

"여스 알" 하고 나는 소리쳤습니다.

"응, 다 가지구 이리 나오너라."

어머니는 그 달걀 여섯 알을 다 삶았습니다. 그 삶은 달걀 여섯 알을 손수건에 싸놓고 또 반지에 소금을 조금 싸서 한 귀퉁이에 넣었습니다.

"옥희야, 너 이것 갖다 아저씨 드리구 가시다가 찻간에서 잡수시랜다구, 응."

12

그날 오후에 아저씨가 떠나간 다음 나는 방에서 아저씨가 준 인형을 업고 자장자장 잠을 재우고 있었습니다. 어머니가 부엌에서 들어오시더니

"옥희야, 우리 뒷동산에 바람이나 쐬러 올라갈까?" 하십니다.

"응, 가, 가" 하면서 나는 좋아 덤비었습니다.

잠깐 다녀올 터이니 집을 보고 있으라고 외삼촌에게 이르고 어머니는 내 손목을 잡고 나섰습니다.

"엄마, 나 저, 아저씨가 준 인형 가지고 가?"

"그러렴."

나는 인형을 안고 어머니 손목을 잡고 뒷동산으로 올라갔습니다. 뒷동산에 올라가면 정거장이 빤히 내려다보입니다.

"엄마, 저 정거장 보아. 기차는 없군."

어머니는 아무 말씀도 없이 가만히 서 계십니다. 사르르 바람이 와서 어머니 모시 치맛자락을 산들산들 흔들어주었습니다. 그렇

게 산 위에 가만히 서 있는 어머니는 다른 때보다도 더한층 예뻐 보였습니다.

저편 산모퉁이에서 기차가 나타났습니다.

"아, 저기 기차 온다" 하고 나는 좋아서 소리쳤습니다.

기차는 정거장에 잠시 머물더니 금시에 뻑 하고 소리를 지르면서 움직입니다.

"기차 떠난다" 하고 나는 손뼉을 쳤습니다. 기차가 저편 산모퉁이 뒤로 사라질 때까지 그리고 그 굴뚝에서 나온 연기가 하늘 위로 모두 흩어져 없어질 때까지, 어머니는 서서 그것을 바라보았습니다.

뒷동산에서 내려와서 어머니는 방으로 들어가시더니 이때까지 뚜껑을 늘 열어두었던 풍금 뚜껑을 닫으십디다. 그러고는 거기 쇠를 채우고 그 위에다가 이전 모양으로 반짇그릇을 얹어놓으십디다. 그러고는 그 옆에 있는 찬송가를 맥없이 들고 뒤적뒤적하시더니 빼빼 마른 꽃송이를 그 갈피에서 집어 내시더니

"옥희야, 이것 내다 버려라" 하고 그 마른 꽃을 내게 주었습니다. 그 꽃은 내가 유치원에서 갖다가 어머니께 드렸던 그 꽃입니다. 그러자 옆 대문이 삐걱하더니

"달걀 사려우" 하고 매일 오는 달걀장수 노친네가 달걀 버주기를 이고 들어왔습니다.

"인젠 우리 달걀 안 사요. 달걀 먹는 이가 없어요" 하시는 어머님의 목소리는 맥이 한 푼어치도 없더군요.

나는 어머니의 이 말씀에 놀라서 떼를 좀 써보려 했으나 석양에

뻔히 비치는 어머니 얼굴을 볼 때 그 용기가 없어지고 말았습니다. 그래서 아저씨가 주신 인형 귀에다가 내 입을 갖다 대고 가만히 속삭였습니다.

"애, 우리 엄마두 거짓부리 썩 잘하누나. 내가 달걀 좋아하는 줄 잘 알면서두 생 먹을 사람이 없대누나. 내가 사내라구 떼를 좀 쓰구 싶지만 저 우리 엄마 얼굴 좀 봐라. 어쩌문 저리두 새파래졌을까! 아마 어디가 아픈가 보다"라고요.

아네모네의 마담

1

티룸 아네모네에 마담으로 있는 영숙이가 귀고리를 두 귀에 끼고 카운터 뒤에 나타난 날 아네모네 단골손님들은 영숙이가 머리를 움직일 때마다 한들한들 춤을 추는 그 자줏빛 귀고리의 아름다움을 탄복하였다. 아니 그보다도 그 귀고리가 가져온 영숙이자신의 아름다움에 황홀하였다.

"아, 고것이 귀고리를 달고 나서니 아주 사람을 녹이네그려" 하고 한편 구석에서 차를 마시다 말고 수군거리는 사람도 있고

"어, 마담이 아주 귀고리루 한층 더 뛰여[1] 귀부인이 되었는걸, 허허허" 하고 크게 웃는 사람도 있고, 양주 두어 잔에 얼굴이 붉어진 신사 한 분은 돈을 치르러 와가지고

"그 귀고리 참 곱다" 하면서 귀고리를 만지는 체하며 영숙의 매

끈한 뺨을 슬쩍 만지는 것이었다.

오늘 영숙이 가슴은 사탕 도적질해 먹다가 들킨 어린아이 가슴처럼 죄이고 불안스러웠다. 그는 몇 번이나 변소로 들어가서 콤팩트를 꺼내 그 똥그란 면경에 비추이는 얼굴, 아니 귀고리를 보고 또 보았다. 카운터 뒤에 나서서도 크게나 작게나 손님들이 귀고리에 대해서 무슨 말을 할 때마다 그는 그 한들한들하는 귀고리를 손으로 어루만지었다. 그리고 거리로 통한 출입문이 열릴때마다 그의 얼굴은 금시로 홍당무같이 빨개지고 두 손끝이 바르르 떨리는 것이었다.

문이 열릴 때마다 가슴이 내려앉는 것 같았다. 그는 기다리는 것이었다. 마치 자기 일생에 가장 큰 운명을 지배할 한 사건이 그 문을 열고 들어설 때를 기다리는 것처럼 조바심이 되는 것이었다.

문이 열릴 때마다 무슨 무서운 것을 예기하는[2] 사람처럼 힐끗 그쪽을 바라다보는 것이었다. 바로 바라다보지 못하고 힐끗 도적질해 보는 것이었다.

문이 방싯이 열렸다. 영숙이는 힐끗 문쪽을 넘겨보았다. 시꺼먼 사각모[3]가 보였다. 사각모 아래 창백한 얼굴이 보였다. 문을 조심스레 미는 손이 보였다. 전문학교 학생의 제복이 보였다. 그 순간 영숙이 가슴이 내려앉았다. 그는 도망을 가듯이 고개를 숙여 카운터 뒤에 뚫린 판장문 밖으로 나갔다. 귀고리가 판장문에 부딪히어 옥을 굴리는 듯한 쨍그렁 소리가 났다. 물론 그 소리는 영숙이 혼자가 들을 수 있었던 것이다.

영숙이는 차 끓이는 화덕 앞을 지나 변소로 또 들어갔다. 변소문을 안으로 잠그고 그는 잠시 두 손을 가슴에 대고 오도카니 서 있었다.

'어떡할까?' 하고 그는 스스로 물었다. 그는 콤팩트를 꺼내 그 조그만 면경에 비추인 콧잔등을 들여다보았다. 그는 무의식하게 분가루를 콧잔등에 두세 번 찰싹찰싹 두드렸다. 그러나 그가 콤 팩트 면경을 꺼낸 목적은 거기 있는 것은 아니었다. 그는 살짝 고 개를 돌려 똥그란 면경 앞에 나타나는 귀고리를 보았다. 귀고리 가 한들한들 떨리었다.

'고만 빼고 말까?' 하고 그는 생각하였다.

그 순간 그는 결심한 듯이 콤팩트를 핸드백 속에 홱 집어넣고 살그머니 카운터 뒤로 기어나왔다. 그는 고요히 차점 안을 휘둘 러보았다. 역시 저편 그 구석 자리에 그 학생은 와 앉아 있는 것 이었다. 언제나와 마찬가지로 그 학생은 지금 영숙이를 정면으로 바라다보고 있는 것이었다. 그 언제나 무엇을 열망하는 듯한 열 정에 타고 넘치는 듯한 그 눈 모습으로!

영숙이는 얼굴이 화끈 다는 것을 인식했다. 그러자 귀밑에 달린 귀고리가 찰락찰락 뺨을 스치는 것도 인식하였다. '귀고리가 차 기도 차다' 하고 그는 생각하였다.

축음기 소리판에서는 '뚜뚜르두두, 뚜뚜르두두' 하고 박자 잰 재즈가 숨이 찰 듯이 쏟아져 나왔다. 영숙이는 빨개진 자기 얼굴 을 어둠 속에 감추고 서서 소리판을 한 장씩 한 장씩 골라내고 있 었다. 여러 장을 젖히고 나서 영숙이는 소리판 한 장을 들고 물끄 러미 들여다보았다.

이 소리판 한 장! 영숙이에게 이상스러운 인연을 가져다준 소리판 한 장이었다.

2

그것은 아마 약 한 달 전 일이었다. 하얀 저고리를 입은 보이가 한 벌 접은 하얀 종이를 영숙이에게 전해주던 것이! 그리고 보이는 고개로 저편 한구석에 혼자 앉아 있는 어떤 제복 입은 학생을 가리키었다. 그 학생을 바라다본 영숙이의 첫인상이 '몹시도 창백한 얼굴'이었다. 그 창백한 얼굴에서 발사되는 두 개의 시선 그것이 영숙이를 이상스런 감정으로 인도하는 것이었다. 그 두 눈은 뚫어질 듯이 영숙이 저를 주시(注視)하는 것이었다. 그 눈 모습은 마치 몹시 사랑하는 애인을 건너다보는 순결하고도 열정에 찬 그러한 눈이었다.

영숙이는 얼른 그 시선을 피하면서 종이를 펴 들었다. 영숙이 가슴속에서는 무엇이 털썩 소리를 내고 떨어지는 듯싶었다.

'슈베르트의 「미완성 교향곡」을 한 장 틀어주시면 고맙겠습니다.'

오직 이것이었다. 영숙이는 다시 그 학생을 건너다보았다. 역시 열정에 찬 두 눈이 그를 집어삼킬 듯이 바라다보고 있는 것이었다.

영숙이는 그 소리판을 찾아서 축음기 위에 걸어놓았다.

심포니의 조화된 멜로디가 담배 연기로 자욱한 방 안 구석구석에 울릴 때 그 학생은 잠시 빙그레 웃었다. 그 웃음은 얼굴이 창백한 탓이었던지 어째 몹시 구슬픈, 고적한 미소였다. 그러나 그 다음 순간 그 학생은 눈을 스르르 감았다.

영숙이에게 이 학생의 얼굴은 어디서 한두 번 보았던 듯한 낯익은 얼굴이었다. 어디서 보기는 분명 보았는데 언제 어디서인지를 꼭 집어낼 수 없는 그런 어슴푸레한 기억이었다. 아마도 그 학생이 이 찻집에를 더러 왔을 테니까 아마 이전에 무심히 몇 번 보았을 것이었다. 그러나 그 학생의 얼굴이 그렇게 창백하고 그 두 눈이 그렇게 열정과 애수에 차 있는 것은 이날 밤 비로소 처음 보는 듯싶었다.

영숙이는 가끔 곁눈으로 이 학생을 바라다보았으나 그의 마음은 심포니의 음률을 타고 허공으로 떠돌아다님인지 그는 눈을 감은 채 죽은 듯이 앉아 있었다. 소리판 한 면이 다 끝나고 스르르 턱 하고 멈추자 그 학생은 눈을 번쩍 떴다. 영숙이는 얼른 외면을 하고 축음기 바늘을 바꾸어 끼웠다.

그날 저녁 이후에 서너 번이나 영숙이는 보이를 통하여 그 창백한 얼굴의 소유자로부터 편지를 받았다.

'슈베르트의 「미완성 교향곡」'

오직 이런 간단한 문구뿐이었다.

그 학생은 매일 왔다. 매일 저녁 아홉 시쯤 되면 와서는 그 구석에 마치 자기가 정해논 자리라는 듯이 꼭 한자리에 가 앉아서 홍차 한 잔 마시고 두 시간가량 앉았다가 가는 것이었다. 그는 와 앉아서는 정해놓고 영숙이를 바라다보는 것이었다. 세상에 다른 아무런 존재도 없이 오직 영숙이만이 있다는 듯이 그 두 눈은 영숙이를 바라다보는 것이었다. 애정과 욕망과 정열에 가득 찬 눈이었다. 그런데 영숙이는 첫날부터 이 시선이 반가운 것을 감각한 것이었다. 어떤 때는 너무도 시선이 변치 않고 한곳에만 머물러 있는 것이 어째 남의 주의를 사게 되지 않을까 하여 염려되는 때도 있었으나 그가 용기를 내어 그 학생 쪽으로 시선을 돌릴 때 잠시라도 그 학생의 시선이 딴 데로 옮겨진 것을 발견할 때는 어째 서운한 생각이 드는 것이었다.

어떤 날 밤에는 한번 그 학생이 들어오는 것을 보자 영숙이는 자진하여 「미완성 교향곡」을 축음기에 걸어놓았다. 역시 그 구석에 혼자 앉았던 그 학생은 이 낯익은 음악이 들려오자 잠시 빙그레 웃었다. 역시 그 어딘가 구슬픈 빛이 감추어져 있는 그런 웃음이었다. 영숙이는 얼굴뿐 아니라 제 전신이 빨갛게 물드는 것 같은 느낌을 얻었다. 혹 실없는 사내들이 가끔 농담을 걸기도 하고 돈 치르는 체하고 슬쩍 손목을 잡아보기도 할 때에도 얼굴을 붉히지 않으리만치 벌써 '마담' 생활에 익숙해진 영숙이었다. 그러나 이 말없는 시선 앞에서는 어쩐 일인지 전신이 수줍음으로 휩싸이는 것 같은 느낌을 억제할 수 없는 것이었다.

가끔 이 학생은 다른 학생 하나와 둘이서 올 때도 있었다. 둘이 와서도 그들은 남들처럼 이야기를 하거나 하지도 않고 둘이 다 벙어리 모양으로 우두머니 앉아서 한 학생은 담배를 피우며 천장이나 바라다보고 있고 이 학생은 역시 영숙이를 바라다보는 것이었다. 그러다가 「미완성 교향곡」이 나오면 그는 역시 잠시 빙그레 웃을 뿐이었다. 이 빙그레 웃는 모양을 보면 영숙이는 몹시 기쁘기도 하고 몹시 슬프기도 한 야릇한 경험을 맛보는 것이었다. 그래서 이 빙그레 웃는 구슬픈 미소를 보기 위하여 어떤 날 밤에는 영숙이는 「미완성 교향곡」을 세 번 네 번씩 걸어놓기도 하였었다.

그 학생은 그렇게도 영숙이를 열정에 찬 눈으로 바라다보면서도 한 번도 다른 학생들처럼 영숙이와 수작[*]을 건네보는 일이 없었다. 아니 카운터로 가까이 오는 일도 일절 없었다. 찻값도 반드시 보이에게 물고 가고 한 번도 친히 카운터에 와서 내는 법이 없었다.

영숙이는 그 학생의 이름도 기실 모르는 것이었다. 그러나 웬일인지 오직 한 번만이라도 그 학생과 평범한 이야기나마 주고받아 보았으면 하는 욕망이 걷잡을 새 없이 끓어오르는 때가 가끔 있었다.

'왜 사내가 저렇게 용기가 없어? 슈베르트의 「미완성 교향곡」만 자꾸 써 보내지 말구 '내일 오후 두 시에 아무 데서 좀 만날 수 없을까요?' 이렇게 좀 못 써 보낸담!' 하고 혼자 야속스럽게 생각한 적도 가끔 있었다. 사실 영숙이는 여러 사나이에게서 좀 만나자는 둥, 사랑의 여신이라는 둥, 나의 천사라는 둥 하는 문구를 늘어놓은 편지를 받았었다. 그러나 그는 한 번도 그 사나이들과 조용히 만나 본 적은 없었었다. 그러나 만일 이 이름도 모르는 학생이 그런 편지를 한 번만 보낸다면 그는 곧 춤이라도 출 듯싶었다.

요새 와서는 이 학생은 「미완성 교향곡」을 듣고 있는 동안 상위에 두 팔을 올려놓고서 그 속에 머리를 파묻고 죽은 듯이 엎디어 있는 것을 가끔 본 일이 있었다. 어쩐 일인지 영숙이에게는 이 학생이 그처럼 엎디어 소리 없이 우는 것같이 생각되는 것이었다. 소위 제육감이라고 할까 하여튼 무슨 몹쓸 고민과 슬픔을 품은 것같이만 보였다. 그리고 그 고민의 원인이 영숙이 자신에게 있는 것이나 아닌가 하여 퍽 송구스럽고 번민되었다.

'왜 나한테 모든 것을 털어놓고 이야길 하지 않노?' 하고 영숙이는 가끔 초조하고 원망스러운 눈으로 학생을 바라다보는 것이었다.

영숙이는 자기 자신도 인식하지 못하는 가운데 자연히 몸맵시에 대하여 더한층 주의를 하게 되었다. 그리고 어떻게 했으면 이 학생과 잠시라도 이야기를 해볼 도리가 없을까 하고 궁리궁리하던 끝에 마침내 이 귀고리를 사게 된 것이었다. 귀고리를 끼고 나서면 조선 여자에게는 흔치 않은 일이라 필연코 그 학생도 '귀고리가 곱다'든가 '얼굴과 어울린다'든가 하는 평계로 무슨 말이고 건네어보게 될 것을 바랐던 것이다.

3

영숙이는 골라 든 「미완성 교향곡」 소리판을 들고 방금 뱅글뱅글 도는 재즈가 끝나기를 기다리었다.

그 학생은 웬일인지 오늘 밤은 벌써부터 상 위에 올려논 두 팔 속에 머리를 파묻고 있는 것이었다. 함께 온 다른 학생은 담배를 피워 물고 앞에 엎드린 친구를 무슨 불쌍한 동물이나 바라보듯이 딱한 표정으로 바라다보는 것이었다.

'자기 자신이 용기가 없으면 저 학생을 통해서라도 내게 말 한마디만 해주면 될 것을!' 하고 영숙이는 그 학생의 행동이 안타깝게 생각되었다.

그때 온 방 안 공기를 쩌렁쩌렁 울리던 재즈 소리가 뚝 그치고 스르르 스르르 턱 하더니 축음기가 멎었다. 영숙이는 바늘을 갈아 끼우고 재즈판을 들어 내놓고 「미완성 교향곡」을 걸었다. 그 학생이 자기를 바라다보며 빙그레 웃을 그 창백한 얼굴을 연상하면서 영숙이는 판을 돌리고 그 위에 바늘을 얹어놓았다.

곱고 조화된 음률이 방 안을 가득 채웠다. 영숙이는 고개를 돌려 그 학생을 바라다보았다. 귀고리가 찰싹찰싹 그의 뺨을 스치었다——귀고리가 매끄럽기도 매끄럽다——하고 그는 생각하였다.

웬일일까? 그 학생은 빙그레 웃어 보이기는커녕 두 팔 새에 파묻은 얼굴을 들지도 않는 것이었다. 영숙이는 이해할 수 없어서 멀거니 그쪽을 바라다보았다.

얼마 동안의 시간이 흘렀다. 심포니의 음률은 방 안 구석구석을 신비경으로 변화시키는 것처럼 유아하고 신비스러웠다.

그러자! 그것은 마치 일종의 벼락처럼밖에 더 생각되지 않았다. 영숙이는 그때 그 순간에 돌발한 괴이한 사건을 순서적으로 기억할 수는 없었다. "그때 그래 무슨 일이 생겼어?" 하고 누가 물으면 영숙이는 도무지 그 갈피를 찾아서 이야기할 수가 없었다. 도무지 예기하지 못했던 돌발 사건이 생기는 때 사람의 신경

은 놀라고 마비되어 그 사건 진행의 모양을 순서적으로 기억할
수는 없게 되는 것이다.

하여튼 영숙이가 본 바는 창백한 얼굴이었다. 상 위에서 번개처
럼 휙 올라오는 창백한 얼굴이었다. 그리고 그와 동시에 그는 무
슨 고함 소리를 들은 것처럼 기억되었다. 마치 고막을 찢을 듯이
강렬한 무슨 외침이었다. 그 고함 소리가 무엇이라고 말했는지는
조금도 기억이 나지 않았다. 그 소리가 그 학생의 입에서 뛰쳐나
왔다는 것만은 기억이 되었다.

그리고 그다음 순간 영숙이는 카운터 앞에 선 그 학생을 보았
다. 성낸 호랑이처럼 씩씩거리는 그 숨소리를 똑똑히 들었다. 그
러자 무엇이 와지끈하고 깨지었다. 음악 소리는 뚝 그치고 사람들
의 비명 소리가 들리었다. 영숙이는 귀고리가 찰싹찰싹 뺨에 와
서 스치는 것도 감각하지 못하리만치 어안이 벙벙해지고 말았다.

그 뒤에는 한참 동안 혼란이 있었다. 사람들이 외치는 소리가
들리고 창백한 얼굴의 소유자와 함께 왔던 학생이 무엇이라고 온
방 안을 향하여 몇 마디 소리를 지르고 그러고는 영숙이보고도
무엇이라고 한두 마디 했지마는 영숙이는 그 말을 깨달아 들을
수가 없었다. 그리고 그다음 순간 영숙이는 학생에게 끌리어 문
밖으로 나가는 창백한 얼굴을 보았다.

한참 동안 와글와글 온 방 안이 끓었다. 영숙이는 넋을 잃은 사
람처럼 교의 위에 한참을 주저앉아 있었다. 축음기에서 다시 음
악 소리가 울려 나올 때 비로소 영숙이는 정신을 수습하였다. 카
운터 위에는 보이가 주워 올려놓은 깨진 소리판이 여러 조각 놓

여 있었다. 깨진 소리판은 슈베르트의 「미완성 교향곡」이었다.

4

한 두어 시간쯤 뒤에 아까 창백한 얼굴의 소유자와 함께 와 앉았던 학생이 혼자서 다시 왔다. 그는 방 안을 한번 휘둘러보더니 카운터로 가까이 와서 카운터 위에 한 팔을 기대고 섰다. 그는 우선 아까 수선 통에 물지 않고 갔던 찻값을 물고 그러고는 소리판 값으로 삼 원을 더 내놓았다.

"참으로 미안합니다" 하고 그는 거의 귓속으로 영숙이에게 사과를 표하였다. 아까 그 소란이 있을 때 앉았던 손님은 다 가고 새로 손님들이 들어온 고로 손님들은 아까 소란을 모르는 모양이었다. 그래서 아무도 이 학생의 이야기를 들으려 모여들지 않았다. 오직 보이만이 곁에 와 서서 귀를 기울였다. 그 학생은 설명을 계속하였다.

"이야기를 대강이라도 들으시면 용서해주실 줄 믿습니다. 아까 그 학생은 내 가까운 친구입니다. 아주 착실하고 똑똑한 수재지요. 그런데 운명의 장난인지 그는 어떤 남편 있는 부인을 사랑하게 되었습니다. 그 부인은 하필 다른 사람이 아니고 바로 우리 학교 교수 되는 이의 아내입니다. 언제 어디서 어떻게 기회가 되어서 서로 사랑하게 되었는지는 나도 잘 모릅니다. 또 지금 길게 이야기할 필요도 없겠지요.

하여튼 두 사람의 사랑은 순결하고 또 열렬하였습니다. 그러나 이러한 세상에 있어서 그 사랑은 언제까지나 비밀일 수밖에 없었습니다. 현 사회에서는 매음 같은 더러운 성관계는 인정하면서도 집안 사정상 별로 달갑지 않은 혼인을 한 젊은 여인이 행이랄까 불행이랄까 남편 외에 딴 사람에게서 그 고귀한 한 사람이 한 번만 가져볼 수 있는 첫사랑을 바칠 수 있는 대상을 발견할 때 우리 사회는 그것을 조금도 용서치를 않으니까요! 그 사랑이 얼마나 순결하구 얼마나 열정적인 것을 이해할 수 있는 사회도 아니고 또 이해해보려고 하지도 않는 사회니까요. 더러운 기생 오입은 묵인하면서도 순결하고 고귀한 사랑은 그 사랑의 대상이 한 번 다른 사람과 결혼한 사람이라는 다못 한 가지 이유하에 기생 오입보다도 더 나쁜 일처럼 타매하고 비방하는 그런 우스운 사회니까요.

이거 설교가 너무 길어졌습니다.

하여튼 두 분의 사랑은 퍽으나 불행했습니다. 더구나 약 한 달 전에 그 부인이 병환으로 병원에 입원을 하게 되었습니다. 떳떳한 사이 같으면야 아침부터라도 병원에 가서 살 수도 있으련만 두 사람의 관계가 그쯤 되고 보니 어디 내놓고 문병인들 갈 수가 있나요? 만일 이 사회에서 조금이라도 이 연애 관계를 알게만 된다면 이 사회는 통 떠들어가지고 그 부인을 무슨 파렴치한이나 화냥년처럼 타매할 것은 빤한 일이니 어디까지든지 두 분의 사랑은 비밀 속에 감추어두지 않을 수 없는 처지였지요.

문병도 한번 못 가고 이 친구는 하루 종일 거리로 싸돌아다니는 것이었지요. 아침마다 한 번씩 병원으로 전화를 걸어서 병의 차도나 물어보고 그러고는 타는 가슴을 움켜쥐고 헤매는 것이었습니다.

밤이 된들 잠 한숨 잘 수 있겠습니까? 나는 그의 마음을 좀 붙잡아보려구 이리저리 많이 끌구 다녔지요. 그러다가 그 친구는 마침내 이 아네모네에 애착을 느끼게 되었답니다. 첫째 그는 여기서 슈베르트의 「미완성 교향곡」을 들을 기회가 있는 데 기뻐한 것이지요. 그 친구의 말에 의하면 이 슈베르트의 「미완성 교향곡」은 두 분 연인 사이에 가장 아름다운 추억을 실은 레코드인 모양입니다. 하루 종일 가슴속이 바작바작 타다가도 여기 와서 그 교향악 한 곡조를 듣고 앉아 있으면 옛날 아름다운 기억들이 마음속에 끓어오르고 마치 그 부인과 함께 어떤 아름다운 동산을 거닐고 있는 것 같은 그런 느낌을, 예, 잠시나마 그런 아름다운 환상에 취할 수 있고 어쩐지 병도 그리 중하지 않고 곧 나아질 것처럼 마치도 그 음악의 선율이 그 부인을 어루만져 병을 쾌차시킬 것 같은 그런 환상에 잠겨진다구요.

또 그뿐 아니라 저기 저 그림!" 하면서 그 학생은 영숙이 등 뒤에 있는 벽을 가리키었다. "저 그림은 그 유명한 모나리자가 아닙니까?"

영숙이는 힐끗 뒤를 돌아다보았다. 거기에는 커단 모나리자 그림이 걸려 있는 것이었다. 영숙이가 카운터에 서 있으면 바로 머리 뒤로 그 그림이 보일 것이었다. 영숙이는 몸을 떨었다. 귀밑을 살짝살짝 스치는 귀고리가──따갑기도 하구나──하고 느껴지었다. 그 학생은 이야기를 계속하였다.

"그 친구는 저 모나리자를 바라다보기 위하여 아마 거의 매일 밤 왔지요. 교향악은 다른 찻집에서도 들을 수 있지마는 저 모나리자를 걸어논 집은 이 서울 장안에 여기 한 곳밖에 없으니까요.

모나리자! 그 친구는 자기 애인을 모나리자라고 불렀답니다. 애인의 얼굴이 저 그림과 같은 것은 아닙니다. 그러나 이상한 일로 얼굴 모습은 완전히 다르면서도 그 부인이 빙그레 웃을 때에는 꼭 저 모나리자를 연상시킨다 합디다. 그래서 그 친구는 애인의 사진 대신으로 모나리자를 집 벽에도 걸어놓았지요. 그러나 방 안에 앉아서 그 모나리자를 바라다보면 가슴이 터져오는 고로 밤마다 이곳에 와서 저 그림도 바라다보고 또 그 「미완성 교향곡」 두 듣고 이렇게 그의 혼란한 마음을 위안시켜왔던 것입니다.

그런데, 그런데, 아까 저녁때 입원했던 그 부인이 고만 세상을 떠났습니다. 거의 미친 사람같이 된 친구를 겨우 이리로 끌고 왔었는데 그만 그 「미완성 교향곡」이 그의 가슴을 찢어놓았나 보아요. 사정이 그만하니 아까 그 행동은 용서해주시기 바랍니다. 참으로 미안했습니다. 주인 들어오시거든 말씀이나 잘 들려주십쇼. 난 또 어서 가보아야겠습니다."

5

이튿날 밤!

212

찻집 아네모네에서는 언제나 그런 것처럼 재즈 소리가 흘러나왔다. 방 안 공기도 어느새 담배 연기로 안개 낀 것처럼 자욱해 있었다.

"아, 그런데 이 마담이 웬 변덕이 그리 많어? 어제 귀고리를 새로 낀 것이 아주 썩 어울린다구 야단들이기에 한번 보려구 일부러 왔는데 그 귀고리 어쨌소 그래?" 하고 어떤 사나이가 주절거렸다.

영숙이는 아무 대답도 없이 그저 빙그레 웃어 보일 따름이었다. 그 웃음은 어딘가 구슬프고 고적한 기분을 띤 웃음이었다.

북소리 두둥둥

1

내 네 살 난 아들놈 장난감으로 북을 한 개 사다 주었던 것이 우리 집에서 밥 짓고 있는 복실이 어머니에게 그렇게도 큰 슬픔을 가져다주리라고는 나는 꿈에도 생각 못 했던 것이다.

2

복실이 어머니가 우리 집에 와 있게 된 것은 단순한 주인과 식모 간이라는 그런 주종 관계로서는 아니었다.

복실이 아버지는 본래 내 큰삼촌과 죽마지우로 자란 사람이었는데 장성하자 북간도로 건너가서 번개처럼 찬란하고 떠도는 생활을 하다가 그만 총부리 앞에서 찬 이슬이 되어버린 호협한[1] 사람이었다.

복실이 아버지가 그처럼 외지에서 횡사[2]를 하자(그것이 벌써 이십 년 전 옛일이지마는) 과부가 된 복실이 어머니는 그때 여섯 살나는 딸 복실이와 또 바로 남편이 죽던 날 아침에 세상에 나온 아들 인선이를 데리고 조선으로 돌아와서 이리저리 방황하다가 마침내는 남편의 죽마지우인 내 큰삼촌 댁에서 식객처럼 들어 있게 되었다.

처음에는 식객처럼 와 있도록 했으나, 복실이 모는 그냥 앉아서 얻어먹고만 있기가 미안하다 하여 자진해서 부엌일을 돕기 시작하였다. 내 삼촌 모[3]는 처음에는 부리기가 어렵다 하여 복실이 모가 부엌일하는 것을 꺼리었으나, 그러나 날이 감에 따라 어색한 기분이 차차 줄고 혹시 이전 있던 식모가 나가고 새 식모가 아직 안 들어오거나 한 기간에는 복실이 모가 아주 식모 격으로 일을 하게 되고, 이럭저럭하여 마침내는 복실이 모는 내 삼촌 댁에 한 부리우는 사람으로 자연화해버리었다. 그래서 얼마 후에는 그에게 무보수로 일만 시킬 수 없는 일이라고 내 큰삼촌이 주장해서 일정한 월급까지 정해놓고 나니 아주 복실이 모는 식모가 되어버린 것이었다.

이래 이십 년간, 복실이 모는 오직 두 자식을 위해서 살아온 것이었다. 딸은 몇 해 전에 함흥서 잡화상을 한다는 사람에게 시집을 보냈으니 그만했으면 시집을 잘 보냈다고 복실이 모는 만족해하고 있고, 인선이는 상업학교를 마치고 지금 어떤 백화점 점원으로 들어가서 일급 칠십 전을 받고 있으니 이 또한 복실이 모는 퍽이나 만족한 모양이었다.

그런데 복실이 모가 우리 집으로 옮겨 오게 된 내력으로 말하면 재작년에 삼촌이 강원도 강릉으로 솔가하여 이사를 가게 되었는데, 복실이 모는 될 수만 있으면 아들이 취직하고 있는 평양에 남아 있어서 아들과 함께 살고 싶다는 희망이이서 우리 집으로 옮겨 오게 된 것이었다. 그때 마침 우리는 처음으로 어린애도 생기고 해서 내 아내가 혼자서 쩔쩔매던 판이라 복실이 모가 오겠다는 것이 결코 싫지 않았다. 그래서 복실이 모는 우리 집에 와 있으면서 건넌방에서 아들 인선이를 데리고 있고, 월급은 없이 그저 그들 모자의 식사를 우리 식구 먹는 대로 먹기로 하고 와 있었다. 이리해서 인선이가 벌어들이는 월 이십 원이란 돈은 거기에서 옷이나 해 입고 그대로 꽁꽁 모아서 이제 한 십 년만 그렇게 공을 들이면 그 모은 돈을 한밑천 삼아서 인선이를 가게나 놓도록 한 후, 며느리나 얌전한 색시를 하나 맞아서 살림을 차리고, 복실이 모는 늘그막에 손자 애들이나 업어보는 조그마한 양상이나 해볼 수 있으리라는 희망, 그것이 복실이 모의 생에 대한 전부였던 모양이다.

3

그런데 복실이 모에게는 아들 인선이에게 대한 꼭 한 가지 불안이 늘 떠나지 않고 있어왔다. 그것은 인선이가 어렸을 적부터 다른 아이들과는 좀 별다른 성격을 가진 것에 있었다.

그것은 인선이가 여남은 살 났을 적 일이라 한다. 하루는 복실이 모가 저녁에 부엌에서 저녁을 짓다가 잠시 무엇 때문인가 방안에 들어가 보았더니 인선이가 방 아랫목에 가만히 누워 있는데 모양은 잠자는 것 같으나 숨소리가 몹시도 가쁘고 별스러웠다 한다. 그래서 가까이 가서 들여다보니까 두 눈을 다 뻔히 뜨고 누워 있는데, 그 두 눈은 천장만을 뚫어지도록 바라다보고 있고, 어머니가 옆에 오는 것도 안 보이는 모양이더라 한다.

그래 어머니는,

"인선아, 너 자니?"

하고 물어보았으나 아무런 대답도 없어 다시,

"야, 인선아, 너 어디 아프냐?"

하고 물어도 아무 대답이 없더라고. 그래서 복실이 모는 인선이 어깨를 붙들고 흔들어보았으나, 인선이는 그것도 깨닫지 못하는 듯이 그저 옴짝 않고 누워서 숨소리를 가쁘게 씨근거리면서 천장만을 바라보고 있더라고 한다. 그 증세가 '지랄'[4] 증세가 아니냐고 내가 언젠가 한번 복실이 모에게 물었더니 결코 지랄 증세는 아니었다고 그는 단언하였다.

복실이 모는 놀라서 한참이나 붙들고 이름을 불러보았으나 영 대답이 없고 또 깨나지도 않는 고로 할 수 없이 나와서 내 삼촌 모에게 급보하였다. 그래 삼촌 모도 놀라서 들어가보니까, 그동안에 인선이는 일어나 앉아 있는데 몹시 피곤한 모양으로 벽에

기대 앉아서 씩씩하고 있었더라 한다. 그래,

"너 어디 아프니?"

하고 물으니까, 고개를 살랑살랑 흔들고,

"목마르다"

하고 대답하더라고. 그래 물을 떠다 주니까 물을 한 대접 다 마시고는,

"오마니, 나 인제 자문성[5] 별난 꿈 꿨다"

하고 말할 뿐, 무슨 꿈을 꾸었는가 자꾸만 캐물어도 인선이는 그 꿈의 내용 이야기는 안 하고 그저 이상스런 꿈을 꾸었노라고만 대답하더라고.

그런데 우리 삼촌 모는 인선이가 정신없이 누워서 씨근거리는 광경을 친히 보지는 못한 고로 인선이 모더러 공연히 잠자는 애를 가지고 호들갑을 떨어서 남을 놀라게 했다고 도리어 복실이 모를 핀잔을 할 뿐이고 또 복실이 모도 무어라고 설명을 할 수가 없어서 그때는 그저 잠잠하였다고 한다.

그 후로 복실이 모는 인선이의 몸에 다시 무슨 이상이나 없나 해서 늘 조심히 보살폈지마는, 아무런 별다른 이상을 발견 못 했고 해서 차차 복실이 모도 마음을 놓았다고 한다. 그러나 한 일 년 세월이 흘러간 뒤 어떤 날, 역시 어슬한 저녁때인데 복실이가 부엌으로 갑자기 뛰쳐나오면서,

"오마니, 인선이 좀 보라우. 걔가 별나게두 구누나"

하고 황망히 떠드는 고로 곧 뛰어 들어가 보았더니 이번에도 인선이는 작년 그때 모양으로 눈을 뻔히 뜨고 누워서 숨소리를 씨

근거리고 있었다. 그래 이름을 계속해 불렀더니 부시시 일어나
앉으면서,

"오마니, 나 별난 꿈 꿨다"

하더라고. 그래 무슨 별난 꿈을 꾸었는가고 물으니까,

"사람들이 나팔을 자꾸 불두나"

하고 대답하였다. 복실이가 옆에 있다가,

"흥, 그것이 꿈인 줄 아니? 저녁땐 데에게 데[6] 병대[7]들이 늘 나
팔 불더라. 나두 들었다 좀"

하고 말하니까 인선이는 열 살 난 애로는 너무 야무진 태도로,

"아니야, 꿈에 불어"

하고 대답하더라고.

그 후로도 몇 번 복실이 모는 아들 인선이가 죽은 듯이 한참씩
을 누웠다가 일어나서는 냉수를 찾고, 그러고는 이상한 꿈을 꾸
었노라고 하곤 하는 것을 목도하였다. 그러나 이제는 복실이 모
도 여러 번째 당하는 일이라 그렇게 과히 놀라지도 않았고 또 그
런 일이 생기는 수도 그저 일 년에 한 번가량밖에 더 안 되었고,
또 그 일 하나 외에는 별다른 거동이 없는 고로 차차 안심하게 되
었다고 한다.

4

인선이가 열일곱 나던 해 늦은 가을 어떤 날 밤.

그날 밤엔 바람이 몹시 불고 비가 억수로 퍼부었다. 복실이는
바로 며칠 전에 시집을 가고 인선이와 어머니 둘이서만 한방에서
잠을 자고 있었는데, 새벽녘이 다 되었을 때에 복실이 모는 몹시
추운 감각을 얻어서 잠을 깨었다. 잠을 깨고 보니, 언제 문이 열
렸던지 문이 쫙 열렸는데 그리로 비바람이 쳐 들어와서 막 얼굴
을 때리고 이부자리를 적시고 아주 야단이었다. 복실이 모는 일
어나서 문을 닫으려고 하다가 보니, 바로 문밖 처마 밑에 무엇인
지 시커먼 것이 우뚝 서 있더라고 한다. 복실이 모는 몹시 놀라서
외마디 소리를 질렀으나, 워낙 비바람 소리가 요란했기 때문에
안방에서는 그 비명 소리를 못 들었다. 복실이 모는 가까스로 정
신을 수습하면서,

"인선아!"

하고 크게 불렀더니 방 안에 누워서 자는 줄만 여겼던 인선이가
의외에도 문밖에서,

"응"

하고 대답을 하였다.

"인선아!"

"응."

그 대답은 바로 문밖에 서서 비를 맞고 있는 그 시커먼 것에서
오는 것이었다.

복실이 모는 더한층 놀라서 윗목을 쓸어보니 인선이는 과연 방
에 없었다. 그래서 밖에 서 있는 시커먼 것을 자세 자세 보니, 그
것이 다른 사람이 아니라 바로 인선이였다. 인선이는 쪽 벌거벗

고 거기 우두커니 서서 비를 온몸에 맞고 있는 것이었다.

복실이 모는 너무도 놀라고 기가 막혀서,

"인선아! 너 이거 웬 짓이가?"

하고 물었으나 아무런 대답도 없었다.

"인선아, 야, 인선아, 인선아, 야"

하고 여러 번 부르니까 그제서야 인선이는,

"오마니, 데게[8] 무슨 소리요? 데게?"

하고 말하였다. 복실이 모는 귀를 기울여 한참을 들어보았으나 비바람 소리 외에는 아무런 다른 소리는 들려오지 않았다.

"소리라니? 무슨 소리?"

하고 마침내 물으니까 인선이는,

"아니, 오마니, 저 소릴 못 듣소? 저 북소리! 두둥둥 두둥둥 하는 거, 저것이 북소리 아니요?"

이 소리를 듣자 복실이 모는 기절할 듯이 놀랐다.

북소리!

다른 날도 아니고 바로 이날 이 새벽 이 시각에 북소리! 복실이 모의 귀에는 십오 년 전 옛날이 바로 방금 전인 듯 그때 그날처럼 요란한 북소리는 그의 고막을 찢어놓을 듯이 요란히 사방에서 들려오는 것 같았다.

두둥둥! 두둥둥!

십오 년 전 이날 이 새벽에 북소리는 요란히도 온 동네를 뒤흔들었다. 복실이 모는 밤부터 산기가 있어서 잠 한숨 못 들고 앓고 있었고, 석 달 동안이나 총을 메고 사방으로 싸다니다가 잠시 집에 들렀던 남편도 피곤한 몸을 잠도 못 자고 아내를 지키고 앉아 있었다. 그날 새벽녘에 조금 더 있으면 먼동이 트리라고 생각되던 시각에 복실이 모는 복통이 한층 심해져서 허리를 비비 꼬며 쩔쩔매었고 남편이 몸을 꽉 껴안아주었다.

그때, 쥐 죽은 듯이 고요하던 동네에는 갑자기 요란한 소리가 새벽 공기를 깨치고 울려온 것이었다.

두둥둥! 두둥둥!

남편은 이 북소리를 듣자 흠칫 물러앉았다. 북소리는 차차 더 요란스럽게 울려왔다. 사방에서 개 짖는 소리가 나는 총소리도 간혹 쨍쨍 섞여 들려왔다.

"여보"

하고 마침내 남편이 떨리는 목소리로 불렀다.

"여보, 난 아무래도 가봐야 하겠소. 저 북소리를 듣소? 저 총출동하라는 명령이우."

아내는 아무런 대답도 못 하고 앓는 소리만 더 크게 할 따름이었다. 남편더러 가라고 하기도 어렵거니와 가지 말랄 수도 없는 줄을 그는 너무나 잘 알고 있는 것이었다. 북간도를 개척한 조선 사람의 생활에 있어서 이 끊임없는 투쟁은 한 일과로 되어 있고 용감한 아내들은 언제나 남편이 총 메고 나설 때 이를 만류하지 않아야 한다는 것을 잘 알고 있는 것이었다.

잠들었던 어린 복실이는 소란 통에 깨어 눈을 비비면서 일어나 앉았다. 남편은 벌떡 일어나서, 머리맡에 놓였던 탄환 혁대를 바쁘게 두르면서,

"아무래도 나가봐야갔쉐다. 한 사람 있구 없는 데 승부가 달렸으니께니…… 총출동, 총출동—"

혼잣말하듯이 이렇게 중얼거리더니 벽에 기대 세웠던 총을 들고 황망히 문밖으로 뛰쳐나가면서,

"복실아, 엄마 잘 봐라, 응"

하고 한마디 하고는 바깥 어둠 속으로 사라지고 말았다.

그것이 남편의 이 세상에서의 마지막 목소리였던 것이다.

남편이 나간 후, 북소리는 더한층 요란하여지고 콩 볶듯 하는 기관총 소리와 사람들의 아우성 소리, 숨이 막힐 듯이 짖어대는 개 소리, 이 모든 소리들이 모두 뒤섞여서 아주 천지가 떠나가는 듯하였다. 복실이는 무서워서 어머니께로 바닥바닥 다가앉았으나 어머니는 그것도 인식 못 하고 오직 그 두둥둥 울리는 북소리만이 온 몸뚱이를 속속들이 뚫고 뻗고 채워서 그냥 전신, 온 우주가 그 북소리 하나로 뭉쳐버리는 것 같은 환각을 느낄 따름이었다.

이런 아픔, 이런 소란, 이런 북소리……마저도 영원에서 영원까지 끊임없이 계속되는 듯이 생각되어, 조금만 더 그대로 계속된다면 몸도 으스러지고 천지도 으스러져버리고, 세상 모든 것에 마지막이 이르리라고 생각 들 때 복실이 모는 갑자기 "으아!" 하고 세차게 울리는 어린애 첫 울음소리가 그 북소리, 그 총소리 위로 쫙 퍼져서 온 방 안을 채워버리고, 온 우주를 채워버리는 듯한 것을 들었다. 동시에 복통이 문득 멎고 온몸의 기운이 확 풀렸다.

먼동이 환하게 터왔다. 북소리도 멎고, 총소리도 멎고, 오직 "으아, 으아" 계속해서 외치는 어린애 울음소리만 들렸다.

핏덩어리처럼 뻘건 해가 초가지붕들을 빤히 비칠 때에는, 그 동네 젊은 사람의 거의 절반의 시체가 길거리에 넘어져 있었다. 복실이 아버지도 그들 중 하나이었다. 이것은 북간도 조선인 생활의 중요한 역사의 한 페이지였다.

십오 년! 그것이 벌써 십오 년 전 일이었다. 그러나 이날 새벽 아들의 이야기를 듣고 귀를 기울일 때 복실이 모의 귀에는 그 폭풍우 소리가 십오 년 전 이날 이 새벽 인선이가 세상에 나오던 날 새벽에 북간도 한 촌에서 듣던 그 북소리와 총소리처럼 들려왔다는 것은 순전히 복실이 모의 착각으로만 들릴 것인가? 복실이 모는 한참이나 꿈꾸는 사람처럼 문턱에 엉거주춤하고 앉아 있었다.

두둥둥둥 울리는 북소리, 뼈까지 저린 복통, 그러고는,

"으아"

하고 터져 나오는 새 생명의 외치는 소리! 복실이 모는 마치도 그때 그 순간이 반복되는 듯싶은 환각을 느끼었다. 그런데 그 새 생명이 벌써 저렇게 살아서 떠꺼머리총각이 되었구나!

"인선아"

하고 마침내 부르는 어머니 목소리는 몹시도 떨리었다. 목소리만 떨리는 것이 아니라, 온몸이 모두 푸들푸들 떨리는 것이었다.

"인선아, 북소리는 웬 북소리가 난다구 그러니? 바람 소리밖엔 안 들린다."

그러나 인선이는 아무 말도 없이 그냥 비를 맞고 서 있었다.

"인선아, 어서 들어오너라."

그제야 인선이는 묵묵히 방 안으로 들어왔다. 비에 흠씬 젖은

몸을 수건으로 대강 문지른 후 이불을 쓰고 자리에 누웠다.

"인선아, 너 갑자기 왜 그러니?"

하고 어머니는 염려스럽게 물었다.

"북소리가 자꾸 들려서 그래요…… 또 아버지가……"

"응? 아버지가?"

"아버지가 어데서 날 자꾸만 부르는 것 같아요."

복실이 모는 몸에 소름이 쭉 끼쳤다.

"오마니, 우리 아바진 싸우다가 총에 맞아 돌아가셨대디요?"

하고 인선이는 또 불쑥 물었다.

"응"

하고 복실이 모는 겨우 소리를 내었다.

"아바진 싸와야 되갔으니깐 싸왔갔디?"

"그럼."

"한 사람 있구 없는 데…… 오마니, 그게 무슨 소릴까요?……
한 사람 있구 없는 데……"

"인선아, 너 어데서 그런 소릴 들었니?"

"몰라, 그저 아까부터 자꾸만 그 생각이 나요. 한 사람 있구 없
는 데 한 사람이 있구 없는 데 하구."

"너 아버지가 마지막 그런 말씀을 하시구 나가서 돌아가셨단
다."

"응, 오마니. 나두 이제 그 뜻을 알아요…… 아바진 그 한 사람
이 된다고 나가서 돌아가셨디요."

"인선아, 거 무슨 소리가?"

"아니야요."

5

인선이의 심상치 않은 현상에 복실이 모는 몹시 놀라고 염려되어서 다시 잠도 못 들고 걱정을 하였다. 그러나 그 이튿날부터 인선이는 다시 아무런 별다른 이상이 없이 학교에 잘 다녔다. 그리고 그 생일날 새벽에 생겼던 일은 아주 잊어버렸는지 다시 북소리 이야기도 없고 아버지 이야기도 아니 하는 고로 다시 어머니는 마음을 좀 놓았다.

인선이는 나이에 비겨서 퍽 침착하고 우울한 성격의 소유자가 되었다. 언제나 무엇을 깊이 생각하는 태도였다. 특히 자기 생일 때가 가까워오면 더한층 깊은 명상 속에 잠기는 것이었다.

한번은 이런 일이 있었다.

바로 인선이 생일이었는데, 그날 새벽 밝기 전에 인선이는 일어나서 어디론가 나갔다가 해가 뜬 후에야 몹시 피곤해진 몸으로 돌아왔다. 어머니는 놀라서 어디 갔다 왔느냐고 물을 때, 그냥 새벽 산보로 모란봉엘 다녀왔노라고 대답해서 어머니 마음은 안심시켰지만, 사실에 있어서는 인선이는 자기도 모르게 용악산 쪽으로 자꾸만 가다가 조그만 개천에 첨벙 빠지면서 정신이 들어서 집으로 돌아온 것이었다.

학교를 졸업한 후 점원으로 취직이 된 후에는 인선이의 성격은

더한층 침울해지고 밤이면 대개 혼자서 을밀대에 올라가서 한 시
간씩 두 시간씩 깊은 명상에 잠기는 버릇이 생기었다. 그러다가
는 갑자기 주먹을 부르쥐고는,

"동물원이란 말이냐?"

하기도 하고,

"원숭이들처럼"

하기도 하고,

"때가 이르면……"

하기도 하고,

"한 사람, 사람"

하고 어두운 밤 홍두깨 격으로 소리를 버럭 지르곤 해서 가끔 다
른 산보객들을 놀라게 하는 때가 있었다.

6

   내가 네 살 난 내 아들놈에게 북을 사다 준 것은 어떤 늦가을 날
저녁때였다. 내 아들놈은 두드리면 두둥둥 소리가 나는 북이 신
기해서 자기 전에 한참이나 귀 시끄럽게 두드리고 놀다가 그 북
을 손에 쥔 채 잠이 들고 말았다. 그런데 웬일인지 그 이튿날 새
벽이 채 밝기 전에 내 아들놈은 갑자기 잠을 깨가지고 기를 쓰고
울기 시작하였다.

   나와 아내는 그놈 울음소리를 좀 멈추어보려고 여러 가지로 얼

리어보았지만 무슨 꿈에 몹시 가위가 눌렸는지 어찌 된 심판인
지, 그냥 악을 쓰고 울기만 하고 그치지를 않는 것이었다.

마지막에는 그놈 자리 옆에 놓인 북을 들어서 두드려보았다.

두둥둥! 두둥둥!

하고. 북소리가 나자 아들놈은 울음을 뚝 그치었다. 나는 한참이
나 요란하게 북을 두드렸다. 잠시라도 북을 그치면 아들놈은 또
다시 울음을 터뜨리는 고로 나는 할 수 없이 오랫동안 계속해서
두드리었다. 그러노라니까 갑자기 바깥 뜰에서,

"인선아, 야, 인선아"

하고 황급히 부르는 복실이 모의 목소리가 들리는 듯했다.

나는 북을 멈추고 귀를 기울였으나 아들놈이 또다시 울기를 시
작하는 고로 또다시 북을 두드리었다. 그러노라니까 이번엔 어디
멀리서,

"야, 인선아, 야"

하고 부르는 복실이 모의 목소리가 들리는 둥 마는 둥 하였다.

나는 별로 괴이하게 생각지도 않고 그냥 계속해서 북을 두드렸
다. 겨우 아들놈을 다시 잠을 들여놓고서 다시 눈을 좀 붙였다가
해가 뜬 후에야 일어나서 뜰에 나가 보았으나, 조반을 짓고 있어
야 할 복실이 모가 보이지 않고 부엌은 비어 있었다. 그래 복실이
모의 방으로 들어가 보니까 방문은 쫙 열려 있고 이부자리도 개
지 않은 채로 방은 비어 있었다. 우리는 새벽에 어디들을 갔을까
이상히 생각하면서 복실이 모가 돌아오기를 한참이나 기다려보았
으나, 도무지 오지 않는 고로 아내가 나와서 조반을 지으러 부엌

으로 가고 나는 거리에 나서서 이리저리 좀 돌아다녀보았으나,
인선이도 없고 복실이 모도 보이지 않았다.

내가 회사로 출근할 시각까지도 복실이 모는 돌아오지 않았다.
오후에 회사에서 집으로 돌아오니 그때까지도 복실이 모는 어디
로 갔는지 돌아오지 않았다고 아내는 걱정하는 것이다. 나는 슬
그머니 염려가 되어서 인선이가 일하고 있는 백화점으로 나가 보
았더니, 인선이는 그날 애초에 출근을 아니 했다는 대답이었다.
무슨 영문인지는 알 수 없고 많이 염려되었으나 하여간 밤까지
기다려보아서 소식이 없으면 내일 아침에는 어떻게 대책을 강구
해보기로 하고 기다렸다. 저녁을 먹어치우고 밤이 어두웠으나 인
선이 모자는 나타나지 않았다. 이게 필경 무슨 곡절이 생겼구나
싶어서 마음이 무척 초조해졌는데 마침내 복실이 모가 돌아왔다.
우리는 토방에 맥없이 주저앉는 복실이 모의 모양을 보고 놀라지
않을 수 없었다. 이 노파가 종일 어느 흙더미 위에 가서 뒹굴다가
왔는지 온통 옷은 흙투성이가 되고 머리는 풀어져서 난발이 되어
있었다. 우리 내외가,

"아니, 웬일이오?"

소리를 한꺼번에 지르면서 뛰쳐나가니까, 복실이 모는 주저앉
아서 엉엉 울기만 하였다.

가까스로 그를 달래서 띄엄띄엄 그에게서 나온 그날 새벽에 생
긴 이상스러운 일의 대강을 적으면 아래와 같다.

그날 새벽은 바로 인선이의 스무번째 생일이었다. 새벽이 채 밝
기도 전인데, 복실이 모는 어떻게 잠이 풀쩍 깼었는데 깨어 보니

바로 그때 인선이가 문을 열고 밖으로 나가는 참이었다. 그런데
그때 복실이 모를 기절을 할 만큼 몹시 놀라게 한 것은 복실이 모
의 귀에는 너무나 똑똑하게 두둥둥 울리는 북소리가 어디선지 요
란스럽게 들려오는 것이었다. 복실이 모는 제 귀를 의심했으나
북소리는 갈데없는 북소리요, 그날이 또 인선이 생일인지라 복실
이 모는 불안한 예감에 붙잡혀서, 얼른 옷을 되는대로 주위 입고
인선이를 따라나섰다.

　인선이는 벌써 대문을 열고 문밖에 나서 있었다. 인선이는 휭하
니 빠른 걸음으로 어디론가 가고 있었다. 북소리는 복실이 모의
귀에도 너무나 똑똑하게 두둥둥 자꾸만 들려오는데, 어떻게도 마
음이 황망한지 그 소리의 방향이 어딘지도 알 수 없었다고 한다.
그저 인선이가 그 북소리 나는 곳을 찾아서 가는 것이라고 직각
이 되어서 허둥지둥 그 뒤를 따르면서 인선이 이름을 불렀다. 그
러나 아들은 대답도 없이 뒤도 안 돌아보고 그냥 휭하니 가고 있
는 것이었다. 복실이 모는 숨이 턱에 닿아서 따라갔다.

　그들 모자는 보통강까지 다다랐다. 복실이 모 귀에는 인제는 북
소리는 조금도 들리지 않는데, 인선이는 신도 안 벗고 그냥 절벅
절벅, 정강머리에 차는 보통강을 건너갔다. 복실이 모도 따라 건
너갔다. 강을 다 건너고 나더니 인선이는 우뚝 돌아섰다. 복실이
모는 달려들어서 아들을 붙들고 늘어졌다.

　"인선아, 얘, 어딜 가니? 엉, 너 왜 그러니? 엉?"

　인선이는 아무 대답도 없이 한참을 물끄러미 어머니를 바라보
고 서 있더니 아주 침착하고 매진 목소리로 이렇게 말했다.

"오마니, 난 아무래도 가야 돼요. 아바지를 따라가야 되디요. 날더러 어서 오래는데, 데 북소리가 들리지 않소? 날 부르는 아바지 목소리가 들리지 않소! 한 사람 더 있구 없는 데…… 아바지두 그 한 사람, 나 또 그 한 사람…… 그 한 사람 그 한 사람 들이 가야 돼요. 가야 돼요."

그러고는 인선이는 어머니를 뿌리치고 달음질해서 보통벌 저편으로 달아났다. 복실이 모가 기를 쓰고 뒤를 쫓아갔으나 늙은 노파의 기력으로 젊은 아들과 경주하여 따라잡을 수는 도저히 없는 일이었다. 복실이 모는 대타령 부근까지 쫓아가보았으나 아주 아들의 모양을 잃어버리고 말았다. 노파는 더 뛸 기운도 없어서 허덕거리면서 고개를 넘어가보았으나 인선이의 그림자도 찾을 수 없었다.

복실이 모는 촌길 가에 뒹굴면서 실컷 울었다. 그러나 그 울음이 이미 가버린 아들을 도로 불러올 수는 없는 것이었다. 북소리의 이끄는 힘은 어머니의 눈물의 힘보다도 더 힘센 것이었다.

7

복실이 모를 겨우 달래서 방으로 내다 뉘고 나서 나는 방 안에 앉아서 담배를 피워 물고 이 사건을 머릿속에 이리 굴리고 저리 굴리며 음미하여보았다. 네 살 난 내 아들놈은 멋도 모르고 북을 목에다 걸고 박자도 없이 두드리면서 방 안을 좁아라고 헤매고 있었다.

그 박자 없는 북소리는 차차 내 머리를 점령하기 시작하였다.

한 사람, 한 사람을 끄는 북소리! 지금 멋도 모르고 북을 두드리며 안방을 헤매는 저 네 살 난 내 아들놈, 저놈이 또한 자라나서 한 사람이 될 때에는 한 사람을 부르는 그 북소리를 따라서 나와 제 어미를 내버리고 가버리지 않겠다고 누가 담보하겠는가.

내 머리는 차차 이 북소리에 정복되어, 이 북소리 이외에는 다른 존재는 그 존재 가치를 잃어버린 듯이 느껴졌다. 내 머리, 내 전신, 온 집안, 마침내는 온 우주가 이 박자 없는 북소리로 가득 차서 울리고 흔들리고……

두둥둥! 두둥둥!

봉천역 식당 奉天驛 食堂

1

봉천 정거장 앞 너른 마당에 척 나서보면 어째 경성역 앞에 선 듯한 환각을 느끼게 됩니다. 환각이 아니라 기실 경성역 앞과 봉천역 앞은 그 규모의 대소가 있을 따름이지 아주 비슷한 것이 사실입니다. 맞은편에 선 집들의 광고판이며 뚫린 길들이며 앞으로 줄을 긋고 지나간 전찻길까지도 서로 비슷하니까요. 정거장 구조조차 비슷하여서 들어가는 데와 나가는 데며 대합실(만주국이 생긴 이후로 대합실을 새로 훨씬 안쪽 이층에다가 크게 꾸며놓았지만 그 전으로 치면 말입니다)이며 식당 위치 등이 모두 서로 비슷한 방향에 놓여 있단 말씀이지요.

이 '비슷'은 외지로 오래 여행을 다니는 사람에게 우연 이상으로 반가운 일이올시다. 오랫동안 고향 소식을 모르고 두루 헤매다가 봉천역에 척 내려서자 곧 경성역의 맛을 볼 수 있다는 것은 여간한 기쁨이 아닌 것입니다. 차에서 내려서 표 주고 나가는 울타리 밖에 죽 줄을 지어 읍하고 섰는 젊은 사람들 곧 모자에다가 '아무 여관' '무슨 여관' '어디 여관' 하고 여관 이름을 써서 쓰고 있는 '손님끌꾼'들까지가 경성역 냄새를 끼친단 말씀이죠. 더욱이나 오래간만에 "조선 음식 잡수시지요" "조신 어관으로 가시지요" 하고 외치는 조선말을 들을 때 나는 나도 모르게 자연 "아, 여기가……" 하고 새삼스레 놀라게 되는 것입니다.

2

나는 사주팔자를 그렇게 타고났기 때문인지(서울에서 가장 유명하다는 사주쟁이 아무개 씨의 명판단으로 보면 꼭 그렇게 타고났다고 단언하니까 말입니다만) 삼십 평생을 절반 이상 해외로 떠돌아다니는 것이 나의 일이었습니다. 그런데 그동안에 봉천역을 거치기 무릇 이십여 회에 달합니다. 그러나 봉천을 이십여 회씩이나 들르면서도 이 또한 내 팔자이었던지 또 혹은 봉천이란 도시의 팔자이었던지 누구의 팔자소관인진 모르나 하여튼 나는 한 번도 봉천서 열 시간 이상을 머물러본 일은 없습니다. 물론 봉천서 밤을 지내본 일도 없고 따라서 그 흔한 것이 여관이언만 한 번도 그 안에 발을 들여놓은 일이 없었습니다. 언제나 아침 혹은 오후 차로 떠나게 되는데 언제나 봉천서 차에서 내리면 나는 물건 한 가지에 대해서 십 전씩만 돈을 주면 스물네 시간 동안을 잘 보관했다가 내주는 '짐짝 잠시 맡겨두는 곳'에다가 초라한 짐짝을 맡겨버리고는 혼자서 온 봉천 시가를 두루 헤매다가는 밤에 다시 차가 떠날 시간이 되면 정거장으로 돌아와서 짐을 찾아가지고 다시 기차 안에다가 지친 몸을 실어버리는 것이었습니다.

곧 봉천이란 도시는 내게 있어서는 한 개의 '기차 바꿔 타는 곳'으로밖에는 아무런 다른 존재의 의미를 갖지 않은 곳입니다. 일 년에 한두 번 가끔 번개처럼 조선엘 다녀올 일이 있어서 봉천역에 내리면

"오래간만에 조선 음식—" 운운해서 유혹하는 '손님끌꾼'들의 말에 마음이 십분 움직여지지 않는 것이 아니로되—무얼 몇 시간 후면 다시 떠날 길—하고는 넉넉지 못한 돈지갑 생각이 나서 결국 여관을 단념하고 역시 보따리를 들고 짐짝 잠시 맡겨두는 곳으로 어정어정 가는 것이 나의 의례히 하는 일이었습니다.

그러면 봉천서 끼를 에워야² 하는 경우엔 밥은 어데서 먹느냐? 지당한 물음이지요. 나는 반드시 정거장 식당으로 가지요. 그것은 십여 년 전 일인데 역시 내가 봉천서 몇 시간을 보내게 된 때 나는 방향도 모르고 이리저리 싸다니다가 어떤 조그만 골목 안에 일본 음식점이 있는 걸 발견하고 들어갔다가 밥 위에다가 기름에 볶아낸 새우 두 마리를 얹어 주는 무슨 '뎀동'이라든가 밥 한 그릇을 먹고 놀라지 말지어라 일금 일 원 이십 전야라³의 대금을 빼앗기고 난 일이 있은 후로부터는 나는 익숙지 않은 음식집에는 일절 발을 들여놓지 않는 것으로 한 신조를 삼았었으니까요. 정

거장 식당은 언제나 신용할 수 있을뿐더러 깨끗하고 또 밥값도 비교적 싼 셈이지요. 삼십 전만 주면 '카레라이스'라나요 매콤한 밥을 한 접시 두둑이 먹을 수 있고 오십 전을 내면 들척지근한 화식(和食)이라는 것을 먹을 수 있고 또 용단을 내려서 일금 일 원 이십 전야라의 대금을 털어놓으면 맹물국으로 개시하여 생선 소고기 닭고기과자 실과 면보 커피까지 뻑적지근한 양식을 먹을 수가 있지요.

3

　이야기를 쓰는 목적은 봉천역 식당 메뉴 선전에 있는 것은 절대로 아닙니다. 목적은 딴 데 있으면서 서론이 너무 길어진 모양이어서 미안한 말을 다 드릴 수 없습니다. 하나 원래 잔소리를 많이 하는 성미라 그만 그리되었으니 용서하시기 바랍니다. 이제 곧 본 이야기로 들어서겠습니다.

　이야기는 한 팔 년 전으로 뒷걸음을 쳐가지고 시작되어야 하겠습니다. 그것이 꼭 구 년 전이냐? 십 년 전이냐? 하고 정확한 대답을 하라고 다지는 이가 있으면 나는 그 대답을 할 수가 없습니다. 왜 그러냐 하면 그때에는 한 십 년 후에 내가 이 이야기를 쓰게 되리란 그런 선견지명을 못 가졌던 탓으로 그날 일을 공책에다 날짜를 적어두었던 것도 아니고 그때는 그저 무심히 지나쳐버렸건만 오늘 이야기를 쓰고 앉었게 되니 자연 대강 짐작으로 팔구 년가량 이전이리라고 생각이 되는 것입니다. 하여튼 장작림의 폭사[4]가 아직도 기억에 새롭고 조선인으로는 중국 시가 안으로 들어가 다니기가 퍽 위험하던 때였으니까요.

그때 나는 역시 어디론가 여행을 떠나서 봉천서 기차를 갈아타게 되어 저녁을 정거장 식당에서 먹으면서 차 떠날 시간을 기다리고 있었던 것입니다.

정거장 식당이란 원체 목적이 여행자를 위해서 설비해놓은 곳이라 그렇기 때문에 정거장 식당은 시내 다른 식당들보다 훨씬 더 재미있고 변화가 많은 곳이라고는 나는 늘 생각하는 바올시다. 참 온갖 잡사람 별 괴물(물론 나 자신도 그중 하나이지만)이 다 한 번씩 거쳐 지나가는 곳이 아닙니까? 정거장 식당에서 보이 노릇 한 일 년만 하고 나면 일생을 써먹고도 남을 소설거리가 얼마든지 생기려니 하고 나는 일상 생각하는 바입니다.

여행 중 심리는 자연 '구경'으로 기울어지는 것도 사실이겠지요마는 나는 정거장 식당 안에 들어가 앉으면 더한층 구경에 팔립니다. 사람 구경이지요. 남들이야 또한 나를 구경하겠지마는!

이 식당에 혼자 앉아서 삼지창으로 밥을 퍼먹고 있다가 갑자기 조선말이 들려오는데 더구나 그 조선말 목소리가 옥을 굴리는 듯한 소프라노일 적에 문득 눈을 들어 그 소리 나는 편을 바라다보는 것이 무엇 괴이할 것 없는 평범한 일이겠지요. 더구나 그 목소리의 주인공이 꼭 찌르면 터질 것같이 맑고 또 복사꽃같이 발그스레한 두 뺨의 소유자인 것을 발견할 적에 또 그 소프라노 목소리가 웃음소리로 변할 때마다 그 좌우 쪽 뺨에 우물이 옴폭 패고 메워지고 하는 광경이 눈앞에 나타날 때에 그때 나이 스물 안팎인 총각이었던 내가 먹던 밥을 잊고 한참이나 멀거니 바라다보고 있었다는 것을 지금 고백한다고 나를 가리켜 미친놈이라고 욕할 사람이 있습니까? 외지에서 동포 특히 이성(異性)의 동포를 볼 때 그가 아는 사람이고 모르는 사람이고를 막론하고 갑자기 가슴 속에 요동치는 흥분을 직접 체험해보기 전에는 잘 상상하지 못하리다. 더구나 그 이성의 동포가 흑진주같이 빛나는 맑은 눈의 소유자일 적에 양장한 두 팔목이 대리석처럼 희고 부드러워 보일 적에 십칠팔 세 난 처녀로 보일 적에 고독하게 외지를 헤매는 한 사나이가 미련스럽게도 공연히 가슴을 두근거리고 앉아 있었다고 나를 미친놈이라고 욕을 할 사람이 있습니까?

더구나 이 처녀의 몸에 행복이 넘치고 흘러서 그 순진스런 즐거움이 온 방 안 공기를 진동시키고 남을 적에 그 눈길마다 그 움직임마다 그 목소리마다 사랑이(그렇습니다. 오직 사랑만이 그렇게도 행복에 가득 찬 분위기를 발산할 수 있는 것입니다) 넘쳐흐르는 것을 볼 때 그 처녀와 마주 앉아서 그 아름답고 고운 사랑을 독차지하고 있는 한 젊은 사나이에게 향하여 내가 일종 질투 비슷한 또는 부러움 비슷한 야릇한 감정의 착란을 가지고 바라다보았노라는 것을 내가 지금 말한다고 나를 미친놈이라고 욕할 사람이 있습니까?

그러나 이야기는 이뿐입니다.

그날 밤 차를 타고 나서 잠을 좀 자볼까 하고 일부러 침대차로 가서 누웠건만 잠은 한숨도 못 잔 것이 사실입니다. 다른 생각은

별로 없고 그저

'그 둘이 물론 애인일 게다. 아니 혹은 오뉘인지도 모르지. 아니야, 둘이라 그렇게도 행복스러워 뵈든 걸 오누이 간에야 무슨 그렇게! 고향이 어데들일까? 무얼 하는 사람들일까? 결혼했을까? 아니 분명 처녀야. 아직 처녀미가 있던걸. 오누이일까? 아니지 연인이지 연인이야.'

자, 이런 소용없는 생각을 되풀이하고 또 되풀이하느라고 잠을 못 잤으니 이제야말로 미친놈이라고 욕을 한대도 대답할 말이 없습니다.

4

어느덧 이삼 년 세월이 흘러간 뒤입니다. 나는 그동안도 봉천을 두세 번 거치었지만 정거장 맞은편에 네온사인이 더 많아졌다는 것밖에 별로 이렇다 할 기억 남는 일이 없었습니다. 오직 정거장 식당에서 밥을 먹을 때마다 문득 양장의 조선 처녀가 생각났으나

'아직도 봉천 있을까? 행복스럽게 살기나 하는가?' 하는 당토 않은 생각이 나는 것을 혼자 빙그레 웃어서 눌러버리고 그때 새로 배운 재간 곧 콧구멍으로 담배 연기를 내보내는 장한 재간을 연습하고 앉아 있었습니다.

이날 나는 봉천에 그때 새로 생겼다는 아라사 사람 티룸에 저녁 때 잠깐 들러본다던 것이 그 레코드 음악에 취해서 그만 늦도록

앉았다가 여덟 시가 지나서야 나갔습니다. 때가 늦은지라 식당 안이 텅 비었는데 저편 한편 무리가 되어서 웃고 떠들고 할 뿐 그 외에는 아무도 없었습니다.

나는 언제나 하는 버릇대로 식당 안에서도 제일 구석 자리에 자리를 잡고 앉았지요. 음식을 시켜놓고는 할 일이 없이 갑갑해서 읽어야 소용도 없는 것이언만 메뉴를 들고 술값이 얼마 얼마 담뱃값이 얼마 얼마를 읽고 또 읽고 또 읽고 하였지요. 그런데 아까부터 귀에 낯익은 목소리 그 말은 조선말이 아니건만도 그 목소리는 퍽 귀에 익단 말씀이지요. 그래 나는 무심코 그쪽을 바라다보았더니 그 목소리의 주인공은 어떤 양장한 여성, 대여섯 남자 틈에 오직 두 여성이 끼어 앉았는데 한 여자는 화복⁵을 입었고 이 목소리의 주인공은 양장을 했는데…… 그 목소리, 그 얼굴, 그 몸맵시 분명코 이삼 년 전에 이 식당 안에서 행복의 절정에 싸여 있는 때 보았던 그 여자가 아니겠습니까?

그러나 그가 말하는 그 말은 조선말이 아니요, 같이 와 앉았는 사람들도 조선 사람이 아닌지라 나는 나 자신의 기억력에 의문을 느끼고 어느 딴 여자리라고 생각을 해보려 했습니다. 그러나 보면 볼수록 그 소프라노 목소리라든지 말끝마다 짜르르 웃으면 웃을 때마다 뺨에 우물이 파지고 메워지고 하는 것이라든지 나는 언제나 한번 본 얼굴은 잊어버리는 일이 없노라고 늘 자랑을 하는 처지입니다마는 갈데없이 이 양장미인은 다른 여자가 아니고 삼 년 전 그 사람이었습니다. 더구나 얼굴이 조선 여자인걸요. 양장을 했지마는 현해탄 건너 여자보다는 한결 순후하고 중국 여자보다는 한결 명랑한 얼굴, 봉천 여자 얼굴처럼 우둔하지 않고 또 동경 여자처럼 깜찍하지 않고 복스러운 얼굴 그것이 조선 여자 얼굴의 특색이 아니고 무엇이겠습니까? 그리고 더구나 귀를 기울이고 자세히 들으니 그 여자가 유창하게 하기는 하는 말이지만 아무래도 조선식 악센트가 섞여 있는걸요.

나는 호기심이 바짝 당겨서 그 정체를 추측해보려 했습니다마는 혹은 어떤 음식점 웨이트레스가 되었는가 또 혹은 어떤 회사 사무원이 되었는가 얼른 추측할 수 없었습니다. 그러자 그들 일행은 모두 일어서서 밖으로 나갔습니다. 그의 일동일정을 추근추근히도 따르는 내 시선을 그 양장의 처녀(아마 그때는 처녀가 아니었겠지요마는)가 인식했던지 문까지 다가서는 잠시 내 쪽을 돌아다보다가 내 시선과 그의 시선이 마주치자 그는 놀란 토끼 모양으로 얼른 고개를 돌립니다마는 그의 맑은 두 뺨에 홍조가 떠오르는 것을 나는 보았습니다.

'대관절 어찌 된 일일까? 그때 그 남자, 내가 연인이리라고 단정했던 그 남자는 어찌 되었는가? 어떤 관계로 저 사람들과 함께 밀려 다니는가.'

이런 온갖 생각에 휩싸여서 그날 저녁을 어떻게 먹었는지 그날 저녁을 먹었는지 또는 보이가 잊어버리고 안 가져오고(물론 그럴 리야 없겠지마는) 나도 역시 잊어버리고 안 먹지나 않았는지 지금까지도 기억이 아니 납니다.

5

또 한 삼 년 세월이 흘렀습니다.

만주사변이 엊그제 생긴 일이라 봉천은 전시 상태와 같았습니다. 이때 역시 나는 여행을 안 할 수 없는 일이 생겨서 그 무시무시한 감시와 취조를 받아가면서 봉천에 내렸던 것입니다.

그때 내가 봉천역 식당에서 또다시 그 양장미인을 만나 보았다고 말씀드리면 나더러 거짓말한다고 하시렵니까? 세상에 어떻게 그렇게 우연이 중복되고 또 중복되는 일이 있을 수 있느냐고요. 글쎄 나도 모르겠습니다. 아니 그것도 내 팔자의 한 부분인지 모르지요.

그러나 이번엔 나는 어찌도 놀랐는지 모릅니다. 세상에 사람의 얼굴이 불과 이삼 년간에 그렇게 틀려지는 수도 있는지요. 꼭 누르면 터질 듯이 말롱말롱하던 그 두 뺨이 핏기 하나 없이 노래져버린 데다가 입가에는 벌써 가는 주름이 잡혀서 입을 꼭 다물면 우는 상 비슷한 기분을 일으키는 얼굴, 그 명랑하던 웃음은 어디로 가고 아주 우울한 얼굴의 한 권형[6]이 되어버린걸요. 팔꼬뱅이[7]부터 드러내놓은 그의 팔은 오륙 년 전 그때보다도 더 하얘졌는데 그때에는 대리석처럼 반지르르하고 아름답던 것이 지금에는 회벽처럼 푸수수하고 거칠어져버렸습니다. 오직 그 흑진주같이 빛나는 두 눈만이 그대로 옛날 그 아름다움을 간직해 내려왔습니다. 그래 그 눈만을 잠시 바라다보면 그 얼굴은 옛날 순진성은 없어졌지마는 그 대신 더 요염한 매력을 아니 느낄 수 없습니다.

그와 함께 온 사람들은 이번엔 누구더냐구요? 혼자 와 앉아 있어요. 내가 식당으로 들어설 때엔 벌써 그는 저녁을 다 먹고 치웠는지 식탁에는 아무것도 없고 혼자 턱을 괴고 앉아서 담배만 자꾸 피우더군요.

나는 그만 놀라고 슬프고 기분이 이상해져서 멀거니 그 여자만 바라다보고 있었습니다마는 그는 한두 번 나를 바라다보았으나 이번엔 얼굴이 붉어지지도 않고 그렇게 놀란 모양으로 시선을 피하지도 않고 그냥 잠시 바라다보고는 다시 천장을 치어다보면서 담배만 자꾸 피우는걸요.

아마 내가 식당에 들어간 뒤에도 그는 담배를 대여섯 대 계속해 피웠지요. 나는 한번 말이라도 건네볼까 하는 호기심이 불 일듯 일어났으나 원래 수줍음이 많은 성격인 데다가 또 그 여자의 태도가 어떻게도 냉랭하고 청승맞은지 그만 용기가 없어졌습니다. 보이가 내 주문한 밥을 가져올 때 그는 그만 일어나 밖으로 나가버리고 말았습니다.

6

그러고는 바로 어제 일입니다. 어제 저녁으로 내가 봉천서 먹었지요. 바로 아까 오후에 서울 내렸으니까요.

예, 벌써 짐작하시는군요. 그래요 그 여자를 어제 또 봉천역 식당에서 보았어요. 그것도 무슨 인연이라고 할 수 있을는지요.

정거장을 그동안에 모두 수리를 해놓아서 아주 으리으리하더군요. 안으로 커단 대합실을 새로 내고 층층대를 크게 무엇으로 만들었는지 파란색이 도는데 발로 밟으면 물큰물큰하더군요. 식당은 마침 수리 중이어서 이편 한구석에 임시로 자그마하게 열었는데 새로 산 듯 눈에 띄는 것은 하얀 에이프린을 맵시 있게 입은 여급들이 이제는 식당 보이 직업까지도 사내들은 못 해먹게 된 세상입니다그려.

어서 그 양장 미인 이야기를 하라고요? 예 지금 곧 하겠습니다. 그렇게도 우울한 얼굴이 세상에 다시 또 있을 수 있을까요? 그 흑진주같이 빛나는 눈도 웬일인지 그 광채를 잃고 언제나 눈물이 고여 있는 것같이 보여서 금시에 그는 밥을 먹다 말고 울고 쓰러질 것같이 마음이 조마조마해지더군요.

혼자 왔더냐구요? 아니요. 이번엔 둘이서 왔습니다. 내가 저녁을 한 절반이나 먹은 후에 그 여자가 들어왔는데 포근히 잠든 어린애 아마 네 살이나 났을까요? 한 아이를 업고 들어왔습니다. 아이는 계집애인데 교의에 내려놓으니까 그냥 식탁에 두 팔을 얹고 엎드려 쌕쌕 계속해 자더군요.

양장의 그 여자는 이번엔 천장을 치어다보지도 않고 담배도 안 피우고 오직 식탁만을 맞추고 그 위로 기어가는 개미까지도 놓치지 않으려는 듯이 들여다보고 앉아 있습니다. 내가 그렇게도 뚫어지게 바라다보았으나 내 시선을 감각 못 했을 리도 없으련만 눈 하나 깜짝 안 하고 이 세상에는 오직 그 식탁 하나밖에는 아무런 다른 존재는 인식하지 못한다는 듯이 한곳만 그렇게 바라다보고 있습니다.

그리고 세상에 그렇게도 눈물 날 만치 구슬픈 밥 먹는 태도를 나는 입때 본 일이 없었습니다. 밥을 한술 입에 떠 넣고는 맥이 한 푼어치도 없는 사람처럼 입을 후물후물 그것도 가끔 밥 먹기를 잊은 듯이 가만히 있다가는 갑자기 생각난 듯이 몇 번 후물후물 그러다가는 어떻게 가까스로 삼키고는 또 한참을 멀거니 앉았다가는 다시 새로 생각난 듯이 또 한 숟갈 떠 넣고 후물후물 이 모양이었습니다. 언제나 식탁 위 한곳만을 뚫어질 듯이 주시하면서.

그러더니 그는 밥 뜬 숟갈을 손에 든 채 입에 넣지 않고 한참이나 멀거니 앉아서 시선을 옆에 엎디어 자고 있는 애기에게로 옮겼습니다. 잠시 동안 애기를 물끄러미 들여다보더니 한순간 실로 눈 깜짝할 한순간이었습니다. 나는 그 창백한 뺨 위에 우물이 패었다가 메워지는 것을 보았습니다.

그러더니 그는 한술 떠 들었던 밥을 도로 접시에 놓고 고요히 일어서서 자기 등에 둘렀던 덧옷을 벗어서 자고 있는 아이의 어깨를 덮어주었습니다. 봄이 꽤 들어서 뭐 그리 추운 날은 아니었습니다마는!

그러고는 그는 다시 앉아서 아까 모양으로 절반 정신은 딴 데 둔 사람처럼 밥을 먹는 것이었습니다.

이야기는 이것으로 끝이올시다. 나는 그 여자가 누구인지도 모르고 어디 사람인지도 모르고 지금 어떠한 곳에서 무엇을 하고 있는지 지금 어떠한 환경 안에 있는지 모릅니다. 내가 그 여자를 봉천 식당에서 서너 번 본 이 외에 그 여자에게 대한 아무런 지식도 없고 내가 그의 반생을 그려본다면 그것은 한갓 내 추측에 불과할 것입니다. 그러나 웬일인지 나는 이 여자에게 대한 내 추측이 바로 사실같이 자꾸 생각되어서 우울하고 구슬픈 생각을 금할 수 없었습니다.

나는 마치 해외로 떠도는 조선 여성의 한 타입의 표본을 눈앞에 앉히고 보고 있는 것같이 생각되어서 처참한 감정을 금할 수 없었던 것입니다.

더구나 세상모르고 쌕쌕 잠자는 그 어린 딸—추울세라 어머니가 덧옷을 벗어 덮어주는 것도 인식 못 하면서 지금 그 아이는 아이들만이 가질 수 있는 신선 나라 꿈을 꾸고 있겠지요. 어머니의 슬픔도 모르고 자기 앞을 걸쳐 막고 있는 비애의 커단 함정도 모르면서 어머니의 슬픔을 상속받아 대를 이을 이 애기! 어머니가 딸에게 그 딸이 또 딸의 대에 대를 이어서…… 조선인으로서의 비극, 여자로서의 비극, 인류로서의 비극을 부단히 대 이어나갈 이 딸…… 이 쇠사슬 같은 연쇄의 영원을 생각할 때 나는 나도 모르게 한숨을 길게 쉬었습니다. 나는 내 입에서 나와서 뭉게뭉게 구름처럼 피어오르는 담배 연기를 바라다보면서 그 연기 속에다가 지금 내 앞에 앉아 밥 먹고 있는 이 한 조선 여성의 조그마한 기쁨들과 커단 슬픔으로 채웠을 반생을 그림 그려보고는 지워버리고 또 그려보고는 다시 지워버리고 하면서 앉아 있었습니다.

낙랑고분樂浪古墳의 비밀秘密

오전 한 시 십삼 분

아무 일도 없다.

벌써 두 시간 나마[1]를 기다렸건만 아무런 이변도 없다. 그러면 승직이는 어떠한 이변을 예기하고 있었던 것인가? 똑똑히 말하자면 그렇다고도 할 수 없다. 무슨 이변을 예기할 만한 아무런 조건 아무런 증조[2]도 있는 것은 아니었다. 그렇다면 승직이는 어찌하여 하루이틀도 아니요 벌써 한 주일째나 이 황량하고 무시무시한 숲 속을 밤을 새워 지키고 있는 것이었던가?

그것은 신문 기자라는 직업을 가진 승직이의 직업 심리의 한 발작적 충동이었다. 뭐 제육감이라던가! 무슨 그러한 형용할 수 없는 이상스런 한 충동의 연장이었다. 이 충동이 언제쯤 끝이 나고 마는지 승직이로서도 알 수 없는 일이었다. 하나 그 충동이 끝나는 시각까지는 승직이는 버티어보는 수밖에 없다.

그러나 승직이의 행동이 아주 엉터리없는 무모한 짓은 아니었다. 승직이의 십 년간 기자 생활의 경험에 비추어서 승직이가 이처럼 지독한 맘으로 달려들어 성공 못 한 일이 없다.

조그마한 힌트! 그 힌트가 아무리 조그마하고 미약하게 남에게는 보이더라도 그 힌트를 중심으로 추리와 공상을 확대해나가는 승직이에게는 언제나 그 끄트머리를 캐어 잡고야 말 만한 자신이 있는 것이었다.

평양에는 지난 반년 동안 실로 괴이하기 짝이 없는 실종 사건이 연달아 일어나서 평양 사회는 물 끓듯 뒤숭숭하였다. 지나간 반년 동안에 무려 십여 명의 젊은 사람이 부지거처[3]가 되고 만 것이었다. 온갖 계급의 청년이 하룻밤 사이에 연기처럼 사라져버리곤 하는데 아무 데 국숫집 맏아들이 없어져버렸다는 소문이 나면 그다음에는 또 관 앞에서 포목상 하는 젊은 주인이 온다 간다 소리 없이 사라져버렸다는 소문이었다. 술렁술렁하는 인심이 좀 가라앉을 만하면 이번에는 또 서문 거리서 자전거포 하는 주인의 아우가 야시 구경 간다고 나간 채 영 무소식이라고 소문이 돌고 뒤이어서 또 외성에서 과자 제조업을 하던 젊은이가 과자 굽는 기계와 이미 만들어놓은 과자까지를 다 그대로 둔 채로 어디론지 자취를 감추어버렸다는 소문이 돌았다.

이렇게 연달아서 실종이 되는 사람들의 연세를 살피면 모두가 이십 세 이상 사십 세 미만 그 근처이었다. 또 모두가 한결같이 건장한 남자들이었다. 여자라거나 이십 미만의 아이라거나는 도무지 실종되는 일이 없었다.

그런데 더한층 평양 부민을 무서움으로 떨게 한 것은 바로 약 두어 주일 전부터 진남포 거의 다 간 대동강 하류에서 혹은 썩고 혹은 생생한 장정의 시체를 일곱 개 건졌는데 그중에서 다섯 개는 분명히 월여 전 혹은 며칠 전에 실종되었던 청년들의 시체에 틀림없다고 그들의 부모 또는 친척이 인정하고 그 시체를 찾아다가 매장했다는 일이다.

더구나 이상한 일로는 그 시체 중에서 가장 생생한 시체 셋을 도립병원에서 해부해본 결과 그 죽은 원인에 대해서는 도무지 알 수가 없다는 의사의 고백이었다. 해부의 결과로 보면 분명 물에 빠져 죽은 익사 시체는 아니라고 의사는 단언하였다. 몸은 벌써 죽은 후에 그 시체를 대동강 물속에 던진 것이 하류로 하류로 흘러간 것이라는 단안이었다.

그러면 시체가 물에 던져지기 전에 과연 어떠한 죽음을 하였는가? 여기 대하여 현대 의학으로는 판단하기 불가능하다는 것이었다.

몸에 상처도 없고 위 속에 남아 있던 음식물까지 세밀히 검사해보았으나 독약이 들어 있기나 한 것이 절대로 아니라고 한다. 결국 심장 마비나 질식인데, 그렇다면 그 원인은? 도무지 추측할 수 없는 일이었다.

이러한 기괴한 사건은 직접 당사자인 평양뿐 아니라 전국적으로 큰 센세이션과 공포를 퍼뜨리었다. 경찰이 혈안이 되어 헤맨 것은 물론 각 신문사로부터서도 특파원이 몇 차례씩 다녀갔으나 제아무리 난다 긴다 하는 노장[4] 기자들도 여관 밥만 축내줄 뿐 별반 소득들이 없이 갈리어 가고 갈리어 왔다. 만일 누구든지 이 진상[5]을 포착하기만 한다면 이는 저널리즘 사상에 전무한 한 특종 기삿거리가 될 것이었다.

하나 승직이가 남달리 더한층 열심으로 며칠씩 밤을 새워가면서 그렇게 애를 쓰고 있는 것은 단순히 직업 관계뿐인 것이 아니었다. 좀더 사적(私的)인 동기가 있었던 것이다.

그것은 바로 한 일주일 전에 승직이가 가장 사랑하던 동생 승일 군이 역시 연기처럼 사라져 없어져버린 것이었다. 비록 이복동생 이라고는 하나 승직이가 어려서부터 업어 기르고 귀애해온 동생 이었다. 더구나 결혼한 지 겨우 한 달, 승직이 자신이 중매를 들어서 평양으로 장가와가지고 아직 아내를 데리고 고향으로 가보지도 못한 채로 승일이는 부지거처가 되어버린 것이었다.

승직이는 슬픔에 싸여 있는 제수[6]의 집에를 들렀다가 우연히 그 집 책장 서랍 속에서 이상스런 헌책을 한 권 발견하였던 것이다.

무심히 서랍을 열고 이것저것 쳐들어 보던 승직이는 헌책들과 헌 필기장들과, 휴지 등이 뒤범벅이 되어 있는 그 뭉텅이들 중에서 조선 장지에 잘게 쓴 먹글씨에 눈이 번쩍 띄었다. 아니 무엇보다도 그 장지로 맨 책이 먼지가 어떻게도 앉고 낡았는지 그 너무나 낡은 것에 눈이 띄었던 것이다. 옛날 조선식으로 매었던 책인데 책의 대부분은 이미 없어졌고 서너 장만이 노끈[7] 꿰었던 동그란 구멍들이 있는 채로 구겨져 있는 것이었다.

승직이는 무료를 끄기 위하여 그것을 들고 읽기를 시작하였다. 처음에는 순 한문 글인 줄로 알고 읽기 시작했으나 두어 줄 읽어

보니 한문과 이두[8]를 섞은 글이었다. 때마침 승직이는 이두 연구에 약간 흥미를 느끼고 있던 때이라 곧 커단 호기심을 가지고 읽어보았다.

그러나 승직이가 그 글을 한 페이지 다 읽고 난 때 그는 열심히 그 뭉텅이를 다시 뒤지었다. 승직이가 읽어본 것은 이야기의 한 중턱이었고 그 시초를 찾기 위하여 뒤지는 것이었다. 그러나 승직이가 찾을 수 있는 것은 이야기의 시초가 아니라 그보다도 앞선 서문뿐이었다. 그 중간 장은 아무리 찾으려야 찾을 수 없는 일이었다.

승직이는 서문으로부터 다시 읽기 시작하였다. 그 글은 한글로 번역해놓으면 이러하였다.

우습도다 세상 사람들이여. 내가 친히 보고 듣고 만지고 한 이상스런 일을 전하려 하매 세상이 나를 미친 자로라 하더니만 거기에다 거짓말과 허튼소리를 가하여서 이야기를 써서 보였더니 너도 나도 모두 앞을 다투어 읽고자 하는도다. 그러나 우습도다. 장화와 홍련의 이야기는 내가 꾸며낸 거짓말이로되 읽는 이가 많으나 내 참 이야기는 여기 적혀 있으되 읽고자 하는 이 없도다. 두어라. 세상이 비웃어도 좋으니라. 사실은 사실대로 적어둘 따름인저.

이러한 서문 끝에 쓰인 그 연월일을 보살피니 물경 삼백 년 전이었다.

그다음에 긴요한 그 이야기 시초가 적혀 있을 한 장이 없어져버리고 승직이가 읽을 수 있는 것은 이야기의 한중간부터이었는데 아래와 같았다.

넘어서니 내 이마에 구슬 같은 땀이 맺혔더라. 그 선녀 돌아보아 웃으며 가로되 내 요긴한 청이 있어서 여러 어른을 모셔왔으되 대개는 이제 지나온 그 문 앞에서 그만 기절하여 명이 끊어짐을 보았더니 오늘 선생을 만남이 이 하늘의 도움인가 하나이다. 내가 묵묵히 그 선녀의 뒤를 따를새 저절로 열리는 바위 문을 벗어나니 한 커단 굴이 있는데 좌측으로는……

여기서 승직이는 기절을 할 만큼 놀랐던 것이다. 그것은 거기에 한 장 가득히 묘사해놓은 그 광경은 승직이도 분명 한번 본 일이 있는 낯익은 굴속이었던 것이다. 두말할 것도 없이 그것은 대동강변에 있는 낙랑고분 속의 묘사였던 것이다. 승직이는 바로 한 삼 년 전에 그 낙랑고분을 구경하였던 것이다. 그러나 삼백 년 전에 이 글을 쓴 사람, 그가 삼백 년 전에 낙랑고분 속을 들어가 보다니? 그것은 도저히 있을 수 없는 일이었다. 그러나 그 세세한 묘사는 낙랑고분 속 그대로인데야 어찌하는가?

승직이는 그 헌 장지책을 제수에게 보이고 어데서 난 것인지 알 수가 있느냐고 물었다.

"이전부터 집에 굴러다니던 거야요."

"승일이가 혹 이걸 읽은 일이 있소?"

"아이구, 그것 때문에 아주 감질'을 냈다우. 그게 무어 그리 재미있는지 그저 한 댓새 그 책하구 씨름을 했답니다."

승직이는 입술을 깨물었다. 승직이는 또 계속 읽었다.

그래서 선녀는 혹은 자기의 눈을 똑바로 바라다보라고 하기도 하
고 또 혹은 그 목에 걸린 수정알을 뱅뱅 돌리며 바라보라고 하기도
하며 또 혹은 나지막한 목소리로 하나 둘 셋 넷 헤어보라기도 하는
데 그대로 쫓는 내 몸은 어쩐지 평안하기도 하고 졸리기도 하고 정
신이 몽롱해지기도 하는 이상스런 감각이었도다……

승직이는 한 번 더 놀랐다. 이것은 분명 최면술이 아니냐? 그런
데 삼백 년 전에 이 글을 쓴 사람이 낙랑고분 안에서 최면술에 걸
리는 경험을 적어놓았으니 이는 참으로 이상스런 일이었다. 꿈이
기에는 너무나 회한한 묘사였다.

승직이는 또 계속하여 읽었다.

이때 선녀는 횃불을 잡고 앞서서 길을 인도하며 나더러 물어 가로
되 여기서 생각나는 것이 없나뇨, 생각나는 것이 없나뇨 하고 여러
번 되풀이하되 그 무슨 뜻인지 미련한 나로서 알 길이 없는지라, 내
생각건대는 내가 그 선녀를 만나던 언덕으로부터서 불상(佛像) 있
는 데까지가 오 리[10]는 될 것이고 거기서 또 저절로 움직이는 바위
문까지가 일 리 넉넉히 될 것이며, 거기서 다시 그 굴속 길이가 십
리는 넉넉할 것이라. 아무리 선녀의 앞이라 할지라도 피곤한 몸이
졸림을 참을 수 없더라. 선녀는 슬픈 낯으로 어렵도다 어렵도다 탄

식하고 돌아서서 나를 따를지니라 나를 따를지니라 하며 다시 앞서 걷는지라. 나는 깨었는지 자는지 모를 상태로 선녀의 뒤만 따라가 이제는 여기 누워서 잘지니라 하는 선녀의 말을 어렴풋이 들으며 그 자리에 쓰러지니 곧 세상모를 잠에 빠졌더라. 잠에서 깨어나니 어느덧 날은 새었고 나는 어젯밤 선녀를 만나던 그 언덕 풀밭에 혼자 누워 있더라. 이것을 꿈이라 할까? 아니다. 분명코 내게는 이것이 꿈이 아니었도다. 오호라 한 시 한 초인들 그 선녀의 아리따운 자태를 잊어버릴 수 있으리오. 슬프다 다시 그 선녀를 만나 볼 수 없음이여……

이 밑에 또 몇 장이나 더 이야기가 계속되는지 모르나 승직이가 찾을 수 있는 것은 이것이 끝이었다.

삼백 년 전에 그 글을 쓴 승일이의 장인의 몇 대조 할아버지가 그 선녀를 만났다던 그 언덕이 과연 꼭 어느 곳인지 그것이 쓰여 있을 그 첫 장이 없어졌으므로 알 수 없는 일이었다. 아마도 승일 이가 가지고 갔을는지도 모를 일이었다. 분명코 승일이는 그 선녀가 나타난다는 언덕으로 찾아갔던 것임이 틀림없으리라고 승직이는 혼자서 판단을 내리었던 것이다. 따라서 승직이는 기필코 승일이의 간 곳, 따라서는 혹시 실종 사건의 비밀까지를 추적해 들어가볼 결심을 하였던 것이다.

물론 승직이는 정확한 장소를 정할 수는 없었다. 그러나 "…… 언덕으로부터서 불상 있는 데까지가 오 리는 될 것이고 거기서 또 저절로 움직이는 바위 문까지가 일 리 넉넉히 될 것이며……"

운운한 그것을 유일의 단서로 낙랑고분에서 약 오 리에서 십 리까지의 거리에 있는 언덕을 찾아 헤매던 나머지 마침내 지금의 언덕에서 벌써 일주일째나 밤을 새워 지키는 것이었다.

오전 한 시 삼십일 분

아무런 일도 없다. 약 삼 분 전부터서 신작로가 있는 근처에서 무슨 불이 반짝반짝하는 것이 보인다고 승직이는 생각하고 있었으나 지금에는 아무리 보아도 없다. 혹은 승직이의 눈의 착각이었는지도 알 수 없고 또 혹은 누가 초롱이라도 받고 지나갔는지도 알 수 없을 일이다.

오전 한 시 오십사 분

승직이는 깜빡 졸았다. 졸았대야 불과 몇 분간밖에 더 안 될 것이었으나 승직이에게는 그것이 여러 시간처럼 생각되어서 마음이 초조하여졌다.

갑자기 바람이 우수수하고 지나갔다. 그 바람 소리에 잇닿아서 승직이는 무슨 이상스런 소리를 들은 듯이 생각되었다. 승직이는 부지중 등골로 식은땀이 흐르면서도 사냥개처럼 전 신경을 귀로 모두었다.

분명 어린아이의 느껴 우는 소리가 들려왔다. 승직이는 벌떡 일어나서 그 울음소리 나는 곳을 향하여 갔다. 가까이 가면서 들으니 그 울음소리는 아이 울음소리가 아니라 여자의 소리같이 들리기도 하였다.

이 아닌 밤중에 이런 으슥한 숲속에서 느껴 우는 여자라니, 어렸을 제 들은 이야기에 의하면 꼬리 아홉 가진 여우가 사람을 호릴 때에는 의례히 이러한 수단을 쓴다고 하는데…… 이러한 생각이 언뜻 들자 몹시도 무서워졌다.

그러나 뛰는 가슴을 누르면서 억지로 가까이 가보니 아니나 다를까 소복을 한 여자였다. 방금 떠오르는 조각달 빛에 그 흰옷이 눈이 부실 만큼 반사되었다.

땅에 엎드려 느껴 울던 여자는 승직의 발자국 소리를 들었는지 몸을 일으켜 돌아보더니 승직이를 보자 몹시 놀라서 울음을 뚝 그치고 후닥닥 일어서더니 상큼상큼 걸어서 저쪽으로 간다. 승직이는 부지중에 그 여자 뒤를 밟았다.

소복을 입은 여자는 한 번도 돌아다보는 일 없이 대동강 쪽으로 자꾸만 갔다. 승직이는 자력에 끌리는 쇠젓가락 모양으로 그 뒤에 끌려가는 것이었다.

강가까지 거의 다 이르렀으리라고 승직이는 생각하였다. 그것은 강 건너 쪽 길에 서 있는 가등의 불그림자가 강물에 반사되는 것이 저만치 보이는 것을 승직이는 깨달았던 것이다. 이 불빛이 승직이의 마음을 얼마큼 담대하게 만들어주었다. 승직이는 사방을 한번 휘둘러보았다. 강 건너 쪽 잠든 도시 여기저기에 밤을 새워 지키는 전등들이 깜빡깜빡 반기는 듯하였다.

그러나 그다음 순간 승직이는 몸을 떨었다. 방금까지 몇 걸음 앞서 걷던 소복한 여자의 모양이 승천입지를 하였는지 없어지고만 것이었다.

'이거 내가 아마 참말 도깨비에게 홀렸나 부다'

하고 그는 생각하였다.

그러나 또 그다음 순간

"저, 이리 잠깐만 좀 들어오시지요"

하고 부르는 명랑한 여자의 목소리가 어데선지 들려왔다. 승직이
는 머리털이 쭈뼛하고 그냥 어데로든 달아나버리고 싶어졌다. 그
러나 다리가 와들와들 떨릴 따름으로 달아나지지도 않고 그 자리
에 심어놓은 듯이 서 있었다. 동시에 그의 눈은 소리 나는 곳을
향하여 두리번두리번 찾았다.

이상타. 소복을 한 그 여자는 바로 옆에 서 있는 커다란 바위 밑
굴속에서 벌써 어느새 횃불을 손에 들고 서 있는 것이었다.

'분명코 여우에게 홀렸나 보다'

하고 승직이는 속으로 다시 생각하였다. '하나 여우에게 홀리면
바위돌이 고래 같은 기와집으로 보인다는데 분명 저것이 집으로
보이지 않고 꼭 바위로 뵈는 것을 보니 그래도 아마 흠뻑 홀리진
않았나 보다'

하고 그는 또 생각하였다. 그러면서도 승직이는 그야말로 홀린
듯이 그 여자가 있는 굴속으로 들어섰다.

이때 처음으로 승직이는 그 여자의 얼굴을 정면으로 볼 수 있었
다. 횃불에 비추이는 그 얼굴은 대리석같이 희면서 또 얼음처럼
맑고 차다.

승직이가 이때까지 본 일이 없이 맑고 아름다운 얼굴이었다. 그
러면서도 어디까지 차고 무표정한 얼굴이었다. 저러한 얼굴을 가

진 여자가 조금 전에 아이처럼 느껴 울었다는 것은 있을 수 없는 일처럼 생각되었다.

여자는 상큼 돌아서더니 그 어두운 굴속을 거침없이 걸어 들어갔다. 승직이는 그저 자력에 끌리듯이 주춤주춤 뒤를 따랐다.

오전 두 시 사 분

얼마를 왔는지 승직이는 흑 소리를 내면서 눈앞에 전개된 괴물의 얼굴을 바라다보면서 섰다.

그 괴물은 사람도 아니요 짐승도 아니었다. 그 무서운 눈, 그 찡그린 이마, 그 흉물스런 코, 보다도 그 창끝같이 뾰족하고 번들번들 빛나는 이빨들, 그 쩍 벌린 입이 금방 승직이를 삼켜버릴 듯하고 금방 그 창끝 같은 이빨들이 그의 골통을 아드득 물어뜯을 것만 같이 생각되었다. 벌써 그 괴물은 소복한 여자를 삼켜버리지 않았는가!

승직이는 곧 기절을 할 것 같았으나 그의 억센 심장은 그 찰나의 공포를 흡수하여서 두 무릎이 땅에 닿도록 앞으로 꼬꾸라진 채 승직이는 정신을 수습하였다.

정신을 수습하고 치어다보니 그 괴물은 산 짐승이 아니라 한 개의 거대한 조각이었다. 관악묘 주쳉이 비슷한 한 조각이었다. 오직 그 스케일이 승직이가 이때까지 본 일이 없는 거대한 한 조각이었다.

소복을 한 여자가 그 괴물에게 삼켜버린 것이 아니라 그 이빨을 드러내놓은 커다랗게 벌린 입안으로 들어섰던 것이다. 그 커단 입은 곧 한 개의 문이었던 것이다.

그 입안에 초연히 서서 승직이를 내다보고 있는 여자의 눈은 이상한 광채를 발하는 듯하였다. 그 뚫어질 듯이 승직이를 주시하는 한 쌍의 눈은 승직이 온몸과 마음을 사로잡고 말았다. 승직이는 그 무서운 괴물의 존재도 잊어버리고 멀거니 그 눈을 바라다보고 서 있었다.

얼마나 오랫동안 두 남녀는 그렇게 서로 마주 보고 서 있었는지, 승직이는 다른 온갖 감각과 생각이 마비된 채 오직 그 광채나는 눈 속으로 자기 전신이 흡수되어버리는 것 같은 느낌뿐이었다.

이때 다시 승직이는 그 여자의 가슴 근처에서 무엇 광채 도는 것이 뱅글뱅글 도는 것을 발견하였다. 그것을 한 개의 커다란 수정이라고 승직이는 어렴풋이 생각하면서 그 뱅글뱅글 도는 투명체를 바라다보았다.

오전 두 시 십오 분

웬일인지 승직이에게 이 모든 이상스런 것들이 몹시 낯이 익게 감각되었다. 조금 전에 그렇게도 무섭고 무시무시하게 보이던 괴물의 표정이며 벌린 입이 오늘 처음 보는 것이 아니라 하루에도 몇 번씩 보아오던 자기 집 대문처럼 낯이 익어졌다. 더구나 그 광채 나는 눈을 가진 여자도 오늘 처음 보는 여자가 아니라 매일 조석으로 대하는 아내의 얼굴처럼 낯이 익었다. 어쩐지 자기는 여기 이 여자와 함께 여기 이 이상스런 문으로 출입하고 있었던 듯싶은 친밀성을 느끼는 것이었다.

승직이는 자기 집 대문을 들어서듯 하는 심리로 그 괴물의 입 안으로 들어서서 여자와 마주 섰다.

"호—"

하고 한숨을 쉬는 그 여자의 입가에는 처음으로 약간 미소가 스 치는 듯이 생각되며 지금까지 얼음장같이 차게 보이던 그 일굴이 갑자기 따뜻하고 다정스럽게 보여지었다.

"놀라실 건 조금도 없습니다. 어려운 청이 있어서 이처럼 모셔 왔습니다"

하고 말하는 그 여자의 음성까지가 몹시도 귀에 익었다. 그러고 는 그의 이마를 문질러주는 그 여자의 손의 감촉, 그것은 십 년을 같이 산 아내의 손길처럼 감촉되는 것이었다.

오전 두 시 이십 분

"생각나는 것이 없습니까?"

횃불을 들고 앞서 걷는 여자는 두어 번 이렇게 물었다. 승직이 는 휘휘 둘러보았다. 그렇다. 생각나는 것이 있다. 거기는 승직이 가 매일같이 다니던 길이다. 모든 게 낯이 익다. 어디 그뿐이랴 승직이는 바로 여기 이 길을 바로 저기 저 여자와 함께 거닐면서 언제나 행복을 느끼던 그 길이 아니냐?

그런데 웬일인지 저 여자의 이름만은 생각이 날 듯 말 듯 입안 에서 뱅뱅 돌면서도 얼른 생각나지를 않는다.

오전 두 시 삼십 분

그들은 어떤 실험실 안에 이르렀다. 실험에 쓰는 여러 모양의 질그릇들이 동상 위에 벌려져 놓여 있고 바로 저편 장 속에는 여러 가지 약품들이 크고 작은 질그릇에 담겨 있다.

그렇다. 이것은 바로 승직이 자신의 화학 실험실이다.

승직이는 반가운 소리를 부르짖으면서 자기가 늘 앉아 실험하던 그 돌걸상 위에 가서 앉았다. 불을 피우는 부싯돌과 나뭇가지와 숫돌이 모두 제자리에 고대로 놓여 있다. 승직이는 얼른 불을 일구어가지고 그 위에 질그릇을 올려놓아 물을 끓이었다. 아, 참으로 얼마 만에 승직이는 이 실험실에 다시 찾아왔는고! 또 얼마나 승직이를 행복스럽게 해주던 이 실험실인고?

오전 세 시

승직이가 한참 연구에 열중하고 있는데 언뜻 부드러운 손이 뒤에서 승직이 눈을 가렸다. 승직이는 빙그레 웃으면서 그 손을 두 손으로 꼭 붙잡았다.

대그르르 웃는 여자의 웃음소리.

"무얼 그리 열심이셔요? 오늘은 그만하구 관둬요 네!"

행복!

승직이는 돌아앉는다. 아리따운 애인, 며칠만 더 있으면 혼인을 해서 아내가 될 이 여자, 이 아리따운 처녀가 차를 만들어 가지고 실험실로 찾아온 것이다.

승직이는 애인과 마주 앉아서 차를 마신다. 아— 어쩌면 이렇게도 향기로운 차일까!

애인은 두 손으로 찻잔을 받들어 든 채로 앉아서 방그레 웃으면서 승직이를 건너다본다.

행복!

"그런데. 저— 거시기. 그 먹으문 죽는 약 말야. 그 왜 불로수(不老水) 해독제 말야, 그걸 어디다 감추어두셨어요?"

애인이 이렇게 묻는다.

"그건 비밀이야"

하고 승직이는 뽐내면서 대답한다.

"가르쳐줘요 글쎄. 무어 나한테두 비밀이 있어요? 안 가르쳐주면 난 내일부텀 차 아니 해 줄 터이야, 호호."

아, 행복!

승직이는 기지개를 켜고 일어나서 승직이 혼자만이 아는 비밀 벽장문을 열었다. 조그마한 질항아리 하나,

"이 속에 하나 가뜩이지— 이제 속 시원해?"

"호호호호."

웬일인지 여자의 그 웃음소리가 차차 희미해진다. 승직이는 돌걸상으로 도로 가 앉아서 돌상 위에 이마를 얹고 엎드리었다. 갑자기 몸이 몹시도 노곤해졌던 것이다.

오전 세 시 반

승직이는 잠에서 깨었다.

이상스런 질그릇들이 여러 개 놓여 있는 돌상에 엎드려서 승직

이는 잠이 들었던 것이다. 바로 옆에서는 화로 위에서 물이 쏼쏼 끓고 있다. 방금 꿈꾸고 난 그 꿈이 아득하게 기억에 남아 있을 따름이다. 꿈에 승직이는 거기서 무슨 실험을 했고 또 애인과 차를 마시고 무슨 그런 꿈을 꾼 듯싶다.

승직이는 휘휘 둘러보았다.

아차, 그 소복의 여인이 저쪽에 서 있다. 대리석같이 희고 얼음같이 찬 얼굴이다. 아까 모양으로 횃불을 쳐들고 서 있는 그 얼굴 두 눈에서는 광채가 나는 듯하다. 그런데 그의 왼손에는 이상스럽게 생긴 질항아리를 들고 섰다. 그 조그마한 질항아리가 어디에서 한번 본 듯싶게 승직이에게 생각되었다. 혹시 방금 꾼 그 꿈속에서 본 것이었는지.

"나가십시다"

하고 소복의 여자는 냉랭한 목소리로 명령하였다. 승직이는 부지중 일어섰다. 그러나 그 순간 일종의 분노가 치밀었다. 자기는 어찌하여 이 이상스런 여자의 명령을 복종만 하고 있는고? 이 여자가 과연 그 사돈집 몇 대조 할아버지가 보았다고 기록하였던 그 선녀이던가? 만일 그렇다면 내 아우 승일이도 여기를 끌려 들어왔었을 것이 아닌가? 그렇다면 승일이는 어찌 되었는가?

"어서 가십시다"

하고 소복의 여인은 서리같이 찬 목소리로 독촉하였다.

승직이는 주먹을 쥐고 이를 악물고 그 명령을 거역할 용기를 북돋았다. 순간 용기가 솟아올랐다.

"당신은 대관절 누구요? 사람이냐 귀신이냐?"

이렇게 말을 꺼냈으나 그의 목소리가 스스로 떨리는 데 슬그머니 골이 났으나 어쩔 수 없는 일이었다.

"어서 나갑시다"

하고 그 여자는 한 번 더 재촉하였다. 승직이는 부지중 한 걸음 나섰다. 그러나 그다음 순간 이를 악물고 멈칫 섰다.

"나는 내 아우를 찾으러 왔소. 아우가 어찌 되었는지 그걸 알기 전엔 여기서 나갈 수 없소"

하고 이빨이 덜덜 떨리는 것을 억지로 참으면서 말하였다.

"여기서는 아무 말도 할 수 없습니다. 저리로 나가서는 무슨 얘기든지 묻는 대로 다 대답하리다. 여기서는…… 안 됩니다. 당신을 위해서 하는 말입니다. 당신은 아직 죽기는 싫겠지요?"

"내 아우의 소재를 알기 전에는 못 나가……"

"당신은 이 속에 갇히어서 굶어 죽기를 원합니까? 여기서 밖으로 나가는 길을 인도할 사람은 나 하나밖에 없소. 그런데 내 목숨은 이제 얼마 못 남았소. 만일 지금 곧 내 말을 안 들으면 당신은 이 속에 갇히어서 썩고 말 터이니"

하더니 여자는 홱 돌아서서 걸어 나아갔다. 승직이는 사지를 떨면서 그 뒤를 따랐다.

몇 걸음 가서 갑자기 뒤에서 요란한 소리가 들려왔다. 돌아다보니 지금 바로 그들이 지나온 길에 어디에선지 커다란 바위가 굴러와서 길을 막아놓았다. 아무리 보아야 그쪽 어디로 통로가 있으리라고는 상상도 되지 않았다. 승직이 자신이 방금 그 바위 속에서 튀어나왔다고 하는 것이 도리어 가능한 것 같지 그 속으로 통로가 있으리라고는 믿을 수 없는 일이었다.

햇불을 든 여자는 앞만 보고 걸어나간다. 그런데 승직이에게 이 속은 낯이 익었다. 자세 둘러보니 별 곳이 아니라 삼 년 전에 한 번 와서 구경을 해본 일이 있는 그 낙랑고분 무덤 속이었다.

밖으로 통하는 문이 있는 반대쪽으로 그 여자는 걸었다. 승직이는 묵묵히 뒤를 따랐다. 하도 이상스런 경험에 그는 아무것도 생각할 능력을 잃고 그저 기계처럼 행동할 따름이었다.

그들이 고분 한끝 절벽에 다다랐을 적에 갑자기 앞 절벽이 스르르 밀려 열리고 조그마한 통로가 나섰다. 승직이는 여인의 뒤를 따라 그 속으로 들어섰다. 들어서자 뒤는 도로 스르르 막혀 절벽이 되어버렸다. 그러면 발굴된 고분을 중심으로 하고 비밀 통로가 얼기설기 있는 것이었던가?

오전 네 시

묵묵히 햇불을 든 여자의 뒤를 따른 승직이는 마침내 그 무섭게 조각된 불상 입 밖을 도로 나서서 얼마쯤 와가지고는 그 여인이 명하는 대로 한편 구석 돌 위에 주저앉았다. 여자도 햇불을 한편에 뉘어놓고 승직이와 마주 앉았다.

"선생께서는 오늘 저에게 대해서 둘도 없는 적선을 하셨습니다. 그 은혜는 무엇으로 갚을지 알 수 없습니다."

이렇게 그 여자는 입을 열었다.

"아까 선생의 계씨 되시는 분 이야기를 했지만 속임 없이 말합니다만 그이는 영원의 잠을 드셨을 것입니다."

승직이는 "응" 하고 신음하는 소리를 냈으나 맥이 탁 풀린 채 그냥 앉아 있었다.

"아까 선생께서도 그 불상 앞에까지 가서서 조끔 하드면 이세상과는 하직하실 뻔하셨지요. 선생님이 심장이 강하신 건 선생께도 다행이었고 내게는 무어라 말할 수 없는 다행한 일이었습니다. 세상에서들은 무슨 살인마나 생긴 것처럼들 떠들고들 있습니다마는 결코 내가 죽인 것은 아닙니다. 한 사람도 내 손으로 죽인 일은 없습니다. 아니요 죽으면 나도 낙망입니다. 그러나 모두들 심장이 약해서 그 불상 앞에까지 가서는 기절해 죽고 마는 것을 어떻게 합니까? 참 나도 속이 상했어요. 천 년을 두고, 그랬습니다. 천 년을 두고 나는 선생님 같으신 분을 만나려고 얼마나 애를 썼는지요?"

"천 년이라니?"

부지중 승직이는 중얼거리었다. 모두가 무슨 소린지 이해할 수 없었던 것이다. 미치지나 않았나 싶어 스스로 염려되는 것이었다.

"호호, 순서적으로 말씀드리지요. 나는 현대 사람이 아닙니다. 선생께서는 조선 역사를 공부하셨겠지요. 옛날도 옛날 아주 옛날에 이 근처 일대는 낙랑으로 알려져 있었습니다. 그때 문화는 지금 이상으로 발달되어 있었지요. 나는 그때, 그 낙랑 시대에 이 세상에 태어난 한 여자입니다. 지금 내 나이 몇 살쯤으로 보입니까? 스물? 그쯤 보이겠지요. 사실 나는 스무 살 났습니다. 스무 살 나던 해에 나는 불로수를 마시고 그때부터 지금까지 더 늙지도 않고 또 죽지도 못하고 여태껏 살아왔습니다. 그때 나와 약혼

266

했던 사랑하는 한 남자, 그이는 화학 연구가였습니다. 방금 선생께서 다녀 나오신 그 지하 실험실이 그이의 비밀 실험실이었습니다. 그이는 한번 마시면 늙지도 않고 죽지도 않는 약을 발명했습니다. 그래서 그 약을 그이와 나와 둘이서 먹고서 장생불로 언제까지나 언제까지나 행복스럽게 살려고 했습니다. 그런데 그때 나를 사모하는 다른 한 남자가 또 있었습니다. 그 남자는 나를 빼앗아 자기 아내를 삼으려고 온갖 수단을 다 부렸습니다. 그런데 바로 내 약혼자와 내가 불로수를 마시려는 그 순간에 그 미운 사내가 우리 비밀을 발견하고 쫓아 들어왔습니다. 나는 금방 약을 마셨고 그 약을 내 남편 될 이에게 건네려고 하는 순간에 고만 내 애인은 그놈의 손에 죽고 말았습니다. 나는 겁결에 그 약이 든 그릇을 땅에 떨어치어서 그 약은 흙 속에 잦아버리고 말았습니다. 그래서 그때부터 지금까지 나는 죽지 못하고 살아왔습니다. 애인을 잃어버린 사람이 결코 행복스러운 것이 아니었으나 그러나 처음 수삼백 년 동안은 그래도 재미가 있습디다. 세상 천하 안 돌아다닌 데 없이 다 돌아다녔지요. 그러나 오백 년, 칠백 년, 천 년을 가도록 죽지 못하는 이 생명은 저주받은 생명입니다. 나는 얼마나 죽기를 바랐는지요. 천 년을 살고도 죽지 않은 목숨, 또 앞으로 몇천 년을, 몇만 년을 살아야 할지 끝이 없는 이 목숨은 참으로 진저리 나는 일이었습니다. 죽지 못하는 운명! 그것처럼 악착한 것은 없습니다. 그러나 한번 불로수를 먹은 이상 죽는 방법은 오직 한 가지밖에 없습니다. 그것은 불로수의 효험을 없앨 수 있는 이 해독제입니다"

하면서 그 여자는 무릎에 놓인 질항아리를 가리키었다.

"이 해독제도 물론 내 애인이 발명해서 감추어두었던 것입니다. 이 세상에서 나를 죽일 수 있는 한 가지 약은 이것밖에 없습니다. 내가 이 약의 소재를 알아보려고 참으로 얼마나 고심을 했는지요? 지나간 천 년 동안에 나는 몇 번이나 그 비밀 실험실에를 다시 찾아와서 이 약 둔 곳을 찾아 헤맸는지 모릅니다. 그러나 번번이 실패, 참으로 얼마나 기가 막혔는지요. 몇백 년을 그렇게 지난 후에 나는 문득 불교의 윤환설을 들었습니다. 그 설을 들을 때에 문득 생각난 것이 혹시나 이 약을 발명한 내 옛날 애인이 여러 형제를 거치다가 다시 조선 사람으로 태나는 때가 있지 않을까, 이러한 생각이었습니다. 만일 그럴 수만 있다면 그 다시 태난 사람을 데리고 실험실로 들어가서 암시 작용, 최면술이라고 현대인은 말들 하나 봅디다만, 그 암시 작용에 의해서 이 약을 두어둔 비밀 장소를 발견할 수가 있지 않을까 하는 그런 희망을 품었습니다. 그래서 여러 번 시험해보았습니다. 마는 딱한 일로 사람들은 모두 그 불상 앞까지 가서는 그만 그 안을 못 들어서고 기절을 하고 마는걸요. 현대인의 눈에는 그 불상이 그렇게도 무섭게 보이는지요? 네. 과거에도 몇백 년 만에 한 사람 그 불상 앞을 통과하는 강한 사람을 만나지 못한 것은 아닙니다. 그러나 그다음 난관은 암시 작용입니다. 혹은 내 암시 작용의 방법이 졸렬하였는지, 또 혹은 반드시 옛날 그 사람의 혼이 다시 윤환된 그 사람이 아니면 안 되는 것이었는지, 하여튼 번번이 실패뿐이었습니다. 그러나 나는 이번에는 세상 아무러한 일이 있더라도 이 비밀을 발견하고야 말 결심이었습니다. 몇 사람의 목숨이 희생되더라도 나 자신이 이 지긋지긋한 세상을 버리고 영원의 안식으로 가기 위하여는 최후 발악을 할 결심이었습니다. 그러다가 만일 이번에도 또 실패하고 말게 되면 아주 단념하고서 무슨 짓으로든지 이 세상을 망쳐놓고 말 심산이었습니다. 벌써 동이 트는군요. 더 길게 이야기 않겠습니다. 이만하면 선생께서 지난밤 사건의 뜻을 잘 깨달으셨을 줄로 믿습니다. 다행히, 참으로 다행히 오늘 선생을 만나서 내 소원을 이루었습니다. 여기 이 약만 가졌으면 지금 곧 죽을 수가 있습니다. 오늘 내 암시 작용이 성공을 했는지 또 혹은 선생의 몸에 바로 옛날 내 애인의 혼이 깃들이고 있는 것인지……"

승직이는 무어라고 말을 하고 싶었다. 그렇다. 승직이 자신이 곧 옛날 이 여자의 애인이 되었었을 수 없다는 증거가 있나? 그렇다. 이 여자는 그의 애인이었다. 그렇지 않고야 어찌 오직 최면술의 힘만으로 승직이가 그 비밀 장소를 발견할 수 있었으리오!

이렇게 생각하니 그 여자의 얼굴은 아까 실험실 속에서 보던 때 모양으로 낯익고 사랑스럽고 다정하게 보였다.

"내가, 그렇소. 내가 바로 당신의 애인이오. 죽지 말고 삽시다. 행복스럽게 삽시다"

하고 승직이는 부지중 외쳤다. 사실 여기 이 여자와 서로 사랑하는 사이가 되어 산다면 천 년 아니라 만 년이라도 싫증이 안 날 듯싶게 생각되었다.

그러나 여자는 차디찬 태도로 고개를 흔들었다.

"아니요. 그이의 혼이 선생의 몸을 잠시 의지했는지는 몰라도 선생이 그이는 아닙니다. 더구나 삶이 그 얼마나 고통이라는 것을 아직 못 깨달으신 모양입니다. 마는 내가 천여 년 애쓴 결과 겨우 삶에서의 해방을 발견한 오늘 나는 오직 즐거운 마음으로 육체를 버리고 떠나갈 것입니다. 참으로 고맙습니다. 그런데 이번 저로 인하여 계씨께서 작고하셨다니 미안스럽습니다. 마는 사실인즉 죽음은 삶보다 행복한 것입니다. 계씨의 시체는 아마도 대동강 위를 떠내려가고 있을 겁니다. 자 그럼 짧은 세상에 행복되시기 빕니다."

긴 이야기를 끝내고 그 여인은 즉시 질항아리를 기울여 그 안에 들어 있는 액체를 죽 들이키었다.

승직이는 아직도 자기 자신의 귀와 눈을 의심하면서 멍하니 앉아서 그 일동일정을 바라다볼 뿐이었다.

옆에 누인 횃불은 다 타고 꺼지려 한다. 이 횃불 빛에 정면으로 반사되는 여자의 얼굴을 물끄러미 바라다보고 있던 승직이는 부지중

"악"

하고 외마디 소리를 질렀다.

금시에 그렇게도 팽팽하고 매끈하던 얼굴이 쪼글쪼글 보기 싫게도 늙어버린 것을 그는 보았던 것이다.

그러나 그다음 순간 승직이는 더한층 놀랐다. 어느덧 쪼글쪼글했으나마 뼈를 씌웠던 피부가 없어지고 앙상한 해골만이 보이더니 털썩 땅 위에 엎어졌다.

승직이는 또다시

"악"

소리를 치며 두 손으로 얼굴을 가렸다.

잠시 후에 승직이가 다시 눈을 뜬 때 그의 눈앞에는 아무것도 없었다.

승직이는 악몽에서 깨어나는 사람처럼 몸을 떨며 휘휘 둘러보았다. 어느덧 날이 새고 새벽 환한 광선이 사방을 비추었다. 승직이가 앉았는 곳은 깊은 굴속이 아니라 커단 바위 밑에 움푹히 파인 웅덩이 안이었다. 두어 시간 전에 승직이가 소복한 여자를 따라서 들어가던 그 통로가 어디쯤 뚫렸었는지 싹도 없다.

결국 승직이는 거기 앉아서 여태 꿈을 꾸었던 것일까?

그러나 바로 그의 옆에는 아직 불똥이 반짝거리는 자그마한 잿더미가 있다. 횃불이 다 타고 난 잿더미이다. 또 원시 시대의 것인 듯한 질항아리가 놓여 있다.

더구나 그의 앞에는 새벽 첫 햇발을 반사하여 눈이 부시도록 반짝거리는 이상스런 돌이 있다. 승직이는 부지중 손을 내밀어 그 반짝거리는 돌을 집었다. 그 돌과 함께 가벼운 재가 한 움큼 손에 묻어 올라왔다.

손가락 끝에 부드럽게 감촉되는 가벼운 재! 조금 전까지 대리석같이 희고 매끄러운 얼굴을 가졌던 절세의 미인, 그가 남긴 것이 오직 이뿐이었다.

그 여자는 삶을 고통이라 하여 달게 죽음을 구하였다. 그러나 한 줌 흙! 죽음은 또 무엇이던가? 집은 한번 불이 붙고는 재가 되

어 땅에 군다. 불붙는 짚오래기"처럼 잠시 삶을 맛보고는 영원의
침묵, 아니 한 줌 흙으로 되어 땅에 구는 이 인생이란 또한 무엇
이던가!

손에 들린 수정알에는 아직도 그 여자의 따스한 체온이 남아 있
는 듯하였다.

추운 밤

* 『개벽』, 1921년 4월.

1 이엉 짚·풀잎·새 등으로 엮어 만든 지붕 재료 또는 그 지붕.

2 소옥(小屋) 작은 집.

3 조상(弔喪) 문상(問喪). 남의 죽음에 대하여 슬퍼하는 뜻을 드러내어 상주(喪主)를 위문함.

4 추상(追想) 추억, 지난 일을 생각함.

5 괴악(怪惡)하다 말이나 행동이 이상야릇하고 흉악하다.

6 만세전(萬歲前) '만세를 부르기 전'이란 뜻으로, 1919년 3월 1일 만세운동이 일어나기 전이란 뜻.

인력거꾼

* 『개벽』, 1925년 4월.

1 구루마(くるま, 車) '수레, 차'를 뜻하는 일본말.

2 쏘빙 소병(燒餠). 구은 떡의 중국식 표기.

3 서양철 안팎에 주석을 입힌 얇은 철판. 서양에서 들어와 서양철, 양철이라 불린다.

4 교의(交椅) 의자.

5 꺼룩하다 액체 따위가 조금 걸쭉하다.

6 대양(大洋) 청 말기 서양의 은화(銀貨) 제도를 모방하여 만든 화폐로 이를 '은원(銀元)'이라 했다. 화폐가 원(圓) 모양으로 되어 있는데, '圓'과 '元'은 음(音)이 같기 때문이다. 대양은 1원의 은화를 가리킨다.

7 제섭원이가 노영상을 들이친다 제섭원(齊燮元)과 노영상(盧永祥)은 청조 멸망 후 중국 영토를 분할, 통치하던 군벌(軍閥, 군사를 동원한 정치적 세력)로 각각 강소성과 절강성을 지배하고 있었다. 1924년 9월에서 10월까지 일어난 이들 사이의 전쟁을 흔히 '강절전쟁'이라 부른다. 처음에는 노영상 군대가 유리했으나 제섭원의 반격이 성공하여 10월 15일 노영상은 상하이를 잃었다. 이 점으로 미루어 이 소설의 시대적 배경은 1924년 10월 15일 이전임을 알 수 있다.

8 촌닭이 관청으로 온 모양 경험이 없어 어리둥절한 사람을 가리킴.

9 팽갱이 '패랭이'의 오기(誤記)인 듯. 천인 계급이나 상제(喪制)가 쓰던 갓. 평량자(平凉子)·평량립(平凉笠)·폐양립(蔽陽笠)·차양자(遮陽子)라고도 한다.

10 양귀자(洋鬼子) 동양인이 서양인을 낮춰 부르던 말.

11 갈보 남자들에게 몸을 파는 여자를 속되게 이르는 말.

12 장지(壯紙)책 장지(우리나라에서 만든 종이로 두껍고 질기며 질이 좋다)로 만든 책.

살인

* 『개벽』, 1925년 6월.

1 양고자 '양귀자(洋鬼子)'의 오기(誤記)인 듯.

2 육혈포(六穴砲) 탄알을 재는 구멍이 여섯 개 있는 권총.

3 헛방 공포(空砲). 실탄을 재지 않고 하는 총질.

4 더즌 dozen, 여기서는 열두 명.

5 보둡지 '뾰루지'의 오기(誤記)인 듯. 피부에 나는 종기(腫氣).

6 얼굴이 똑똑해서 얼굴이 반듯하고 예뻐서.

7 탐예해라 참예해라. 참여해라.

8 쟬기쟬기 잘근잘근.

9 장사(壯士) 힘센 사람.

10 상판 상판대기(얼굴의 비속어).

첫사랑 값

*『조선문단』, 1925년 9월~11월, 1927년 2월.

1 쇽 쇼크shock, 충격.

2 산산히 '찬찬히'의 오기(誤記)인 듯.

3 타인(他人)은 물개(勿開)할 사(事) 다른 사람은 개봉하지 마시오.

4 책(責)하다 꾸짖다, 비난하다.

5 가이없다 끝이 없다.

6 년급(年級) 학년.

7 기실(其實) 사실은, 실제 사정.

8 토요일 128쪽에서 6월 25일을 음력으로 단옷날이라고 하였고 그 외 여러 정황들로 보아 현재는 1924년이다. 1924년 10월 29일은 토요일이 아니라 수요일로, 작가의 실수인 듯.

9 독연(獨演) 혼자 하는 연기.

10 부덕부덕 부득부득. 억지를 부려 제 생각대로만 하려고 자꾸 우기거나 조르는 모양.

11 다치다 몸이나 물건을 건드리다.

12 주일 1924년 11월 17일은 일요일이 아니라 월요일.

13 눈새 눈과 눈 사이.

14 씌거대일다 의미를 알 수 없음.

15 패군(敗軍) 1924년 제2차 봉직전쟁에서 장작림에게 패한 오패부의 군대.

16 슬근히 슬그머니.

17 중서여숙(中西女塾) 선교사 알렌이 1890년 상해에 설립한 여학교. 중국의 송미령, 송경령 자매가 이 학교에 다녔다.

18 육조배판(六曹排判) '조선조 육조판서를 모두 배열하다'에서 유래한 말로, 자신이 할 수 있는 일과 방법을 모두 동원하였다는 뜻.

19 nowhere 어디에도 없다, 즉 이상향.

20 강낭떡 강냉이(옥수수)로 만든 떡.

21 상투쟁이 상투를 튼 사람, 즉 조선 사람.

22 선선히 시원스럽게.

23 면경(面鏡) 얼굴을 볼 수 있는 거울.

24 윤선(輪船) 화륜선(火輪船)의 준말. 기선(汽船).

25 별떠 별똥별.

26 애급(埃及) 이집트.

27 다못 '다만'의 방언.

28 소구로 눈을 내려뜨고 가만히 앉아 있는 모양을 말하는 듯.

29 동양(同樣) 같은 모습.

30 파라메시움paramecium 짚신벌레.

31 미바아 '아메바'의 오기(誤記)인 듯.

32 학생이 영국 관헌에게 총살되다 5·30사건(참안)이 이 일을 계기로 발발했다.

33 동맹 파학(同盟罷學) 학생들이 단결하여 수업을 거부함. 동맹 휴학.

34 재작 그저께.

35 파공(罷工) 주일과 지정된 대축일에 육체노동을 금함. 파공·파시·파학을 3파 운동이라고도 함. 단 1919년 5·4운동 당시의 3파투쟁과는 구별.

36 조계(租界) 19세기 후반 중국의 개항 도시에 있었던 외국인 거주 지역.

37 따눈치오 가브리엘레 단눈치오Gabriele D'Annunzio(1863~1938), 이탈리아의 시인·소설가·극작가.

38 『죽음의 이김』『죽음의 승리Trionfo della morte』, 단눈치오의 소설. 『쾌락』, 『죄 없는 자』와 더불어 3부작을 이루는 『장미의 로망스』의 제3작이다. 1894년 간행. 장미는 일락(逸樂)을 의미한다.

39 마지메(まじめ, 眞面目) '진지함, 성실함'을 뜻하는 일본말.

40 면보 면포(麵麭). 개화기 때에 '빵'을 이르던 말. 중국에서 만든 단어를 우리 한 자음으로 읽은 것.

41 인두 바느질할 때 불에 달구어 천의 구김살을 눌러 펴거나 솔기를 꺾어 누르는 데 쓰는 기구.

42 버히다 베다.

43 급진파 완진파(急進派 緩進派) 급진파와 보수파.

44 차닌 의미를 알 수 없음.

45 영감이상 우리말 '영감'에 일본말 '상'을 붙여 만든 조어.

46 조박 '조각'의 평안도식 표현.

47 봇장 들보.

48 남인(男人) 남자.

49 늙마 '늘그막(늙어가는 무렵)'의 준말.

50 자갈 재갈. 소리를 내거나 말을 하지 못하도록 사람의 입에 물리는 물건을 뜻하는 말로, 여기서는 '말문을 막아 아무 소리도 못 하게 한다'는 뜻.

51 난봉 '난봉꾼'을 줄여 쓴 듯.

52 소(沼) 물웅덩이.

53 역(亦) 또한.

54 한겯 반나절.

55 버룩버룩하다 입을 크게 벌리고 자꾸 흡족하게 웃다.

56 명주나이 명주실 잣기.

57 생때 실을 잣는 기구의 일종.

58 가락꼬치 자은 실을 감아놓을 막대기.

59 바카니사레타(馬鹿ニサレタ) '무시당했다'는 뜻의 일본말.

개밥

* 『동광』, 1927년 1월.

1 수갑(手匣) 지갑.

2 개지 '강아지'의 이북 방언.

3 청결통(淸潔桶) 쓰레기통.

4 니팝 '쌀밥'의 평안도 방언. 평안도 방언에선 두음법칙이 엄격하지 않음.

5 댕구알 사탕 엿이나 설탕을 끓여서 둥글고 단단하게 만든 사탕. 모양이 사람의 눈알을 닮았다고 흔히 '눈깔사탕'으로 부름.

6 게걸 염치없이 마구 먹거나 가지려고 탐내는 모양. 또는 그런 마음.

7 사날 '사나흘'의 준말.

8 썩어대나갈 '썩어 죽어나갈'이란 의미의 평안도 방언.

9 상게 '아직'의 평안도 방언.

10 방치 '다듬잇방망이'의 평안도 방언.

11 업(業) 직업, 일자리.

12 노자(路資) 먼 길을 떠나 오래 가는 데 드는 비용. 여행 경비.

13 귀애(貴愛)하다 귀엽게 여겨 사랑하다.

14 시재(時在) 현재, 지금.

15 땅 전당. 기한 내에 갚지 못하면 맡긴 물건을 처분해도 좋다는 조건하에 돈을 빌리는 일.

16 개밥궁이 개밥그릇.

17 가이 가히. '개'의 방언.

18 자위심(自衛心) 스스로를 지키려는 마음.

사랑손님과 어머니

*『조광』, 1935년 11월.

1 사랑(舍廊) 집의 안채와 떨어져 있는, 바깥주인이 거처하며 손님을 접대하는 곳. 여기서는 중의적 의미로 쓰인 것으로 보인다. 원래 의미는 사랑(舍廊)의 뜻이지만, 그곳에 거처하는 손님과 안주인 사이에 싹트는 미묘한 사랑의 감정을 함축한 것으로 볼 수 있다. 그런데 신상옥 감독의 영화 「사랑방 손님과 어머니」는 '사랑'의 의미를 공간적 개념으로 한정함으로써 중의적 묘미를 반감시켰다.

2 내외(內外) 남의 남녀 사이에 서로 얼굴을 마주 대하지 않고 피함.

3 창가(唱歌) 갑오개혁 이후에 발생한 근대 음악 형식의 하나. 서양 악곡의 형식을 빌려 지은 간단한 노래를 가리킨다.

4 나시なし(無し) '없음'을 뜻하는 일본말.

아네모네의 마담

*『조광』, 1936년 1월.

1 뛰여 뛰어나서.

2 예기(豫期)하다 앞으로 닥쳐올 일을 미리 생각하고 기다리다.

3 사각모(四角帽) 식민지 시대 전문학교 학생이나 대학생이 쓰던 사각형의 모자. 여기서는 '전문학교 학생'이란 뜻의 비유어.

4 수작(酬酢) 원래는 '술잔을 나누다'는 뜻이지만, 여기서는 '서로 말을 주고받음'의 뜻으로 쓰임.

북소리 두둥둥

*『북소리 두둥둥』, 대광문화사, 1984.

1 호협(豪俠)하다 호방하고 의협심이 있다.

2 횡사(橫死) 뜻밖의 재앙으로 죽음.

3 삼촌 모 여기서는 삼촌의 어머니가 아니라 숙모를 뜻함. 평안도식 표현.

4 지랄 간질. 뇌전증. 경련을 일으키고 의식 장애를 일으키는 발작 증상이 되풀이하여 나타나는 병.

5 자문성 자면서.

6 데에게 데 저기 저.

7 병대(兵隊) 군인들. 군대.

8 데게 저것이. 평안도 방언에선 구개음화가 무시되는 경향이 있음.

봉천역 식당

*『사해공론』, 1937년 1월.

1 손님끌꾼 호객꾼.

2 에우다 다른 음식으로 끼니를 때우다.

3 야라 쯤.

4 장작림(張作霖)의 폭사(爆死) 만주(중국 동북 지역)의 군벌(軍閥)이었던 장작림(장쒀린)이 1928년 6월 4일 북경에서 출발하여 봉천으로 향하던 열차를 타고 봉천역에 거의 도착해서 열차가 폭발하여 사망한 사건을 말함. 이 사건은 만주의 철도권을 일본에 넘기라는 요구를 거절하자 관동군이 저지른 것으로 알려진다.

5 화복 물을 들인 천으로 만든 옷.

6 권형(權衡) 사물의 경중을 재는 척도나 기준.

7 팔꼬뱅이 팔꿈치.

낙랑고분의 비밀

*『조광』, 1939년 2월.

1 나마 크기 따위가 어느 한도에 차고 조금 남는 정도를 나타내는 말. 남짓.

2 증조 '징조(徵兆)'의 오기(誤記). 어떤 일이 생길 기미. 조짐.

3 부지거처(不知去處) 간 곳을 알 수 없음.

4 노장(老將) 많은 경험을 쌓아 일에 노련한 사람.

5 진상(眞相) 사물이나 현상의 거짓 없는 모습이나 내용. 참된 모습.

6 제수(弟嫂) 동생의 아내.

7 노끈 실, 삼, 종이 따위를 가늘게 비비거나 꼬아서 만든 끈.

8 이두(吏讀) 한자의 음과 뜻을 빌려 우리말을 적은 표기법.

9 감질(疳疾) 바라는 정도에 아주 못 미쳐 애타는 마음.

10 오 리(五里) 약 2킬로미터.

11 짚오래기 지푸라기.

한국 근대소설사의 결락과 보완

장영우

1

주요섭(朱耀燮)은 1902년 12월 23일 평양 신양리(新陽里)에서 아버지 주공립(朱孔立)과 어머니 양진심(梁鎭心)의 삼남 사녀 중 둘째 아들로 태어났다.[1]

호적상에는 출생일이 1902년 11월 24일로 되어 있지만, 이는 음력 생일이다. 주요섭은 흥사단에 입단할 때 제출한 이력서에 자신의 생일을 양력으로 기록하여 호적의 생일이 음력임을 알 수

---

[1] 대부분의 자료에 부친 이름은 공삼(孔三), 모친 이름은 진심(眞心)으로 기술되어 있다. 그러나 한국독립운동사 정보시스템(https://search.i815.or.kr)의 '원문정보 독립운동가 자료 제141 단우 주요섭 이력서'에는 공립(孔立)과 진심(鎭心)으로 되어 있다. 또 주요섭의 형제자매도 8남매(『한국민족문화대백과』), 5남매(『한국현대문학전집 6』, 三省출판사) 등으로 자료마다 편차가 심하다. 이 글에서는 한국독립운동사 정보시스템의 자료를 따른다.

있게 하였다. 그의 부친은 장로교 목사로, 맏아들과 둘째 아들의 이름을 요한·요섭 등 기독교 성자와 같이 지었고(셋째 아들은 '永燮'으로 두 형의 이름의 성격과 차별된다) 딸에겐 하느님(또는 예수)의 은혜를 받들고 섬기라는 뜻에선지 '은(恩)'을 돌림자로 했다(奉恩·頌恩·成恩·敬恩). 그러나 주요섭 소설에는 기독교에 대한 비판적 진술이 자주 나오는 깃으로 미루어 모태 신앙임에도 불구하고 다소 불만이 있었던 것 같다.

그는 1911년 사립 숭덕(崇德)학교를 졸업하고 1917년엔 숭실중학교에 다니다가 이듬해(1918년) 일본으로 건너가 아오야마 학원(靑山學院)에서 잠깐 수학하였으나 3·1운동 때 귀국하여 '무궁화소년회'란 등사판 지하신문을 발행한 죄로 영어(圇圄) 생활을 한다. 1920년 그는 숭실대학에 입학하여 3개월 동안 다니다 도일하여 일본 사립 세이쇼쿠 영어학교(正則英語學校)에 5개월 다니고(1920. 10~1921. 3) 다시 중국으로 건너가 쑤저우(蘇州) 안청(晏成) 중학교에 입학한다(1921. 4). 안청 중학교에 잠시 적을 두었던 그는 형 요한이 있던 상하이로 이주하여 후장(滬江) 대학 중학부에 편입하고 흥사단에 입단한다(단원 번호 144). 그의 형 요한은 1920년 2월 흥사단(단원 번호 104)에 입단하였으므로 그도 형의 영향을 받았을 것으로 추정된다. 그 뒤 1923년에 후장 대학에 입학하는데, 이때의 전공은 영문학이란 설과 교육학이란 설이 있다. 피천득에 따르면 주요섭은 "대학의 특대생이었고 영자 신문 주간이요, 대학 토론회 때 학년 대표요, 마닐라 극동 올림픽에 중국 대표로 출전하여 우승"[2]한 적도 있어 모든 학생의 흠

모 대상이었다고 한다. '마닐라 극동 올림픽'은 1913년 필리핀 체육협회의 미국인 E. S. 브라운이 주창한 국제 스포츠 대회로 1934년까지 육상·수영·테니스·농구·배구·축구·야구 등 7종목만으로 진행되었으며, 주요섭은 1925년 제7회 대회에 중국 선수단의 일원으로 참가하였다. 한 연구가는 주요섭이 미국 스탠퍼드 대학원에서 교육학을 전공한 점과 후장 대학 시절 「소학생도의 위생교육」이란 글을 발표한 점으로 미루어 교육학을 전공했을 것으로 추정하지만, 대학의 영자 신문 주간을 맡았다는 피천득의 진술로 보아 영문학 전공이었을 가능성도 배제하기 어렵다.

1927년 주요섭은 미국으로 가기 위해 중국으로 귀화한다. 그가 미국 유학을 마치고 중국의 부런(輔仁) 대학 교수로 재직할 수 있었던 것도 이때 취득한 귀화증이 있었기 때문으로 보인다. 그는 스탠퍼드 대학원에서 교육심리학을 전공한 뒤 1930년 2월 귀국, 1931년에는 형 요한의 도움으로 『신동아』 주간을 맡아 일하다가 1934년 중국 베이핑(北平) 부런 대학 교수로 부임한다. 이곳에서 그는 신가정사의 여기자 김자혜(金慈惠)와 결혼하여[3] "지구의 약 3분의 1쯤은 편답해본 경험이 있거니와 이 북평에서처럼 몸과 정신과 마음의 평화를 누려본 경험이 일찍 없었다"고 할 만큼 안정된 삶을 산다. 그러나 이처럼 평안했던 삶도 잠시, 일본의 대륙 침략에 협조하지 않는다는 이유로 일본 경찰에 의해 일본 영사관

---

2 피천득, 「餘心」, 『인연』, 샘터, 1996, p. 192.

3 주요섭은 미국 유학을 마치고 귀국한 뒤 황해도 출신 여성과 결혼하였다가 이듬해 이혼한 전력이 있는 것으로 알려져 있다.

에 감금되는(1938) 등 박해를 받다가 억지로 추방되어 평양으로 되돌아온다(1943). 평양에서 아버지가 경영하던 제재소에서 일하던 중 해방을 맞아 곧바로 월남하여 상호출판사 주간(1946), 영자신문 『코리아 타임스』의 주필(1950)을 거쳐 1953년 경희대학교 영문과 교수로 부임한 뒤 20년을 근속하다 미국으로 가기 위한 신원 조회가 끝났다는 소식을 듣고 1972년 11월 14일 심근경색증으로 사망한다.

주요섭의 등단에 대해서는 1921년 『매일신보』 신춘문예 3등 입선의 「깨어진 항아리」라는 주장과 1921년 『개벽』에 발표된 「추운 밤」이란 주장이 있다. 그러나 최근 한 연구가의 조사에 의해 1920년 『매일신보』 신춘문예에 3등으로 입선한 「이미 떠난 어린 벗」(당시 표기는 "임의써논어린벗")이 주요섭의 최초 작품임이 밝혀졌다.[4] 해당 신문의 「고선(考選)을 마치고」란 글에는 "질그릇생(生) 주요섭 군(朱耀燮君)의 「이미 떠난 어린 벗」"이란 구절이 있는데, 이 '질그릇'이란 필명 때문에 「깨어진 항아리」란 정체불명의 소설 제목이 항간에 떠돌았던 듯하다. 주요섭은 자신의 처녀작이 1919년 평양 감옥에서 소재를 취해 쓴 "센티멘털하고 비극적인 연애소설"[5]이라 회고하고 있는데, 친구 여동생을 사랑하다 이루지 못하고 둘 다 병으로 죽는 이야기를 서간문 형태의 액자 구성으로

---

4 최학송, 「해방 전 주요섭의 삶과 문학」, 『민족문학사연구』 제39호, 고려대학교 민족문화연구원, 2009. 4.

5 주요섭, 「나의 문학적 회고─재미있는 이야기꾼」, 『문학』, 서울대학교 문리대 문학회, 1966. 11, p. 198.

다룬 「이미 떠난 어린 벗」의 내용이 그와 혹사하다. 이 소설은 선자(選者)의 평처럼 "연애소설로는 너무 공소한 혐(嫌)이 없지 못하며 묘사가 좀 부족한 감"이 있지만, 「첫사랑 값」 「사랑손님과 어머니」 「아네모네의 마담」 등 남녀의 비극적인 사랑을 그린 작품 계열의 첫머리에 놓인다는 점에서 의미를 찾을 수 있다. 이후 주요섭은 만 70세로 타계할 때까지 40여 편의 소설과 시·희곡·동화 등 거의 모든 장르에 걸쳐 작품을 썼고 외국 소설도 번역하였다. 하지만 그의 문학적 성과에 대한 한국 문학사의 평가는 대체로 인색한 편에 속한다. 그는 초기에 빈민의 곤궁하고 암담한 삶을 다루다가 미국 유학에서 돌아온 뒤 남녀의 비극적 애정 문제를 그린 「사랑손님과 어머니」 「아네모네의 마담」으로 대중적 명성을 획득한다. 해방 뒤 그의 소설은 휴머니즘에 입각한 소품이 대종을 이루면서 연구가들의 본격적인 논의에서 소외된다. 요컨대 한국 근대소설사에서 주요섭은 신경향파 혹은 애정소설 작가로 그릇되게 소개되면서 연구자들의 관심 영역에서 벗어나게 되었던 것이다. 그나마 「사랑손님과 어머니」가 중고등학교 교과서에 실리고 영화와 TV 드라마로 여러 차례 제작되어 대중적 명성을 얻은 것은 다행한 일이라 할 수 있다. 그러나 그는 가난하고 소외된 계층의 고통스러운 삶의 실상과 그릇된 인습이나 사회적 편견 때문에 개인의 행복을 포기해야 하는 남녀에게 깊은 애정과 관심을 가졌고, 그러한 제재나 주제를 소설적으로 형상화하는 데 탁월한 능력을 보여준 작가라는 사실은 간과되어왔다.

이 책에 실린 소설들은 해방 전에 발표된 작품으로 제한됐다.

이는 주요섭 소설의 본령이 해방 전 작품에 있다는 일반적 평가를 고려하되 식민지 시대를 살아가는 지식인의 의식 변화 양상을 집중적으로 탐색해보고자 하는 의도에 따른 것이다. 「첫사랑 값」을 선집에 수록한 것은, 비록 미완성이긴 하지만 작가의 개인적 체험을 바탕으로 한 데다 이념과 애정 사이에서 번민하는 청년 지식인의 갈등과 고뇌가 잘 형상화되어 있는 작품이기 때문이다.

2

주요섭 소설에 대한 기왕의 평가는 「인력거꾼」「살인」 등 초기작을 신경향파 문학으로 분류하되 특별한 의미를 부여하지 않고, 「사랑손님과 어머니」「아네모네의 마담」을 대표작으로 보아 연애소설 작가로 폄하하는 견해가 대종을 이룬다. 그 결과 그의 해방 후 소설은 본격적 논의의 대상이 되지 않았고 작품 연보조차도 제대로 정리되지 않은 상태다. 최근 한국 근현대 문학사에서 가장 잘못 이해된 작가로 그를 주목하는 연구가 진행되고 있거니와, 이들 논문조차 주요섭 문학을 총체적으로 조감하기보다 해방 전, 특히 상하이에서 집필한 작품에 논의를 한정하여 아쉬움을 남긴다. 이 선집에 수록된 작품이 해방 전 소설로 국한된 점에서 이 글 역시 기왕의 논의와 유사한 한계를 지닐 수밖에 없다. 그러나 기왕의 선집에서 다루지 않은 작품을 첨가하고 심층적으로 분석함으로써 새로운 논의의 단초를 마련하고자 한다.

「추운 밤」(『개벽』, 1921. 4)은 주요섭이 일본 세이쇼쿠 영어학교에 다닐 무렵 집필한 작품으로 보인다. 이 소설은 병든 어머니의 죽음이 아버지의 과도한 음주벽(飮酒癖) 때문이라 생각한 주인공 소년(병서)이 술집에 달려가 술독을 깨뜨리고 돌아와 어린 동생과 함께 죽는다는 암울한 사건을 다루고 있다. 주인공이 자신에게 닥친 불행의 원인을 술에서 찾고 술동이를 박살내는 행동은 단순하고 유아적인 행위로 보이지만, 1920년대 중반 신경향파 작품의 징후적 특성을 선험적으로 보여준다는 점에서 의의가 있다. 또 한 집안의 가난과 질곡이 가장의 지나친 음주벽에서 기인한다는 주인공의 판단은 근대 초기 지식인이나 기독교 신자들이 내세웠던 계몽적 주장과 일정한 연관 관계를 갖는다. 소설의 전체적 분위기는 매우 어둡고 황량하지만 결말 부분에서 주인공이 행복한 표정으로 죽는 것으로 묘사되는 점은 주목할 만하다. 이러한 아이러니적 결말 구조는 같은 평양 출신의 선배 작가 전영택의 「화수분」(『조선문단』, 1925. 1)과 흥미로운 차이를 보여준다. 「화수분」에서는 부부가 죽어가면서도 어린 생명을 살리는 감동적이고 희망적인 메시지를 전달하는데, 「추운 밤」은 훨씬 절망적이라는 점에서 극명히 대조된다.

「인력거꾼(人力車軍)」(『개벽』, 1925. 4)은 주요섭이 상하이 "호강대학 2학년 재학 때 사회학 교수의 지도로 인력거꾼의 합숙소 현지 조사 연구에 나갔다가 너무나 심한 충격"[6]을 받고 쓴 소설

---

6 주요섭, 「나의 문학적 회고─재미있는 이야기꾼」, 『문학』, 서울대학교 문리대 문학회, 1966. 11, p. 198.

로, 현진건의 「운수 좋은 날」(『개벽』, 1924. 6)과 여러모로 대비되는 작품이다. 상하이와 경성의 인력거꾼의 비참한 일상을 그렸다는 점에서 두 소설은 비슷하지만, 「인력거꾼」에 묘사된 그들의 삶과 절망이 「운수 좋은 날」의 그것에 비해 훨씬 핍진하다는 점에서 뚜렷한 차이가 난다. 가장 두드러진 차이는 「운수 좋은 날」의 김첨지가 인력거 삯을 내지 않고 자신이 번 돈을 모두 쓰는 데 반해 「인력거꾼」의 아쩡은 인력거 삯으로 매일 50전을 지불해야 하며, 상하이의 인력거꾼은 평균 9년이면 사망할 정도로 혹독한 노동에 시달리고 있다는 사실에 대한 사회학적 보고이다. 이 소설은 8년째 인력거꾼 노릇을 하는 아쩡이 새벽부터 손님을 실어 나르다 갑작스러운 오한과 어지럼증을 느껴 병원에 가지만 의사는 만나지도 못하고 숙소에 돌아와 죽기까지의 하루 일상을 매우 사실적으로 추적하고 있다. 그 과정에서 상하이 뒷골목의 아침 풍경, 인력거꾼의 바가지 상술, 일부 부유층이나 지식인의 오만함 등이 생생하게 재현되어 작품의 리얼리티가 한층 도드라진다. 뿐만 아니라 "제섭원이가 노영상이를 들이친다고 풍설이 한창 올랐을 때"라는 평범한 구절을 통해 1924년 당시 상하이의 어수선하면서도 긴장된 분위기를 효과적으로 전달하고 있다. 무엇보다 흥미로운 것은 이 소설에 나타나는 기독교에 대한 비판적 시각이다. 아쩡은 남경로에 있는 무료 병원에서 깨끗한 양복을 입고 금테 안경을 쓴 뚱뚱한 신사에게서 '예수'와 '천국'에 대한 이야기를 듣고 골똘한 생각에 빠진다. 그는 천국에도 인력거꾼이 있으면 자신이 이승에서 겪었던 것을 똑같이 되돌려주겠다고 생각하지만,

천국이 그런 곳이 아니라는 말에 실망한다. 이것은 아쩡이 절대적 평등과 구원이란 기독교의 고상한 교리를 제대로 이해하지 못한 데서 비롯된 희극적 삽화지만, 무지몽매한 대중을 교화해야 할 종교로서는 피할 수 없는 현실적 문제임은 부정하기 어렵다. 이러한 에피소드의 삽입은 작가의 반기독교적 인식의 토로라기보다 빈궁 계층에게 물질적으로나 정신적으로 아무런 도움이 되지 못하는 지식인의 자괴감의 투사라 보는 게 옳을 듯하다.

인력거는 일본에서 발명하여 조선·중국·동남아·인도까지 전파된 근대의 교통수단이다. 일본의 '리키샤(りきしゃ, 力車)'가 우리나라에서는 '인력거', 동남아와 인도 지역에서는 '릭사rickshaw'라 불렸는데, 말 그대로 사람의 힘(人力)으로 움직이는 교통수단으로 그 일에 종사하는 이들이 평균 10여 년을 넘기지 못할 만큼 살인적인 노동량이 문제로 대두되었다. 그리하여 2005년 인도 서벵골 주의 총리는 인력거 끄는 일을 '비인간적 노동'으로 간주, 법적으로 금지하였다. 식민지 시대 조선과 중국에서의 인력거꾼은 혹독한 노동과 가난, 굶주림 등에 시달리다 죽어가는 최하층 빈민의 표상이다. 그런 점에서 인력거꾼의 비참한 일상과 죽음을 다룬 「인력거꾼」은 화려한 근대 문명의 이면 속에 감추어진 민중의 비인간적 생존 조건의 실상을 폭로한 작품이라 보아도 크게 잘못이 아니다.

「살인」(『개벽』, 1925. 6) 역시 주요섭이 상하이에 거주할 때 창작한 작품으로, 조선에서 팔려 간 창녀의 이야기를 다루고 있다. 우리 근대 소설에서 여성의 인신매매와 매음은 그리 낯선 풍경이 아니다. 「감자」(김동인)의 복녀는 50원에 남편에게 팔리고, 「뽕」(나도향)의 안협집은 참외 한 개에 순결을 잃으며, 「가을」(김유정)에서도 조복만이 아내를 50원에 팔았다가 야반도주하는 얘기가 나온다. 뿐만 아니라 「소낙비」(김유정)의 춘호는 아내에게 돈 2원을 마련해 오라며 은근히 매춘을 부추기고, 「물레방아」(나도향)의 방원은 노름빚 대신으로 아내를 얻은 것으로 되어 있다. 이처럼 근대 초기에 여성 매매와 매춘이 다반사로 이루어진 정황에 대해서는 보다 심층적인 사회학적·풍속적 고찰이 요구되거니와, 「살인」에서처럼 조선 여성이 상하이로까지 팔려 간 사실에 대한 문학적 보고는 매우 희귀한 사례에 속한다. 최서해 소설에서 빚 때문에 중국인 지주에게 딸이나 아내를 빼앗기는 것도 광의의 여성 매매라 볼 수 있지만, 돈에 팔려 이역만리에서 직업적 매춘부로 전락한 여성을 주인공으로 설정한 소설은 찾아보기 어렵다. 또한 여주인공 우뽀가 한 남성을 짝사랑하면서 자신의 처지를 인식하고 포주 할미를 살해하는 대목은 이른바 '신경향파 소설'의 전형을 그대로 보여주지만, 도시 하층민의 자기 각성의 단초를 보여준다는 점에서 의의를 지닌다.

「첫사랑 값」(『조선문단』, 1925. 9~11, 1927. 2~3)은 조선 유학생이 중국 여학생과의 사랑 문제로 갈등하다 자살한 사건을 다룬 액자소설로, 당시 식민지 지식인의 내면 풍경과 현실을 이해하는 데 좋은 참고가 된다. 이 소설은 형식이나 내용 면에서 주요섭의 등단작(「이미 떠난 어린 벗」)과 상당한 공통점을 보여준다. 그것은 두 소설 모두 남녀 사이의 이루어지지 못한 사랑과 죽음을 액자 구성 방식으로 다루었다는 점에서 찾아진다. 차이점이라면, 등단작의 액자 이야기가 편지라면 「첫사랑 값」에서는 일기 형태로 되어 있다는 것이다. 또한 전자에서는 주인공이 상대방 여성에게 거절당할지 모를 두려움 때문에 고백을 하지 못한 데 반해, 후자에서는 조선과 중국의 문화적 차이와 지식인으로서의 민족적 사명감을 내세워 적극적인 만남을 스스로 피한다. 중국 여성에 대한 애모의 감정을 미처 정리하지 못한 채 도망치듯 귀국한 그는 뚜렷한 계획도 없이 유치원 교사와 약혼을 하지만 그 때문에 더 큰 갈등에 시달린 듯 자살한 것이다. 소설의 마지막 부분은 쓰이지 않아 주인공이 자살한 원인은 밝혀지지 않았다. 다만 피천득의 회고에 따라 이 소설이 작가의 개인적 체험을 바탕으로 한 것이라는 사실을 짐작할 수 있을 뿐이다.[7] 주요섭의 아호('餘心')는 중국 여학생과의 이룰 수 없는 사랑 때문에 애를 태우다 마음이 모두 타버렸다는 작가의 마음이 담겨 있다는 것이다.

이 소설의 액자 속 이야기(유경의 일기 내용)는 1924년 8월 28일부터 이듬해 7월 22일까지(마지막 회의 날짜는 알 수 없으나) 약 1년 동안 상하이와 평양을 배경으로 전개된다. 액자 속 이야기의 주인공 유경은 중국에서 공부하는 조선인 유학생으로 어느 날 N이라고 하는 중국 여학생과 우연히 마주친 뒤 격심한 심리적 갈등을 겪다 마침내 자살한다. 이 소설은 외국인 여학생을 사랑하

---

7 "형은 한 중국 여동학과 이루지 못할 사랑을 하였습니다. 그리고 여심(餘心)이라는 아호를 지었습니다. 타고 남은 마음이라고"(피천득, 「餘心」, 『인연』, 샘터, 1996. p. 194).

는 조선인 유학생의 고민과 모태 신앙이었던 기독교에 대한 비판적 시각("삼 년 전에 이십여 년이나 믿던(날 때부터 믿었으니까) 종교라는 것이 무가치한 염가의 위안물인 것을 깨달은 이래 나는 늘 종교가들을 저주해오지 않았는가?")이 구체화되어 있을 뿐 아니라, 1925년 '5·30 참안(慘案)'[8] 당시 상하이 분위기와 학생들의 움직임 등이 사실적으로 묘사되어 있다는 점에서 중요한 자료적 가치를 부여할 수 있다. 유경의 갈등과 방황은 국가와 민족, 그리고 개인의 애정 문제 가운데 무엇을 우선순위에 두어야 할지 몰라 딜레마에 빠진 청년의 심리를 잘 그려내고 있다. 그는 민족을 위해 독신 생활도 감수해야 한다고 다짐하거나, 민족을 위해 가족과 재산, 명예와 행복, 더 나아가 목숨까지도 희생하라는 A선생

---

8 1925년 5월 15일 상하이 일본계 방적공장 감독에게 노동자 1명이 사살되고 10여 명이 부상당하는 사건이 발발했다. 이후 방적공장의 2만여 명 노동자들이 파업에 돌입하였고 각 대학 학생들은 살해된 가족들을 위해 모금 운동에 나섰다. 제국주의자들은 시위에 참가한 학생들을 체포하고 치안문란죄로 5월 30일 재판을 준비하였다. 5월 28일 칭다오(靑島)의 일본 방적공장 자본가와 펑텐(奉天)계 군벌인 장쭤린이 결탁하여 파업 중인 중국인 노동자 8명 사살, 10여 명 중상, 70여 명을 체포하는 사건이 다시 벌어졌다. 5월 30일 오전 이에 분노한 중국 학생 2천여 명이 상하이의 공동 조계에서 군벌과 제국주의의 만행에 항의하기 위해 전단을 뿌리며 연설하였는데 영국 경찰이 백여 명의 학생들을 체포하였다. 만여 명의 군중들이 "제국주의 타도"를 외치며 학생 석방을 요구하자, 영국 경찰이 발포하여 사망 13명, 부상 10여 명, 체포 수십 명에 이르는 사건으로 비화하였고, 이를 '5·30 참안'이라 일컫는다. 이튿날 밤 공산당원 주도로 상하이총공회(上海總工會)가 설립, 6월 1일부터 총동맹 파업을 선포하였고, 6월 18일까지 20여만 명의 노동자와 5만 명의 학생들이 동맹휴업(학)에 참여했다. 영·일 제국주의자들은 무차별 발포로 사망 32명, 부상 52명에 이르는 학살을 감행했지만, 시민들은 상하이공상학연합회(上海工商學聯合會)를 결성하여 영·일군의 영구 철수 및 영사 재판권의 폐지를 포함한 17개 조를 조계 당국과 베이징 정부에 요구했다.

(안창호의 이니셜인 듯)의 간절한 권고를 떠올려 고민하다가도 "나는 그만 그(N이란 중국 여학생—인용자)의 종이 되고 만다. 그저 그를 위하여는 무엇이고 희생하고 싶어진다"는 개인적 생각에 빠져든다. 그러나 그는 자신의 감정을 N에게 알리지도 못하고 여름 방학이 되자 피하듯 평양으로 귀향한다. 고향에 돌아온 그는 부모의 강권에 못 이겨 유치원 교사 K와 약혼을 하지만, 자신이 그녀를 단순한 육욕의 대상으로 여길 뿐 사랑하지 않는다는 사실을 깨닫는다. 소설은 여기서 중동무이되어 유경이 왜 자살을 하였는지 알 수 없지만, 주요섭이 소설을 완결 짓지 못한 것은 미국 유학과도 관련이 있었던 것으로 짐작된다. 그러나 이 사건 때문에 자호(自號)를 '여심(餘心)'이라 지을 만큼 충격을 받았던 그로서는 주인공의 자살로 종결되는 소설을 마무리하기가 용이하지 않았을 것이다. 그것은 개인적 체험의 충격이 크면 클수록 허구화하기 어렵다는 창작의 일반론과도 관련되며, 소설을 연재하다 14개월 동안 중단했던 사정도 그와 무관하지 않을 것으로 추론된다. 무엇보다 주요섭이 미국 유학을 마치고 돌아와 쓴 소설이 남녀 사이의 비극적 사랑에 관한 것이라는 사실도 이국 여성에 대한 첫사랑을 잊지 못하는 작가의 내면 고백이라 보인다.

「개밥」(『동광』, 1927. 1)은 개밥을 사이에 두고 사람과 개가 싸우는 잔혹하고 눈물겨운 사건을 다룬 소설이다. 주인집에서 기르는 서양 사냥개가 흰 쌀밥과 고깃국을 주어도 먹지 않자 행랑어멈은 그것을 딸 단성이에게 가져다준다. 이런 일이 반복되는 동안 단성이는 쌀밥과 고깃국에 맛을 들이고, 개도 차츰 고깃국에 익숙해지면서 행랑어멈의 고민이 시작된다. 고깃국을 제법 많이 끓여도 개가 워낙 먹성이 좋아 남기지 않으므로 단성이에게 가져다줄 게 없어진 것이다. 남편이 일자리를 잃고 일본으로 떠난 뒤 단성이가 병이 들자 어멈은 의사를 청한다. 그런데 의사의 진단이 가관이다.

"그런데 먹이는 것을 조심해 먹이어야겠소. 허튼 것은 먹이지 말고 고깃국물, 우유 같은 것이 좋고 밥은 니팝을 먹이고 병이 조금 낫거든 닭고기두 좀 먹이고 달걀 같은 것을 먹이면 좋지요. 다른 병보다두 먹지 못한 병이니깐…… 약은 별로 쓸 것이 없으나 원하면 좀 있다 애 시켜 보내리다…… 그리고 문을 이렇게 꼭 닫쳐두지 말고 신선한 공기를 좀 통하게 하오. 그래두 추워서는 안 될 테니 불을 많이 때고는 문을 잠깐 열어서 공기를 순환시키곤 해야 돼요……" (p. 162)

의사의 진단과 처방은 그가 전문적 지식은 충분히 익혔을지 모르나 인술(仁術)에는 전혀 관심이 없는 직업인임을 암시한다. 영양실조로 누워 있는 아이에게 고깃국과 우유를 먹이고 방에는 불을 많이 때라고 말하는 것은 의사가 아니라도 얼마든지 할 수 있는 충고이기 때문이다. 하층민의 실상을 도외시한 의사의 이러한 직업적 태도는 「인력거꾼」의 전도사에게서도 보았던 것으로, 이를 통해 우리는 지식인에 대한 작가의 비판과 불신이 상당히 심각한 지경에 이르렀음을 알 수 있다. 죽어가는 딸에게 마지막으로 고깃국물이라도 먹이고 싶은 어멈과 밥을 빼앗기지 않으려는 사냥개가 먹이를 놓고 물어뜯는 장면은 한국 현대소설사에서 가장 참혹하고 잔인한 대목이 아닐 수 없다. 그 장면은 최서해의 「기아와 살육」이나 김유정의 「땡볕」「떡」보다 처참하며, 「아홉 켤레의 구두로 남은 사내」(윤흥길)의 이른바 '나체화' 장면보다 훨씬 절실하고 눈물겹다.

3

「사랑손님과 어머니」(『조광』, 1935. 11)는 중고등 교과서에 오랫동안 실렸을 뿐 아니라 영화나 드라마로도 여러 차례 제작·패러디되어 우리에게 가장 널리 읽히고 알려진 주요섭의 대표작이다. 이 소설은 여섯 살 난 계집아이 옥희의 독백 형식으로 서술되어 '믿을 수 없는 화자unreliable narrator'에 의한 아이러니를 지향한다. 다시 말해 옥희의 시선으로 바라보고 진술되는 모든 사건은 어른들의 복잡하고 미묘한 감정의 변화와 갈등의 양상을 정확히 전달할 수 없다는 한계를 지닌다. 따라서 독자는 옥희의 말을 무조건 신뢰할 게 아니라 그 이면에 숨겨진 당시의 사회적·관습적 맥락을 고려하여 해석해야 한다. 그럴 때 이 소설은 이십 대초반의 청상과부에게 평생 수절을 강요하는 가부장제 윤리와 관습의 비인간적 요소에 대한 작가의 분노로 읽힌다. 이와 함께, 옥희가 유치원에서 돌아와 벽장에 숨어 엄마를 놀라게 하는 에피소

드가 피천득의 어린 시절 체험을 소설화한 것이라는 사실도 특기할 만하다. 이 사실은 앞에서 보았던 피천득의 회고("당신의 잘 알려진 가품 「사랑손님과 어머니」의 어느 부분은 나와 우리 엄마의 에피소드였습니다")를 통해 밝혀진 것이다.

주요섭 소설에는 기독교와 관련된 장면이 자주 등장한다. 그리고 거기에는 기독교에 대한 작가의 비판적 시각이 개입되어 있음은 앞에서 살펴본 바와 같다. 「사랑손님과 어머니」에도 역시 예배당과 기도 장면이 등장하거니와, 그것은 조선의 유교적 관습을 충격하거나 해체하는 데 아무런 도움이 되지 못한다. 옥희 가족이 독실한 기독교 신자라면 과부의 재가 금지라는 재래적 악습을 과감히 떨쳐버려야 할 터이지만, 옥희 어머니는 "옥희가 이제 아버지를 새로 또 가지면 세상이 욕을 한단다. 옥희는 아직 철이 없어서 모르지만 세상이 욕을 한단다. 세상이 욕을 해. 옥희 어머니는 화냥년이다. 이러구 세상이 욕"을 할 거라며 결국 자신의 욕망을 포기한다. 그것은 단순한 개인 욕망의 포기에 그치는 게 아니라 "미신으로 거의 줄 치듯 해놓은 조선의 예수교"(「첫사랑 값」)의 모순의 실체를 폭로하는 중의적 의미를 지닌다. 이처럼 주요섭 소설에는 기독교가 가난하고 무지한 서민들의 삶에 아무런 도움이 되지 못하는 현실 상황에 대한 비판이 자주 등장하는데, 이에 대한 별도의 논의가 필요할 것으로 보인다.

「아네모네의 마담」(『조광』, 1936. 1)은 남녀 사이의 애정을 둘러싼 사회적 편견과 오해에 관한 짧은 이야기다. 티룸 아네모네의 마담 영숙은 한 달 전부터 티룸에 와 슈베르트의 「미완성 교향곡」

만 신청하고 제 얼굴을 뚫어지게 바라보는 전문대 남학생에게 호감을 갖는다. 다른 손님과 달리 자기에게 어떤 수작도 붙이지 않던 그가 언제부턴가「미완성 교향곡」을 들으며 우는 모습을 보고, 그것이 자기 때문이 아닐까 생각하며 귀고리를 단다. 그러던 어느 날, 그 학생이 티룸에 들어서자 습관처럼 교향곡을 틀었는데 그가 갑자기 소리를 지르며 음반을 깨뜨리는 소동을 벌인다. 교수의 부인을 사랑하던 그는 사회적 관습과 주위의 시선 때문에 자주 만날 수도 없어 그녀가 좋아하던 슈베르트의「미완성 교향곡」을 듣고 위안을 받기 위해 티룸에 자주 왔던 것이다. 그 티룸엔 교수 부인을 닮은 '모나리자' 그림마저 걸려 있어 더욱 안성맞춤이었던 셈이다. 교수 부인이 사망한 날 친구에게 이끌려 티룸에 들어와서 교향곡을 듣자 이성을 잃었다는 친구의 전언을 듣고 영숙은 귀고리를 떼버린다. 이 소설의 표층 구조는 티룸 마담 영숙의 엉뚱한 오해에 따른 한바탕의 소동으로 보이지만, 남편 있는 여자(더군다나 교수의 아내)와 순수한 청년의 사랑에 대한 사회적 편견을 비판하는 작가 의식이 심층 구조를 이룬다. 그런 점에서 전문대 학생의 친구가 티룸에 들러 저간의 사정을 설명하며 열변을 토하는 다음 대목에 이 작품의 주제가 그대로 드러난다.

현 사회에서는 매음 같은 더러운 성관계는 인정하면서도 집안 사정상 별로 달갑지 않은 혼인을 한 젊은 여인이 행이랄까 불행이랄까 남편 외에 딴 사람에게서 그 고귀한 한 사람이 한 번만 가져볼 수 있는 첫사랑을 바칠 수 있는 대상을 발견할 때 우리 사회는 그것을 조금도 용서치를 않으니까요! 그 사랑이 얼마나 순결하고 얼마나 열정적인 것을 이해할 수 있는 사회도 아니고 또 이해해보려고 하지도 않는 사회니까요. 더러운 기생 오입은 묵인하면서도 순결하고 고귀한 사랑은 그 사랑의 대상이 한 번 다른 사람과 결혼한 사람이라는 다못 한 가지 이유하에 기생 오입보다도 더 나쁜 일처럼 타매하고 비방하는 그런 우스운 사회니까요. (p. 210)

인용문에 따르면, 교수 부인은 자신의 의사와 상관없이 집안의 결정에 따라 교수와 결혼을 했고, 전문대생에게 처음으로 참된 사랑을 느낀 것으로 보인다. 그러나 사회적 윤리와 관습은 그녀의 순수한 사랑을 일부 호색한들의 기생 오입보다 더 천하고 추악한 것으로 여겨 낙인을 찍는다. 이와 같은 남성 중심적 사랑과 결혼 제도에 대한 통렬한 비판은「사랑손님과 어머니」의 주제 의식과 일맥상통하는 것이다. 그리고 그것은 어떤 면에서 국가와 민족이 다르다는 이유 때문에 포기했던 작가 자신의 첫사랑에 대한 뒤늦은 미련과 안타까움의 토로인지도 모를 일이다.

「북소리 두둥둥」(『조선문단』, 1936. 3)은 제재나 주제, 그리고 기법적인 면에서 두루 이색적인 작품이다. 이 소설은 1920년대 북간도 지역에서 투쟁 활동을 하던 조선인이 죽던 날 인선이 태어났고, 그가 철이 들면서 북소리를 환청으로 듣다가 스무 살이 되던 날 북소리를 따라 사라져버렸다는 다소 황당한 사건을 다루고 있다. 인선의 아버지는 이십 년 전 북간도로 건너가 "번개처럼 찬란하고 떠도는 생활을 하다가 그만 총부리 앞에서 찬 이슬이 되어버린 호협한" 사내다. 그는 아내의 출산을 앞두고 출동 명령에 따른다. 만주에서의 투쟁은 한 사람 있고 없고에 따라 승부가 갈릴 수 있을 만큼 급박한 상황이기 때문이다. 북간도를 개척한 조선 남성에게 투쟁은 생활의 일부이고 아녀자들 또한 남편의 출전을 만류하지 않을 만큼 당찬 성품을 지니고 있다. 복실 모(인선모)는 남편이 떠난 뒤 "두둥둥 울리는 북소리만이 온 몸뚱이를 속속들이 뚫고 뻗고 채워서 그냥 전신, 온 우주가 그 북소리 하나로 뭉쳐버리는 것 같은 환각"을 느끼며 아이를 낳는다. 그날 태어난 아이가 성인이 되자 아버지를 따르겠다며 북쪽으로 가버린 것이다. 아버지가 죽던 날 태어난 아들이 아버지의 유업을 잇기 위해 집을 나선다는 줄거리의 소설이 1936년에 발표되었다는 것은 상당히 이례적인 일로 생각된다. 1936년은 미나미 지로(南次郎)가 조선 총독으로 부임한 해로 이때부터 악명 높은 조선 말살 정책이 시행되었기 때문이다. 북간도의 투쟁은 대를 이어 지속되어야 한다는 주제 의식을 내포한 이 작품은 주요섭 문학에서도 매우 특별한 의미를 갖는다. 이 소설은 작품성이나 기법적 측면에서 신선한 점은 찾아보기 어렵지만 일제 말기에 북간도 조선인의 투쟁과 그 지속성을 문제 삼았다는 점에서 놀라지 않을 수 없다. 이는 그가 중국과 미국 유학을 마치고도 조국과 민족을 위해 특별한 행동을 하지 못한 것에 대한 자의식의 반영이라 볼 수 있다.

「봉천역 식당」(『사해공론』, 1937. 1)은 화자가 8년 동안 봉천을 오가며 그곳 식당에서 몇 차례 마주친 한 여성의 외적 변모를 통해 "해외로 떠도는 조선 여성의 한 타입의 표본"을 형상화한 소설이다. 이 소설의 시간적 배경은 1928~37년의 약 8년 동안이지만 공간적 배경은 봉천의 한 식당으로 한정된다. 그리고 그 식당에서 화자가 목격한 사건은 지극히 단순하고 그에 대한 해석 역시 주관적 추론에 그치고 있어 각별한 의미를 부여하기 어렵다. 그러므로 이 소설을 제대로 이해하기 위해서는 1928~37년의 만주 봉천을 중심으로 한 역사적 사건과 변화, 그곳을 오가는 조선인의 형편 등을 두루 고려할 필요가 있다. 화자는 모두 네 차례에 걸쳐 봉천역의 정거장 식당에서 어느 조선 여성을 만나는데, 시간이 흐를수록 그녀의 외모와 행색이 달라져 형편이 나빠지고 있음을 짐작하게 한다. 처음 만났을 때의 그녀는 "꼭 찌르면 터질 것같이 맑고 복사꽃같이 발그스레한 두 뺨"과 "흑진주같이 빛나는 맑은 눈", 그리고 "두 팔목이 대리석처럼 희고 부드러"운 17, 8세의 처녀로 식당의 공기를 진동시키고도 남을 정도로 활기차고 행복한 모습으로 묘사된다. 2, 3년 후 화자는 같은 장소에서 대여섯 명의 남성과 자리를 함께한 두 명의 여자를 발견하고 그중 양장을 한 여성이 그녀임을 알아챘다. 예전과 달라진 그녀의 모습에서 음식점의 웨이트리스가 되었는지 혹은 회사 사무원이 되었는지 쉽게 분간하지 못한다. 그 뒤 3년이 지나 만주사변의 후유증으로 전시 상태 같은 봉천에서 다시 그녀를 만나는데, 이제 그녀는 혼자 식당에 앉아 하염없이 담배만 태우는 모습으로 발견된다. 그리고 다시 몇 년이 지난 "바로 어제" 또다시 마주친 그녀는 네 살쯤 되어 보이는 딸아이와 함께 식당에 와 "눈물 날 만치 구슬픈" 태도로 밥을 먹어 화자를 비감케 한다.

8년 동안 모두 네 차례 봉천역 식당에서 우연히 마주친 조선 여성이 어떤 삶의 곡절을 겪었는지 자세히 알기 어려우나, 그녀에게서 "해외로 떠도는 조선 여성의 한 타입의 표본"을 보았다고 판단하는 화자의 태도에 주목할 필요가 있다. 그는 2, 3년마다 잠깐 마주친 그녀의 외모와 주변 환경의 변화를 토대로 그녀의 삶이 갈수록 고단해지고 심란해졌다는 사실을 깨닫는다. 두세번째 만남에서 그녀가 혼자 있는 광경을 목격하고 더 이상 남성들의 열띤 관심을 받지 못하며, 어린 딸이 딸린 채 초라하고 시들어가는 마지막 모습에서 그들 모녀의 삶이 더욱 고달파질 것이라는 점을 짐작한 것이다. 여기서 화자가 말하는 '해외로 떠도는 조선 여성의 타입'이 무엇을 말하는지 정확히 알 수는 없으나, 남성들에게 둘러싸여 행복해하던 모습과 혼자 담배만 피우거나 어린 딸을 앞에 놓고 억지로 음식을 먹는 광경의 대조를 통해 그녀가 남자에게 소외당했으리라 추측하는 것은 그리 어렵지 않다. 그렇다면 화자가 말하는 "해외로 떠도는 조선 여성의 한 타입"은 아마도 만주 등지의 윤락가로 팔려 간 조선 여성을 의미하는 것이 아닐까. 우리는 이런 타입의 여성이 걸었던 비참한 삶의 말로를 '우뽀'를 통해 확인한 바 있다. 이 소설이 발표된 1937년은 일제에 의해 만주국이 건설되어 수십만의 만주 이민자가 생겨나고 '만주문화회(滿洲文話會)'란 단체가 결성되어 조선의 작가들은 만주 발전을 예찬하는 글을 쓰도록 권유받았다. 그런 시점에서 봉천에서 마주친 조선 여성의 조락(凋落) 과정을 관찰하고 그녀를 "해외로 떠도는 조선 여성의 한 타입"으로 표상했다는 것은 놀라운 현실 인식과 직관이 아닐 수 없다.

「낙랑고분의 비밀」(『조광』, 1939. 2)은 주요섭 소설 가운데 가장 특이한 작품이다. 이 소설은 평양에서 발생한 젊은 남성들의 실종과 죽음을 취재하는 신문 기자를 화자로 설정하여 추리소설적 분위기를 제공하고 있으나, 서사가 전개되면서 야담이나 몽환적 소설로 추락한다. 이 작품의 화자(승지)는 이복동생(승일) 실종 사건의 진상을 밝히는 과정에서 고서를 발견하고 그 내용에 따라 야간 잠복을 하던 중 소복한 여자를 만나 바위굴 속으로 들어간다. 그녀는 천 년 전 낙랑 시대 여성으로 애인과 함께 불로수를 발명하여 마시려던 중 연적이 찾아와 애인을 죽이고 자기만 살아남았다는 것이다. 불로수를 마신 그녀는 영원히 죽지 못하는 신세로 떠돌다가 문득 불교의 윤회설을 떠올리고 옛 애인이 어느 순간에 환생하면 그의 힘을 빌려 해독제를 마시고 죽으리라 결심한다. 다행히 화자의 도움을 얻어 저주받은 운명에서 벗어난 그녀는 "죽음은 삶보다 행복한 것"이라며 화자와 이별한다. 이 소설은 불교의 윤회전생을 모티프로 삼았다는 점에서 기독교를 모태 신앙으로 하는 주요섭으로서는 매우 파격적인 작품이 아닐 수 없다. 또한 천 년의 사랑과 불사의 형벌, 그리고 낙랑고분 등 이 소설의 제재와 배경도 이제까지 보아온 주요섭 소설의 성향과는 이질적이고 플롯도 다소 허술하고 작위적이다. 그러나 남녀 간의 사랑을 주제로 하면서 현실의 삶을 고통으로 인식하고 있다는 점에서 이 소설은 「첫사랑 값」 계열의 작품으로 유형화할 수 있다. '사랑'과 '빈민 계층에 대한 애정'은 주요섭 소설의 가장 핵심적인 화두였던 것이다.

4

주요섭 소설에 관심을 가진 연구가들의 한결같은 지적은, 그의 소설이 한국 현대소설사에서 부당하게 저평가되었다는 사실이다. 그럼에도 불구하고 그들조차 주요섭 문학 전체를 면밀하게 분석하여 문학(사)적 의미를 구명하는 데까지는 나아가지 않고 있다.

주요섭은 기독교 집안에서 태어나 자랐고, 일본과 중국, 미국 등에서 유학을 하며 석사 과정을 마치고 중국과 한국의 대학 교수로 재직했던 지식인이다. 그는 칠십 평생 40여 편밖에 안 되는 작품을 남긴 과작의 작가이지만, 그가 다룬 작품 세계는 간단하거나 단순하지 않다. 그럼에도 불구하고 그가 「사랑손님과 어머니」의 작가로 세간에 알려진 것은, 해방 이후 발간된 문학사의 기술(記述)을 무비판적으로 따랐기 때문이다.

이 글을 쓰기 위해 몇 가지 자료를 찾아 읽으며 나는 우리 문학사가 주요섭 소설뿐만 아니라 그의 전기적 사실에 대해서도 매우 소홀했음을 알게 되었다. 자료에 따라 그의 부모의 이름과 형제 관계 등 가계의 기본 사항조차 다르게 서술되는 것은 우리의 문학 연구가 얼마나 무성의하고 부정확하게 이루어지고 있는가를 알려주는 자료일 뿐이다. 하지만 이 글에서 밝힌 주요섭의 가계도 유족의 확인을 거치지 않은 것이어서 부정확하기는 매한가지다. 다만 한국독립운동사 정보시스템의 자료는 주요섭의 자술 이력서를 바탕으로 했으므로 다른 것보다 신뢰할 만하다. 최근 몇몇 연구가들에 의해 소개된 「첫사랑 값」은 미완성작이긴 하지만, 1925년 무렵의 상하이 분위기를 알려주는 자료적 가치 외에 작가의 사적 체험을 바탕으로 한 것이어서 그의 문학을 이해하는 데 도움이 될 것으로 보인다. 주요섭은 이 작품 외에도 「인력거꾼」 「살인」 「봉천역 식당」 등을 통해 1920~30년대 상하이와 봉천의 분위기 및 그곳에 거주하는 한국인의 처지를 핍진하게 보여주고 있다. 「살인」 「봉천역 식당」처럼 중국 윤락가에 팔려 간 한국 여성의 비참한 삶의 행적을 다룬 작품이나 「북소리 두둥둥」처럼 북간도 조선인의 투쟁을 언급한 작품에 대한 세심한 분석과 평가가 요청되는 것도 그 때문이다.

「사랑손님과 어머니」를 주요섭 소설의 대표작이라 보는 데는 별다른 이견이 없다. 그러나 그 소설은 주요섭의 대표작 가운데 하나일 뿐 유일한 대표작이라 하기는 어렵다. 그는 상하이와 조선의 빈민 계층의 고단하고 무망(無望)한 삶을 사실적으로 재현하는 데 탁월한 기량을 보였으며, 북간도에서의 조선인 투쟁이 지속되어야 한다는 민족의식을 주제로 한 작품도 발표하였다. 이 선집에서는 미처 다루지 못했지만, 그는 미국 유학에서 돌아온 뒤 "내가 직접 노동자가 되어보기 전에 노동자계급 운운하는 것은 잠꼬대에 지나지 않은 줄 알았다"[9]며 『구름을 잡으려고』 「유미

---

9 주요섭, 「미국의 사상계와 재미 조선인」, 『별건곤』, 개벽사, 1928. 12. p. 160.

외기(留米外記)」등의 소설을 썼다. 이들 소설에서 그는 미국 유학생과 노동자의 일상을 객관적으로 관찰하고 있는데, 그곳 민족주의자들이 파벌을 형성하여 상호 비방하는 모습을 목격하고 자신의 민족주의적 이상이 얼마나 관념적이며 비현실적인 것이었는지를 깨달았던 듯하다. 『구름을 잡으려고』는 "미국에 사는 교포들의 경험담과 내가 직접 겪은 것을 토대로 한 일종의 다큐멘터리 소설"[10]이어서 보다 면밀한 분석이 필요하다. 이 소설은 제목부터 이상과 현실의 괴리를 암시하는 데다, 소설 속에 미주 지역 지도자들의 대립과 갈등이 구체적으로 묘사되어 있어 작가의 사상 변화를 짐작하는 데 큰 도움을 줄 것이기 때문이다.

주요섭은 20대 초반부터 작고할 때까지 약 50년 동안 그만한 숫자의 작품을 생산했고, 영어로 소설을 쓰거나 외국 작품을 번역하기도 했다. 그는 다작의 작가도, 문제작을 여럿 발표한 작가도 아니지만, 남녀 간의 애정 문제를 주로 다룬 통속 작가로 인식되는 것은 교정되어야 마땅하다. 한 연구가가 지적한 것처럼, 우리나라의 대표적 문학사에서 그의 소설 제목이 잘못 소개되거나 아예 그에 대한 언급이 전혀 없다는 것은 그 문학사를 기술한 저자들의 오해와 편견에서 비롯된 것이다. 그는 「인력거꾼」과 「사랑손님과 어머니」등의 작품에서 날카로운 현실 인식과 객관적 묘사의 한 전범을 보여주었으며, 「북소리 두둥둥」과 「낙랑고분의 비밀」을 통해서는 환상성을 수용함으로써 보다 탄력적인 소설 미

---

10 주요섭, 「나의 문학적 회고─재미있는 이야기꾼」, 『문학』, 서울대학교 문리대 문학회, 1966. 11, p. 198.

학을 실험하기도 하였다. 이런 점에서 주요섭은 우리의 길지 않은 현대소설사에서 제외되어도 좋은 통속 작가가 결코 아니며, 하루빨리 그의 문학이 정당한 해석과 평가를 받아 한국 문학사의 결락 부분이 온전히 보완되어야 할 것이다.

1902년(1세) 12월 23일(음력 11월 24일) 평안남도 평양에서 아버지 주
공립(朱孔立)과 어머니 양진심(梁鎭心) 사이의 7남매 중 둘째
아들로 태어남.

1915년(14세) 숭덕소학교를 졸업하고 숭실중학에 입학.

1918년(17세) 일본 도쿄 아오야마(靑山) 학원 중학부 3학년에 편입.

1919년(18세) 3·1 만세운동이 일어나자 귀국해 평양에서 김동인 등
과 어울려 등사판 지하신문을 발간하며 만세운동에 가담. 이
로 인해 옥고를 치른 뒤 11월 출소하여 사립 숭실대학 수학.

1920년(19세) 『매일신보』 신춘문예에 「임의쎠는어린벗」이 3등으로 입
선(필명 '질그릇生'). 10월부터 일본 사립 세이쇼쿠(正則) 영어
학교 수학.

1921년(20세) 중국 상하이 후장(滬江) 대학 중학부 편입. 4월 『개벽』
에 「추운 밤」, 7월 『신민공론』에 「죽음」 발표.

1923년(22세) 후장 대학 입학.

1924년(23세) 『개벽』 11월호에 수필 「선봉대」 발표.

1925년(24세) 단편 「인력거꾼」(『개벽』 4월호), 「살인」(『개벽』 6월호),
중편 「첫사랑 값」(『조선문단』 9~11월호) 등 발표.

1926년(25세) 5월 『동광』 창간호에 논문 「말」, 10월 『동광』에 시 「물
결」 「진화」 「자유」, 11월 『신여성』에 난변 「천당」 등 발표.

1927년(26세) 1월 『동광』에 단편 「개밥」, 4월 『조선문단』에 「사랑의
값 2」, 11월 『동광』에 희곡 「토적군」 등 발표. 후장 대학 졸업
후 도미하여 스탠퍼드 대학 대학원 입학.

1929년(28세) 스탠퍼드 대학 대학원 교육학 석사과정 수료 후 귀국.
황해도 출신 여인과 결혼을 하지만 곧 이혼.

1930년(29세) 『동아일보』에 수필 「유미외기(留米外記)」 연재.

1931년(30세) 동아일보사에 입사, 『신동아』 주간.

1932년(31세) 5월 『삼천리』에 「문단잡화—아메리카계〔亞米利加系〕의
부진」 발표.

1933년(32세) 10월 『학등』에 「아동문학연구대강」 발표.

1934년(33세) 중국 베이징의 푸런(輔仁) 대학 교수 부임, 1943년까지
재직.

1935년(34세) 『동아일보』에 장편소설 『구름을 잡으려고』 연재(2. 17~
8. 4). 4월 『신가정』에 단편 「대서」, 11월 『조광』에 「사랑손님
과 어머니」 발표.

1936년(35세) 1월 『조광』에 단편 「아네모네의 마담」, 3월 『조선문단』
에 「북소리 두둥둥」, 4월 『신동아』에 「추물」, 9월 『조광』에 『미

완성』연재(1936. 9~1937. 6).『신가정』의 여기자 김자혜와 결혼.

1937년(36세) 1월『사해공론』에「봉천역 식당」, 11월『여성』에「왜 왔던고?」발표.

1938년(37세) 6~7월『여성』에 단편「죽마지우」.『동아일보』에 장편『길』연재 시작했으나 곧 중단(1938. 9. 6~11. 23).

1939년(38세) 2월『조광』에 단편「낙랑고분의 비밀」발표.

1941년(40세) 장남 북명(北明) 출생.

1942년(41세) 차남 동명 출생.

1943년(42세) 일본의 대륙 침략에 협조하지 않는다는 이유로 중국 정부로부터 추방당해 귀국.

1945년(44세) 평양에서 해방을 맞음. 곧 월남해 서울에 정착.

1946년(45세) 단편「눈은 눈으로」「극진한 사랑」「해방 일 주년」「입을 열어 말하라」등 발표.

1947년(46세) 상호출판사 주간. 영문 소설『김유신』출간.

1948년(47세)『서울신문』에「대학 교수와 모리배」발표.

1950년(49세) 10월 영자 신문『코리아 타임스』의 주필로 취임. 단편「이십오 년」발표.

1953년(52세) 경희대학교 영어영문학과 교수 취임.

1954년(53세) 국제 펜클럽 한국본부 사무국장.

1955년(54세) 단편「이것이 꿈이라면」발표.

1957년(56세) 6월『자유문학』에 장편소설『1억 5천만 대 1』연재.

1958년(57세) 4월『사상계』에「잡초」, 5월『자유문학』에「붙느냐 떨어지느냐」, 6월『자유문학』에『망국노 군상』연재.

1959년(58세) 국제 펜클럽 주최 제30차 세계작가대회에 한국 대표로 참가.

1961년(60세) 코리언 리퍼블릭 이사장.

1962년(61세) 작품집『미완성』출간.

1963년(62세) 1년간 미국 미주리 대학 등 6개 대학에서 '아시아 문화 및 문학' 강의. 영문 소설 *The Forest of the White Lock* 출간.

1965년(64세) 경희대학교 교수 사임. 10월『현대문학』에「세 죽음」「비명횡사한 유령의 수기」발표.

1967년(66세) 5월『현대문학』에「열 줌의 흙」발표.

1968년(67세) 7월『현대문학』에「죽고 싶어 하는 여인」발표.

1969년(68세) 6월『월간문학』에「나는 유령이다」발표.

1970년(69세) 6월『월간문학』에「여대생과 밍크코트」발표.

1972년(71세) 4월 전신 신경통으로 세브란스병원에 입원. 11월 14일 서울 연희동 자택에서 심근경색증으로 사망.

작품 목록

1. 중단편소설

작품명	발표지	발표 연도
이미 떠난 어린 벗	매일신보	1920. 1. 3
추운 밤	개벽	1921. 4
죽음	신민공론	1921. 7
인력거꾼	개벽	1925. 4
살인	〃	1925. 6
첫사랑 값	조선문단	1925. 9~11, 1927. 2~3
영원히 사는 사람	신여성	1925. 10
천당	〃	1926. 1
개밥	동광	1927. 1
유미외기	동아일보	1930. 2. 22~4. 11
할머니	우라키 4호	1930.
진남포행	신동아	1932. 10
셀스 껄	신가정	1933. 5~11
대서	〃	1935. 4
사랑손님과 어머니	조광	1935. 11

작품명	발표지	발표 연도
아네모네의 마담	조광	1936. 1
북소리 두둥둥	조선문단	1936. 3
추물	신동아	1936. 4
미완성	조광	1936. 9~1937. 6
봉천역 식당	사해공론	1937. 1
왜 왔던고?	여성	1937. 11
의학박사	동아일보	1938. 5. 17~25
죽마지우	여성	1938. 6~7
낙랑고분의 비밀	조광	1939. 2
입을 열어 말하라	신문학	1946. 11
대학 교수와 모리배	서울신문	1948. 9
이십오 년	학풍	1950. 2
해방 일 주년	신천지	1954. 8
이것이 꿈이라면	발표지 미상	1954
잡초	사상계	1958. 4
붙느냐 떨어지느냐	자유문학	1958. 5
세 죽음	현대문학	1965. 10
비명횡사한 유령의 수기	〃	1965
열 줌의 흙	〃	1967. 5
죽고 싶어 하는 여인	〃	1968. 7
나는 유령이다	월간문학	1969. 6
여대생과 밍크코트	〃	1970. 6
마음의 생채기	〃	1972. 4

2. 장편소설

작품명	발표지	발표 연도
구름을 잡으려고	동아일보	1935. 2. 17~8. 4
길	〃	1938. 9. 6~11. 23
1억 5천만 대 1	자유문학	1957. 6~1958. 4
망국노 군상	〃	1958. 6~1960. 5

3. 논설/평론

작품명	발표지	발표 연도
시대마다 변한다	대조 3	1930. 5
공민훈련에 관한 구미 각국의 시설	신동아 창간호	1931
교육의무 면제는 조선아동의 특전 —세계초등개황을 논하여 조선 현상을 곡함	동광 20호	1931
문맹퇴치운동에 대한 일 고찰	신생 33호	1931. 7
아동문학연구대강	학등 창간호	1933. 10
고료에 대하여	동아일보	1937. 6. 17
대중문학 소고—문예유감	〃	1938. 1. 19~21
사상·구상·기교—문예유감	〃	1938. 1. 22~25

4. 수필

작품명	발표지	발표 연도
봄과 등진 마음	발표지 미상	1932
미운 간호부	〃	1932
취미생활과 돈	〃	1935
중국인들의 생활을 존경한다	〃	1937

5. 동화

작품명	발표지	발표 연도
토끼의 꾀	아이생활 77권	1932. 9
한쓰의 돈벌이	아이생활 78권	1932. 10
어머님의 사랑	신가정	1933. 1
구멍 뚫린 고무신	〃	1933. 2
미친 참새 새끼	〃	1933. 3
병아리 5형제	소년소녀한국 문학전집 23호	1994

작품명	발표지	발표 연도
벼알 3형제	동아일보	1937. 10. 1~14
웅철이의 모험	한국아동 문학전집 3권	1962
옥순이와 진달래	한국아동 문학전집 3권	1962

6. 영문 소설

작품명	발표지	발표 연도
Kim Yu Sin	발표지 미상	1947
The Forest of the White Lock	〃	1963

참고 문헌

김기진, 「문단 최근의 일 경향」, 『개벽』, 1925. 7.

박영희, 「창작월평―현실과 가장 없는 묘사」, 『조선일보』, 1937. 1. 17.

백　철, 「울결의 문학―3월 창작 독후감」, 『조선일보』, 1937. 3. 17~21.

현동염, 「주요섭론」, 『풍림』, 1937. 3.

신선규, 「심안의 획득―주요섭론」, 『자유문학』, 1958. 11.

진영녕, 「주요섭 작품의 비판적 분석」, 이화여대 석사학위 논문, 1971.

이주일, 「주요섭의 단편소설고」, 『중앙대 어문논집』, 1976.

김영화, 「사회와 인간―주요섭론」, 『월간문학』, 1979. 10.

이기반, 「주요섭론」, 『현대문학론』, 형설출판사, 1979.

김영화, 「주요섭의 소설 연구」, 『제주대 논문집』, 1980.

신동욱, 「주요섭의 작품 세계」, 『우리 시대의 작가와 모순의 미학』, 개

문사, 1982.

허계숙,「주요섭 연구」, 연세대 석사학위 논문, 1984.

김용성,「주요섭」,『한국현대문학사탐방』, 현암사, 1984.

김 준,「존엄성 회복에의 현실의식」, 주요섭 단편소설 문학전집『북
        소리 두둥둥』, 대광문화사, 1984.

임윤정,「주요섭 소설에 관한 연구」, 연세대 석사학위 논문, 1990.

진정석,「단편소설의 미학을 위한 모색」,『한국소설문학대계 22』해
        설, 동아출판사, 1995.

김종구,「주요섭 소설의 초점화와 담론 연구」, 한국언어문학회,『한국
        언어문학』, 1995.

한점돌,「주요섭 소설의 계보학적 고찰」, 한국어교육학회,『국어교육』
        제103집, 2000.

정선혜,「휴머니즘과 근대성의 조화—주요섭의 아동문학 발굴 조명」,
        돈암어문학회,『돈암어문학』제13집, 2000. 9.

이주미,「주요섭 소설 연구」, 고려대 석사학위 논문, 2003.

우미영,「식민지 시대 이주자의 자기인식과 미국—주요섭과 강용흘
        의 소설을 중심으로」, 한국근대문학회,『한국근대문학연구』
        제17호, 2008. 4.

최학송,「해방 전 주요섭의 삶과 문학」,『민족문학사연구』, 2009.

이승하,「주요섭 초기작 중 상해 무대 소설의 의의」, 국제비교한국학
        회,『비교한국학』, 2009.

김학균,「주요섭 초기 소설에 나타난 여성의 '서발터니티' 연구」, 배
        달말학회,『배달말』, 2011.

한국문학전집을 펴내며

오늘의 한국 문학은 다양한 경험과 자산에서 비롯된 것이지만, 그중에서도 우리 앞선 세대의 문학 작품에서 가장 큰 유산을 물려받고 있다. 그럼에도 우리는 가끔 우리의 문학 유산을 잊거나 도외시한다. 마치 그것 없이는 살아갈 수 없는 소중한 물을 쉽게 잊고 사는 것처럼 그동안 우리는 우리가 이루어놓은 자산들을 너무 쉽게 잊어버리고 있었는지도 모르겠다. 인기 있는 외국 작품들이 거의 동시에 번역 출판되고, 새로운 기획과 번역으로 전 세계의 문학 작품들이 짜임새 있게 출판되고 있는 요즈음, 정작 한국 문학 작품들을 체계적으로 정리하지 못하고 있었다는 점을 최근에 우리는 깊이 반성하게 되었다. 그리고 이러한 때늦은 반성을 곧바로 '한국문학전집'을 기획하는 힘으로 전환하였다.

오늘의 시점에서 '한국문학전집'을 기획한다는 것은, 우선 그동안 양적으로나 질적으로 괄목할 만한 수준에 이른 한국 문학 연구 수준을 반영하는 새로운 시각이 전제되어야 할 것이다. 그리고 '우리 것을 지키자'는 순진한 의도에서가 아니라, 한국 문학이 바로 세계 문학이 되는 질적 확장을 위해, 세계 문학 속에서의 한국 문학의 정체성을 찾는 일을 간과해서는 안 될 것이다.

이번 기획에서 우리가 가장 크게 신경 썼던 점은 크게 두 가지이다. 하나는, 그동안 거의 관습적으로 굳어져왔던 작품에 대한 천편일률적인 평가를 피하고 그동안의 평가에 대한 비판적 평가와 더불어 새로운 평가로 인한 숨은 작품의 발굴이었다. 그리하여 한국 문학사를 시기별로 구분하여 축적된 연구 성과들 위에서 나름대로 중요한 작품들을 선별하는 목록 작업에 가장 큰 공을 들였다. 나머지 하나는, 그동안 여러 상이한 판본의 난립으로 인해 원전 텍스트가 침해되고 있는 심각한 상황을 고려하여 각각의 작가에게 가장 뛰어난 연구자들을 초빙하여 혼신을 다해 원전 텍스트를 확정하였다는 점이다.

장구한 우리 문학사의 주옥같은 작품들을 한자리에 모아, 세대를 넘고 시대를 넘어 그 이름과 위상에 값할 수 있는 대표적인 한국문학전집을 내놓는다. 이번에 출간되는 한국문학전집은 변화된 상황과 가치를 반영하는 내실 있고 권위를 갖춘 내용으로 꾸며질 것이며, 우리 문학의 정본 전집으로서 자리매김해 한국 문학의 전통을 계승하고 발전시키는 데 기여하고자 한다. 이 기획이 한국 문학의 자산들을 온전하게 되살려, 끊임없이 현재성을 가지는 살아 있는 작품들로, 항상 독자들의 옆에 있게 되기를 기대한다.

(주)문학과지성사

01 감자 김동인 단편선

최시한(숙명여대) 책임 편집

수록 작품 약한 자의 슬픔 / 배따라기 / 태형 / 눈을 겨우 뜰 때 / 감자 / 광염 소나타 / 배회 / 발가락이 닮았다 / 붉은 산 / 광화사 / 김연실전 / 곰네

극단적인 상황과 비극적 운명에 빠진 인물 군상들을 냉정하게 서술해낸 한국 근대 단편 문학의 선구자 김동인의 대표 단편 12편 수록. 인간과 환경에 대한 근대적 인식을 빼어난 문체와 서술로 형상화한 김동인의 주옥같은 작품들을 만날 수 있다.

02 탈출기 최서해 단편선

곽근(동국대) 책임 편집

수록 작품 고국 / 탈출기 / 박돌의 죽음 / 기아와 살육 / 큰물 진 뒤 / 백금 / 해돋이 / 그믐밤 / 전아사 / 홍염 / 갈등 / 먼동이 틀 때 / 무명초

식민 치하 빈궁 문학을 대표하는 최서해의 단편 13편 수록. 식민 치하의 참담한 사회적 현실을 사실적으로 전해주는 작품들. 우리 민족의 궁핍한 현실에 맞선 인물들의 저항 정신과 민족 감정의 감동과 울림을 전한다.

03 삼대 염상섭 장편소설

정호웅(홍익대) 책임 편집

우리 소설 가운데 서울말을 가장 풍부하게 살려 쓴 작품이자, 복합성·중층성의 세계를 구축하여 한국 근대 장편소설의 대표작으로 꼽히는 염상섭의 『삼대』. 1930년대 서울의 중산층 가족사를 통해 들여다본 우리 근대의 자화상이다.

04 레디메이드 인생 채만식 단편선

한형구(서울시립대) 책임 편집

수록 작품 논 이야기 / 레디메이드 인생 / 미스터 방 / 민족의 죄인 / 치숙 / 낙조 / 쑥국새 / 당랑의 전설

역설과 반어의 작가 채만식의 대표 단편 8편 수록. 1920~30년대의 자본주의적 현실 원리와 민중의 삶을 풍자적으로 포착하는 데 탁월했던 채만식. 사실주의와 풍자의 절묘한 조합으로 완성한 단편 문학의 묘미를 즐길 수 있다.

05 비 오는 길 최명익 단편선

신형기(연세대) 책임 편집

수록 작품 폐어인 / 비 오는 길 / 무성격자 / 역설 / 봄과 신작로 / 심문 / 장삼이사 / 맥령

시대를 앞섰던 모더니스트 최명익의 대표 단편 8편 수록. 병과 죽음으로 고통받는 인물 군상들을 통해 자신이 예감한 황폐한 현대의 징후를 소설화한 작가 최명익. 너무나 현대적이어서, 당시에는 제대로 평가받을 수 없었던 탁월한 단편소설들을 만난다.

06 사하촌 김정한 단편선

강진호(성신여대) 책임 편집

수록 작품 그물 / 사하촌 / 항진기 / 추산당과 결사람들 / 모래톱 이야기 / 제3병동 / 수라도 / 인간단지 / 위치 / 오끼나와에서 온 편지 / 슬픈 해후

리얼리즘 문학과 민족 문학을 대표하는 김정한의 대표 단편 11편 수록. 민중들의 삶을 통해 누구보다 먼저 '근대화의 문제'를 문학적으로 제기하고 예리하게 포착한 작가 김정한의 진면목을 본다.

07 무녀도 김동리 단편선

이동하(서울시립대) 책임 편집

수록 작품 화랑의 후예 / 산화 / 바위 / 무녀도 / 황토기 / 찔레꽃 / 동구 앞길 / 혼구 / 혈거부족 / 달 / 역마 / 광풍 속에서

한국적이고 토착적인 전통 세계의 소설화에 앞장선 김동리의 초기 대표작 12편 수록. 민중의 삶 속에 뿌리 내린 토착적 전통의 세계를 정확한 묘사와 풍부한 서정으로 형상화했던 김동리 문학 세계를 엿본다.

08 독 짓는 늙은이 황순원 단편선

박혜경(인하대) 책임 편집

수록 작품 소나기 / 별 / 겨울 개나리 / 산골 아이 / 목넘이마을의 개 / 황소들 / 집 / 사마귀 / 소리 / 닭제 / 학 / 필묵장수 / 뿌리 / 내 고향 사람들 / 원색오뚝이 / 곡예사 / 독 짓는 늙은이 / 황노인 / 늪 / 허수아비

한국 산문 문체의 모범으로 평가되는 황순원의 대표 단편 20편 수록. 엄격한 지적 절제와 미학적 균형으로 함축적인 소설 미학을 완성시킨 작가 황순원. 극적인 사건 전개 대신 정적이고 서정적인 울림의 미학으로 깊은 감동을 전한다.

09 만세전 염상섭 중편선

김경수(서강대) 책임 편집

수록 작품 만세전 / 해바라기 / 미해결 / 두 출발

한국 근대 소설의 기념비적 작품인 「만세전」, 조선 최초의 여류화가인 나혜석의 삶을 소설화한 「해바라기」, 그리고 식민지 조선의 현실을 담아내고 나름의 저항의식을 형상화하기 위한 소설적 수련의 과정을 단적으로 보여주는 「미해결」과 「두 출발」 수록. 장편소설의 작가로만 알려진 염상섭의 독특한 소설 미학의 세계를 감상한다.

10 천변풍경 박태원 장편소설

장수익(한남대) 책임 편집

모더니스트 박태원이 펼쳐 보이는 1930년대 서울의 파노라마식 풍경화. 근대 자본주의 사회의 이데올로기와 일상성에 대한 비판에 몰두하던 박태원 초기 작품의 모더니즘 경향과 리얼리즘 미학의 경계를 넘나드는 역작. 식민지라는 파행적 상황에서 기형적으로 실현되던 근대화의 양상을 기층 민중의 생활에 초점을 맞춰 본격화한 작품이다.

11 태평천하 채만식 장편소설

이주형(경북대) 책임 편집

부정적인 상황들이 난무하는 시대 현실을 독자적인 문학적 기법과 비판의식으로 그려냄으로써 '문학적 미'를 추구했던 채만식의 대표작. 판소리 사설의 반어, 자기 폭로, 비유, 과장, 희화화 등의 표현법에 사투리까지 섞은 요설로, 창을 듣는 듯한 느낌과 재미를 선사하는 작품. 세태풍자소설의 장을 열었던 채만식이 쓴 가족사소설의 전형에 해당한다.

12 비 오는 날 손창섭 단편선

조현일(홍익대) 책임 편집

수록 작품 공휴일 / 사연기 / 비 오는 날 / 생활적 / 혈서 / 피해자 / 미해결의 장 / 인간동물원초 / 유실몽 / 설중행 / 광야 / 희생 / 잉여인간 / 신의 희작

가장 문제적인 전후 소설가 손창섭의 대표 단편 14작품 수록. 병적이고 불구적인 인간 군상들을 통해 전후 사회 현실에서의 '절망'의 표현에 주력했던 손창섭. 전쟁 그리고 전쟁 이후의 비일상적 사태를 가장 근원적인 차원에서 표현한 빼어난 작품들을 선별했다.

13 등신불 김동리 단편선

이동하(서울시립대) 책임 편집

수록 작품 인간동의 / 흥남철수 / 밀다원시대 / 용 / 목공 요셉 / 등신불 / 송추에서 / 까치 소리 / 저승새

「무녀도」의 작가 김동리가 1950년대 이후에 내놓은 단편 9편 수록. 전기 작품에 이어서 탁월한 문체의 매력, 빈틈없는 구성의 묘미, 인상적인 인물상의 창조, 인간에 대한 깊이 있는 통찰이라는 김동리 단편의 미학을 다시 한 번 경험할 수 있는 기회이다.

14 동백꽃 김유정 단편선

유인순(강원대) 책임 편집

수록 작품 심청 / 산골 나그네 / 총각과 맹꽁이 / 소낙비 / 솥 / 만무방 / 노다지 / 금 / 금 따는 콩밭 / 떡 / 산골 / 봄·봄 / 안해 / 봄과 따라지 / 따라지 / 가을 / 두꺼비 / 동백꽃 / 야앵 / 옥토끼 / 정조 / 땡볕 / 형

고단한 삶을 살아가는 순박한 촌부에서 사기꾼에 이르기까지 다양한 삶의 모습을 문학 속에 그대로 재현한 김유정의 주옥같은 단편 23편 수록. 인물의 토속성과 해학성, 생생한 삶의 언어와 우리 소리, 그 속에 충만한 생명감을 불어넣은 김유정 문학의 정수를 맛본다.

15 소설가 구보씨의 일일 박태원 단편선

천정환(성균관대) 책임 편집

수록 작품 수염 / 낙조 / 소설가 구보씨의 일일 / 애욕 / 길은 어둡고 / 거리 / 방란장 주인 / 비량 / 진통 / 성탄제 / 골목 안 / 음우 / 재운

한국 소설사상 가장 두드러진 모더니즘 작품으로 인정받는 「소설가 구보씨의 일일」을 비롯한 박태원의 대표 단편 13편 수록. 한글로 씌어진 가장 파격적이고 실험적인 작품으로 주목 받은 박태원. 서울 주변부 중산층의 삶이라는 자기만의 튼실한 현실 공간을 구축하여 새로운 소설 기법과 예술가소설로서의 보편성을 획득한 작품들이다.

¹⁶ 날개 이상 단편선

김주현(경북대) 책임 편집

수록 작품 12월 12일 / 지도의 암실 / 지팡이 역사 / 황소와 도깨비 / 공포의 기록 / 지주회시 /
동해 / 날개 / 봉별기 / 실화 / 종생기

근대와 맞닥뜨린 당대 식민지 조선의 기념비요 자화상 역할을 하는 이상의 대표 단편
11편 수록. '천재'와 '광인'이라는 꼬리표와 함께 전위적이고 해체적인 글쓰기로 한국
의 모더니즘 문학사를 개척한 작가 이상. 자유연상, 내적 독백 등의 실험적 구성과 문체
로 식민지 근대와 그것에 촉발된 당대인의 내면을 예리하게 포착해낸 이상의 문제작들
을 한데 모았다.

¹⁷ 흙 이광수 장편소설

이경훈(연세대) 책임 편집

한국 최초의 근대 장편소설 『무정』을 발표하면서 한국 소설 문학의 역사를 새롭게 쓴
이광수. 『흙』은 이광수의 계몽 사상이 가장 짙게 깔린 작품으로 심훈의 『상록수』와
함께 한국 농촌계몽소설의 전위에 속한다. 한국 근대 문학사상 가장 많이 연구되고
있는 작가의 대표작답게 『흙』은 민족주의, 계몽주의, 농민문학, 친일문학, 등장인물
론, 작가론, 문학사 등의 학문적·비평적 논의의 중심에 있는 작품이다.

¹⁸ 상록수 심훈 장편소설

박헌호(성균관대) 책임 편집

이광수의 장편 『흙』과 더불어 한국 농촌계몽소설의 쌍벽을 이루는 『상록수』. 심훈의
문명(文名)을 크게 떨치게 한 대표작이다. 1930년대 당시 지식인의 관념적 농촌 운동
과 일제의 경제 침탈사를 고발·비판함으로써, 문학이 취할 수 있는 현실 정세에 대
한 직접적인 대응 그리고 극복의 상상력이란 두 가지 요소를 나름의 한계 속에서 실
천해냈고, 대중적으로도 큰 호응을 불러일으킨 작품이다.

¹⁹ 무정 이광수 장편소설

김철(연세대) 책임 편집

20세기 이래 한국인이 가장 많이 읽고 가장 자주 출간돼온 작품, 그리고 근현대 문학
가운데 가장 많이 연구의 대상이 된 작가 이광수의 대표작 『무정』. 씌어진 지 한 세기
가 가까워오도록 여전히 읽히고 있고 또 학문적 논쟁의 중심에 서 있는 『무정』을 책
임 편집자의 교정을 충실하게 반영한 최고의 선본(善本)으로 만난다.

²⁰ 고향 이기영 장편소설

이상경(KAIST) 책임 편집

'프로문학의 정점'이자 우리 근대 문학사의 리얼리즘의 확립을 결정적으로 보여주는
이기영의 『고향』. 이기영은 1920년대 중반 원터라는 충청도의 한 농촌 마을을 배경
으로 봉건 사회의 잔재를 지닌 채 식민지 자본주의화가 진행되어가는 우리 근대 초기
를 뛰어난 관찰로 묘사한다. 일제 식민 치하 근대화에 대한 문학적·비판적 성찰과 지
식인의 고뇌를 반영한 수작이다.

21 까마귀 이태준 단편선

김윤식(명지대) 책임 편집

수록 작품 불우 선생 / 달밤 / 까마귀 / 장마 / 복덕방 / 패강랭 / 농군 / 밤길 / 토끼 이야기 / 해방 전후

'한국 근대소설의 완성자' '단편문학'의 명수. 이태준은 우리 근대 문학의 전개 과정에서 결코 간과할 수 없는 역할을 담당했던 작가 가운데 한 사람이다. 문학의 자율성과 예술성을 상실하지 않으면서도 현실 문제에 각별한 관심을 보여주었던 그의 단편은 한국소설사에서 1930년대를 대표하는 것으로 인정받고 있다.

22 두 파산 염상섭 단편선

김경수(서강대) 책임 편집

수록 작품 표본실의 청개구리 / 암야 / 제야 / E선생 / 윤전기 / 숙박기 / 해방의 아들 / 양과자갑 / 두 파산 / 절곡 / 얼룩진 시대 풍경

한국 근대사를 증언하고 있는 횡보 염상섭의 단편소설 11편 수록. 지식인 망국민으로서의 허무적인 자기 진단, 구체적인 사회 인식, 해방 후와 전후 시기에 대한 사실적 증언과 문제 제기를 포함한 대표작들을 통해 횡보의 단편 미학을 감상한다.

23 카인의 후예 황순원 소설선

김종회(경희대) 책임 편집

수록 작품 카인의 후예 / 너와 나만의 시간 / 나무들 비탈에 서다

인간의 정신적 순수성과 고귀한 존엄성을 문학의 제일 원칙으로 삼았던 작가 황순원. 그의 대표작 가운데 독자들의 가장 많은 사랑을 받은 장편소설들을 모았다. 한국전쟁을 온몸으로 체득하면서 특유의 절제되고 간결한 문장으로 예술적 서사성을 완성한 황순원은 단편에서와 마찬가지로 변함없는 감동의 세계를 열어놓는다.

24 소년의 비애 이광수 단편선

김영민(연세대) 책임 편집

수록 작품 무정 / 소년의 비애 / 어린 벗에게 / 방황 / 가실 / 거룩한 죽음 / 무명 / 꿈

한국 근대소설사와 이광수 개인의 문학 세계에서 중요한 의미를 갖는 단편 8편 수록. 이광수가 우리말로 쓴 최초의 창작 단편 「무정」, 당시 사회의 인습과 제도를 비판한 「소년의 비애」, 우리나라 최초의 서간체 소설인 「어린 벗에게」, 지식인의 내면적 갈등과 자아 탐구의 과정을 담은 「방황」, 춘원의 옥중 체험을 바탕으로 씌어진 「무명」 등 한국 근대문학의 장르와 소재, 주제 탐구 면에서 꼼꼼히 고찰해야 할 작품들이다.

25 불꽃 선우휘 단편선

이익성(충북대) 책임 편집

수록 작품 테러리스트 / 불꽃 / 거울 / 오리와 계급장 / 단독강화 / 깃발 없는 기수 / 망향

8·15 해방과 분단, 6·25전쟁으로 이어지는 한국 근현대사의 열병을 깊이 있게 고찰한 선우휘의 대표작 7편 수록. 평판작 「불꽃」과 「깃발 없는 기수」를 비롯해 한국 근현대사의 역동성과 이를 바라보는 냉철한 작가의식이 빚어낸 수작들을 한데 모았다.

26 맥 김남천 단편선

채호석(한국외대) 책임 편집

수록 작품 공장 신문 / 공우회 / 남편 그의 동지 / 물 / 남매 / 소년행 / 처를 때리고 / 무자리 / 녹성당 / 길 위에서 / 경영 / 맥 / 등불 / 꿀

카프와 명맥을 같이하며 창작과 비평에서 두드러진 족적을 남긴 작가 김남천. 1930년 대 초, 예술운동의 볼세비키화론 주장과 궤를 같이하는 「공장 신문」 「공우회」, 카프 해산 직후 그의 고발문학론을 담은 「처를 때리고」 「소년행」 「남매」, 전향문학의 백미 로 꼽히는 「경영」 「맥」 등 그의 치열했던 문학 세계의 변화를 일별할 수 있는 대표작 14편 수록.

27 인간 문제 강경애 장편소설

최원식(인하대) 책임 편집

한국 근대 여성문학의 제일선에 위치하는 강경애의 대표작. 일제 치하의 1930년대 조선, 자본가와 농민·노동자의 대립 구조 속에서 농민과 도시노동자가 현실의 문제 를 해결하고자 하는 주체로 성장하는 과정과 그들의 조직적 투쟁을 현실성 있게 그려 낸 작품. 이기영의 『고향』과 더불어 우리 근대 소설사에서 리얼리즘 소설의 수작으로 꼽힌다.

28 민촌 이기영 단편선

조남현(서울대) 책임 편집

수록 작품 농부 정도룡 / 민촌 / 아사 / 호외 / 해후 / 종이 뜨는 사람들 / 부역 / 김군과 나와 그의 아내 / 변절자의 아내 / 서화 / 맥추 / 수석 / 봉황산

카프와 프로문학의 대표 작가 이기영. 그가 발표한 수십 편의 단편소설들 가운데 사 회사나 사상운동사로서의 자료적 가치가 높으면서 또 소설 양식으로서의 구조미를 제대로 보여주는 14편을 선별했다.

29 혈의 누 이인직 소설선

권영민(서울대) 책임 편집

수록 작품 혈의 누 / 귀의 성 / 은세계

급진적이고 충동적인 한국 근대의 풍경 속에 신소설이라는 새로운 서사 양식을 창조 해낸 이인직. 책임 편집자의 꼼꼼한 텍스트 확정과 자세한 비평적 해설을 통해, 신소 설의 서사 구조와 그 담론적 특성을 밝히고 당시 개화·계몽 시대를 대표하는 서사 양식에 내재화된 일본적 식민주의 담론을 꼬집는다.

30 추월색 이해조 안국선 최찬식 소설선

권영민(서울대) 책임 편집

수록 작품 금수회의록 / 자유종 / 구마검 / 추월색

개화·계몽시대의 대표적인 신소설 작가 3인의 대표작. 여성과 신교육으로 집약되는 토론의 모습을 서사 방식으로 활용한 「자유종」, 구시대적 인습을 신랄하게 비판한 「구마검」, 가장 대중적인 신소설 가운데 하나로 꼽히는 「추월색」, 그리고 '꿈'이라는 우화적 공간을 설정하여 현실 비판의 풍자적 색채가 강한 「금수회의록」까지 당대의 사회적 풍속과 세태의 변화를 민감하게 반영한 작품들을 수록했다.

31 젊은 느티나무 강신재 소설선

김미현(이화여대) 책임 편집

수록 작품 안개 / 해방촌 가는 길 / 절벽 / 젊은 느티나무 / 양관 / 황량한 날의 동화 / 파도 / 이브 변신 / 강물이 있는 풍경 / 점액질

1950, 60년대를 대표하는 여성 작가 강신재의 중단편 10편을 엄선했다. 특유의 서정 적인 문체와 관조적 시선, 지적인 분석력으로 '비누 냄새' 나는 풋풋한 사랑 이야기 에서 끈끈한 '점액질'의 어두운 욕망에 이르기까지, 운명의 폭력성과 존재론적 한계 를 줄기차게 탐문한 강신재 소설의 여정을 한눈에 볼 수 있는 기회다.

32 오발탄 이범선 단편선

김외곤(서원대) 책임 편집

수록 작품 일요일 / 학마을 사람들 / 사랑 보류 / 몸 전체로 / 갈매기 / 오발탄 / 자살당한 개 / 살 모사 / 천당 간 사나이 / 청대문집 개 / 표구된 휴지 / 고장난 문 / 두메의 어벙이 / 미친 녀석

손창섭 · 장용학 등과 함께 대표적인 전후 작가로 꼽히는 이범선의 대표작 14편 수록. 한국 현대사의 비극에 대한 묘사를 바탕으로 하면서도 잃어버린 고향, 동양적 이상향 에 대한 동경을 담았던 초기작들과 전후의 물질적 궁핍상을 전통적 사실주의에 기초 해 그리면서 현실 비판적 성격을 강하게 드러낸 문제작들을 고루 수록했다.

33 메밀꽃 필 무렵 이효석 단편선

서준섭(강원대) 책임 편집

수록 작품 도시와 유령 / 깨뜨려지는 홍등 / 마작철학 / 프레류드 / 돈 / 계절 / 산 / 들 / 석류 / 메 밀꽃 필 무렵 / 삽화 / 개살구 / 장미 병들다 / 공상구락부 / 해바라기 / 여수 / 하얼빈산협 / 풀잎 / 낙엽을 태우면서

근대 작가의 문화적 정체성이 끊임없이 흔들렸던 식민지 시대, 경성제대 출신의 지식 인 작가로서 그 문화적 혼란기를 소설 언어를 통해 구성하고 지속적으로 모색했던 이 효석의 대표작 20편 수록.

34 운수 좋은 날 현진건 중단편선

김동식(인하대) 책임 편집

수록 작품 희생화 / 빈처 / 술 권하는 사회 / 유린 / 피아노 / 할머니의 죽음 / 우편국에서 / 까막잡 기 / 그리운 흘긴 눈 / 운수 좋은 날 / 발 / 불 / B사감과 러브 레터 / 사립정신병원장 / 고향 / 동정 / 정조와 약가 / 신문지와 철창 / 서투른 도적 / 연애의 청산 / 타락자

한국 근대 단편소설의 형식적 미학을 구축하고 근대적 사실주의 문학의 머릿돌을 놓 은 작가 현진건의 대표작 21편 수록. 서구 중심의 근대성과 조선 사회의 식민성 사이 에서 방황하는 지식인의 내면 풍경뿐만 아니라, 식민지 조선의 일상을 예리하게 관찰 함으로써 '조선의 얼굴'을 담아낸 작가 현진건의 면모를 두루 살폈다.

35 사랑 이광수 장편소설

한승옥(숭실대) 책임 편집

춘원의 첫 전작 장편소설. 신문 연재물의 제약에서 벗어나 좀더 자유롭고 솔직한 그 의 인생관이 담겨 있다. 이른바 그의 어떤 장편소설보다도 나아간 자유 연애, 사랑에 관한 작가의 생각을 엿볼 수 있는 작품. 작가의 나이 지천명에 이르러 불교와 『주역』 등 동양고전에 심취하여 우주의 철리와 종교적 깨달음에 가닿은 시점에서 집필된, 춘 원의 모든 것.

36 화수분 전영택 중단편선

김만수(인하대) 책임 편집

수록 작품 천치? 천재? / 운명 / 생명의 봄 / 독약을 마시는 여인 / 화수분 / 후회 / 여자도 사람인가 / 하늘을 바라보는 여인 / 소 / 김탄실과 그 아들 / 금붕어 / 차돌멩이 / 크리스마스 전야의 풍경 / 말 없는 사람

1920년대 초반 자연주의, 사실주의적 색채가 강한 작품 세계로 주목받았던 작가 전영택의 대표작선. 이들 작품에서 작가는, 일제 초기의 만세운동, 일제 강점기하의 극심한 궁핍, 해방 직후의 사회적 혼돈, 산업화 초창기의 사회적 퇴폐상에 대한 자신의 경험을 소박한 형식 속에 담고 있다.

37 유예 오상원 중단편선

한수영(동아대) 책임 편집

수록 작품 황선지대 / 유예 / 균열 / 죽어살이 / 모반 / 부동기 / 보수 / 현실 / 훈장 / 실기

한국 전후 세대 문학의 대표 작가 오상원의 주요작 10편을 묶었다. '실존'과 '행동'에 초점을 맞춘 그의 작품은, 한결같이 극한 상황에 처한 인간 존재의 의미를 묻는 데 천착하면서 효과적인 주제 전달을 위해 낯설고 다양한 소설적 실험을 보여준다.

38 제1과 제1장 이무영 단편선

전영태(중앙대) 책임 편집

수록 작품 제1과 제1장 / 흙의 노예 / 문 서방 / 농부전 초 / 청개구리 / 모우지도 / 유모 / 용자소전 / 이단자 / B녀의 소묘 / O형의 인간 / 들메 / 며느리

한국 농민문학의 선구자로 평가받는 이무영의 주요 단편 13편 수록. 이들 작품에서 작가는, 농민을 계몽의 대상이 아닌, 흙을 일구는 그들의 삶을 통해서 진실한 깨달음을 얻는 자족적 대상으로 바라본다. 이무영의 농민소설은 인간을 향한 긍정적 시선과 삶의 부조리한 면을 파헤치는 지식인의 냉엄한 비판 의식이 공존하고 있다.

39 꺼삐딴 리 전광용 단편선

김종욱(세종대) 책임 편집

수록 작품 흑산도 / 진개권 / 지층 / 해도초 / GMC / 사수 / 크라운장 / 충매화 / 초혼곡 / 면허장 / 꺼삐딴 리 / 곽 서방 / 남궁 박사 / 죽음의 자세 / 세끼미

1950년대 전후 사회와 60년대의 척박한 삶의 리얼리티를 '구도의 치밀성'과 '묘사의 정확성'을 통해 형상화한 작가 전광용의 대표 단편 15편 모음집. 휴머니즘적 주제 의식, 전통적인 서사 형식, 객관적이고 냉철한 묘사 태도, 짧고 건조한 문체 등으로 집약되는 전광용의 작품 세계를 한눈에 살필 수 있는 계기.

40 과도기 한설야 단편선

서경석(한양대) 책임 편집

수록 작품 동경 / 그릇된 동경 / 합숙소의 밤 / 과도기 / 씨름 / 사방공사 / 교차선 / 추수 후 / 임금 / 딸 / 철로 교차점 / 부역 / 산촌 / 이녕 / 모자 / 혈로

식민지 시대 신경향파·카프 계열 작가로서 사회주의 리얼리즘 문학을 추□한설야의 문학적 특징을 잘 드러내는 단편 17편을 수록했다. 시대적 대세□며 작품의 경향을 바꾸었던 다른 카프 작가들과는 달리 한설야는, 주체적□서의 삶을 택한 「과도기」의 '창선'이 그러하듯, 이 주제를 자신의 평생□창작에 몰두했다.

41 사랑손님과 어머니 주요섭 중단편선

장영우(동국대) 책임 편집

수록 작품 추운 밤 / 인력거꾼 / 살인 / 첫사랑 값 / 개밥 / 사랑손님과 어머니 / 아네모네의 마담 / 북소리 두둥둥 / 봉천역 식당 / 낙랑고분의 비밀

주요섭이 남녀 간의 애정 문제를 주로 다룬 통속 작가로 인식되어온 것은 교정되어야 마땅하다. 그는 빈민 계층의 고단하고 무망(無望)한 삶을 사실적으로 재현하는 데 탁월한 기량을 보였으며, 날카로운 현실인식과 객관적 묘사의 한 전범을 보여주었고 환상성을 수용함으로써 보다 탄력적인 소설미학을 실험하기도 하였다.

42 탁류 채만식 장편소설

우찬제(서강대) 책임 편집

채만식은 시대의 어둠을 문학의 빛으로 밝히며 일제 강점기와 해방기의 우리 소설사를 빛낸 작가다. 그는 작품활동 전반에 걸쳐 열정적인 창작열과 리얼리즘 정신으로 당대의 현실상을 매우 예리하게 형상화했다. 특히 『탁류』는 여주인공 초봉의 기구한 운명의 족적을 금강 물이 점점 탁해지는 현상에 비유하면서 타락한 당대의 세계상을 여실하게 드러내주고 있다.

43 벙어리 삼룡이 나도향 중단편선

우찬제(서강대) 책임 편집

수록 작품 젊은이의 시절 / 별을 안거든 우지나 말걸 / 옛날 꿈은 창백하더이다 / 여이발사 / 행랑 자식 / 벙어리 삼룡이 / 물레방아 / 꿈 / 뽕 / 지형근 / 청춘

위험한 시대에 매우 불안하게 살았던 작가. 그러나 나도향은 불안에 강박되기보다 불안한 자유의 상태를 즐기는 방식으로 소설을 택한 작가였다. 낭만적 환멸의 풍경이나 낭만적 동경의 형식 등은 불안에 대한 나도향 식 문학적 향유의 풍경으로 다가온다.

44 잔등 허준 중단편선

권성우(숙명여대) 책임 편집

수록 작품 탁류 / 습작실에서 / 잔등 / 속습작실에서 / 평대저울

한국 근대소설사에서 허준만큼 진보적 지식인의 진지한 자기 성찰을 깊이 형상화한 작가는 없었다. 혁명의 필연성을 기꺼이 인정하면서도 혁명과 해방으로 인해 궁지와 비참에 몰린 사람들에 대해 깊은 연민과 따뜻한 공감의 눈길을 던진 그의 대표작 다섯 편을 한데 모았다.

계속 출간됩니다.